Samantha Shannon

骸骨季節系列二

冥寂之軍

THE MIME ORDER

莎曼珊・夏儂
SAMANTHA SHANNON

獻給戰士們——
和作家們

啞劇丑角喬扮凌霄天帝，
低聲呢喃，念念有詞，
來回飛竄。
他們只是來來去去的傀儡，
任由無形巨物掌控。

——埃德加·愛倫·坡

靈魂透視力（簡稱「靈視能力」）之七階

——根據《反常能力的價值》之內容——

- I.占卜者：紫色氣場。需透過儀式道具（法器）連結乙太，多用於預測未來。

- II.占兆者：藍色氣場。透過有機物質或元素連結乙太，多用於預測未來。

I.

一般占卜者 ── 預言占卜者

一般占卜者：籤占師（骨占師）、劍占師、書占師、杯占師（鉗占師）、斧占師、牌占師

劍占師：錐占師、骰占師、鍵占師

錐占師：針占師

預言占卜者：鏡占師、晶占師、冰占師、水占師、酒占師（土占師）

II.

墮落占兆者 ── 一般占兆者

墮落占兆者：骨相師、獸臟師、人臟師、眼相師、手相師、淚相師、血相師

一般占兆者：杖占師、火占師、汽占師、茶占師、植占師、布占師、金屬占師、煙占師（葡萄占師）

植占師：月桂占師、樹占師、懸鈴占師、花占師

金屬占師：香占師（迷迭占師）

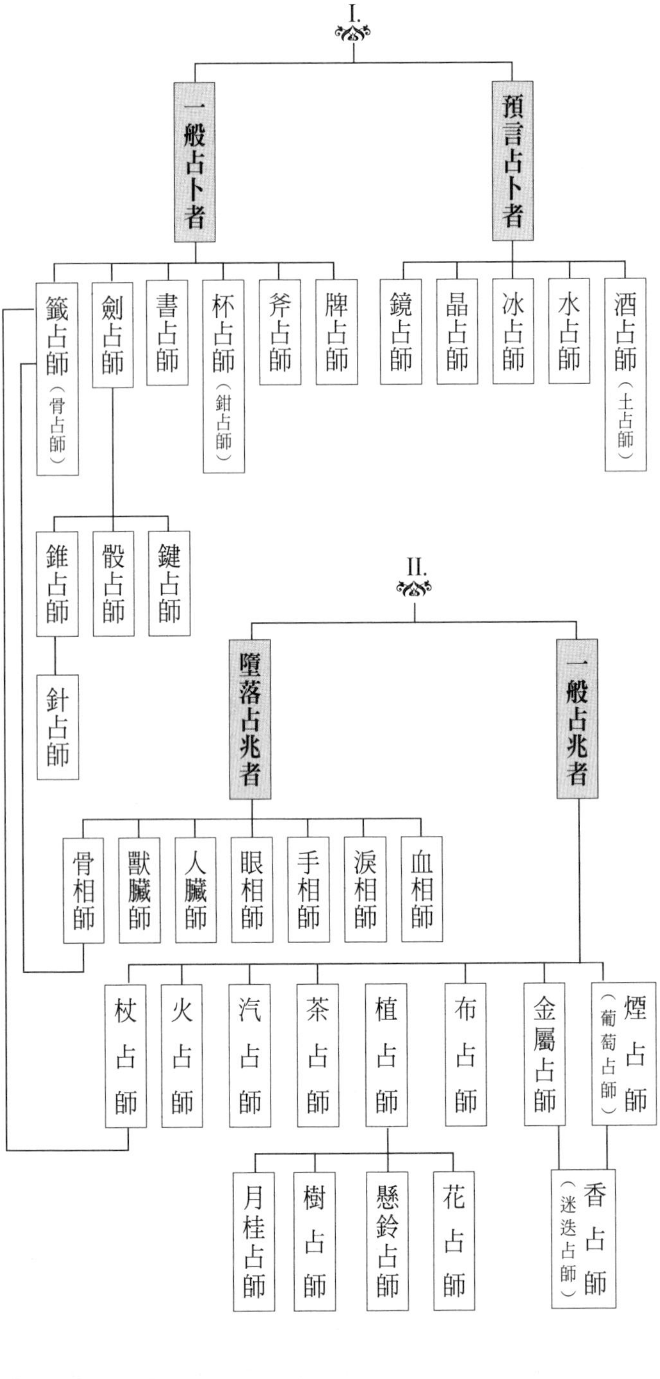

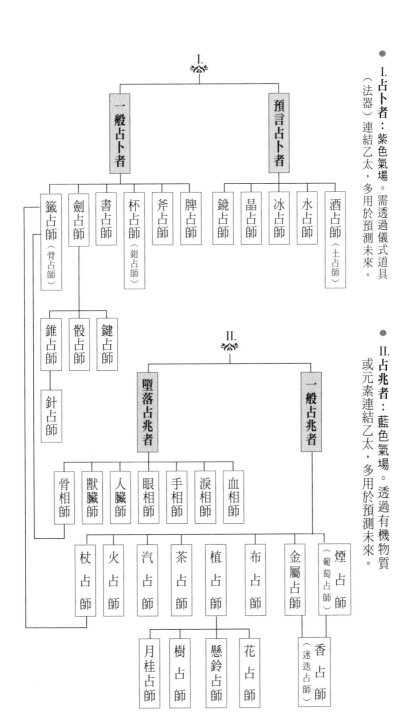

● Ⅲ. **靈感者**：綠色氣場。透過被外靈附身的方式連結乙太，也因此受到外靈某種程度的控制。

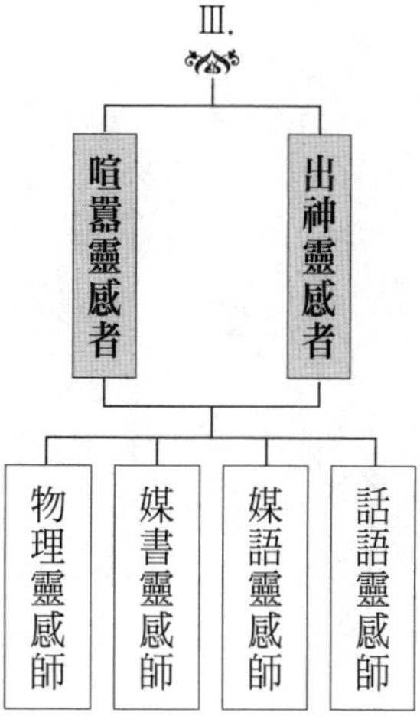

● Ⅳ. **察覺者**：黃色氣場。在乙太的感知及語言方面更為敏銳，有時能引導乙太。

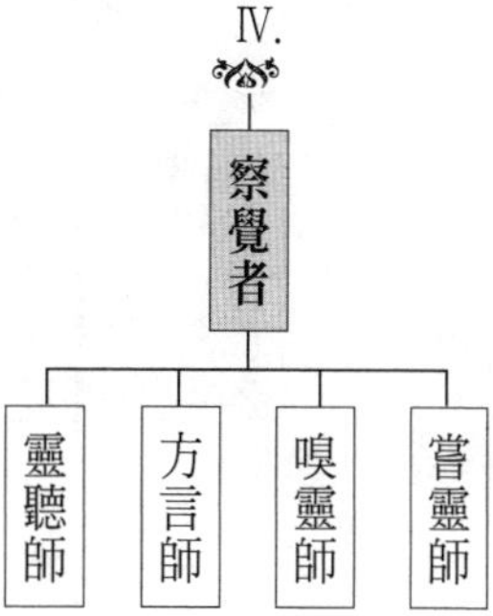

● Ⅴ. **守護者**：橘色氣場。對魂魄擁有更強大的控制力，能超越一般乙太空間之極限。

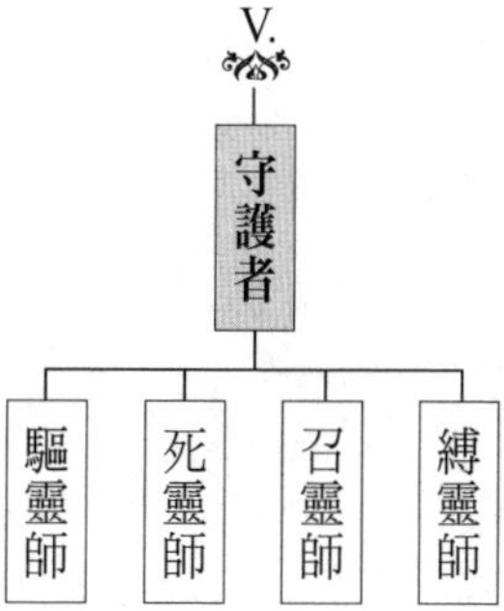

● Ⅵ. **復仇者**：橘紅色氣場。連結乙太時內部將產生變化，夢境所受影響尤其劇烈。

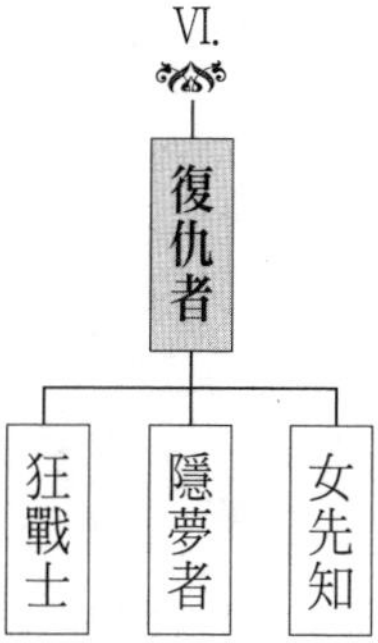

● Ⅶ. **越空者**：紅色氣場。能對自身範圍外的乙太造成影響，對乙太的敏感度高於一般靈魂透視者（簡稱「靈視者」）。

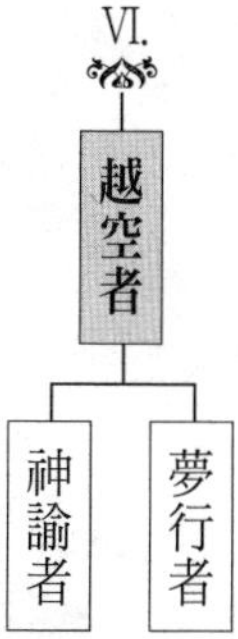

有括號之靈視者名稱（如土占師等）為作者初始設定，因應其於後續書中展現的能力修正名稱，此後內文將採用新版譯名。

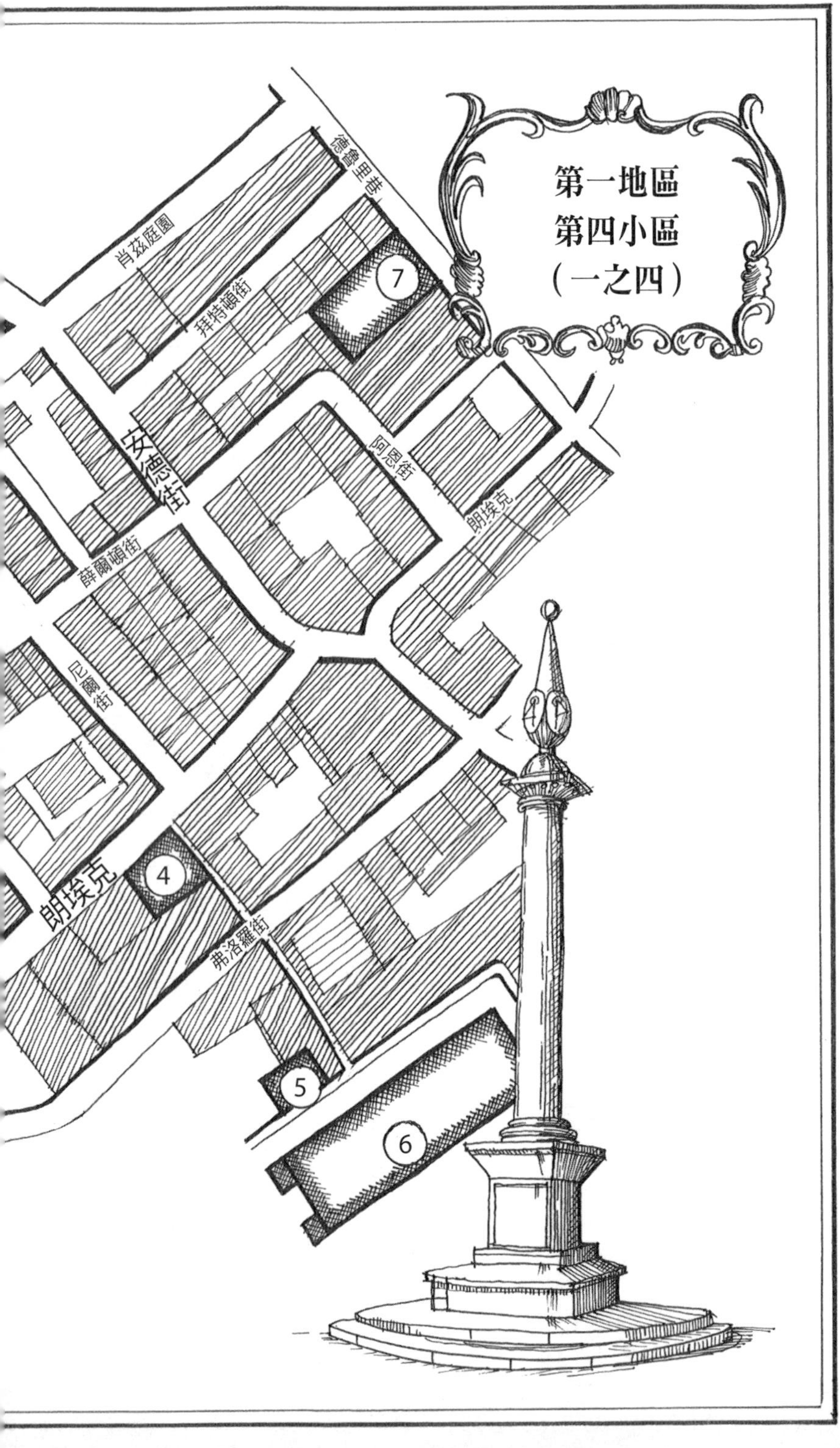
第一地區
第四小區
（一之四）
德魯里巷
肖茲庭園
拜特頓街
安德街
阿恩街
朗埃克
薛爾頓街
尼爾街
朗埃克
弗洛羅街
7
4
5
6

幫主：白縛靈師	
1	白縛靈師的巢穴
2	查特林餐廳
3	尼爾庭園
4	柯芬園黑市
5	黑市入口
6	柯芬園
7	廢棄音樂廳
8	書廄巷

第一地區
第五小區
（一之五）
女幫主：安耶娜 · 瑪麗亞
① 靈魂俱樂部
② 貝爾旅館
③ 柏賓咖啡館
④ 巴比肯屋村
⑤ 伍德街塔樓
⑥ 聖瑪麗勒波教堂與喬迪錫恩地坑
⑦ 賽昂英格蘭銀行
⑧ 舊聖保羅大教堂
⑨ 銀行站
奇斯威爾街
阿爾德門街
倫敦牆
諾貝街
伍德街
葛雷森街
齊普賽街
針線街

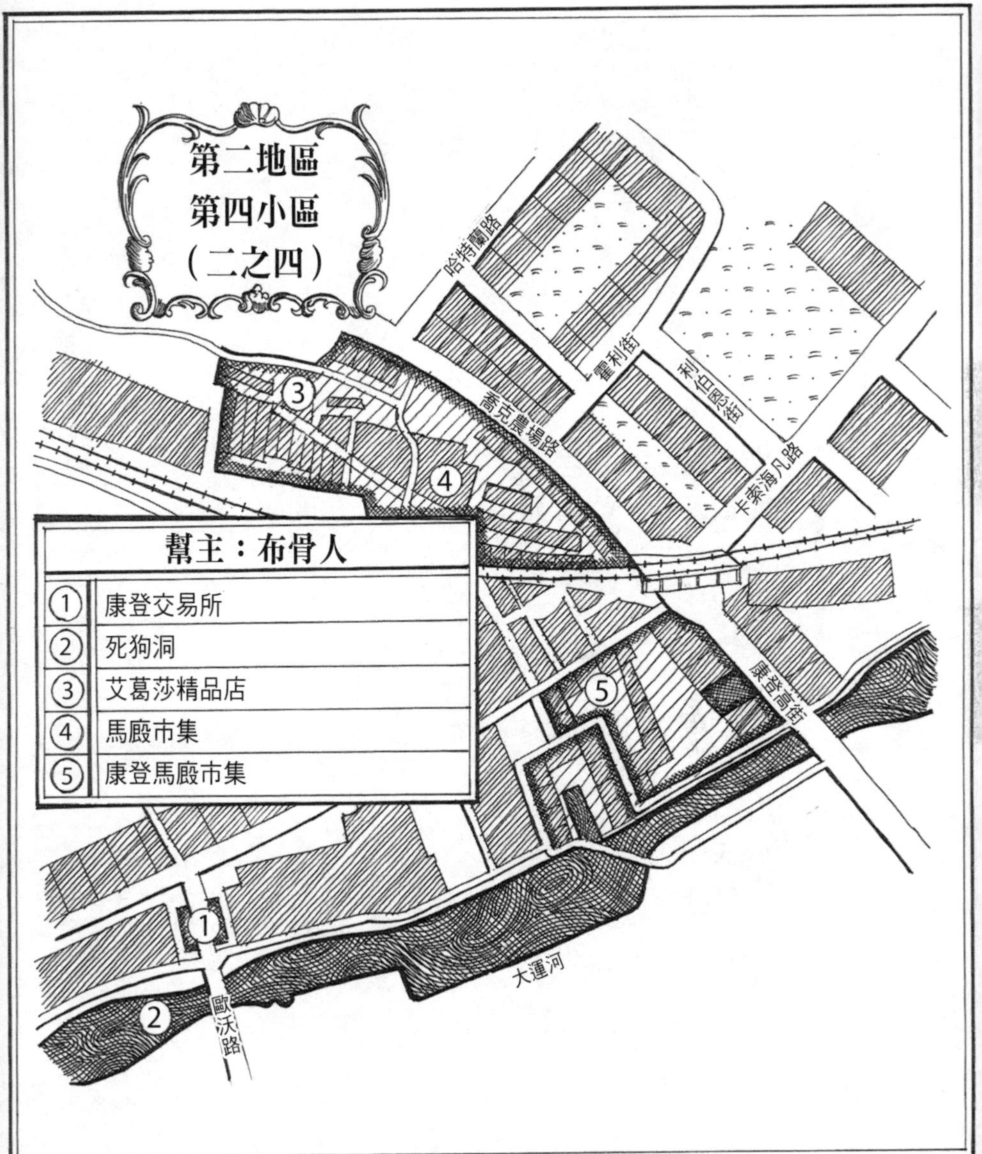
第二地區
第四小區
（二之四）
幫主：布骨人
① 康登交易所
② 死狗洞
③ 艾葛莎精品店
④ 馬廄市集
⑤ 康登馬廄市集
哈特蘭路
霍利街
利伯恩街
喬克農場路
卡索海凡路
康登高街
大運河
歐沃路

反常者議會

——二〇五九年——

第一地區

1. **閻帝**—乾草漢克特
至尊門徒刀嘴
2. 女院長
3. 瑪麗・包恩
4. 白縛靈師
5. 安耶娜・瑪麗亞
6. 彈簧腿傑克

第二地區

1. 哥布林吉米
2. 玻璃女爵
3. 方舟惡棍
4. 布骨人
5. 血拳
6. 惡女

第三地區

1. 霸凌魯克
2. 拾荒王子
3. 女司儀
4. 第五姊妹
5. 詩人湯姆
6. 燈主

第四地區

1. 紅帽
2. 土葬國王
3. 珠后
4. 無面人
5. 攤販之主
6. 異教賢者

第五地區

1. 邪風
2. 忠誠之鴉
3. 真言查理
4. 男子漢
5. 尖牌船長
6. 擺渡人

第六地區

1. 綠先知
2. 狡兔
3. 女莊主
4. 老油條
5. 綠牙珍妮
6. 凜冬之后

請注意，倫敦門徒的名單也收藏於靈魂俱樂部的私有圖書館。

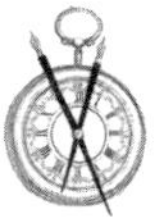

PART I
THE ROGUE DIAL

第一部　法外日晷

我們反常者不是遠比他們優秀？我們雖然生活在社會底層，雖然在水溝攀爬行乞，但我們就是與靈界相連的導體。我們就是另一個世界存在的證據。我們是究極能量——永恆乙太——的觸媒。我們能操控死亡。我們能撂倒靈魂收割者。

——匿名作者，《反常能力的價值》

第一章 下車

一般來說，任何故事的起頭都很少從「起頭」開始，但因緣際會下，我在這個故事的「結束」開始時加入其中，畢竟利菲特族和賽昂的故事大概在我出生前兩百年就已展開——看在利菲特人的眼裡，人類的生命如一次心跳般短暫。

有些革命在一天內就改變了世界，有些耗時數十載、數百年甚至更久，有些則未曾開花結果。我的革命從一個瞬間和一個選擇開始，打從一朵花在不同世界之間的某座祕密城市綻放。

你只能等著看這場革命如何結束。

歡迎回到賽昂。

二〇五九年，九月二日

列車的十節車廂全都裝潢成小型休息室，搭配精美的紅地毯和光滑的花梨木桌，每張座椅都繡有錨形圖紋，是賽昂的標誌。隱藏式揚聲器飄來古典音樂。

在我們這節車廂的末端，傑克森．霍爾——第一之四區的幫主，率領我們這些以倫敦為據點的靈魂透視者——坐在椅子上，雙手交疊於拐杖頂端，眼睛眨也不眨地瞪著前方。

在走道對面，我的摯友尼克．尼加德抓住一條懸於天花板的金屬環。我之前跟他分別了六個月，現在看著他溫柔的臉龐，感覺像在看著一道回憶。他的手部青筋賁張，眼睛盯著最近的一扇車窗，看著不時掠過的警示燈。幫派的另外三名成員癱坐在椅子上：丹妮薩正在處理頭上的傷口，娜汀雙手都是血，她弟弟西結抓著肩傷。最後一名成員伊萊莎則待在倫敦，沒參與這次行動。

我坐在跟他們相隔一段距離的座位上，看著後方隧道遠去。我的前臂仍一片紅腫，因為丹妮薩破壞了植入這處肌膚底下的賽昂微型晶片。

我還能聽見衛士對我最後的指示：**快去，小小夢行者**。但衛士自己能逃去哪？車站的緊閉大門已被武裝警戒者包圍，衛士就算在巨人之中算得上身影如鬼魅，但就連鬼魅也不可能鑽得過那道門。他昔日的未婚妻奈希拉．薩加斯——利菲特族的首領，絕不會放過他。

在黑暗中，金繩把我和衛士的靈魂彼此連結。我讓乙太席捲全身，但感覺不到來自另一側的回應。

賽昂不可能不知道反叛事件的發生。通訊系統被那場大火破壞前，一定發出了某種信號、某種警告，只要通報一字，就能讓他們知道殖民地發生災變。他們會拿著混亂劑和槍械等著我們，準備把我們送回監獄。

他們盡可以一試。

「我們得清點一下人數。」我起身說道：「多久才到倫敦？」

「大概二十分鐘。」尼克回答。

「我會想知道隧道的目的地嗎？」

他對我嚴肅一笑。「執政廳。那裡的地底就有一座車站，稱作『南白廳』。」

我的心一沉。「別跟我說你們打算穿越執政廳逃走。」

「不。我們打算提早停下列車，另外尋找脫逃路線。」他說明：「這片交通網裡一定還有其他車站。丹妮說或許能透過修繕地道回到地鐵網路。」

「那些修繕地道很可能擠滿地鐵警衛，」我轉向丹妮薩。「妳真想這麼做？」

「那些地道只有工程師會去，不會有人看守。」她說：「但我不熟悉那些老舊地道，我認為賽昂機工的人根本沒進去過。」

賽昂機工是指「賽昂機器人與工程部門」。如果有誰熟悉那些地道，必定就是賽昂機工的人員。「一定還有別的路。」我追問。我們就算回到主地鐵網路，也一定會在護牆那裡被捕。「我們能不能讓列車轉向？或是有什麼路通往地面？」

「車上沒有手動控制系統，他們也沒笨到會讓任何人能透過這條路線抵達地面。」丹妮薩拿起壓在頭上的碎布，查看布上血跡，血看起來早已浸滿布料。「這列車被設定直接返回南白廳。我們準備觸動火災警鈴，在最近的一站下車。」

帶一大群人穿越缺乏照明的破舊地道，聽起來實在不明智。每個人都精疲力竭、又餓又累，我們卻得快速行動。「倫敦塔底下一定有車站，」我說：「他們不可能用同一座車站運送靈視者和賽昂人員。」

「這條路線太長，而妳只是憑直覺猜測。」娜汀打岔：「倫敦塔離執政廳有好幾哩遠。」

「他們把靈視者關在倫敦塔，塔底應該就有車站。」

「假設倫敦塔底有車站，我們得小心安排觸發火災警報的時間，」尼克說：「有何提議，丹妮？」

「什麼？」

「我們如何判斷目前方位？」

「我剛剛說過，我不熟悉這組地道系統。」

「大膽猜看看。」

她眼角瘀青，答覆前花了平常更多的時間。「他們……應該會沿線設置標記，以防工人迷失方向。賽昂地道裡會有標記，用銘板標示出離最近的車站有多遠。」

「但我們必須下車才能找到銘板。」

「沒錯，而且我們只有一次機會停下列車。」

「妳去處理，」我說：「我來想辦法觸發火災警鈴。」

我走向下一節車廂，留他們自行討論。我在傑克森面前停步，他撇過臉。

「傑克森，你有沒有打火機？」

「沒。」

「好吧。」

車廂與車廂之間由側滑門分隔，無法牢牢關閉，玻璃材質也不防彈。如果我們搞鬼時被抓到，那就真的無路可逃。

一群人抬頭看我。僅存的靈視者們彼此依偎。我原本希望朱利安會在我沒注意到的時候上車，但我沒發現這名共犯的身影，也因此難過得揪心。他那批表演者就算能熬過今晚，也一定會在日出時被奈希拉砍頭。

「我們要去哪，佩姬？」開口的是表演者之一的蘿特，她身上還是參加兩百週年紀念會時——我們逃亡時破壞的重大節慶——所穿的戲服。「倫敦？」

「是的，」我說：「聽著，我們得提早停下列車，走去我們能發現的最近車站。列車正在開往執政廳。」

大夥倒抽一口氣，面面相覷。「聽起來不安全。」菲立斯表示。

「這是我們唯一的機會。我們被他們送上開往第一冥府的列車時，有誰醒著？」

「我。」一名占兆者開口。

「所以倫敦塔有車站？」

「當然，他們把我們從監獄直接送去車站。可是我們該不會要從倫敦塔車站逃走吧？」

「除非我們能找到其他車站，否則別無選擇。」

他們交頭接耳時，我數算人數。不包括我自己和幫派成員在內，倖存者一共有二十二人。

這些人多年來都被當成畜生對待，如今要怎麼在現實世界生存？他們有些人幾乎不記得倫敦城塞，也早已被各自的幫派遺忘。我推開這個雜念，在麥可身旁跪下，他坐在離其他人幾個座位遠的位子上。脾氣溫和又討人喜歡的麥可，只有我和他是由衛士看管的人類。

「麥可？」我碰他的肩膀，他的臉頰又髒又溼。「麥可，聽著，我知道這趟路很嚇人，但我不能把你丟在莫德林。」

他點頭。他不算是啞巴，但說話向來小心。

「你不用回你爸媽那裡，我保證。我會想辦法給你找個地方住。」我移開視線。

「如果能離開這裡。」

麥可用袖口擦臉。

「你有沒有衛士的打火機？」我換上輕柔嗓門。他把手伸進灰外套內側，拿出一個眼熟的長方形打火機。我接過。「謝謝你。」

手相師艾薇也獨自坐著。她被剃光頭髮，臉頰凹陷，整個人就是利菲特族殘酷待遇的最佳寫照，她的監護者蘇班・薩加斯將她當作沙包。她扭擰雙手，下巴顫抖，我看得出她不該獨處。我在她面前坐下，查看她身上的瘀痕。

「艾薇？」

她微微點頭，肩上披著一件骯髒的黃外袍。

「妳也知道我們不能送妳去醫院，」我說：「但我想確保妳去安全的地方。有沒有哪個幫派能照顧妳？」

「沒有幫派。」她的嗓音彷彿空殼。「我原本是……康登的流浪兒，但我不能回去那裡。」

「為什麼？」

她搖頭。康登是第二之四區的繁忙市鎮，位於大運河的沿岸，擁有規模最龐大的靈視者社群。

我把打火機放在閃閃發亮的桌上，握起雙手。我的指甲縫裡還卡著一些塵垢。

「那裡沒一個人值得妳信賴？」我輕聲問。我實在想找個地方安置她，但傑克森不允許任何陌生人入侵他的居所，特別是我不打算跟他回去。這些靈視者在街上根本活不了多久。

她用力掐著胳臂，沉默許久後答道：「有一個人。艾葛莎。她在市集的一間精品店工作。」

「店名叫什麼？」

「就叫艾葛莎精品店。」她的下唇嘴角滲血。「她已經很久沒見到我，但她會照顧我。」

「那好。」我站起。「我會安排其他人跟妳一起去。」

她的凹陷眼窩盯著車窗，心思飄向遠方。想到她的監護者也許還活著，我不禁反胃。

車門滑開，進來五人。我拿起打火機，踏過地毯，上前迎接。「那是白縛靈師。」某人低語：「來自第一之四區。」傑克森站在車廂後側，緊握藏有細劍的拐杖。他的沉默令人生畏，但我沒時間玩遊戲。

「佩姬怎麼認識他？」另一人害怕地輕聲道：「她該不會——？」

「我們準備好了，夢行者。」尼克說。

這個稱號證實了他們的猜測。我盡量把注意力集中在乙太上，諸多夢境在我的偵查範圍內成形，宛如嗡嗡作響的蜂窩。我們在倫敦正下方。

「拿去。」我把打火機丟給尼克。「勞煩你。」

他把打火機湊到天花板底下，掀開面板。幾秒後，火警燈示綻放紅光。

「**緊急情況，**」絲嘉蕾．班尼許的嗓音傳來：「**後段車廂偵測到火災發生。車門關閉中。**」最後一節車廂的車門應聲闔起。列車逐漸放慢時發出低頻嗡鳴。「**請往列車前段移動，盡量待在座位上。救援小隊已派出。不可下車。不可嘗試打開門窗。如需額外通風，請操作滑動機制。**」

「妳騙不了系統多久，」丹妮薩表示：「它發現沒有煙霧後，列車就會繼續行進。」

列車盡頭的門外是裝有欄杆的小型平臺。我把兩腿跨到欄杆外頭。「拿支手電筒給我。」我對西結說。他照做後，我把光束對準鐵軌。「旁邊有行走空間。有沒有什麼辦法能切換軌道，復仇者？」我自然而然地用她的靈視類型稱呼她，這是我們在賽昂統治下生存這麼久所染上的習慣。

「不，」丹妮薩說：「而且我們有很高的可能性會在底下窒息而死。」

「好極了，謝了。」

我盯著第三條軌道，同時鬆手放開平臺，跳到軌道的碎石上。西結扶著倖存者一一下車。

我們呈縱隊前進，跟軌道和枕木保持充分距離。我的骯髒白靴在軌床之間吱嘎作響。這條隧道又寬又冷，看似永無止境，警示燈之間的漫長間隔處伸手不見五指。我們一共有五支手電筒，其中一支電力不足。我的呼吸聲耳邊迴響，雙臂泛起雞皮疙瘩。我把一手撐在牆上，集中精神踩在該踩的地方上。

十分鐘後，軌道震動，我們急忙靠牆。把我們送出監獄的無人列車從旁一閃而過，繼續開往執政廳。

來到由一盞綠燈標示出的岔道時，我已經累得兩腿打顫。

「復仇者，」我喊道：「妳看得懂這些燈示嗎？」

「這表示前方暢通，列車將按程式設定在第二個路口右轉。」丹妮薩答覆。左轉處被封住。「我們應該在第一個路口拐彎？」

「別無選擇。」

拐彎後，地道加寬。我們開始奔跑。尼克攙扶艾薇，她先前虛弱得還能上車時已經令我驚奇。

第二條地道由白光照明。一塊骯髒銘板被固定在枕木上，上頭寫著「西敏市，兩千五百公尺」。第一條隧道在前方出現，裡頭一片漆黑，一塊銘板上寫著「倫敦塔，八百公尺」。我把一指湊到唇前。如果有哪個小隊正在西敏市月臺等候，現在一定發現列車無人——他們可能已經進入地道追捕我們。

一隻瘦小棕鼠從我們的隊伍之間飛奔而過。麥可見狀一愣，娜汀只是把手電筒對準老鼠。「不知道牠們都吃什麼。」

答案終究揭曉。我們越是前進，老鼠數量也越多，吱嘎磨牙聲響遍地道。西結用顫抖的手把手電筒對準老鼠還沒吃乾淨的屍體，上頭是戲子所穿的破衣，胸腔顯然被列車壓過不只一次。

「一隻斷手掉在第三排鐵軌上，」尼克開口：「這可憐的傢伙想必進來這裡的時候沒有手電筒。」

一名靈視者搖頭。「他怎麼有辦法一個人逃得這麼遠？」某人低聲啜泣。

這個戲子逃出監獄，差點成功回到家。

手電筒的光芒終於照出一座月臺。我跨過軌道，撐身爬到月臺上，把手電筒舉到視線高度時感覺肌肉抽痛。光束劃開黑暗，映出白色石牆、殺菌噴灑器，還有一個裝滿折疊式擔架的儲藏櫃——這種擺設跟另一座月臺一模一樣。雙氧水刺鼻得令我泛淚。這些傢伙以為我們身上有瘟疫？他們把我們丟到列車上後就拚命洗手，深怕感染靈視能力？我能想像被壓在擔架上，腦子裡滿是幻覺，任憑身披白袍的醫師們粗魯對待。

這裡沒有警衛的人影。我們用手電筒掃向各個角落。一面巨大招牌釘在牆上，圖案是一顆紅鑽石被一條藍槓一分為二，上頭用高聳的白色字體寫著車站名稱。

倫敦塔

我不用地圖也知道倫敦塔不是正式的地鐵站。告示牌底下是一張小桌。我靠近觀察，吹掉浮雕字體上的灰塵，上頭寫著「潘泰德線」。一張地圖上顯示倫敦城塞地底的五座祕密車站，細小文字描述這五個車站是跟大都會鐵路——倫敦地鐵的昔日名稱——同時動工建造。

尼克來到我身旁，輕聲開口：「我們怎麼會讓這種事發生？」

「有些靈視者在倫敦塔裡關了好幾年，之後才被送來這裡。」

他輕輕捏我的肩膀。「妳記不記得被送來車站的路上？」

「不記得，我當時被打了混亂劑。」

發現眼前浮現黑斑，我伸手按壓太陽穴。多虧了衛士給我的不凋花液，我的夢境受到的損傷大致痊癒，但腦袋還是有點不舒服，視線三不五時受到影響。

「我們得繼續前進。」我說，看著其他人爬上月臺。

這裡有兩個出口：一座大型電梯，足以同時容納幾個擔架。還有一扇沉重的金屬門，上頭寫著「逃生門」。尼克打開門。

「看來我們得走樓梯。」他問道：「有誰熟悉倫敦塔的平面結構？」

我唯一知道的地標是「白塔」，監獄的核心，由名為「太衛」的精英警衛隊管理。身為集團分子的我們稱他們為「黑鴉」，作風殘酷、一身黑衣的警戒者，總是有用不完的虐人方式。

「我。」奈兒舉手發言：「我熟悉其中一部分。」

「妳叫什麼名字？」尼克詢問。

「九號。我的意思是，奈兒。」她跟我朋友莉絲長得很像，靠面具和戲服就能瞞過監督——黑色捲髮，體形也像蜂鳥——但她的神情更為嚴肅，膚色是深橄欖色。莉絲的眼睛較小而且非常黑，奈兒的則是清澈的水藍色。

尼克的嗓音變得柔和。「告訴我們妳所知道的。」

「那是十年前的事，他們可能改變了一些安排。」

「任何情報都好。」

「我們有幾個人沒被施打混亂劑，」她說明：「我被抓時假裝昏迷不醒。如果那些樓梯靠近電梯門，我們應該就站在『叛徒之門』後方，但門一定上了鎖。」

「我能處理門鎖。」娜汀拿起裝在皮包裡的開鎖工具。「還有黑鴉，如果他們想大打出手。」

「別自大，我們沒打算開打。」尼克抬頭查看低矮的天花板。「我們一共多少人，佩姬？」

「二十八。」

「大夥分成小組行動，我們先跟奈兒上去。縛靈師、鑽石，你們能不能注意——？」

「我真希望，」傑克森開口：「你沒有自以為能對我發號施令，赤眼。」

在跳下列車、尋找月臺的匆促過程中，我幾乎沒注意到傑克森。他站在陰影中，一手握著如新蠟燭般筆直又明亮的拐杖。

幾秒後，尼克稍微伸展下巴。「我是向你求助。」

「在你清出一條路前，我在這裡等著。」傑克森嗤之以鼻。「你可以親手拔掉黑鴉的羽毛。」

我抓住尼克的胳臂。「當然。」他咕噥，不足以讓傑克森聽見。

「我會注意有沒有黑鴉出現。」這是西結整趟路上第一次開口。他一手按住肩傷，另一手握成蒼白的拳頭。

尼克嚥口水，朝奈兒招手。「帶路吧。」

我們三人暫時丟下逃犯們，跟著奈兒爬上一條陡峭蜿蜒的梯道。她如飛鳥般身手靈活，我有點難跟上，雙腿的每一條肌肉都像在燃燒。我們的腳步聲太過響亮，往四面八方反彈。我聽見身後的尼克踩上一面臺階，娜汀揪住他的手肘。

最上面的奈兒放慢速度，稍微推開某扇門，來自遠方的民防警笛聲立即湧入這條通道。如果他們發現我們失蹤，很快就會查出我們的所在位置。

「場地安全。」奈兒低語。

我從背包拿出獵刀。開槍只會引來塔裡所有黑鴉。我身後的尼克拿出一個灰色的小型裝置，按下幾個按鈕。

「快啊，伊萊莎，」他喃喃自語。「**該死的電話**（瑞典語）……」

我瞥他一眼。「傳送心靈景象給她。」

「我已經這麼做了。我們得知道她還需要多少時間。」

正如奈兒所猜測的，樓梯間的入口就在廢棄電梯的正對面，右方是由大型磚塊和灰泥砌成的牆壁，左方的高聳石拱門下方就是叛徒之門：莊嚴的黑色結構，搭配格狀弦月窗，在君權時代用做出入口。我們在這裡的位置很低，不會被瞭望塔的人員發現。一條石階伸向拱門外頭，布滿苔蘚，還有一條用來搬運擔架的狹窄坡道。

在月光照映下，我勉強看見白塔。一堵高牆聳立於要塞和拱門之間——能給我們提供掩護。一座高塔頂端射下強力探照燈，警笛組成一聲漫長音符；對賽昂來說，這聲警笛表示發生了重大的維安事件。

「衛兵就住在那兒。」奈兒指向要塞。「他們把靈視者關在『血塔』裡。」

「這條階梯通往哪裡？」我問。

「要塞最內側，我們得動作快。」

她說話的同時，一隊黑鴉迎面走來，就在拱門正對面。我們急忙貼牆。尼克的太陽穴上浮現一顆顫抖汗珠。黑鴉如果確認拱門毫無異狀，應該就不會前來檢查。

我們很幸運——黑鴉持續行走，終於遠去。我用顫抖的胳臂撐身站起。奈兒癱坐在地，低聲咒罵。

在我們的藏身處上方，另外幾道警笛聲也發出警告。我試著打開拱門，但徒勞無功，門上鎖鏈用掛鎖固定。娜汀見狀把我推開，從腰帶拿出一支髒兮兮的扁頭螺絲起子，插進鎖孔的下半部，再取出一支銀色的開鎖針。

「這可能得花一點時間。」在警笛干擾下，我聽不清楚她說什麼。「鎖釘好像有點生鏽。」

「我們沒有『一點』時間。」

「去帶其他人過來就對了，」娜汀一直盯著掛鎖。「我們該待在一塊兒。」

她說話時，尼克把手機湊到耳邊低語：「繆思？」他對伊萊莎壓低嗓門：「她會盡快趕來，」他對我說：「她會請『彈簧腿傑克』那些盜賊來幫我們。」

「多久？」

「十分鐘。那些盜賊應該更早到。」

十分鐘實在太久。

探照燈從上頭掃過，對準要塞最深處。奈兒扭頭避開強光，瞇起兩眼，挪身窩在角落深處，雙臂抱胸。

我在兩堵牆之間來回踱步，查看每一塊磚。如果黑鴉正在這一區來回檢查，很快就會再次經過。我們必須盡快開門，帶逃犯們離開這裡，還得把掛鎖歸位。我把指尖插進電梯門縫，想強行拉開，但門板絲毫不動。

幾呎外的娜汀拿出另一支開鎖針，姿勢彆扭地忙著，畢竟掛鎖在拱門的另一側，但她的兩手依然穩健。西結從樓梯間現身，身後是一群神情緊張的逃犯。我搖搖頭，用手勢要他待在原處。

拱門旁的娜汀終於解開掛鎖。我們幫她從門閂上拿開沉重鐵鏈，盡量避免發出聲音，並合力推開叛徒之門。門板刮過碎石地，鉸鏈因靜止許久而吱嘎作響，但這些聲響都被警笛聲淹沒。奈兒跑上臺階，向我們招手。

「他們一定已經封住所有出口，」我靠近她時，她開口：「那塊掛鎖就是這裡的唯一弱點。我們得翻過南牆。」

爬牆，我的強項。「赤眼，召集其他人，」我說：「準備奔跑。」

我壓低身子，悄悄爬上階梯，用雙手握著左輪手槍。另一組階梯通往拱道兩邊的塔樓，只要跳過一小段距離，我們就能抵達鄰牆上的城垛之間，那一處的高度遠遠比我預料得更低，賽昂顯然認為靈視者就算逃出血塔也不可能逃得這麼遠。我用手勢要尼克帶領其他人，接著我爬上第二道階梯，維持腳步輕盈，盡可能待在陰暗處。我來到兩處城垛間的空隙時，感覺胸腔緊繃。

它就在眼前。

倫敦。

牆後是陡峭河岸，通往泰晤士河。左方是倫敦塔橋。如果沒走錯，我們應該能避人耳目地繞過整座設施，抵達主要街道。尼克從口袋掏出一個小包，在兩掌間塗抹一些增加摩擦力的白粉。

「我先下去，」他低語：「妳協助其他人下去。伊萊莎會在那條路上等我們。」

我抬頭查看橋梁，乍看之下沒有任何狙擊手，但我透過夢境偵測到三名。

尼克鑽進城垛間的空隙，用兩手撐住兩邊牆壁，轉身面向牆面。他在石牆上取得施力點，也踢出幾塊碎石。「小心。」我叮嚀一聲，雖然沒這必要，尼克爬牆的本領勝過行走。他對我微微一笑，接著往下降，墜過最後幾呎，以蹲姿落地。

我跟他現在以牆壁分隔，這讓我感到不安。

我朝第一個逃犯伸出雙手。麥可和奈兒一起攙扶艾薇。我抓住艾薇的兩邊手肘，引導她來到城垛。

「上來這裡，艾薇。」我脫下尼克給我的外套，披在她身上，扣好鈕釦，我身上因此露出原先的白色連衣裙。「把妳的雙手給我。」

在麥可的幫助下，我拉艾薇翻過牆頂。尼克抓住她的細腰，扶她踩在草地上。

「麥可，把受傷的人帶上來這裡，快。」我沒想到自己的口氣這麼嚴厲。他前去攙扶依然瘸拐的菲立斯。

他們一一跨過牆頂：艾拉、蘿特、一名受驚的晶占師，然後是一名手腕骨折的占兆者。每個人都待在著陸點，由尼克持槍保護。我朝麥可伸手時，傑克森推開他，輕而易舉地爬上城垛，先把拐杖丟到下方的草地上，接著俯身在我耳邊低語。

「妳還有一次機會，親愛的。回七晷區，我就會忘了妳在第一冥府說過的話。」

我凝視前方。「謝謝你，傑克森。」

他從城垛往下跳，姿態優雅得宛如滑翔。我低頭望向麥可，他臉上的傷口出血，沿脖子流過，滲進上衣。

「去吧。」我抓住他的雙腕。「別往下看。」

麥可勉強把一腿跨過牆頂，用力掐住我的胳臂。

奈兒突然倒抽一口氣，她的褲管滲出大片血跡，沾上她的手指。她抬頭看我，驚恐得瞪大眼睛。我感覺彷彿觸電。

「趴下！」我在警笛干擾下扯開嗓門：「**快趴下！**」

大夥沒時間照做。大量子彈已經貫穿階梯上的一排排逃犯。

許多人倒地，抽搐掙扎，尖叫刺耳。麥可的雙腕從我的指間鬆脫。我急忙趴倒在石欄後方，雙臂抱頭。

賽昂的當務之急是圍堵現場：格殺勿論。

下方的尼克咆哮我的名字，要我快動、快往下跳，但我被恐懼癱瘓。我的感官持續收攏，直到我注意到自己的心跳和急促呼吸，連同模糊的槍聲節奏。接著，幾隻手抓住我，把我抓過牆頂，我隨之下墜。

我的鞋底重重踏在泥土地上，衝擊力沿兩腿蔓延至髖部，我向前多滾了幾呎。我聽見咚一聲再加上呻吟聲，接著發現另一人落在我身旁，是咬緊牙關的奈兒。她先爬起再站起，接著盡快瘸拐而行。我也往同一個方向爬，直到尼克把我的胳臂搭在他肩上。我扭身想擺脫他。

「我們得去救他們——」

「佩姬，我們得離開這裡！」

娜汀成功翻過牆頂，但另外兩人仍趴在城垛上。白塔投來另一波彈幕，倖存者們抱頭鼠竄。丹妮薩和西結往下跳，在奪目月光下形成兩幅剪影。

我察覺到上方有一名女性狙擊手。一名試圖逃跑的靈盲女孩應聲倒下，顱骨如柔軟的水果般破裂。麥可差點被她絆倒。狙擊手把準星對準他。

我體內每條神經炸出紅火。我從尼克手中抽回胳臂，憑著最後一點體力擲出我的靈魂，撕開狙擊手的夢境，把她的魂魄撞進乙太，她的肉身則翻過石欄。她的空殼倒在草地上時，麥可跨過牆頂，跳到河岸上。在警笛干擾下，我尖叫他的名字，但他已不見蹤影。

我的雙腳比思緒更快做出行動。我的夢境中的裂痕如新劃開的傷口般持續擴大。

我們離馬路越來越近，近在咫尺。我看到街燈。要塞內部傳來槍響。然後是一輛車的引擎聲，連同藍色的車頭燈。我感覺到我雙手底下的皮革。引擎。槍聲。一聲高頻聲響。拐過轉角，越過橋面。然後我們進入倫敦城塞，彷彿塵埃落入陰影，任憑身後的警笛聲淒厲呼嘯。

第二章　說來話長

她在早上六點現身，向來如此。

我從桌上抓起左輪手槍。《賽昂之眼》的主題曲響起，震撼人心的戲劇性旋律是以大笨鐘的十二下鐘聲為依據。

我等候。

她出現了。絲嘉蕾·班尼許，倫敦官方發言人，一身黑色連身裙，領口的白色蕾絲宛如白沫。當然，她看起來總是一樣，彷彿某種恐怖機器人——但有些時候，當哪個可憐的居民遭反常者「殺害」或「傷害」時，她就能表現出刻意營造的驚慌情緒。今天的她卻面帶微笑。

「早安，賽昂倫敦又迎來新的一天。好消息是警戒者公會宣布擴大日間警戒部，至少五十名警官將於下週一宣誓就職。警戒部部長已表示新年期間將給倫敦城塞帶來新的挑戰，在這危機之時，倫敦居民必須團結一心並——」

我關掉電視。

沒報導重大新聞。**什麼都沒有**，我不斷心想。沒有臉龐。沒有絞刑。

我把手槍喀啷一聲放回桌上。我整晚都如驚弓之鳥般躺在沙發上，肌肉依然僵硬疼痛，花了一點時間才能站起。痠痛每次開始消退，就會迎來新的一波痛楚，來自某個瘀傷或拉傷。我應該躺到床上去，正如我這幾個月來每天一大早的例行公事，但我非起來不可，就算只是片刻。少許自然光線對我會有些好處。

我伸展雙腿，打開放在角落的音樂播放器。比莉・哈樂黛的曲子《有罪》從中飄出。尼克曾在上班途中來過我這裡，拿來幾張存放於傑克森巢窩的禁忌唱片，連同他能提供的少許金錢和一堆我沒碰過的書籍。我不禁懷念衛士的唱機。在自由世界為愛情傷神的歌手所唱的搖籃曲，我越聽越喜歡。

逃亡後已經過了三天。我的新家是位於第一之四區的一家骯髒的廉價旅館，隱藏在蘇豪區的條條暗巷之中。大多數的靈視者場子都是不適合居住的破屋，但這家旅館的房東（是個鍵占師，我猜他開這家旅館就是為了方便用鑰匙占卜）倒是把這裡維持得還不錯——沒一隻老鼠，就算溼氣陰森逼人。他不知道我是誰，只知道我不能被任何人看見，以為某個警戒者痛打我之後可能還在找我。

處理好跟傑克森之間的私人恩怨前，我得不斷換房間，大概每星期一次。這已經花了我不少錢——我目前還能勉強用尼克給我的錢應付——但只有這個辦法能確保賽昂無法追蹤我。

在窗簾遮蔽下，任何光線都進不了這個房間。我稍微拉開窗簾，金色陽光刺得我眼睛疼痛。兩名靈盲從下方的狹窄街道匆忙走過，街角的一名占卜師正在等著哪個靈視者客戶想稍微算個命；如果他走投無路，可能會冒險接近靈盲者。靈盲者有時會對此感興趣，但有時其實是間諜。賽昂長期以來派人在街上釣魚，引誘靈視者自投羅網。

我放下窗簾，房裡又變得黑暗。我在殖民地的這六個月都過著晝伏夜出的生活，配合利菲特監護者的作息，這點不可能說變就變。我癱坐回沙發上，從桌上拿起一杯水，吞下兩顆藍色安眠藥。

我的夢境依然脆弱。我和奈希拉在舞臺上決鬥時——她當時想在一批賽昂特使面前殺了我——她的墮天使們在我的夢境中造成細微裂痕，我的記憶因此滴進夢中。禮拜堂，賽柏就在那裡一命嗚呼。莫德林那間廳室。如迷宮般的骯髒貧民窟，還有杜凱那間心靈暗室，我在那裡看到自己的臉龐扭曲變形，跟陳年瓷器一樣脆弱的下顎徹底斷裂。

還有莉絲，她被金線縫住嘴唇，被拖到外頭去餵潛伏於殖民地周圍樹林的怪物厄冥族。她離去後留下七張旋轉的染血卡牌，我朝卡牌伸手，拚命想看到最後一張——我的未來，我的終結——但我一碰到它，它就噴出火舌。我在黃昏時驚醒，從頭皮到腳趾全是汗水，臉頰溼潤又灼熱，嘴唇上嘗到鹽味。

那些卡牌會騷擾我很久。莉絲用六張牌預測了我未來的六個階段：聖杯五、逆位的權杖國王、惡魔、戀人、逆位的死神、寶劍八。但她沒能幫我算完。

我費力地走進浴室，再吞下兩顆尼克留給我的止痛藥。我懷疑比較大的灰色那顆是某種鎮靜劑，能減緩身體顫抖、胃袋翻攪和緊握手槍的衝動。

某人輕輕敲門。我慢慢拿起手槍，確認彈藥，接著拿在身後，用另一手把門推開一條縫。

房東站在走廊，衣著整齊，脖子上掛著一條鐵製的古董鑰匙。他從不拿下。

「早安，小姐。」他開口。

我勉強一笑。「你從不睡覺嗎，萊姆？」

「很少。房客們作息不一，現在樓上正在舉行一場降靈會，」他補充說明，神情疲憊。「桌子震得天花板喀啦喀啦響。我得說，妳今天氣色好很多。」

「謝謝你。我朋友有打電話來嗎？」

「他說他今晚九點會過來。如果妳需要任何東西，儘管跟我說一聲。」

「謝了。祝你有個美好的一天。」

「妳也是，小姐。」

以廉價旅館的房東來說，他莫名地樂於助人。

我關門上鎖，手槍立刻從手中滑落。我癱坐在地，雙手抱膝，頭埋在膝上。

幾分鐘後，我走回空氣混濁的狹窄浴室，脫下睡衣，在鏡子前查看傷勢，最明顯的是眼睛上方已縫合的嚴重割傷，還有臉頰上的表皮傷。我覺得彷彿身上每一吋都被磨得越來越薄——指甲脆弱，膚色蠟黃，肋骨和髖骨愈加突出。房東給我送來第一盤食物時，就注意到我傷痕累累的雙手和黑眼圈，因此眼神警惕。他沒認出我就是皙夢者，他這一區的幫派分子，白縛靈師的得意門生。

我踏進淋浴間，轉動水溫刻度盤時，感覺視線發黑。熱水湧過我的肩膀，使我的肌肉放軟。

砸門聲傳來。

我立刻抓起藏在肥皂盤裡的小刀，把上半身探出淋浴間，牢牢貼在牆上。我躲在門後，把小刀舉在心口上，因體內充滿腎上腺素而顫抖。

過了幾分鐘，我的心跳才放緩。我退離潮溼瓷磚，渾身都是汗水和自來水。**沒事，沒什麼**。只是樓上降靈會的桌子發出的聲響。

我顫抖地俯身靠在洗手臺上，黯淡無光的溼髮在臉邊糾成一團。

我看著鏡中人的眼睛。我這副身體曾被當成殖民地的財物，被利菲特族和紅衣人粗魯對待。我轉身背對鏡子，撫摸肩上的條條細疤。XX-59-40。這道烙印將伴隨我一生。

但我活了下來。我拉起上衣，蓋住烙印。我活了下來，而且薩加斯一定知道。

分開兩天後，我終於又見到尼克。我為他開門時，他溫柔地擁抱我，避免碰到我身上的傷。我曾利用衛士的法器在諸多回憶中見到他，但那都比不上真正的尼克・尼加德。

「嘿，**小可愛**（瑞典語）。」

「嗨。」

我們相視而笑，都是淺淺的苦笑。

我們倆都沒說話。尼克把餐點攤在桌上時，我打開通往小型露臺的門，風吹進室內，送來賽昂的秋季氣息——汽油和濃煙味，來自賣藝人的篝火坑——但餐盒的氣味甜美得讓我對此不以為意。這是一場盛宴：熱騰騰的雞肉與火腿餡餅、剛出爐的麵包，還有撒上鹽與胡椒的金黃薯條。尼克把一小顆營養素膠囊推過桌面。

「開動吧，別吃太快。」

抹上融化奶油的餡餅閃閃發亮，我咬下一口，濃稠醬汁旋即湧出。我乖乖把膠囊放到舌頭上。

「妳這隻手狀況如何？」尼克用雙手抓住我的胳臂，查看圓形燒痕。「還痛不痛？」

「不痛了。」能擺脫那枚微型晶片，再怎麼痛都值得。

「還是得多加注意。我知道丹妮是高手，但她畢竟不是醫生。」他觸碰我的前額。「有沒有出現頭痛症狀？」

「跟平時差不多。」我把一塊麵包撕成小塊。「《賽昂之眼》上還是沒有任何消息。」

「他們刻意保持低調，非常低調。」

我們也是。他的厚重眼袋表明了他有多少天沒睡，因為擔心，因為無止境的等候。我用雙手捧著咖啡杯，望向窗外的倫敦城塞，由金屬、玻璃和燈光組成的龐大政治緩衝帶。麥可在外頭某處，八成躲在某座橋底下或某個門口。如果他能弄到錢，或許能找個廉價休息室休息，但是警戒者每晚都檢查那種地方，為了在返回哨站前達成每晚的逮捕業績。

「我幫妳弄到這個。」尼克把一支手機推過桌面，跟他在倫敦塔時用的那支一樣。「拋棄式手機。只要不斷改變辨識模組，賽昂就無法追蹤妳。」

「你從哪弄到？」賽昂從沒生產過這種手機，必定來自國外。

「舊斯皮塔佛德市集的一個朋友。理論上來說，這種手機應該用過就丟，但商人賣得太貴。」他遞給我一個小盒子。「這東西不適合接電話，因為它會一直改變自己的號碼，但妳能打電話——僅限緊急情況。」

「瞭解。」我把手機收進口袋。「工作如何？」

「還好，應該吧。」他一緊張就用手掌撫摸下巴鬍碴。「如果有誰看到我踏上那輛列車——」

「沒人看到。」

「我當時穿著賽昂制服。」

「尼克，賽昂是很大的組織，幾乎不可能會有誰把受人尊敬的尼克拉斯・尼加德醫師跟殖民地聯想在一起。」我在麵包上抹奶油。「如果你不回去工作，那才會讓人起疑。」

「我知道。而且我在他們的大學受訓那麼多年，可不是為了現在放棄行醫。」他看著我的臉，擠出笑容。「妳在想什麼？」

「我們在倫敦塔失去了很多人。」我突然沒了胃口。「我跟他們說過我會把他們全都送回家。」

「別這麼想，佩姬。我得提醒妳，妳再這樣想下去，只會毀了妳自己。這一切的始作俑者是賽昂，不是妳。」

我沒吭聲。尼克來到我的椅子旁跪下。「親愛的，看著我。看著我。」我抬頭回視他的疲憊雙眼，卻只更感到心痛。「如果硬要怪誰，就該怪那個利菲特人，不是嗎？是他把妳送上列車，是他要妳離開。」看我還是沒答話，他摟住我的肩膀。「我們會找到其他逃犯，我保證。」

我們就這樣沉默了一段時間。當然，他說得沒錯。

但這一切或許真的能怪在某人頭上。賽昂的某個幕後主使。衛士早就知道列車會抵達倫敦中心的西敏市？他在最後一刻背叛我？畢竟他是利菲特族——是怪物而不是人——但我必須相信他盡力救了我。

用餐完畢後，尼克收拾了剩菜。又一聲敲門聲傳來，我急忙尋找手槍，但尼克伸出手。

「別擔心。」他打開門。「我叫來一個朋友。」

捲髮沾滿雨水的伊萊莎．蘭頓走進房間，沒先停步寒暄，而是直接走到沙發旁，用眼神表示她想一拳打在我臉上，卻把我抱進她懷裡。

「佩姬，妳這笨蛋，」她氣得嗓門粗啞。「妳這大笨蛋。妳那天幹麼搭地鐵？妳明明知道有地鐵警衛——妳明明知道那些檢查——」

「我冒了一次險，我當時的確很笨。」

「妳為何不等尼克開車送妳回家？我們還以為是漢克特殺了妳，不然就是……就是賽昂……」

「賽昂確實抓到我，」我拍拍她的背。「但我現在沒事了。」

尼克溫柔但堅定地把她從我頸邊拉開。「小心點，她身上一堆瘀青。」他引導她坐在對面的沙發上。「我認為也該讓其他朋友知道當前局勢，佩姬。我們需要盡量爭取盟友。」

「妳有盟友，」伊萊莎駁斥：「傑克森非常在乎妳，佩姬。」

「他想掐死我的時候似乎不是很在乎我。」我回嘴。

這對她來說是新聞。她來回看我和尼克，惱火地皺眉。

我拉起窗簾。大夥坐在陰暗的沙發上，捧著尼克原本裝在金屬水壺裡，如今盛在我們各自玻璃杯裡的薩露湯。這種濃稠飲料是用蘭花塊莖和熱牛奶製成，再撒些肉桂，在咖啡館很受歡迎。挨餓幾個月後，薩露湯的味道格外宜人。

在電視上，班尼許的一名同事正在播報。

「接下來的幾個星期，第一地區的警戒者將增加一倍，感測護盾的第二原型機也將於十二月前安裝完成，目前只有這種技術能偵測到反常能力。居民將在地鐵、公車站和賽昂授權的計程車停靠處發現更多定點檢查。地鐵警衛部要求居民予以配合。不做虧心事就什麼也不用怕！接下來是這星期的天氣預測。」

「更多警戒者，」尼克開口：「他們究竟有何意圖？」

「想找到逃犯，」我說：「我搞不懂他們為何還沒公布消息。」

「增加警戒或許不是因為那些逃犯。再兩個月後就是十一月佳節，」伊萊莎指出：「他們向來在那時候提高戒備，況且他們今年邀請了巴黎大法官。」

「梅納大法官的助理亞洛斯．邁納特曾出席兩百週年紀念會，如果他死了，我不認為梅納有心情參加派對。」

「他們不會取消慶典。」

「相信我——如果奈希拉說『取消』，他們就會取消。」

「奈希拉是誰？」

很無辜的提問，卻很難簡單答覆。奈希拉究竟是誰？夢魘。禽獸。殺人狂。

「感測護盾會改變一切，」我盯著電視機。「反常者議會有沒有為此採取任何措施？」

反常者議會，由倫敦城塞的三十六名男女幫主組成，負責監督各自地盤的靈罪活動。雖然各據一方，但闇帝「乾草漢克特」負責主持集會。

「他們在七月時討論過，」尼克答覆：「葛拉布街表示他們明白這個情況，但後來也不了了之。」

「漢克特根本不知道該怎麼辦，」我意識到。「沒人有辦法。」

「那個試作型感測護盾還不是最糟的問題。根據小道消息，它只能偵測出前三階的靈能者。」

伊萊莎聞言移開視線。她是靈感者，第三階。尼克牽起她的手。

「妳別擔心。丹妮正在研發一種干擾裝置，」他轉頭對我說：「能影響感測護盾。那是很複雜的工作，但她很聰明。」

伊萊莎點頭，但眉頭緊蹙。「她認為應該能在二月完成。」

不夠快，我們都心知肚明。

「你當時怎麼有辦法跑去殖民地？」我問尼克：「警戒措施一定嚴密到不行。」

「傑克森在八月時差點放棄，」尼克坦承：「我們當時確定妳不在倫敦。我們沒收到來自其他幫派的勒贖信，沒證據顯示妳被殺，也沒在妳父親的公寓發現任何線索，直到發生了特拉法加廣場事件，才聽見妳說妳被抓去牛津。」

「在那之後，傑克森所有心思都在妳身上，」伊萊莎意有所指地看著我。「滿腦子都想著救妳回來。」

這只讓我有點驚訝。對傑克森而言，失去寶貴的夢行者不僅讓他氣惱，更令他丟臉——但我還是沒料到他會為了從賽昂手中救我出來而賭上一切。人會做出這種犧牲，不是為了挽救財產，而是為了救人。

「我試著在工作時查詢牛津的相關情報，但資料都被加密，」尼克說下去：「我幾星期前才成功進入主任的辦公室，使用她的電腦，登入某種賽昂暗網，民眾看不見的網路。我沒發現多少明確情報，只看到牛津城是一級限行區——這點我們早就知道——另外就是執政廳底下有個車站，這對我們來說可是前所未聞。網站上還有一串名單，看起來可追溯到幾百年前，全是失蹤人口。妳就在名單上，靠近最底端。」

「之後就由丹妮接手，」伊萊莎開口：「她找到修繕地道。只有經過挑選的工程師才能進去，但她找出隧道開啟的時間點，列車預定在八月三十一日進場維修。傑克森說我們就在那天出動。我留在倫敦把風。」

「傑克森居然願意親自下場，實在不像他的作風。」我說。

「他在乎妳，佩姬。他願意盡一切力量保護我們，尤其是妳。」

這不是事實。伊萊莎向來敬佩傑克森‧霍爾——畢竟他收留我們——但我多次見過他的所作所為，知道真相。他有能力行善，但他不是善者。他能表現得在乎你的死活，但那只是演技。我過了好幾年才認清事實。

「那晚，列車維修結束後，」尼克說：「丹妮用從修繕人員那裡偷來的通行證進入隧道，讓我們溜進去。」

「沒人認出你們？」

「他們沒看到我們。他們把特使送上列車時，我們已經躲在後節車廂的維修艙裡，警戒者進不去，所以我們那段旅程很平安。當然，我們之後得下車。」

「就算特使們由靈視警戒者護送？你們怎麼辦到的？」

「我們等特使通過車門。車門另一側的警衛鎖門後，我們被困在隧道裡，但在某個格柵門後方發現一條老舊的管線廊道，我們從中回到地面，再走後門進入會館。」

管線廊道。衛士如果知道這件事，大概也能安全離開那裡。我吐口氣。「你們都瘋了。」

「我們非救妳回來不可，佩姬，」伊萊莎說：「傑克森願意放手一搏。」

「傑克森不笨，但帶領一幫烏合之眾跑上不知開往何方的賽昂列車，這絕對能跟愚蠢沾上邊。」

「好吧，也許他只是受夠了成天坐在辦公室。」

「我們成功救妳回來，這才是最重要的。」尼克俯身向前。「輪到妳。」

我低頭盯著手上的薩露湯。「說來話長。」

「從妳被抓的那晚說起。」伊萊莎說。

「事情不是從那晚開始，而是從一八五九年。」

兩人面面相覷。

我花了很長一段時間描述：一八五九年，因遊魂數量過多，諸世之間的帷幕愈加脆弱，靈界門檻破碎，利菲特族和厄冥族穿過陰陽之間的冥界而來。

「好吧，」伊萊莎看起來彷彿很想發笑。「但是利菲特族究竟是什麼？」

「我到現在還是沒有答案。他們看起來跟我們差不多，」我回答：「但他們的皮膚看起來像鋼鐵，而且體形高大，眼睛是黃色，在進食時反映他們吞下的氣場顏色。」

「至於厄冥族？」

我無言以對。「我只有在天黑時見過，不過……」我吐口氣。「在殖民地，他們叫厄冥族『巴吱怪』，也稱作『墮落巨人』。魂魄不敢接近牠們。牠們專吃人肉。」

我沒想到膚色已經夠白的尼克還能更蒼白。

我說明利菲特族和政府之間的契約——利菲特族抵擋厄冥族，換取靈視奴隸——賽昂政權也因此得以成立。我也描述第一冥府的殖民地，建於牛津廢墟，充當靈能燈塔，把厄冥族引開倫敦之類的城塞。我描述那天搭上夜班車的經過，碰上定點檢查。我襲擊了兩名地鐵警衛，被迫逃出我父親的公寓，結果被一名監督打了混亂劑。我在拘留所醒來。

我被交給奧古雷斯．莫薩提姆，又稱衛士——奈希拉的未婚夫，由他訓練為士兵。我說明殖民地的制度，描述每個階級。精英紅衣人，以兵役服務換取利菲特族的寵愛；表演者，被趕進貧民窟，充當氣場來源；靈盲幫手，不是被逼著做苦力就是被關在鐵牢裡。我說明利菲特族如何毆打人類、以人類為食，無法通過測驗的人類將遭到放逐。

飲料越來越涼。

我告訴他們倆，賽柏的死逼我爬上更高的軍階，我如何在草原接受衛士的訓練。我描述那頭鹿、林中的巴吱怪、朱利安，還有莉絲。我描述我們試圖在特拉法加廣場逮捕安東妮特．卡特，結果我被尼克開槍擊中。

我說得喉嚨發痛，但我把故事說完，說出所有事實，除了我跟衛士之間的關係。他們倆對利菲特族瞭解得越多，臉上也越多鄙視和驚恐。如果我描述我跟我的監護者變得多麼親密，他們一定無法理解。我沒說出迷幻鼠尾草造成的回憶、衛士在禮拜堂播放的音樂，或他曾讓我進入他的夢境。在我刪減的描述中，衛士成了很少跟我說話的沉默角色，只偶爾給我飯吃，最後終於放我走。尼克當然注意到我說詞中的漏洞。

「我不明白，」他開口：「妳被帶去特拉法加廣場的時候，他大可丟下妳，卻帶妳回去冥府。妳現在卻說他『幫過』妳？」

「為了換取我的幫助。他曾在二〇三九年試圖推翻薩加斯，結果被奈希拉嚴刑拷打。」

「但她後來決定『嫁』給他？」

「我不知道前因後果，他們可能來到這個世界之前就是未婚夫妻。」

伊萊莎扮個鬼臉。「好妙的婚約。」她側躺在沙發上，赤腳擱在靠墊上。「總之，犯下叛國罪應該足以終結婚約吧？」

「我認為那就是懲處的一部分。她知道他有多很她。對他來說，繼續擔任她的配偶，受其他利菲特人唾棄，那才是更大的折磨。」

「她何不乾脆殺了他？何必留他們任何一人活命？」

「對他們來說，死亡未必是懲罰，」尼克說：「他們不是凡人，不同於人類。」

「也許我們人類有更重要的事情要擔心。」我盯著電視機。「反正衛士已經不再重要。」

騙子。

我能清楚聽見他的聲音，彷彿他就在現場，這回憶真實可觸。我的胳臂因此出現震顫，直達指尖。

「妳認為兩邊的契約依然成立嗎？」尼克詢問：「我們逃出殖民地——這表示他們的祕密可能洩漏出去。」

「絕對可能。」我對新聞點頭。「我不認為增加戒備跟十一月佳節有關。他們想除掉所有活口。」

「然後？」伊萊莎問。

「再來一場骸骨季節，取代折損的人類。」

「但他們得先把囚犯安置在別處，」尼克說：「既然第一座殖民地的地點已經曝光，他們就無法繼續使用。」

「他們打算在法國建造第二冥府，但應該還沒開始改建。」我說：「他們的當務之急是找到我們。」

沉默片刻。「所以衛士想幫助人類，」伊萊莎開口：「他去了哪？」

「去追捕奈希拉。」

「我們沒有確鑿證據能證明他站在我們這一邊，佩姬。」尼克收起資料板。「我不相信任何人。除非有明確證據，否則利菲特族就是敵人，包括衛士。」

尼克起身望向窗外的倫敦城塞時，我感覺內臟被打上釘子。

我不能讓他知道我跟衛士的那個吻，他會認為我瘋了。我相信衛士，但我確實不明白他的動機、他是誰、是什麼。

伊萊莎俯身越過桌面。「妳會回去七晷區吧？」

「我辭職了。」我說。

「傑克森會把妳帶回去。七晷區對妳來說是最安全的地方，而且他是個好幫主，他從沒逼妳跟他睡覺。比他惡劣的幫主多得是。」

「所以我因為他沒逼我成為他的私人『靈妓』而欠他一份人情？就因為他跟漢克特不一樣？妳沒看見他做了什麼，他沒這樣對待妳。」我拉起袖口，展示右臂上的隆起白疤。「他是個瘋子。」

「他那樣對待妳的時候不知道妳是誰。」

「他當時知道他正在毆打夢行者，而我們認識的圈子裡只有我是夢行者。」

「這樣爭論下去沒幫助。」尼克揉揉眼窩。「伊萊莎，妳轉告傑克森，我和佩姬很快回去七晷區。這段期間，我們得想個行動計畫。」

伊萊莎皺眉。「你所謂的『行動計畫』是什麼意思？」

「這個嘛，我們總得想辦法對付利菲特族，不能再讓他們進行骸骨季節。」

「這我可不知道。」伊萊莎穿上外套。「聽著，我們救出了佩姬，接下來應該……想辦法把心思放回工作上。傑克森說我們在妳失蹤後損失不少收入，」她對我說：

「我們真的很需要妳回去柯芬園。」

「你們想要我回去那個黑市？」我忍不住瞪她。「賽昂是個傀儡政府，還把靈視者關進死亡集中營。」

「我們只是賤民，佩姬。只要懂得低頭，就永遠不會被送去那裡。」

「我們不只是賤民，更是七封印，中央地區最惡名昭彰的幫派之一。要不是因為賽昂，我們根本不用低頭。我們不需要當罪犯，也不需要當賤民。賽昂啟動感測護盾前，我們必須盡快召集整個集團的力量。」

「然後做什麼？」

「戰鬥。」

「賽昂？」她搖頭。「佩姬，別鬧了，反常者議會絕不會答應。」

「我會要求開會，並說明情況。」

「妳認為他們會相信妳？」

「這個嘛，妳不就相信我？」看她表情沒變，我站起。「妳不相信我？」

「我很難相信妳。」她的嗓門有氣無力。「聽著，我相信他們在那裡確實有某種監獄，不過——妳被打了混亂劑，妳說的一切聽起來實在——」

「伊萊莎，住口，我當時也在場。」尼克說。

「我不是半年間天天被打混亂劑，」我嘶吼：「我看見無辜的人為了逃出那個地獄而死，而且事情只會重複發生，第二冥府、第三冥府、第四冥府。我絕不**視而不見**。」

大夥沉默許久。

「我會告訴傑克森你們很快就回去，」伊萊莎終於吭聲，在頸部纏上圍巾。「我希望這不是在撒謊。已經有流言說妳跟他分道揚鑣。」

「如果這是事實？」我輕聲說。

「仔細想想，佩姬，妳也知道少了幫派保護就難以存活。」

她把門在身後關上，腳步聲遠去後，我才放鬆身子。

「她瘋了。等他們在大街小巷啟動感測護盾，她以為會有什麼下場？」

「她只是害怕，佩姬。」尼克長嘆一聲。「伊萊莎從沒接觸過集團以外的生活，她從小就被拋棄，在蘇豪區的某個陰暗酒窖長大。要不是傑克森給了她機會，否則她現在也在街上當靈妓。」

我不禁動搖，這出乎我的意料。「我以為她在小劇場工作？」

「她以前是。她原本靠那份薪水付房租，但後來錢全都花在翠菊和夜店上。她認識傑克森的時候，他看出她的天賦，給了她昂貴的顏料、安全的棲身之處，還有她無法想像的繆思魂魄。我還記得她第一次在巢窩出現的那一天，她激動得痛哭流涕。對她來說，維繫七封印比什麼都重要。」

「如果她明天被抓，傑克森會在一天內就找人取代她，你也知道。他根本不在乎我們的死活，只在乎我們的天賦。」我停頓片刻，揉揉眼睛上方的敏感處。「聽著，我知道局勢險峻，遠超過我們所能應付，但只要我們屈服，他們就成了贏家。」

尼克只是看著我。

「利菲特族知道集團是個威脅，」我說下去：「集團是他們搞出來的怪物，無法控制的怪物。但在漢克特的領導下，集團只是一窩賊。團裡有數百名靈視者，組織嚴明，力量強大。如果我們用這股力量對付利菲特族，而不是每天忙著打牌或自相殘殺，說不定就能趕走利菲特族。我**必須**跟反常者議會談話。」

「怎麼做？漢克特上一次召集大會是在——」他停頓。「漢克特從沒召開過大會。」

「任何人都能要求召開大會。」

「是嗎？」

「我還是門徒的時候學了一些事。」我從床頭櫃拿來紙筆。「集團的任何成員都有權向闇帝送交傳票，請求召集議會。」我寫下這句話，連同我的所屬地區，再把信紙塞進信封，交給尼克。「能不能麻煩你交給靈魂俱樂部？」

他接過信封。「這是傳票？交給反常者議會？」

「漢克特的信箱鐵定已經滿了，他從不整理。靈魂俱樂部會派信差親自送達。」

「傑克森如果知道這件事，一定會大發雷霆。」

「我不幹了，記得嗎？」

「沒有幫主當靠山，妳恐怕沒什麼影響力。伊萊莎說得沒錯，沒有幫派撐腰，集團根本不會理妳。」

「我總得試試。」

他把信封塞進口袋，但神情猶豫。「這件事絕非一蹴可幾，他們不會相信妳說的任何話，漢克特也不會特別在乎；就算相信，妳也得面對幾十年甚至幾百年來的傳統和腐敗。妳也知道裝滿蘋果的手推車翻倒的後果。」

「蘋果會掉到地上。」我把雙手撐在窗臺上。「我們不能再等下去。利菲特族必須進食，但他們那座城裡沒剩多少靈視者，他們遲早會大舉入侵。我不知道怎麼對付他們——我甚至不知道我們能不能對付他們——但我不想坐在這裡等死、等著賽昂來決定我的人生。我無法容忍，尼克。」

他沉默片刻。

「沒錯，」他說：「我也無法容忍。」

第三章　五天後

第二天毫無變化，第三天也完全一樣。我在日出時入睡，在晚上醒著。反常者議會還沒對我的傳票做出回應，我打算一星期後再寄一次。靈魂俱樂部的信差動作很快，但漢克特可能好幾天都不會看信。

我別無選擇，只能等下去。我不知道執政廳目前狀況如何，因此無法構思進一步計畫。就目前來說，執政廳的董事會想必都聽奈希拉指使。

到了第五天，我打量一身傷勢，背部瘀傷已褪成蠟黃色，外傷也已大多癒合。看了還是沒什麼特別報導的新聞後，我坐在沙發上，吞下房東送來的早餐。

尼克又從七晷區幫我送來一些日常用品，包括一具攜帶型氧氣罩，這東西能讓我在長時間靈魂出竅時保命。我在床上躺下，用氧氣面罩蓋住口鼻。我已經很多天沒潛入夢境，如果哪天必須戰鬥，我得確保自己的身體和天賦都能正常運作。我的天賦成熟後，靈魂就是我最強大的武器。我啟動氧氣，潛入心靈。

我在下潛過程中感到痛苦。終於突破屏障時，枯萎罌粟擦過我的臉頰。我睜開夢境之眼，發現自己站在陽光地帶的邊緣，雙腳踩在柔軟花瓣上，天空赤紅灼熱，一陣乾燥的風拉扯我的頭髮。

大片花田已遭除根。那就是我的心靈材質，如今傷痕累累，彷彿被某種地獄機器犁過。

我跪在一朵垂死的罌粟花前，把花籽倒在掌上。在我的碰觸下，每顆花籽都長出細莖和花朵——但這些不算是罌粟花，而是更深的紅色，綻放程度較小，散發火焰的味道。

阿多尼斯之血。只有它能傷害利菲特族。他們如紅浪般掃過我的夢境。

十萬銀蓮。

我沒嘗試夢行。那種規模的心靈風暴需要時間消退，我得再休息幾天才能進入乙太。

我衡量各個選項。漢克特很可能根本懶得理會我的傳票。如果是這樣，我就得主動出擊。

但我面對兩個重大挑戰：財力和名聲。嚴格來說，我兩樣都缺。

如果擺脫傑克森，就得弄到生活費。我還住在那個巢窩時，我在枕頭裡藏了一些現金。也許我和尼克能建立自己的幫派。如果我跟他一同出資——賽昂給他的薪資，加上我從傑克森那裡賺到的錢——說不定能在外圍地區買下一間小型辦公室，我們可以開始招募盟友。

我把雙臂抱在胸前，走向露臺。再來是第二個問題：金錢買不到的就是名聲。我不是女幫主。沒有傑克森，我連門徒都不算。

規矩就是規矩。如果我和尼克在另一個地區自建幫派，就得先經過當地幫主的許可，並獲得闇帝的祝福——而他從不這麼做。若我們還是為所欲為，就等著被割開咽喉，那些出於愚蠢或私心所招來的人員也會落得同樣下場。

另一方面，如果我回去七封印，傑克森會用敞開的皮夾和喜悅的舞蹈迎接我。拒絕為他工作的話，不僅會失去辛苦累積的所有名聲，更會成為集團中的賤民，遭其他靈視者唾棄。只要法蘭克·威弗懸賞我的項上人頭，那些靈視者就會爭先恐後地把我出賣給執政廳。

傑克森沒明言他不會幫我對付利菲特族，但我見過他的真實面。我大概是在特拉法加廣場被他打到昏迷，或在草原上差點被他掐死後，才明白傑克森·霍爾是個狠角色，而且他做得出傷害自己人的行徑。

但他恐怕是能讓我在集團中發聲的唯一機會。也許我最好的選擇就是回去七晷區，跟往常一樣保持低調，因為如果有哪件事比替傑克森·霍爾賣命更危險，那就是與他為敵。

我沮喪地轉身離開窗戶。我不可能在這裡躲一輩子。我已經復原，應該去七晷區面對他。

不，現在還不是時候。我該先去康登，艾薇說過她會去那裡，我想確保她平安抵達當地。

我把掛在門後的衣物袋拿進浴室，站在鏡子前，開始易容偽裝。我穿上黑色的羊毛外套，繫好腰帶，豎起領子遮住頸部，再戴上一頂尖帽。只要我低頭，我的黑唇就會被脖子上的血色領巾遮住。

一條經過昇華處理、能抵禦惡靈的項鏈此刻掛在床架上，是衛士給我的禮物。我戴上它，用指間拿著護符的雙翼，金屬構造宛如細絲，複雜又精巧。這種東西在大街上——倫敦一些最惡名昭彰的殺人魔的魂魄至今仍在街上遊蕩——能賣個好價錢。

以前，我很喜歡沉浸於迷宮般的倫敦，我喜愛利用它的腐敗環境賺錢。以前，我想去外頭就去，即使街上有守夜者也照去不誤。我跟諸多靈視者一樣，把雙重人生管理得有條不紊。想溜過賽昂的警戒措施還算簡單：避開裝有監視器的街道，跟靈視警衛保持距離，永遠別停下腳步。低下頭，睜大眼，尼克總是這樣教我。但我現在知道那種人生只是假象，傀儡的幕後主人就躲在陰影中。

我差點打退堂鼓，但我望向沙發，我這幾天都嚇得窩在沙發上，等著賽昂破門而入。我知道我如果再不出門，就永遠不敢出門。我推開窗戶，跨過窗臺，來到逃生梯上。

寒風抓向我的臉。有那麼一刻，我只是站在原地，被恐懼癱瘓。自由。原來自由是這種感覺。

第一波顫意傳來。我抓住窗臺，抽回雙腿。房裡很安全，我不該出去。但是街道就是我的人生。為了回來這裡，我拚了老命。我轉過身，用汗溼的雙手抓住逃生梯，小心翼翼踏過每一環。

腳底一碰到柏油路，我立刻望向身後，投入乙太。兩名靈感者站在一座電話亭旁，低聲交談，其中一人戴著深色眼鏡，他們都沒看我一眼。

康登離這裡至少得走四十分鐘。我把每一綹金髮塞進帽子。

人們從旁擦身而過，有說有笑。我回想以前在倫敦漫步的時光，我有正眼瞧過任何人嗎？應該沒有。他們又何必正眼瞧我？

我走向主要道路，引擎聲隆隆呼嘯，車頭燈一閃而過。所有野雞車都已載客，也沒有任何一輛無執照的人力車願意為我停下。白色計程車、白色三輪車和白色人力車都裝有專利黑椅。白色的三層巴士由弧形黑窗覆蓋車身。拔地而起的高樓大廈彷彿觸及星空，都閃爍著霓虹燈，並飄著繪有賽昂錨徽的旗幟。一切都太亮、太吵也太快，我已經習慣了沒有電燈和噪音的街道。相比之下，眼前這個世界看似瘋狂。汙穢又神聖的賽昂倫敦，我的監牢，我的家園。

皮卡迪利圓環很快進入我的視線，那個地標確實很難錯過，畢竟那些巨型螢幕高掛於建築頂端，展示由電子頻譜組成的廣告、訊息和宣傳。最顯眼的螢幕都由布瑞嘉快餐和芬氧這兩家大企業掌控，較小的螢幕則顯示新發售的資料板軟體：眼線、賣藝管理、殺時間——都是為了協助居民察覺或避開反常者，或拿這個題材自娛。一面寬型螢幕重複播放來自賽昂的維安警訊：**禮貌性的冷漠乃是大敵。守夜者正在首都值勤。若懷疑任何人有反常行為，立刻通知警戒者公會。請留意公眾維安訊息**。周圍喧囂實在不可思議：音樂聲、引擎聲、警笛聲、談話聲、呼喊聲、螢幕喇叭，還有人力車夫的吆喝聲。燈侍站在街燈底下，手持綠光燈籠，提防可能潛伏於周圍的反常者。

我走向人力車停靠處。一名靈盲女子站在我前方，手上掛著一件乳白色外套，身上是班尼許風格的連衣裙，布料是紅色的褶邊天鵝絨，剪裁合身。她把手機夾在頸邊。

「……少蠢了，這只是過渡時期！不，我只是要去氧吧，或許來得及看到絞刑轉播。」

她嘻嘻哈哈地爬上一輛人力車。我在欄杆邊等候，緊抓金屬桿。

下一輛人力車為我趕來。這是一輛電力輔助驅動的三輪車，駕駛座後方是個密閉的小空間，能容納一、兩名乘客。我爬上車。

「麻煩去康登碼頭。」我換上最完美的英國腔。如果他們正在追捕我，一定專挑有北方口音的人下手。

人力車穿過第一地區，駕向北方的第二之四區。我盡可能靠向椅背。這趟路雖然有其風險，卻也令我興奮得熱血沸騰。我居然大剌剌地在賽昂倫敦市中心搭車，根本沒人注意。十五分鐘後，我跳下人力車，從口袋掏出車錢。

康登鎮，第二之四區的核心地帶，可謂自成一國，靈盲和靈視者遊走於繽紛色彩和舞蹈樂聲。攤販們每隔幾天就會來到運河，販售來自其他城塞的商品和食物。蔬果攤販賣藏在水果裡的法器和翠菊。這裡是非法活動的溫床，對逃犯來說再安全不過。靈視守夜者未曾掃蕩這個市集，因為他們之中有許多人倚賴這裡的商業活動，更因為他們在休假時喜歡跑來這裡鬼混。這裡有諸多妨礙風化的設施，城塞唯一一座地下電影院也在這裡，名為「跳蚤窩」。

我走向康登碼頭，經過諸多刺青店、氧吧和販賣廉價領巾及手錶的攤販。不久後，我來到康登夜總會：白天是高級服飾店，晚上是迪斯可舞廳。一名綁著黃色馬尾的男子站在門外。我不用靠近就知道他是察覺者：這裡的靈視者通常把頭髮或指甲弄成跟自身氣場一樣的顏色，你發現這種巧合的時候，他們已經察覺到你的身分。我在他面前停步。

「你忙嗎？」

他瞥我一眼。「看情況。妳是本地人？」

「不，我是皙夢者，」我答覆：「第一之四區的門徒。」

聽見這句話，他撇開臉。「我很忙。」

我挑眉以對，堅守原地。他刻意維持面無表情。大多數的靈視者聽到「門徒」一詞都會立正站好。我擲出靈魂，用力推他一把，他嚇得哀號。

「妳他媽搞什麼？」

「我也很忙，察覺者，」我揪住他的衣領，繼續用我的靈魂逼近他的夢境，讓他緊張不安。「我沒時間玩遊戲。」

「我沒在玩遊戲。妳已經不是門徒，」他厲聲道：「聽說妳和縛靈師鬧得不愉快，皙夢者。」

「是嗎？」我裝得無動於衷。「那你一定聽錯了，察覺者。我和白縛靈師沒鬧翻。現在，你真的想冒著被懲罰的危險，還是你願意幫我一把？」

他微瞇著眼打量我，我注意到他的眼睛用黃色隱形眼鏡遮掩。

「有話快說。」他開口。

「我在找艾葛莎精品店。」

他想從我手裡拉回衣領。「在馬廄市集，經過康登碼頭。跟她說妳在找血鑽石，她就會幫妳。」他把布滿刺青的雙臂交疊於胸前，紋身的主題是骷髏，覆蓋每一吋肌肉。「還有其他事嗎？」

「暫時沒有。」我放開他的衣領。「謝謝你幫忙。」

他悶哼一聲。我逼自己別再推他一把，而是從旁走過，前往康登碼頭。

剛剛那麼做實在冒險。如果他是「布娃娃」的成員，就不可能任我欺負。布娃娃是這裡的主力幫派，少數幾個擁有獨特制服的組織之一：身穿條紋運動服，手上是用鼠骨製成的手環，而且頭髮染色。第二之四區沒多少人敢提起他們神祕莫測的幫主「布骨人」，只有少數幾人見過他。（註1）

想必傑克森已散播消息，宣布我不再是他的門徒。他藉此向集團界定我的地位，逼我回去找他。我早該知道他沒什麼耐心。

我還沒接近康登碼頭，已經先聞到那裡的氣味。幾艘運河船漂在蓋滿浮渣的綠水上，船身滿是水藻和斑駁油漆，每艘船上都是一個蔬果攤。「來買喔，來買喔，」他們喊道：「賣鞋帶喔，十條一鎊！」「熱騰騰的餡餅，不買拉倒！」「蘋果白巧克力蛋糕，五先令！」「剛烤好的栗子，二十顆五鎊！」

聽見最後那句，我感覺耳朵發麻。賣栗子的那艘船是深紅色，飾條是紫紅色和漩渦狀的金色紋路。那艘船想必一度美麗，如今油漆剝落，船尾滿是反賽昂的塗鴉。爐臺上烤著切成十字的栗子，露出裡頭的果肉。

註1「布骨人」的原文是Rag and Bone Man，原意是在早期英國社會中回收舊貨、撿破爛的拾荒者。

我上前時，攤販對我微笑，露出一口歪牙。她戴著毛氈帽，眼睛反映爐火光芒。

「年輕姑娘，要不要來二十顆？」

「麻煩妳。」我遞給她一些錢。「我在找艾葛莎精品店，聽說在這附近。妳知道路嗎？」

「就在轉角。那裡有一名攤販在賣薩露湯，妳靠近那裡時就會聽見她的聲音。」她把紙筒裝滿栗子，再淋上奶油和粗鹽。「拿去吧。」

我拿著栗子，繼續走過市集，沉浸在人們忙於生活的氣氛中。第一冥府裡人人謹言慎行，完全不像這裡這樣朝氣蓬勃。對靈視者來說，夜晚是最危險的時候，不僅因為守夜者四處巡邏，也因為我們的天賦這時最旺盛、最蠢蠢欲動——讓我們成了撲火飛蛾。

精品店的櫥窗裝有人造寶石，閃閃發亮。一名女孩在店外販賣薩露湯，是個身形嬌小的植占師，天藍色頭髮裡插著蘭花。我從她身旁經過，走進店裡。

門上一個鈴鐺叮咚作響。店主是個體形削瘦的老婦，身披白色蕾絲披巾，沒抬頭看我。她為了配合自身氣場的顏色而一身亮綠打扮：打薄的綠髮，綠色指甲，綠色睫毛膏和綠色唇膏。她是話語靈感師。

「我能幫妳什麼忙，親愛的？」

看在靈盲者眼裡，她的嗓音像個老菸槍，但我知道她聲音沙啞是因為喉嚨曾遭魂魄虐待。我關上門。

「麻煩給我一顆血鑽石。」

她打量我。我試著想像把自己的行頭弄得跟氣場一樣紅會是什麼感覺。

「妳一定是晢夢者。跟我下來吧，」她沙啞道：「他們正在等妳。」

老婦轉動黑檀木櫃，帶我走下藏在櫃後的歪斜階梯。她拚命咳個不停，彷彿有塊生肉卡在氣管裡。她再過不久就會成為啞巴。有些話語靈感師甚至會割斷自己的舌頭，就為了不再被魂魄利用。

「叫我艾葛莎，」她說：「這裡是第二之四區的緊急藏身處；當然，已經多年沒用。康登的靈視者們只要受到驚嚇，就會蜂擁而至。」

我跟她進入一間酒窖，只有一盞檯燈提供照明。牆上堆滿廉價恐怖小說和沾滿灰塵的裝飾品。剩下的空間被兩塊床墊占據，上頭蓋著拼布棉被。艾薇睡在一堆靠墊上，身穿排釦襯衫。

「別叫醒她。」艾葛莎蹲下，撫摸艾薇的頭。「這可憐的小羊需要休息。」

另外三名靈視者共享另一張床墊，都帶著冥府囚犯的神情：眼神茫然，肚皮凹陷，氣場微弱。起碼他們終於有乾淨衣服穿。奈兒坐在另外兩人之間。

「看來妳逃出了倫敦塔，」她開口：「我們真該為逃過那一劫而贏得獎牌。」

我在殖民地時很少跟奈兒說過話。「妳的腿還好嗎？」

「只是小傷。看來那些太衛也不怎麼樣嘛，比較像小衛。」她撫摸腿部時依然皺眉。「妳認識這兩個闖禍精吧？」

她的夥伴之一是我在第一冥府時幫過的方言師，棕眼黑膚，上衣外頭套著寬鬆的工作服，他把頭靠在奈兒的胳臂上。第四個倖存者是菲立斯，神情緊張，體形有點過瘦，黑髮蓬亂，滿臉雀斑。他在我們發動叛亂時完成了關鍵的傳話工作。

「抱歉，我好像沒問過你叫什麼名字。」我對方言師說。

「沒關係，」他的嗓音輕盈悅耳。「我叫喬瑟夫，妳叫我小喬就行。」

「好。」我查看酒窖角落，感覺心臟跳上咽喉。「還有其他人逃出來嗎？」

「應該沒有。」

「我們在白教堂區搭上一輛野雞車，」菲立斯說：「我們原本還有另外兩個同伴，但他們都——」

「死了。」艾葛莎用布摀嘴，劇烈咳嗽。她拿下布時，上頭沾染血跡。「那女孩什麼也吃不下，男孩則跳進運河。我很遺憾，親愛的。」

我感覺腿後開始冒汗。「那男孩，」我問道：「該不會是啞巴？」

「麥可逃走了，」小喬回答：「他當時好像跑向河邊，沒人再見到他。」

我不該覺得安心，畢竟另一名靈視男孩沒能活下來。但一想到麥可受傷，我心如刀割。菲立斯抓抓頸側。「所以妳沒找到其他人？」

「還沒，」我答道：「我不確定該從何找起。」

「妳的據點在哪？」

「我現在待在一間旅館，你不知道地點比較好。你們在這裡安全嗎？」

「他們很安全，」艾葛莎代答，拍拍艾薇的胳臂。「妳別擔心，晢夢者，我絕不會讓他們離開我的視線。」

菲立斯對她露出有點忐忑的笑容。「我們目前很平安，康登看來安全。況且，」他說：「哪裡都好過……我們之前待的地方。」

我在艾薇身旁蹲下，她一動不動。「我原本是她的訓童師，」艾葛莎解釋時取下蕾絲披巾，蓋在艾薇肩上。「她失蹤時，我以為她逃走了，我派出所有小壞蛋出去找她，但一無所獲，我就猜到她一定被他們抓走。」

我不禁渾身緊繃。訓童師的職責是挑選流浪兒，訓練他們去偷竊乞討，也經常致殘他們以便引發路人同情。「我相信妳當時一定很想她。」我說。

她就算有聽出我的話中有話，也沒為此做出反應。「是啊，」她說：「我確實很想她。我把這孩子當成親生女兒。」她站起身，揉揉腰後。「妳跟他們慢慢聊吧，我回去看店了。」

她把門在身後喀啷關上，咳嗽聲在樓梯間迴響。菲立斯輕輕搖晃艾薇。

「艾薇，佩姬來了。」

艾薇過了片刻才醒來。小喬扶她坐起，讓她靠在軟墊上。她把一手放在肋處，一雙黑眼終於看清楚我的時候，她面露微笑，我看見她缺了一顆門牙。「我還沒死。」

小喬一臉擔心。「艾葛莎說妳不該起來。」

「我沒事，她就是喜歡窮緊張。」艾薇說：「說真的，我們實在應該邀請蘇班來見我最後一面，我相信他一定樂意目睹他努力的成果。」

沒人發笑。她的瘀傷令我大感震驚。「所以，」我問：「艾葛莎是妳的訓童師？」

「我信任她。她跟其他訓童師不一樣——我挨餓的時候，她收留了我。」她把肩上的蕾絲披巾拉得更緊。「她不會讓我們被布骨人發現，她根本不喜歡他。」

「你們為何不能被他發現？」我在床墊坐下。「他不是妳的幫主？」

「他是暴力狂。」

「幫主不幾乎都是暴力狂？」

「相信我，妳絕對不會想惹那傢伙，他不會希望幾個逃犯給他的地盤帶來麻煩。沒人知道他長什麼樣子，但艾葛莎見過他一、兩次。我替她工作前，她多年來都負責管理這個避難所。」

「他的門徒是誰？」奈兒問道。

「我不確定。」艾薇把一手按在剃短髮的腦袋上，移開視線。「他們向來保密。」

我得問問傑克森關於這傢伙的事——如果哪天再跟傑克森說話。「那妳為什麼還回來這裡？」

「無處可去，」奈兒扮個鬼臉。「我們沒錢投宿廉價旅館，也沒朋友能接納我們。」

「聽著，佩姬，」菲立斯打岔：「我們該盡快考慮接下來怎麼辦。我們知道那麼多祕密，賽昂絕不會放過我們。」

「我已經要求召開反常者議會，我們必須散播有關利菲特族的消息。」我說。艾薇扭頭看我。「我們要讓倫敦所有靈視者都知道賽昂如何對待我們。」

「妳瘋了。」艾薇瞪我，嗓門微微顫抖。「妳以為漢克特會採取任何行動？妳以為他在乎？」

「總得試試。」我說。

「證據就是我們身上的烙印，」菲立斯指出：「我們的口供，還有許多靈視者依然失蹤的事實。」

「他們可能就在倫敦塔，也可能已經死了。就算我們把消息傳出去，也不能保證能改變什麼。」奈兒說：「艾薇說得對，漢克特絕不會相信我們的說詞。我有個朋友曾想對漢克特的手下通報一起謀殺案，結果他們因為他給漢克特找麻煩而把他痛打一頓。」

「想證明故事的真實性，我們就需要一名利菲特人，」小喬開口：「衛士會幫我們吧，佩姬？」

「我不知道。」我停頓。「我不知道他是不是還活著。」

「而且我們不該跟利菲特族合作。」艾薇轉過臉。「我們都知道他們是什麼樣的人。」

「但他幫過莉絲，」小喬皺眉道：「我親眼見過，他幫她從靈魂休克的狀態恢復過來。」

「那就送他一枚獎章，」奈兒回嘴：「但我也不想跟他合作。他們都該下地獄。」

「靈盲者如何？」菲立斯問道：「我們能不能跟他們合作？」

奈兒嗤之以鼻。「抱歉，麻煩再提醒我一次：腐民為啥會在乎我們的死活？」

「妳該學學正面思考。」

「是啊，每星期都有的死刑場面真的讓我超正面。總之，倫敦腐民的人數是我們的十倍，搞不好更多，」她補充道：「我們就算爭取到其中一小部分的支持，剩下的照樣能壓過我們，所以這個傑出計畫根本不成立。」

我看得出來，他們真的在這個小房間窩太久。

「靈盲者很可能願意幫我們。賽昂總是教導居民仇視靈視者，」我說：「想像一下，如果一般民眾發現賽昂其實被靈視者掌控，會對此作何感想。利菲特族的靈視能力遠勝我們，而他們已操弄我們兩百年。但我們必須先把精神集中在靈視者身上，而非腐民或利菲特族。」我起身站在窗前，看著運河船駛過。「你們如果向各自的幫主求助，他們會如何反應？」

「我想想。我的幫主會海扁我一頓，」奈兒若有所思：「然後……嗯……大概在我的胳臂上劃幾刀再丟我出去討飯，既然他認為我這麼會撒謊。」

「妳的幫主是誰？」

「霸凌魯克，第三之一區。」

「瞭解。」霸凌魯克是名副其實的莽夫。「菲立斯？」

「我不是集團成員。」他坦承。

「我也不是，」艾薇開口：「我只是流浪兒。」

我嘆氣。「小喬？」

「我原本也是流浪兒，來自第二之三區。我的訓童師不會幫我們的。」他雙手抱膝。「我們必須待在這兒嗎，佩姬？」

「暫時。」我說：「艾葛莎會不會叫妳去工作？」

「她當然會。她另外還有二十個流浪兒要養，」艾薇說：「我們不能全靠她。」

「我明白，但妳吃了不少苦。奈兒，妳被囚禁了十年，妳需要時間重新適應。」

「我只慶幸她願意容忍我們。」奈兒靠向牆邊。「回去工作對我有好處，我幾乎忘了工作後能拿錢是什麼感覺，」她多加一句：「說起來，妳的幫主呢？妳替白縛靈師賣命，是吧？」

「我會去跟他談談。」我看著艾薇，她正摳著拳頭上的老繭。「艾葛莎知道殖民地的事嗎？」她搖頭。「那妳跟她說了什麼？」

「我說我們逃出倫敦塔。」艾薇搖頭不止。「我只是……我沒勇氣解釋那一切，只想趕快忘掉。」

「先別說。真相就是我們最好的武器。我想在召開反常者議會時第一次公布真相，否則他們會以為我們的說詞只是失控的謠言。」

「佩姬，**別**對反常者議會說出真相。」她瞪大眼睛。「妳之前可沒說要反擊或公諸於眾啊，只是說妳會帶我們回家，那才是最重要的。我們必須繼續躲藏。妳可以把我們藏在——」

「我不想繼續躲下去。」小喬的嗓門雖輕但堅定。「我想改變現況。」

艾葛莎挑這時候回來，端來一盤食物。「妳該走了，親愛的，」她對我說：「艾薇需要休息。」

「妳說了算。」我回頭瞥向她的四名受監護人。「務必小心。」

「等等。」菲立斯拿起一張紙，匆忙寫下電話號碼。「萬一妳需要找我們，這是其中一名攤販的號碼，妳如果打給她，她會轉告我們。」

我把紙條塞進口袋，走上腐爛階梯時詛咒艾葛莎。她究竟是什麼樣的白痴，居然讓她看顧的兩名靈視者喪命？她看來像個好人，這份重擔也確實來得突然，但艾薇如果不懂得照顧自己，很可能會追隨那兩人回歸乙太。話雖如此，看到四名倖存者平安無恙，不愁吃穿，還受到其他靈視者的保護，這已經超出我的期望。

我走出艾葛莎精品店時，天空下起小雨。我在遮棚市集裡漫步，燃燒著輕油的油燈照映大批路邊攤的熱食：閃閃發亮的奶油豌豆，盛在紙碗裡冒煙；大團的馬鈴薯泥，有些白而蓬鬆，有些沾染豆綠色，有些是玫瑰紅；鑄鐵鍋上烤著香腸。我經過某個攤位上的熱巧克力時，再也無法抗拒。口感滑順甜美，嘗來彷彿征服天下。我吃喝的每一口，都是對奈希拉的侮辱。

我很快就覺得腸胃不大對勁。莉絲會願意砍下手臂換取這種飲料。

有人的肩膀撞到我，我手中的杯子隨之飛出。

「快滾。」

粗啞的男性嗓門。我正想回嘴，卻注意到他們身上的條紋和骨環。布娃娃。這裡是他們的地盤，不是我的。

天亮幾小時前，我離開夜市，走向南方，一路上注意從旁經過的交通工具。我很快就回到第一地區的邊界。我進入一條小巷，斜靠一面牆邊看手錶。這裡是個棄置已久的賣藝人據點，骯髒寂靜，門口旁都是早已燒毀的垃圾桶。現在想想，我真不該在這種地方停步。

我的第六感反應太慢。他們來到我面前時，我才感覺到他們的存在。

「哎呀，看看誰來了。我的老朋友，暫夢者。」

我感覺胃袋墜進腳底。我很熟悉這種油腔滑調。乾草漢克特。

第四章 葛拉布街

無論遠近，賽昂倫敦城塞的闇帝都不是令人喜歡的景色。話雖如此，此刻他的臉離我只有幾吋，我不禁明白黑暗為何這麼適合他。難看的鼻梁，殘缺的牙齒、充血的眼睛，這三者組成一副咧嘴笑容，毛氈帽底下的頭髮塗滿髮油。我被他的手下「地府之軀」團團包圍。

第一之一區的縛靈師「送行者」殿後，我認出他的高帽，他的右臂上刻有太多名字，彷彿由疤痕組成的衣袖。他身旁的彪形大漢是「地府之手」，漢克特的貼身保鑣。

「小小的七晷丫頭離家很遠嘛。」漢克特輕聲道。

「我在第一之四區，這裡就是我的家。」

「真可愛的情感。」他把提燈遞給地府之手。「我們可想妳了，夢行者，真高興再見到妳。」

「我真希望我能對你說出同樣的話。」

「妳離開倫敦這麼久，倒是一點也沒變。白縛靈師沒跟我們說妳跑去哪。」

「你又不是我的幫主，我哪需要跟你報備。」

「但妳的幫主得跟我報備。」他微微一笑。「我知道妳跟他最近鬧得不愉快。」

我沒表示意見。「你們跑來第一之四區做啥？」

「我們跟妳的老闆有點帳要算。」一旁的磁牙對我露齒笑道，我看見他左門牙上的塔羅刺青。磁牙這傢伙非常擅長塔羅牌遊戲，也是我見過最高明的牌占師。「他的一個嘍囉要求召開反常者議會。」

「我們有權要求開會。」我回嘴。

「這得看老子高興。」漢克特用拇指壓住我的咽喉。「很不幸的，我現在沒心情處理任何麻煩的集會。晢夢者，妳想像一下，如果我得應付所有收到的傳票，那我啥事都甭做了，成天聽我這些虔誠的幫主發牢騷就飽了。」

「他們的牢騷搞不好很重要，」我冷冷回嘴：「你的職責不就是回應傳票？」

「不。應付羊群是我這些手下的工作，而我的職責是管好你們每個人。這個集團碰到的小問題重不重要，由我說了算。」

「你認為賽昂重不重要？他們即將拿感測護盾打垮我們，你認為這件事重要嗎？」

「啊，」漢克特把一指壓在我的唇上。「看來咱們終於找到嫌犯。就是妳吧，晢夢者？是妳要求開會，是不是？」

這番話引來哄堂大笑。在我的靈魂感官裡，這陣笑聲膨脹滿溢。

「妳以為妳能使喚我們？」磁牙對我冷笑。「我們是聽她指揮的小狗？」

「是啊，磁牙，她似乎就是這麼認為，這丫頭可真放肆。」漢克特俯身靠來，在我耳邊低語：「晳夢者，妳的白縛靈師居然大膽到讓妳『傳喚』老子，我會讓他明白我有多麼不滿。」

「別表現得像個國王，漢克特。」我沒動。「你也知道倫敦如何對待國王。」

我剛說完，乙太就出現不祥波動。夜風沿我的脊椎拂過時，一縷騷靈穿牆而出。

「『倫敦怪物』來了，」漢克特說：「又一個老朋友。妳認識他嗎？他在十八世紀末行走於這些大街小巷，特別喜歡剝開年輕女士的皮。」

乙太之中的那團汙漬嚇得我反胃腿冷。接著，我想起身上的護符，鼓起勇氣。

「我見過更糟的東西，」我說：「那傢伙只是個山寨版的開膛手。」

漢克特的話語靈感師「圓頭」發出恐怖的低吼聲。「小心我挖出妳的眼睛，妳這該死的婊子。」他咆哮。騷靈顯然借用圓頭的舌頭說話。

送行者彎起一根長長的手指。騷靈不情願地後退。圓頭吐出幾聲刺耳詛咒，隨即默不作聲。

「還有其他表演嗎？」我譏諷道。

「我來讓妳看看。」

這聲承諾來自漢克特的門徒「刀嘴」。她比幫主高幾吋，腰間掛滿小刀，紅髮綁成法式長辮。她用淡棕眼睛瞪著我，她的上下唇被一道S形疤痕貫穿，因此看起來總是咬牙切齒。

「我也有一、兩個拿手好戲，皙夢者，」她把刀尖湊在我的嘴角上，刀鋒反映提燈的光芒。「我認為我有辦法逗妳笑。」

我靜止不動。刀嘴頂多比我大一、兩歲，卻已經跟漢克特一樣冷血。

「身為門徒就該有傷疤。」她用拇指撫摸我臉頰上的淡疤。「妳這道疤哪來的？妳折斷了一片指甲？還是塗上太多脂粉？妳只是個騙子，如此而已。妳和妳的七封印讓我想吐。」

她還真的朝我吐口水。其他人爆出笑聲，只有送行者例外，他從來不笑。

「既然妳把開場白說完了——」我用袖口擦臉。「也許妳能告訴我妳到底想怎樣，刀嘴。」

「我想知道妳這半年都在哪。最後一次在倫敦見到妳的人就是漢克特。」

「我去了某處。」

「廢話，妳這笨女人，我們都知道妳『去了某處』。妳跑去哪？」

「離妳的地盤很遠，如果妳擔心的是這個。」

刀嘴重毆我的肋骨，打得我肺臟無氣，舊傷爆發痛楚，我如斷枝般彎下腰。「別耍我。這裡只有妳是玩具。」我緊抓肋處時，她朝我的膝蓋踹一腳，我跪倒在地。她把我的頭髮從帽子底下拉出來，握在手中。「看看妳，妳才不是門徒。」

「她是個『假靈視』，」某個嘍囉開口：「我還以為她應該是個夢行者？」

「說得好，滑指先生。她似乎沒啥本領，不是嗎？我認為她只是個遊手好閒的人。」刀嘴把刀鋒壓在我的咽喉上。「妳究竟有啥用，夢行者？縛靈師拿妳做什麼？我們有義務剷除假靈視，所以妳最好趕緊從實招來。我再問妳一次：妳跑去哪？」

「某處。」我重複。她摑我一巴掌，我的腦袋被震得撞牆。

「我剛剛說過，妳最好從實招來。妳這北方佬就是這麼不上道？」

我逼自己別毒舌回嘴。就連靈視者也感染了賽昂對愛爾蘭人的仇視。漢克特站在一旁，查看他總是隨身攜帶的金色懷錶。我身上還有其他傷，不可能打得贏這一架。我不想讓漢克特知道我的靈魂改變了多少。就他所知，我依然只是個心靈雷達，除了拿來數算夢境數量之外沒其他用處。

「噢，她不想說。交出妳的皮夾，夢行者，」滑指對我說：「我們要去買更有趣的東西。」

「還有那條漂亮的項鏈。」他的夥伴，一名身形矮胖的女子，揪住我的頭髮。「是什麼樣的金屬？」

我用髒兮兮的手指抓住護符。「這只是塑膠，」我說：「我在波多貝羅市集買的。」

「騙子。交出來。」

我的掌心感覺到護符的金屬結構微顫。它能對抗騷靈，但我猜應該沒法幫我擊退倫敦幫派分子。

「咱們就讓她留著她的首飾，」漢克特開口：「雖然我得說，項鏈在妳身上一定光彩奪目，扁鼻小姐。」其他人竊笑時，闇帝伸出一手。「妳的皮夾。」

「我沒有皮夾。」

「別撒謊，夢行者，否則我恐怕得叫腫臉給妳搜身。」

我的視線移向他說的那人，手指粗大、頭頂光禿、臉如麵團、黑眼閃亮的「蛆蟲」腫臉負責幫漢克特處理所有的骯髒差事，如有必要也包括殺人棄屍。我從口袋掏出最後幾枚硬幣，丟到滑指的靴子上。

「就把這筆錢，」漢克特說：「當成妳的贖命錢吧。刀嘴，把刀子收起來。」

刀嘴瞪他。「她還沒招供，」她咬牙道：「你居然要放她走？」

「她被弄成殘廢，對我們也沒用處。白縛靈師不會想跟受損的洋娃娃玩。」

「這婊子得說清楚她去了哪。你說過咱們可以——」

漢克特打她一巴掌，他的一枚戒指刮過她的臉頰，傷口見血。「妳，」他低語：「不是我的主子。」

她的髮辮鬆脫，散髮遮住半張臉。她瞪著我的眼睛，接著撇開臉，握起拳頭。

「請原諒。」她說。

「我原諒妳。」漢克特回一聲。

其他幫派分子彼此對望，只有磁牙一人微笑。他們每個人臉上都有細疤。漢克特看我最後一眼，隨即用雙手摟住門徒的腰，帶著她離開。我看不見她的臉，但她的背脊顯然很僵硬。

「老大，」磁牙喊道：「您是不是忘了什麼？」

「噢，的確。」漢克特揮手。「這是為了報復那場牌局，夢行者。妳再找我麻煩，我就宰了妳。」

地府之手走來，其他人紛紛讓路。我還來不及彎腰，他已經一拳擊中我的側臉，再毆打我的腹部，還追加第三拳。我眼冒金星，撲倒在地，用手掌撐身。如果他體形比我小，我至少會想辦法回敬一拳，但我如果真的惹火他，他恐怕會乾脆殺了我——我熬過那麼多苦難，一點也不想死在這裡。他又踹了我幾下，就怕我不夠痛。

「笨女人。」

他朝我吐口水，接著如忠犬般追上幫主，笑聲沿馬廄街迴響。

我斷喘咳嗽，感覺牙根疼痛。**沒種的混蛋**。上一次塔羅牌比賽輸給我們後，磁牙就一直很想跟我們打一場，雖然叫地府之手來揍我實在不算打架。現在看來，為了一場牌局而流血，感覺實在**愚蠢至極**——但漢克特的手下平時只幹這種事。他們把倫敦集團改造成桌遊大會。

我用雙手和膝蓋撐起身子。這下我真的成了流浪兒。我從外套裡掏出拋棄式手機撥號。響了兩聲後，一名信差接聽。

「這裡是第一之四區。」

「找白縛靈師。」我說。

「是，女士。」

三分鐘後，傑克森的嗓門從線路另一頭傳來：「又是你，蒂迪恩？聽著，你這卑鄙小人，我不想再浪費時間和金錢幫你抓回你逃掉的——」

「是我。」

漫長沉默。聽見我的聲音，他通常會囉哩八嗦一長串。

「聽著，漢克特剛剛圍毆我。他說他要去跟你談談，他帶著地府之軀。」

「他們想怎樣？」他簡短道。

「我叫他召開大會，」我也簡短答覆：「他們很不高興。」

「妳這該死的**白痴**，夢行者。妳早該知道漢克特不可能願意召開大會。他成為闇帝的這些年從沒開過會。」我聽見他來回走動。「妳說他們要來這裡？來七晷區？」

「應該是。」

「看來我得應付他們。」停頓。「妳有沒有受傷？」

我擦掉嘴上的血。「他們揍了我幾下。」

「妳在哪？要不要我幫妳叫計程車？」

「我沒事。」

「我希望妳回來七晷區。我已經被迫告知鄰近區域，讓他們知道妳考慮離開我。」

「我知道。」

「那就回來，寶貝，我們好好商量這件事。」

「不，縛靈師。」我還來不及思索已脫口而出。「我還沒準備好，我不知道我有沒有準備好的一天。」

這次的沉默更為漫長。

「既然如此，」他說：「那麼，我等妳準備好。在這期間，或許我該尋找其他門徒。靜鐘投入的努力令我讚賞，畢竟不是每個人都有時間躺在奢華的旅館裡，等著幫主代為解決問題。」

斷線聲貫穿我的耳朵。我從手機裡拔出通話模組，丟進水溝。

原來傑克森正在考慮讓靜鐘娜汀成為新門徒。我把只剩空殼的手機放回口袋，走向馬廄街的盡頭，感覺臉頰隱隱作痛。尼克現在住在葛拉布街，小冊就是在那裡印製。我該去找他，跟他談談，總好過獨自度過今晚、等著紅衣人把我從床上拖走。我攔下一輛人力車，前往第一之五區。

反常者議會不可能舉行。我之前居然樂觀得冀望漢克特聆聽我的要求，我當時顯然以為他可能會好奇到願意聽我想說什麼。

現在，我得另外想辦法傳訊息。我不可能跑去街上大喊利菲特族是誰，人們會以為我瘋了。我也不可能獨自對付利菲特族，畢竟他們有賽昂軍隊撐腰。敵人的龐大規模令我喪膽。沒有集團的支持，就等於一無所有。

人力車把我放在葛拉布街口時，天空正下著滂沱大雨。我向車夫保證我會拿錢回來付帳，隨即用領巾遮臉，走進拱門。

從一九八〇年代起，葛拉布街就是靈視者社群的波希米亞文化中心。這裡比較像個轄區而非一條街，也是第一之五區中心地帶的動亂來源。這裡的建築風格混雜十八世紀喬治亞風、仿都鐸與現代風，地基歪斜，斜牆由鵝卵石砌成，夾雜霓虹、鋼鐵和一面尺寸適中的訊息螢幕。這裡的店鋪販賣作家喜愛的東西：厚紙、墨水瓶、鑲有寶石的鋼筆，以及老收藏家的書卷——攤開那種書彷彿進入另一個世界。

這裡至少有五、六間咖啡館和一間餐廳，目前正在營業。大多數的窗戶都飄出咖啡香。任何人都看得出倫敦城塞的書占師和媒書靈感師大多以這裡為家，他們住在發霉的簡陋閣樓裡，只有繆思魂魄、咖啡和書本作伴。維多利亞時期的輕音樂從一間古董店的敞開入口飄出。

主要道路分散成許多短巷，都通往一處小型的密閉中庭。我走進其中一條小巷，走向這裡唯一一家旅館，掛在門上的招牌寫著「貝爾旅館」。我感覺到尼克的夢境，用靈魂輕輕推他一下。

片刻後，一張擔憂的臉龐在閣樓窗口出現。我在街燈底下等候，直到他走出旅館的大門。

「妳怎麼跑來了？發生什麼事？」

「漢克特。」我用這個名字解釋一切。

他皺眉。「妳還活著，這已經很幸運。」他吻我的頭頂。「快進來。」

「我得付錢給人力車夫。」

「我去付。妳先進去。」

我走進旅館，甩掉外套上的雨水。尼克回來後，帶我走過由火光照明的大廳，一名體形魁梧的男子正駝背看著書，抽著菸斗。他年約六十，膚色蠟黃，有點灰白的深色鬍鬚修剪整齊，鼻梁高挺。

「晚上好，亞弗烈德。」尼克開口。

男子嚇一跳，椅子發出槍聲般的喀啷聲。「噢──幻象師，吾友。」他的口音顯然是上層階級，彷彿他應該生在君權時代。

「你看來氣色有點糟啊，老頭。」

「是啊，唉。」他靠回椅背。「其實敏提正在找我，我有點緊張。」

「你剛剛以為我是敏提？我可真是受寵若驚。」尼克從守門人手中接過鑰匙。「你平時工作太辛苦，何不離開葛拉布街幾天，稍微休息一下？」

「噢，你別擔心我，反正我也不能說走就走，畢竟你的幫主會生氣，他希望我隨時能處理他在文學方面碰上的緊急情況。雖然我也不喜歡他——他還欠我一本該死的手抄本。」男子用粗糙的手指推推鼻梁上的夾鼻眼鏡。他注意到我時，眉毛高高挑起。「你打算偷偷帶進閣樓的這位美女是誰？」

「這位是佩姬，亞弗烈德，傑克森的門徒。」

亞弗烈德的視線從眼鏡上方投向我。「哎呀呀，皙夢者。妳好嗎？」

「亞弗烈德是靈探，」尼克對我說：「倫敦唯一一位，是他發現了傑克森的寫作。」

「我必須補充說明，我在『靈探』方面是『媒書靈感師』。我的客戶大多都是書寫靈感師。」亞弗烈德一吻我又溼又黏的手。「我常聽妳的幫主說起妳，但他就是懶得介紹妳給我認識。」

「他懶得做很多事。」我說。

「啊，但他可是主腦啊！他無須動手。」亞弗烈德放開我的手。「恕我直言，親愛的，妳看起來好像剛打完仗回來。」

「漢克特。」

「啊，瞭解。闇帝確實不是愛好和平的類型。咱們這些靈視者為何成天自相殘殺卻不合力對付大法官，我永遠搞不懂。」

我打量他下垂的臉龐。如果這人發現了傑克森的寫作，那麼他也是《反常能力的價值》能出版的功臣之一，那本小冊讓靈視者開始內鬥，在我們的社群裡引發嚴重裂痕。

「確實很怪。」我說。

亞弗烈德抬頭看我，他下垂的兩眼是灰藍色，眼袋厚重。

「那麼，尼克，跟我這個老頭說說賽昂最近的醜聞吧。」他把雙手交疊於腹部。「他們最近又在忙什麼邪惡實驗？他們開始肢解靈視者沒有？」

「恐怕沒那麼刺激。那些博士大多正在為賽昂機工測試最新的試作型感測護盾。」

「瞭解，我能想像他們正在忙這個。你那位丹妮薩在這件事上有何進展？」

我相信丹妮薩還沒當面見過這人，她沒那麼喜歡社交。看來傑克森跟他說過我們的事，並告知我們的真實姓名。「她是第六階，」尼克回答：「感測護盾目前無法偵測她。」

「目前。」亞弗烈德強調。

我不禁好奇，丹妮薩那晚逃亡後是否立刻回到工作崗位；我意識到自己沒有答案，也為此大感羞愧。她只有在賽昂機工那裡兼差，但我敢打賭她在逃亡後的第二天一定乖乖回去上班。

「無論如何，感測護盾無法在十一月佳節時完成，」尼克說：「起碼不可能在全倫敦城塞啟用。」

「執政廳已經裝設感測護盾，吾友，他們一定也想裝在大體育場。記住我說的：他們一定會用奢華慶典歡迎『大法官』。」

「我很期待目睹那五十場絞刑。」尼克帶我走向樓梯。「抱歉，亞弗烈德——我該幫佩姬準備一些止痛藥。希望你順利避開敏提。」

「嗯，別擔心。『命運女神發現自己沒辦法讓傻子變聰明，因此讓他們變得幸運。』」

「莎士比亞？」

「哲學家蒙田。」他咂個嘴，把注意力放回書上。「待會兒見，笨蛋。」

旅館裡變得陰暗。我們走上吱嘎作響的樓梯，來到閣樓，這裡的地毯早已被磨薄，牆壁的暗棕色澤宛如陳年瘀痕。

「亞弗烈德和傑克森相識多年。」尼克解開門鎖。「他很了不起——大概是倫敦城塞裡最頂尖的書占師。五十七歲，每天工作十八小時。他說任何作品只要他一看，就能**感覺**到這能不能賣出去。」

「他有誤判過嗎？」

「據我所知沒有。因此他是唯一的靈探，他害其他人都沒工作。」

「他幫傑克森做些什麼？」

「其中之一就是向靈魂俱樂部推銷他的小冊。他靠《反常能力的價值》發了一筆小財。」

我沒評論。

尼克開燈。這個房間十分簡單，家具只有一面鏡子、一個帶有裂痕的洗手臺，還有一張鋪著破毛毯的床。這裡彷彿已經一百年沒清過灰塵。他從公寓拿來的幾個重要物品四散於房間。

「你租下這裡？」我問。

「沒錯。這裡雖然比不上法朗斯旅館，但有時候我只是想跟其他靈視者相處——避開傑克森。這裡算是我的度假小屋。」他拿一塊法蘭絨布沾些熱水，遞給我。「告訴我漢克特的事。」

「他說他要去找傑克森。」

「為什麼？」

「傳票。」我用布輕拭嘴脣。「他要查明是誰寄的。他發現是我，就叫地府之手這樣對待我。」

他皺眉。「我真想說我為此感到意外。看來他不打算召開大會？」

「沒錯。」

「他們還打算去找傑克森？」

「我已經打電話警告他了。他要我去七晷區，我拒絕了。」

「他沒為傳票的事生氣？」

「沒我預料得那麼生氣。」我移開法蘭絨布，上頭沾染血汙。「但他威脅我說他要讓娜汀成為門徒。」

「他一直在幫她做準備，小可愛。」看我皺眉，他嘆道：「妳失蹤後，娜汀就要求成為門徒。他們一直私下開會，他把妳很多工作交給她——收取租金、處理喬蒂錫恩拍賣會之類。妳如果回去工作，那些安排就會取消，但娜汀一定會很不高興。」

「他為何選擇娜汀？我還以為他會選擇西結或丹妮，畢竟那兩人是復仇者。」

他舉起雙手。「我可猜不透傑克森・霍爾在想什麼。總之，他不會讓她成為門徒，除非妳清楚對他說夢行者永遠不再替他賣命。妳真想辭職？」

「不。對。我不知道。」我在床上一屁股坐下。「我就是忘不掉他說過的，他說如果我離開他，他就要讓我生不如死。」

「他說到做到。妳如果辭職，就會被斷絕一切。妳需要錢。賽昂監控所有員工的銀行帳號，」他警告：「我不能一直提款負擔妳的房租，否則他們會開始問問題。不管妳對傑克森有多少抱怨，他確實付妳很多錢。」

「是啊，他付錢要我欺負蒂迪恩，還叫我去黑市賣假畫。他付錢要娜汀拉小提琴。他付錢要西結充當實驗鼠。重點到底是什麼？」

「他是幫主，那就是他的職責，妳也有妳的職責。」

「因為漢克特。」我瞪著天花板。「如果他死了，下一個人可能會接管集團，讓我們團結起來。」

「不。只有闇帝及其至尊門徒都死了，才會召開『大亂鬥』。如果漢克特喪命，刀嘴將成為闇后，」他說：「她也一樣糟。漢克特現在才四十多歲，而且日子過得好得很，他暫時不會回歸乙太。」

「除非有人除掉他。」

他轉頭。「就連最暴力的集團成員也會譴責叛變。」他壓低嗓門。

「純粹因為漢克特支持他們的暴力行為。」

「妳提議應該有人組織叛變？」

「你有更好的點子嗎？」

「他們也得一併除掉刀嘴。就算辦得到，反常者議會依然不會反抗賽昂，」他溫柔道：「他們能有今天，大多透過謀殺或勒索，而非英勇。漢克特只是問題的一部分。」他從金屬水壺倒出一些薩露湯。「喝吧，妳看來很冷。」

我接過飲料。他在我對面的床鋪坐下，也舉杯啜飲，望向窗外的中庭。

「我們回來後，我見到一些幻象，」他說：「可能沒什麼，但其中一些……」

「你看到什麼？」

「水刑，」他的口氣像在目睹一切。「在一個白牆和藍色瓷磚地板的房間裡。我以前見過類似的幻象，但這次感覺更為明確。水刑板後方的牆上是一座木鐘，鐘面刻有樹葉和花朵。敲起午夜鐘聲時，一隻金屬小鳥從中彈出，唱起我兒時的一首老歌。」

我感覺心跳漏了一拍。神諭者的天賦通常是「送出」景象，但有時也會從乙太收到不請自來的訊息。對尼克來說，這類景象總是帶來恐懼和驚奇。「你以前見過那種時鐘嗎？」

「有。那叫咕咕鐘，」他說：「我母親以前有一個。」

尼克很少提起家人。我俯身靠向他。「你認為那幅景象是要給你的，還是關於別人？」

「那首曲子感覺很私人。」他每次看著我，臉上的陰影就似乎越深。「我從六歲開始看到幻象，我到現在還是無法完全看懂。就算水刑與我無關，他們也遲早會發現我的身分。我們常以為自己很勇敢，但終究只是人類。人在水刑板上掙扎時常常折斷骨頭。」

「尼克，別說了，他們不會折磨你。」

「他們想做什麼就做什麼。」他垂下眼。「我替賽昂工作的這些年裡，幫三十四名靈視者逃離了絞刑臺，幫兩名靈視者避開了氮安樂。這麼做讓我保持理智，這就是我生活的目標。我們必須在賽昂裡有內應，否則不會有人救他們。」

我向來為此欽佩尼克。傑克森非常不滿麾下的神諭者替賽昂工作——他希望尼克全心全意為幫派服務——但尼克一開始就在合約上寫明他要保留白天的工作，也樂意適度分享一些薪資。

「但是妳，小可愛——妳還是可以離開，」尼克說下去：「我們沒辦法讓妳橫越大西洋，卻有辦法讓妳前往大陸。」

「那裡跟這裡一樣危險。我去那裡能做什麼？加入怪胎表演？」

「我是認真的，佩姬。妳懂得街頭之道，而且法語流利，起碼不用待在這座主城。不然，妳也可以回愛爾蘭，他們不會追妳追到天涯海角。」

「愛爾蘭。」我冷笑一聲。「是啊，那些大法官向來尊重愛爾蘭人的土地。」

「那就別去愛爾蘭。但總之，去別的地方。」

「不管我去哪，他們都會追來。」

「賽昂？」

「不。利菲特族。」奈希拉不會善罷干休。「我目前只確認有五人從那場逃亡中活了下來。這五人之中，只有我有能力改變局勢。」

「那我們就留在這兒。」

「沒錯。我們留下，改變世界。」

他露出疲憊笑容，看來十分勉強。我不怪他。對抗賽昂的這種想法確實不令人樂觀。

「我得去餐廳，」他問：「妳要不要一些早餐？」

「給我個驚喜吧。」

「行。確保窗簾緊閉。」

他穿上外套後離去。我拉上厚重窗簾。

雖然當時勝算很低，但我在第一冥府發動的革命獲得成功。只要理由正當、時機正確，被欺凌多時的人也能起身反抗、重獲自由。

倫敦的諸多幫主並沒有遭到欺凌。賽昂的教化和殘酷給了他們崛起的機會。他們舒適地待在地下世界，讓信差、扒手和盜賊處理骯髒差事。我必須想辦法說服他們相信推翻賽昂能讓他們過得更好——但只要乾草漢克特還活著，他底下的人都會過得懶散又腐敗。

我俯身靠在洗手臺上，洗掉頭髮裡的唾液。尼克說漢克特不值得除掉，但我看著臉頰上的瘀青時不禁懷疑。他是集團感染的疾病造成的症狀：貪婪、暴力，最糟的是冷漠。

對相信死後來生的人來說，謀殺不算罪大惡極。漢克特除掉了許多集團成員，無論他有多麼殘酷，都沒人表示意見。但殺掉集團首領……這可完全不一樣。我們能殺害賣藝人或同幫成員，但不能對付自己的幫主或闇帝。這是不成文規定。對集團來說，這就是最嚴重的叛亂罪。

也許——只是也許——我能跟刀嘴談談。如果漢克特不在場，她或許會表現得不同。但這種可能性恐怕跟漢克特主動讓出王位一樣低。

我拿冰袋壓住臉頰，回到床邊坐下。看來我別無選擇，只能重拾第一之四區門徒的頭銜。想讓集團願意對抗賽昂，我必須接近反常者議會，近得能贏得尊重並熟悉其內部運作；但除非衛士出現，否則我無法證明利菲特族存在。我必須在缺乏證據的情況下散播真相。我再次拉扯金繩。

你需要我幫你引發革命，我心想。**我需要你幫我結束這場革命**。

沒有回應，依然一片死寂。

第五章 威弗

幾小時後，尼克出門上班。貝爾旅館這個房間能任我使用，我也早該離開第一之四區那間旅館。我在房間裡休息了幾小時，但尼克不在這裡，感覺就是空虛。到了晚上，我出門覓食。一間唱片行飄出樂聲，為了舉行降靈會而門板半閉。我經過一名渾身裹著骯髒毛毯的靈視者乞丐。凜冬將至時，總是占兆者和占卜者在街頭努力求生。

莉絲的父母還活著嗎？他們在寒天底下繼續做牌占生意，還是在女兒失蹤期間搬回蘇格蘭高地？無論如何，他們永遠不會知道她的下場，永遠沒機會面對殺害她的凶手——戈魅札·薩加斯。他搞不好現在就在執政廳，正在安排對叛亂事件的反擊。

我們就是這樣看待妳的世界，佩姬·馬亨尼，他對我說過。**一堆飛蛾，等著被燒成灰**。

回到賽昂的金融中心第一之五區的感覺實在很怪。我九歲時搬來這裡，遠在傑克森·霍爾進入我的人生前。我常在閒暇時走在這些摩天大樓之間的綠地上，刻意忽視開始蠢蠢欲動的靈視能力。我父親很少阻止我出門，只要我有帶手機，他願意讓我到處亂跑。

我來到街尾時，看到左手邊赫然出現一間咖啡館，在濃霧中若隱若現。我猛然停步，門上招牌寫著「柏賓咖啡館」。

我父親是習慣的動物，他總是喜歡在下班後來杯咖啡，而且幾乎只去柏賓咖啡館。我大概在十三歲之後曾跟他一起去過一、兩次。

他現在說不定就在裡頭。我永遠不能公然接近他，但我必須知道他是否依然安好。我目睹了那麼多怪事，得知另一個世界的存在，我現在真的想見見一張熟悉的臉孔——我向來深愛但永遠不懂的父親。

柏賓咖啡館一如往常地門庭若市，瀰漫濃濃咖啡香。幾個人瞥向我——靈視者，打量我的紅色氣場——但似乎沒人認出我。葛拉布街的靈視者常自認為他們高過集團的政治生態。體形嬌小、面帶瘀傷的女孩不算什麼嚴重威脅，就算確實是某種越空者。我還是盡量挑選最角落的位子，由一面屏風遮掩，我彷彿赤身裸體。我不該出門，我應該躲在窗簾和門板後面。

確認沒人認出我後，我用尼克給我的錢買了一碗廉價熱湯，刻意換上英國腔並低著頭。這種湯是用大麥和豌豆煮成，倒進挖空的麵包裡。我在桌前用餐，享受每一口。

這間咖啡館裡沒人使用資料板，大多都在看書：維多利亞時期的書籍、小本故事書，或廉價恐怖小說。我瞥向最近的一名顧客，他是個書占師，正在報紙底下偷偷翻著蒂迪恩・韋特早期一本匿名著作的詩集：《一見鍾情，又稱預言占卜者之喜悅》。起碼蒂迪恩以為沒人知道那是他寫的。我們都知道那些史詩級牢騷是誰的作品，因為他把每一個繆思魂魄都冠上他已故妻子之名。傑克森提心吊膽地等著蒂迪恩哪天想嘗試寫官能小說。

想到這裡，我不禁微笑，直到門上鈴鐺喀啷作響，我把注意力從那本書上移開。進來的這人擁有我熟悉的夢境。

他把掛在手臂上的雨傘放在櫃檯旁的架子上，在地墊上擦擦鞋底，從我的桌子旁邊走過，排隊買咖啡。

這半年來，父親的頭髮多添了幾分灰白，嘴邊也出現細微的法令紋。他顯得更蒼老，但身上沒有受虐者該有的疤痕。我鬆一口氣。靈視者服務生問他要什麼。

「黑咖啡，」父親的外地口音比以前淡。「還有一杯水。謝謝你。」

我逼自己別吭聲。

父親在窗邊坐下。我躲在屏風後方，隔著木板上的漩渦狀玻璃片看著他。現在我能看到他的側身，我注意到他脖子上有一道紫痕，細微得看似刮鬍時造成。我忍不住觸摸下背，我被捕的那晚被施打混亂劑，那枚鏢針也留下同樣的疤痕。

又一次叮噹聲，一名靈盲女子走進咖啡館。她注意到父親所在位置，便走向他那一桌，邊走邊脫下大衣。她體形矮小豐滿，棕色皮膚，淡色眼眸，黑髮綁成鬆散髮辮。她在父親對面坐下，雙手交疊於身前，每根指頭上都有一枚精美銀戒。

我看著他們，不禁皺眉。女子搖頭時，父親似乎失控。他低下頭，用手扶著前額，肩膀鬆垮顫抖。他的朋友雙手覆上他握成拳頭的手。

我突然一陣哽咽，集中精神把湯喝完。某人投入硬幣，點唱機傳來〈咖啡搖擺舞〉的旋律。我看著父親在女子攙扶下走進陰暗處。

「妳有什麼心事嗎，親愛的？」

這個嗓音嚇我一跳。我發現眼前是靈探亞弗烈德。

「亞弗烈德。」我一愣。

「噢，妳說那可憐的傻子啊，我聽說他已經老得不該在咖啡館搭訕美女，但他就是學不乖。」亞弗烈德打量我。「好一個星期六早晨，妳卻看起來悶悶不樂。就我多年經驗指出，這表示妳咖啡沒喝夠。」

「我這輩子從沒喝過。」

「天啊，看來妳絕對不是文學愛好者之一。」

「晚上好，亞弗烈德。」服務生也跟另外幾名顧客一樣對他舉手致意。「有一陣子沒見到你了。」

「你好，你好。」亞弗烈德掀帽回禮。「是啊，那些繆思最近一直追著我跑，我只好假裝我另外有正經工作。」

靈視者們聞言發笑，接著繼續忙自己的事。亞弗烈德把手放在我對面的椅背上。

「我能坐這兒嗎？」

「當然。」

「妳真親切。每天被作家包圍，有時實在令人難受，那些傢伙真討人厭。那麼，我該幫妳點哪種咖啡？歐蕾？蜂蜜？煉乳？維也納？還是髒茶？我是喜歡來點髒茶。」（註2）

「一杯薩露湯就好。」

「哎呀，」他把帽子放在桌上。「好吧，如果妳堅持。服務生！把啟蒙之豆送上來！」

我立刻看得出他和傑克森為何處得來——他們倆都是瘋子。服務生幾乎用跑的去拿啟蒙之豆，留我跟他獨處。我清清喉嚨。

「我聽說你在靈魂俱樂部工作。」

「沒錯，我是在那棟建築裡工作，但他們沒雇用我。我給他們看一些稿子，他們偶爾會買。」

註2 髒茶是濃縮咖啡混合印度奶茶。

「我聽說是相當具有煽動性的稿子。」

他輕聲咯笑。「是的，煽動就是我的專業領域。妳的幫主也是個行家，他的七階制度目前依然是靈視者社群的真正傑作。」

這點有待商榷。「你怎麼找到他的？」

「這個嘛，其實應該說是他找到我。他在差不多妳這個年紀的時候寄了《反常能力的價值》的初稿給我，他是我這輩子見過真正的天才，而且控制慾旺盛。我只要在第一之四區收了什麼新客戶，他就會大發雷霆。」他搖頭。「他才華洋溢、想像力豐富，我真搞不懂他何必生那種氣。」服務生端來托盤。「謝謝你，先生。」服務生倒好咖啡，如泥漿般濃稠。「我當然知道出版這種小冊有其風險，但我向來是個賭徒。」

「你退出了，」我說：「在幫派拚鬥後。」

「那只是個象徵性的舉動。當然，那時候已經太遲了。從這裡到哈羅區，有影印機的笨蛋都盜印了《反常能力的價值》，靈視者的心態也因此改變。文學是我們最強大的工具，賽昂一直沒能徹底掌控這點，他們只會『和諧』所有消息。」他說：「但是我們這種創意人必須謹慎對待煽動性文章。只要修改一、兩個字，甚至一個字母，就改變了整個故事。這可是高風險事業。」

我在薩露湯裡倒進一點玫瑰香水。「所以你不會再出版那種東西。」

「噢，發發慈悲，別誘惑我。我退出後就成了窮光蛋。那本小冊依然受歡迎，而可憐的靈探只能窩在租來的狗窩裡。」他摘下眼鏡，揉揉兩眼。「儘管如此，我還是可以從賣出的其他小冊和小本故事書裡抽成，除了韋特先生的《浪漫集》，我相信妳也會同意，那東西對我或文學領域來說都算不上什麼傑作。」

「那部作品不算具有顛覆性。」我同意。

「沒錯，一點也不。靈視者文學中，只有傑克森那部具有顛覆性，之所以如此，是因為它屬於禁忌類別。」他對窗邊一名女子點頭。她的下巴縮在衣領裡，低頭盯著膝上。「文字和紙張能給我們惹上這麼多麻煩，不是很有趣嗎？我們正在目睹一個奇蹟，親愛的。」

我看著女子藏在桌底下的恐怖小說，這名書占師盯著每一個印刷字體，無視周圍一切。她不只是全神貫注，而是正在學習。她相信那些聽來瘋狂的故事。

櫃檯上方的公告螢幕轉為白色。咖啡館裡每個人都抬起頭。服務生按下開關，降低燈光亮度，讓螢幕成為現場唯一光源。螢幕上出現兩行黑字。

原時段節目暫停播放

請準備觀看大法官演說的現場直播

「哎呀。」亞弗烈德喃喃自語。

伴奏版國歌開始播放。〈心繫賽昂〉，我上學時每天早上都被逼著唱的國歌。音樂一結束，錨徽旋即出現——然後由法蘭克．威弗取代。

傀儡的臉孔正在瞪著我們。咖啡館裡鴉雀無聲。大法官很少在執政廳外頭出現。他的年紀難以判斷，至少五十，大概更老。他的臉龐是橢圓形，鬢角抹了油膏，鐵色頭髮平貼於頭頂。一旁的絲嘉蕾・班尼許泰然自若、表情豐富，那雙嘴脣能扭轉乾坤。威弗跟她完全相反，他下巴底下的筆挺白領牢牢扣緊。

「**城塞居民們，我是你們的大法官。**」城塞裡的每個揚聲器都傳出帶有喉音的嗓音。「**賽昂倫敦城塞，自然秩序的據點，迎來的新的一天中，我必須向各位宣布一個壞消息。我剛收到來自大元帥的報告，城塞裡至少有八名反常者在逃。**」他拿起一塊黑色絲布，輕擦下巴上的唾液。「**出於執政廳無法掌控的因素，這些罪犯昨晚逃出倫敦塔，在太衛來不及逮捕前消失。失職者已遭解職。**」

威弗應該是有血有肉之人，但臉上毫無情緒。我不禁盯著他，對這個彷彿由腹語師操控的傀儡感到既著迷又反感。他在逃脫事件的時間點方面撒謊，看來他們花了幾天時間才想好這番說詞。「**這些反常者犯下的罪行，是我在執政廳多年未見。我們絕不能讓他們逍遙法外，以免他們再次犯法。我呼籲各位，呼籲所有倫敦居民，確保這些逃犯繩之以法。如果你懷疑哪個鄰居或你自己出現反常能力，就該立刻向警戒者哨站報到。坦白從寬。**」

我感覺渾身發麻。我的本能捶打僵住的肌肉，拚命催我逃跑。

「**目前只有其中五名罪犯已確認姓名。確認其他人的身分後，我們將告知倫敦居**

民。在可預見的未來裡，賽昂倫敦城塞將採取緊急戒嚴維安措施，直到我們將這些逃犯逮捕歸案。請特別留意以下照片。感謝各位，也感謝維繫自然秩序的力量。我們將一如既往地合力驅逐這場瘟疫。賽昂，無可媲美的安全國度。」

他消失了。

逃犯的照片出現在畫面上時，沒有任何聲音，只有電腦語音朗誦每個人的姓名和罪行。第一張臉孔是菲立斯・薩姆爾・庫姆斯。第二人，艾莉諾・納希德。第三人，麥可・蘭恩。第四人，「艾薇」——沒有姓氏——照片上是她以前的髮型，染成亮藍色。照片的背景是灰色，不是賽昂官方居民照片的白色背景。

第五人——頭號通緝犯——是我。

亞弗烈德的呼吸未曾停頓。他沒查看我的罪行，沒把我的臉跟螢幕上的照片比對，只是抓起我倆的外套，揪住我的手臂拽出門。門板搖晃關上時，咖啡館裡每個人都在議論紛紛。

「這區裡有些靈視者會非常樂意把妳出賣給執政廳。」亞弗烈德拉我快步行走，說話時幾乎沒動嘴唇。「賣藝人、乞丐那一類。妳的囚禁生涯能讓他們過上好日子。傑克森會知道該把妳藏在哪，」他比較像在喃喃自語。「但想抵達第一之四區可能會是個挑戰。」

「我不想——」

我想說「我不想回七晷區」，卻阻止自己。我還有什麼選擇？沒有幫主保護，賽昂幾小時內就會逮到我。傑克森是唯一選項。

「我可以試試屋頂。」我改口。

「不行，不行。如果妳被抓，我永遠不會原諒自己。」

我想起奈希拉戴著手套的手。我強壓火山般的怒氣，把外套鈕釦扣到頸部，並放鬆腰帶以掩藏腰部線條。亞弗烈德伸手。我別無選擇，只能相信他，我讓他用他的半邊大衣遮住我的身子。

「低著頭。葛拉布街沒有監視器，但一離開這裡，他們就會看到妳。」

亞弗烈德撐起雨傘，腳步輕快但不匆忙。我們每走一步，都離公告螢幕越遠，離第一之四區越近。

「你身旁是誰啊，亞弗烈德？」

說話的是先前在咖啡館外頭打盹的占兆者。「噢，呃——只是個漂亮的老姑娘。」他把我拉進他的大衣內側。「抱歉，我有點趕時間——但你明早會來喝茶吧？」

他沒等對方回話，繼續前進。我幾乎跟不上他的步伐。

我們鑽過拱門，離開葛拉布街，進入第一之五區的街道。夜風刺骨，但我們周圍的整個倫敦蠢蠢欲動，數以百計的居民湧出公寓和氧吧，聚在裝設公告螢幕的大樓下方。我不用感受他們的氣場也知道哪些是靈視者——他們眼裡流露恐懼。人們從我們身旁擦肩而過，匆匆前往羅德岱塔，第一之五區的公告螢幕就在那座大樓頂端，正在重複播放緊急廣播。法蘭克・威弗的臉龐朝天空投射光芒。

民眾湧出氣吧，或從窗口吶喊。「威弗！威弗！」他們的怒吼宛如鮮血與雷霆。「威弗！威弗！」

太多夢境。路過的每個人都緊緊壓在我的靈能感官上：他們的情緒、狂熱和熾熱氣場。靈視者。靈盲者。靈視者。超新星般的無形色彩。人群裡出現一道空隙時，亞弗烈德拉我離開街道，躲進一間當鋪的門口，我拚命穩住第六感。他從口袋掏出手帕，擦擦額頭。

遠離群眾後，我感覺到一種異樣平靜。我慢慢脫離乙太，現在唯一要做的，就是把注意力集中在自己的身體上：急促的呼吸和心跳。

等一大批人離開後，我們才繼續前進。亞弗烈德抓住我的手臂回到馬路上。

「我帶妳過十字路口，妳可以從那裡繼續前往七晷區。」

「你不該這麼做。」

「噢，妳以為我應該把妳丟在第一之五區？之後等著傑克森找我算帳？」他嘖嘖幾聲。「我哪可能對他的門徒見死不救？」

我們盡量走在暗巷裡，遠離人群和公告螢幕。我們離目的地越近，腳步也越快。執政廳再過不久就會停止重播。少了螢幕吸引居民，他們將四散於城塞，獵捕叛徒。

我聽說過「戒嚴期間」發生的私刑事件。

我們來到第一之四區和第一之五區的路口時，亞弗烈德已如火車頭般氣喘吁吁。我的注意力都在邊界上，注意到某種氣場時已經太遲，一名警戒者已站在我面前。

她一拳打在我肚子上，我撞上牆壁。我看清楚對手時，體內充滿灼熱恐懼。警戒者舉起機槍，對準我的腦袋。

「反常者。起來，快起來！」我慢慢站起。「不許動，」警戒者對靜止不動的亞弗烈德咆哮：「把手舉起來！」

「我很抱歉，警戒者，但我認為可能有什麼誤會，」亞弗烈德滿臉通紅，但笑容可掬。「我們只是要去見大法官威弗的——」

「把手舉起來。」

「好的，好的。」亞弗烈德照做。「除了迷路以外，我能不能問問我們做錯什麼？」

警戒者沒理他，只是隔著臉上的面甲來回看我們倆。她有視靈眼，能看見我的氣場。我靜止不動。

「越空者。」她喃喃自語。

她臉上沒有貪婪，跟列車上那些警衛不一樣。那些人見獵心喜，看到我就想像紅色氣場能換來多少財富。

「跪下，」她咆哮：「**跪下**，反常者！」我跪地。「你們都跪下。」亞弗烈德艱難地跪在柏油路上。「現在，把手放在腦後。」我們都照做。警戒者後退一步，但瞄準器的雷射紅點仍在我的額頭上游移。我逼自己盯著槍口。她只要扣個扳機，就能把我們送進乙太。

「這種打扮藏不了妳的面貌。」警戒者掀掉我的帽子，露出我的白金頭髮。「妳得直接去見大法官威弗。別以為我不會把妳送去，妳這殺人犯。」

我不敢吭聲。她可能認識我殺害的地鐵警衛。也許他們當時發現發了瘋、流著口水哀求賜死的第二人時，她就在現場。警戒者對我的沉默感到滿意，拿起對講機。我看向亞弗烈德，他居然對我眨個眼，彷彿他天天都在街上被捕。

「也許，」他把手伸進口袋。「我能拿這東西跟妳做個交易。妳是杯占師吧？」

他挑著眉，拿起一個小型金杯，大概跟拳頭一樣大。「這裡是五二一，」警戒者沒理他，只是朝對講機開口：「請立刻派人支援第一之五區的第十二分區，東薩佛隆街。一號嫌犯已被捕。重複一次，佩姬・馬亨尼已被捕。」

「妳也是反常者，占卜者，」我開口：「妳需要法器。對著無線電說話不會改變任何事實。」

她立即舉槍。「閉嘴，否則我讓妳吃子彈。」

「他們再過多久就會處決妳？妳認為他們會選擇絞刑還是氮安樂？」

「**這裡是五一五。拘留嫌犯，等我們抵達。**」

「管好妳的舌頭，否則我打斷妳的腿。我們知道妳很會跑。」警戒者從腰帶取出手銬。「伸出妳的雙手，否則我會一併打斷。」

亞弗烈德嚥口水。警戒者一手揪住我的雙腕。

「賄賂幫不了你，」她對亞弗烈德說：「把這一位交給威弗後，我想買什麼都買得起。」

我的視線顫抖。警戒者的鼻孔不是流血而是噴血。她想伸手止血而丟下手銬時，我用我的靈魂撞向她的肉身。

我看到的夢境裡是一個堆滿文件櫃的房間，由奪目白光照映。她是既乾淨又精確的類型，把所有思緒和回憶放進無菌箱裡，能輕易分開工作和自己的靈視者身分。她的夢境裡有色彩，但不多，看來被她對自己的仇恨稀釋。黑暗中是她的恐懼，在她的超深淵地帶形成心魔：其他靈視者的無定形輪廓，陰影裡是殘酷的反常者。

我掌控她時感到喜悅。

我立刻感覺到身體的差異，新的心跳斷斷續續。我抬頭時看到自己的軀殼。佩姬·馬亨尼癱躺在地，毫無血色，亞弗烈德用雙手搖晃她。

「說話啊，」他正在說：「現在還不是死的時候，親愛的，還不是時候。」

我瞪著這一幕，不禁瞠目結舌。那是我。

而我是……

我抓緊對講機，感覺像舉起啞鈴，但我湊到嘴邊。「這裡是五二一。」我含糊道：「嫌犯已脫逃，正在前往第一之六區。」

我幾乎聽不見無線電傳來的回應。銀繩正在把我的意識拉出我的宿主。她的眼睛開始失去視覺，排斥這個陌生存在。我是個寄生蟲，她夢境裡的水蛭。

我被驅逐了。我睜開眼睛，坐起時差點撞到亞弗烈德的腦袋。我渾身顫抖冒汗，感覺咽喉緊縮。他拍拍我的背，我倒抽一口氣。

「看在老天爺的分上，佩姬——妳還好嗎？」

「還好。」我喘氣。

我真的沒事。我感覺頭疼，彷彿有隻手抓住我的面門，但還能容忍。

警戒者倒地不動，七孔流血。我從她身上拿走手槍，瞄準她。

「別殺她，」亞弗烈德說：「這可憐的女人終究是個靈視者，不管是不是叛徒。」

「我不會殺她。」我感覺太陽穴悸痛。她這張流血臉孔實在駭人。「亞弗烈德，你不能把這件事說出去，尤其不能讓傑克森知道。」

「當然，我明白。」

他不明白。

我從警戒者的癱軟手裡踢掉對講機，再一腳踩爛。幾秒後，我蹲下，用兩指貼上她的頸部，感覺到她的紅領上方有微弱脈動，我安心地悶哼一聲。

「七晷區離這兒不遠，」我說：「我自己過去。」

「既然妳能隨意讓人流血，我可不想攔住妳的路。」亞弗烈德擠出笑容，但顯然驚魂未定。「盡量待在霧裡，親愛的，走越快越好。」

他丟下警戒者，匆忙離去，用雨傘遮臉。我朝反方向走。

我待在暗巷裡，尋找攀爬的機會。我加入一群人，沿格蘭街而行，在第一個路口右轉，進入霍本車站後方的一條小路。寒風吹得我身上的瘀傷隱隱作痛，我走到斯圖科里街的水泥遊樂場才停下腳步，我十七歲時尼克曾在這裡教我格鬥和攀爬。這裡有許多箱子、欄杆和矮牆，而且所有建築都已荒廢多年。我把一口箱子拖過小路，踩到上頭，攀住一條水管，爬到上頭，再用指尖抓住排水槽，爬到扁平屋頂上。我的肩膀肌肉疼痛難耐，遠比以前僵硬，缺乏彈性。

我回到我的地盤時，大汗淋漓且渾身都痛。我先看到日晷柱子，在霧中綻放紅光。來到目的地後我敲了敲門。

「傑克森！」

窗戶沒有燈光。如果他們不在這裡，我就真的無處可去。

我確定我感覺到某個夢境。我回頭查看，沒有靈視者出現在我的雷達上。七晷區已被拋棄，就連對面的氧吧也沒客人，但第一之四區的公告螢幕上——位於皮卡迪利圓環——仍是法蘭克・威弗的演講。

傑克森這麼做是刻意整我？我還是他的門徒，還是他的夢行者。他不可能把我丟在外頭等死。

不可能嗎？

我開始驚慌。寒意滲進我的臉龐、雙手和腦袋，冷得我頭暈目眩。門板這時打開，光明從中湧出。

第六章　七喜區

我跨過門檻時，差點腿軟。一雙強壯的手帶我上樓，讓我坐在一張高背扶手椅上。我流著鼻水，兩耳疼痛，臉頰灼熱。嘴唇恢復知覺後，我才抬頭看誰救了我。

「妳臉色發青。」丹妮薩開口。

我擠出笑聲，聽起來比較像咳嗽。

「其實這不好笑，妳很可能已經失溫。」

「抱歉。」我說。

「妳幹麼道歉？畢竟可能失溫的人是妳。」

「的確。」我笨拙地脫下靴子。「謝謝妳讓我進來。」

除了文件櫃上的一盞檯燈外，巢窩裡一片漆黑——所有窗簾都已拉上，所有燈具都已關閉——但溫暖宜人，看來終於有人修好鍋爐。「其他人呢？」我感覺這一幕似曾相識。

「都去外頭找妳。娜汀從喬蒂錫恩拍賣會回來的時候看到廣播。」

「傑克森也去了？」

「沒錯。」

也許他比我想像得更在乎。傑克森很少處理任何研究工作（「我可是幫主，寶貝，不是幫傭」），現在卻忙著救我。丹妮薩在腳凳上坐下，把一個眼熟的機器拉來我所坐的椅子旁。

「來。」她從機器上拿來氧氣面罩。「吸幾口。妳的氣場飄得到處都是。」

我把面罩湊到臉上吸氣。**恐懼就是觸發妳的能力的真正因素**，衛士對我說過。衛士比誰都瞭解夢行。

「妳的頭還好嗎？」我問。

「腦震盪。」她轉頭查看燈示時，我注意到她眼睛上的狹長割傷，由一串細線縫合固定。

「妳現在沒事了？」

「以輕度頭部創傷來說，還算沒事。尼克幫我縫好傷口。」

「我們逃出來後，妳有沒有回去上班？」

「噢，當然。如果我沒回去，他們一定會起疑。我第二天就回去工作了。」

「就算腦震盪？」

「我沒說我那天把工作做得很好。」

我再度用氧氣面罩吸口氣。

丹妮薩・龐尼奇所做的二流工作，大概還是勝過大多數的工程師在最佳狀態時拿出的成果。

「我要去關掉樓下的燈。傑克森說我們必須採取封閉狀態。」她站起。「別碰任何開關。」

她離去後，我眼前的乙太出現波動，干擾我的視線。彼得・克萊茲，伊萊莎最喜歡的美術繆思，對我投以滿是責備的眼神。

「嗨，彼得。」我說。

他飄進某個角落裡生悶氣。彼得最討厭的就是人們不告而別、消失數月。

丹妮薩回到樓梯轉彎處。「我會待在閣樓。」她說：「妳可以把剩下那些咖啡喝完。」

我的體內終於放暖。我啜飲微溫咖啡，看著熟悉的環境。我在鏡中注意到自己的嘴唇周圍帶有灰色汙漬，我的指尖也有同樣的色差。

這個巢窩的氣味如灰塵般落在周圍：菸草、油漆、木質素、松香和切削油。我來這裡的第一年都在這些桌邊工作：研究倫敦的歷史和鬼魂，研讀《反常能力的價值》，整理購自黑市的老舊剪報，製作並更新第一之四區的靈視者名單。

聽見鑰匙插入鎖孔的聲音，我的心跳漏了一拍。靴子重重踏上樓梯，門板被猛然掀開。娜汀・阿爾奈特看到我的時候愣住。我上一次見到她時，她把直髮剪到剛好蓋耳。

「哇，」她開口：「我**跑遍**第一之四區找妳，妳居然就在這兒喝咖啡。」她把大衣丟在一張扶手椅的椅背上。「妳跑哪去了，馬亨尼？」

「葛拉布街。」

「好吧，妳應該提前通知的。我們回到倫敦後，妳為什麼沒回巢窩？」

樓下門板再次猛然開啟，西結跑上樓，我因此免於答覆。

「找不到她。」他喘道：「如果妳打電話給伊萊莎，我們可以去——」

「我們哪也不去。」

「什麼？」

她伸手一指。西結看到我，立刻來到我身邊，給我一個強勁熊抱，這個舉動令我一愣，但我也回抱他，我跟他平時沒這麼親密。「佩姬，我們真的擔心死了。妳一個人跑來？妳跑去哪了？」

「我之前跟尼克在一起。」我先看著他再望向娜汀。「謝謝，謝謝你們找我。」

「別無選擇。」娜汀拉開靴子的拉鏈，她的一邊肩上有一塊厚實硬痂，周圍肌膚紅腫。「我們從牛津回來後，傑克森成天把妳掛在嘴邊——『我的門徒在哪？為什麼就是沒人找得到她？娜汀，妳去想辦法，妳去找她，快去。』妳真的很幸運，他要不是有付我錢，否則我真的會很火大。」

「別說了。」西結咕噥：「妳跟我們一樣擔心她。」

她踢掉靴子，沒表示意見。我瞥向他們身後的門口。「你們分頭找？」

「是啊。」西結答道：「傑克森有沒有說要鎖門，娜汀？」

「有，但別這麼做，我們可不想把他們鎖在外頭。」娜汀從窗簾縫隙窺視外頭。

「你們睡一會兒吧，我守夜。」

「我來。」我說。

「妳看起來快昏倒了，先去睡個四十分鐘吧。」

我沒從椅子上站起。巢窩的暖意令我昏昏欲睡，但我必須保持警醒，我今晚可能還是得逃跑。

西結掀開他的箱型床（傑克森這樣叫它，雖然它看起來實在比較像櫥櫃）的門板，坐在棉被上，脫下鞋子。「尼克在工作？」

「他現在可能已經回到葛拉布街。」我說。

「我先前試過打電話給他。」他停頓。「你認為他們懷疑他？」

「除非他說了什麼令他們懷疑的話。」

我們沒再吭聲。他躺在棉被上，關起半扇門，瞪著黏在箱頂的諸多照片和海報，大多是自由世界的音樂家，其中一張是他和娜汀在一間不起眼的酒吧，身穿鮮豔衣物，笑容燦爛。沒有任何一張是他的其他家人或老家的朋友。娜汀站在窗前，手槍塞在腰間。

我打開放在角落的小型電視。傑克森很討厭我們看電視，但就連他也得留意賽昂有什麼話要說。新聞畫面分成兩半，一半是在攝影棚的班尼許，另一半是某個低階記者。這名女子站在倫敦塔的大門前，身上的紅色大衣隨風鼓動。

「……太衛表示囚犯之所以能脫逃，是因為菲立斯．庫姆斯利用反常能力影響了一名新來的衛隊成員，那人根本不知道該如何應付囚犯。」

「當然。」班尼許說：**「那一定是非常令人驚恐的經歷。我們等會兒再把鏡頭帶回妳的現場，先來討論這些逃犯之中最惡名昭彰的人物：佩姬．伊娃．馬亨尼，愛爾蘭裔移民，來自南方的農耕省分佩爾。」**地圖上的那一區以不同顏色標示。**「馬亨尼被控謀殺、叛國、煽動和拒捕。首先，我們有請知名的賽昂超心理學家穆瑞爾．羅伊博士，他專門研究腦部的反常能力。羅伊博士，您是否認為這起逃獄是由佩姬．馬亨尼一手策劃？她和她父親馬亨尼博士一同生活了將近二十年，但她父親完全不知道她有何狀況。這是非常厲害的欺瞞，不是嗎？」**

「的確如此，絲嘉蕾——身為馬亨尼博士多年來的主管，我只能強調，佩姬的反常能力對他和我們來說都是一大打擊……」

螢幕上出現簡短影片：我父親走出金道公寓，用資料板遮臉。我不禁掐住椅子的扶手。班尼許說到我父親時直呼其名，唸出他原本的名字時一臉納悶：柯伊林・歐・馬薩納。我們遷來英格蘭後，他把他的名字英國化，改成柯林・馬亨尼，我的中間名也從伊珐改成伊娃，但班尼許顯然不在乎這些複雜細節。公布父親的原名後，她指控他是「異族」，是另類。我氣得眼睛充血。

我跟父親向來疏遠。我失蹤的那晚，他難得對我展現關懷，主動提議幫我做早餐，還叫我的小名。他剛剛在咖啡館時劇烈顫抖，抓住坐在他對面的女子的手。但他如果想避開窩藏反常者的罪名——這可是死罪——就得公然跟我斷絕關係。他得否認他曾見過讓我從小就與眾不同的反常能力。

他恨我是反常者，還是恨賽昂讓我們成了新聞人物？

床鋪和整個房間以一面透明簾相隔。枕頭左側是一扇裝有木製百葉窗的窗戶，俯視巢窩後方的美麗中庭。透明簾後方是一盞魔燈、一臺白噪音機器和一架裹以皮革、放在一面大型櫃子裡的攜帶型唱機，這些都是為了增加氣氛的工具，讓我進入適合夢行的狀態。門的對面是一面書架，堆著偷來的懷舊物品和幾箱夢行者所需燃料：止痛藥、安眠藥和腎上腺素。

感覺第六感顫抖，我因此醒來。我原本的房間，緋紅牆壁，天花板繪有無數星斗。傑克森・霍爾坐在扶手椅上，隔著薄簾看我。

「哎呀呀，」他的臉龐被陰影半遮。「紅日升起，夢行者歸來。」

他身穿錦緞睡袍。看我沒吭聲，他嘴角上揚。

「我向來喜歡這個房間。」他說：「安靜、密閉，非常適合我的門徒。我明白亞弗烈德為何送妳回來。」

「送到半路。」

「有遠見。他知道妳屬於哪裡。」

「未必吧。」

我們打量彼此。認識傑克森的四年，我從沒坐下來好好看著他。白縛靈師。權杖國王。這人讓我成為他唯一的繼承人，讓年齡比我大三、四倍的人也得尊敬我。這人收留我，讓我免於被賽昂追殺。

「咱倆早該促膝長談。」傑克森翹起二郎腿。「我知道妳我有些歧見，我的好佩姬。我只想著妳需要我，因此我有時候忘了妳即將年滿二十。我二十歲的時候，在世上只有亞弗烈德這個朋友。我沒有幫主，沒有師父，沒有能傾訴心事的朋友。那算是有些不尋常，畢竟我是在一名訓童師的監視下長大。」

我拉開彼此間的隔簾。「你原本是流浪兒？」

「噢，沒錯。很令人意外吧？我才四歲我父母就被吊死，他們可能智力不足才會被抓。他們留我獨自一人在城塞，身無分文。我可不是生下來就買得起華服與名魂，我的門徒。

「我的訓童師逼我在靈盲者身上行竊。她和另外兩人合作，一同掌控十八個可憐的流浪兒。我賺到的每分錢都被奪走，我只偶爾拿到殘羹剩飯。我總是夢想著上大學，成為文人、成為某個偉大的靈視學者，但那三人只是成天嘲笑我。親愛的佩姬，他們對我說我雖然有辦法從靈盲者身上偷走手錶和資料板，但我永遠不會去上學。上學得花錢，況且我還是個反常者、是個廢物。可是我滿十二歲，開始覺得蠢蠢欲動，彷彿皮膚底下有個搔不到的癢處。」

他把手放在胳臂上，像是現在還感覺得到。難怪他總是穿長袖。我見過那些疤痕，那些細長白疤從手肘延伸至手腕。

「我拚命抓癢，直到胳臂流血、指甲斷裂。我還抓我的臉、腿和胸。我的訓童師丟我去街上討飯——她認為我的傷口能引來同情——她判斷正確，我發癢時討到的錢特別多。」

「好變態。」我說。

「這就是倫敦，寶貝。」他用手指敲敲膝蓋。「我滿十四歲後，一切依然照舊，只不過我為了換取幾口飯和幾口水得犯更危險的罪。我發了高燒，我渴望獨立，渴望**復仇**——渴望乙太。我雖然擁有靈視，擁有氣場，但我的天賦未曾對我揭露它的真實能力。我如果瞭解自己的靈視能力，或許就能獨自生活，留著我弄到的每分錢。我會看手相，會用卡牌占卜，就跟柯芬園那些賣藝人一樣，就算他們嘲笑我。」

他說故事時面帶微笑，但我沒笑。

「有一天，那一切終究過於沉重，我像掉在地上的瓷娃娃般分崩離析。當時是冬季，我飢寒交迫，坐在第一之六區的地上嚎啕大哭，有點精神錯亂地拚命抓著手臂。沒一個人幫我，不管是靈盲者還是靈視者。」他用唱歌的口吻訴說一切，彷彿在說床邊故事。「我差點對全世界宣布我有靈視能力，差點**哀求**守日者把我送去倫敦塔、貝特里姆精神病院，哪個地獄都好——直到一名女子在我身旁跪下，在我耳邊輕聲說：『刻下一個名字，可愛的孩子，一個逝世多年的名字。』她說完後就消失無蹤。」

「她是誰？」

「我的大恩人，親愛的。」他的淡色眼眸盯著過去。「我才不知道什麼逝世多年的名字，只知道我想殺掉的那些人的名字、一長串名單，但我除了等死之外無事可做。聽了她的話後，我走去四哩外的南海德墓園。我看不懂墓碑上的名字，但我能照著字形輪廓勾畫。

「我害怕得不敢刻字，因此我換個方式，選定一座墳墓，再弄破我的手指，用血把墓碑上的名字寫在我的胳臂上。我寫完最後一個字母的瞬間，立刻感覺到遊魂在我身旁挪動。我在那片墓園度過了漫長又瘋狂的一晚，我躺臥在墓碑之間，整晚感受著那些鬼魂在各自的墳上跳舞。我醒來後，發癢的感覺消失。」

一幅模糊景象飄過我的腦海：一名小女孩在罌粟田裡，伸出手，騷靈的接觸造成劇痛。我的能力開始出現時，我當時比傑克森小，但我在認識他後才明白我究竟有何能力。

「我把那縷魂魄的名字刻在我的皮膚上，祂教我讀書識字，完成了這方面的工作後，我釋放祂，拿祂換了一小筆錢，足以讓我吃上一個月的熱食。」傑克森回想。「我回到那幾個訓童師那裡，運用我的能力只待了一會兒，而後終於離開。」

「他們沒追殺你？」

「之後，」他說：「是我追殺他們。」

我只能想像他給那三名訓童師什麼樣的死法。**想像力豐富**，亞弗烈德如此描述他。

「之後，我開始研究靈視能力，發現我的能力屬於哪一種。」他說：「縛靈師。」傑克森驟然站起，走向掛在牆上的一幅畫——列為禁忌的沃特豪斯畫作。畫上是一對孿生兄弟，「睡夢」與「死亡」，一起閉眼躺在床上。

「我告訴妳這件事，是因為我想讓妳知道我明白。我明白害怕自身力量的感覺，成為乙太器皿的感覺，」他說：「永遠不敢相信自己的感覺。我也能體會渴望獨立的慾望。但我不是訓童師，而是幫主，我自認是個相當大方的幫主。我給妳零用錢，給妳一張床，只要求妳服從我的命令，正如任何幫主都會如此要求手下。」

我知道我的生活不算糟——我很幸運。伊萊莎也對我如此說過。傑克森轉頭再次看著我。

「我在牛津時失控，我猜妳也是，妳不是真心想離開七晷區。」

「我想幫助其他靈視者。跟其他人相比，你一定最能體會吧，傑克森？」

「妳生性溫和無私，當然會想幫助他們。而我大概是太在乎妳的安危，無暇顧慮其他靈視者。我之前確實不該威脅妳，那麼做太過野蠻，我活該惹妳生氣。」他用指背撫摸我的臉頰。「妳知道我絕不會把妳讓給雅各島那些恐怖野人。任何屍臟師都別想碰我的夢行者，我向妳保證。」

「你有試著找我嗎？」我問：「我失蹤的時候。」

他一臉難過。「當然有。妳真以為我這麼冷血，親愛的？妳在那週的星期一沒出現，我就派出我在第一之四區所有值得信賴的靈視者去找妳，我甚至拜託瑪麗亞和蒂迪恩那些白痴手下幫忙。當然，我不能讓漢克特知道這件事，因此搜索活動都是暗中進行。但我沒放棄妳，我向妳保證。我寧可衣衫襤褸地回去街上流浪，也不可能讓賽昂奪走我的夢行者。」他抽鼻子，瞥向我的床頭櫃上的兩只玻璃杯。「喝吧。綠精靈能治療百病。」

「你從不拿這瓶酒出來。」

「只在特殊場合。」

茴香酒。他優雅地用修長手指操作酒具：漏勺、方糖和清水。液體變成乳白色。沒幾個賽昂居民擁有能容忍酒精的體質，但我身上一堆傷，不得不冒第二天頭疼的風險。我拿起玻璃杯。

「你當時去見安東妮特・卡特。」我問：「在倫敦那天，尼克開槍擊中我的時候。為什麼？」

「我那個月在柯芬園發現她以前一些演說的檔案。我很想研究她的天賦，也透過葛拉布街聯繫上她，她的作品就是在那裡出版。」他舉杯優雅啜飲。「可惜的是，因為利菲特族的阻礙，她從我指間溜走。」

「如果我們不反抗他們，他們會阻礙更多事，傑克森。」我說：「我們不能讓他們繼續進行骸骨季節。」

「寶貝，妳那些眼裡長燈泡的朋友可以晚點再處理，就讓他們繼續玩那些傀儡吧。」

我逼自己別提高嗓門。「我們必須警告集團。賽昂兩個月後就要安裝感測護盾，我們要是再不團結——」

「佩姬，佩姬。妳的熱忱值得讚許，但容我提醒妳，我們不是自由鬥士，而是七封印。我們效忠的對象是第一之四區和倫敦。身為集團成員，我們必須保護各自的地盤，這就是我們唯一的使命。」

「如果利菲特族來到這裡，我們所知的一切將毫無意義。我們活在他們的謊言裡。」

「讓集團得以生存的謊言，得以誕生的謊言。妳沒能力改變，也不可以改變它的本質。」

「但你做到了，透過你的小冊。」

「那是兩碼子事。」他把一手放在我手上。他的手很柔軟，我的手布滿繭皮，因為攀爬和操作武器而變得粗糙。「我禁止你們擁有長期搭檔，有其原因。我需要你們完全效忠於第一之四區。妳想著利菲特族的時候，就沒想著這個地盤。在這動盪之際，我實在不能允許門徒不把所有心思放在任務上，妳懂嗎？」

我一點也不懂。我想揪住他的睡袍搖晃他。

「不，」我說：「我不懂。」

「妳會懂的，我的門徒。時間會治癒一切。」

「我不會罷手，傑克森。」

「如果妳還想待在集團裡，就得罷手。」他站起。「妳離開七晷區的這段時間裡，確實學會一件事：妳實現了妳身為領袖的資質。」

我維持面無表情。「領袖？」

「少裝傻。他們把妳丟進那個腐爛牢籠，但妳組織了一場反叛。」

「不是靠我一個人的力量。」

「啊，謙虛是一種罪孽。沒錯，如果沒有朋友幫妳，或許會相當辛苦。但在那片草原上，妳是個女王，妳甚至發表了演說！而文字，我的夢行者——文字就是一切。就算遭到踐踏、破碎得無以復加之人，也能透過文字獲得飛翼。」

可惜我現在不知道該拿什麼文字回敬他。

「妳知不知道我幾歲，佩姬？」

這個疑問出乎我的意料。「三十五？」

「四十八。」他說。我目瞪口呆。「身為第五階靈視者，我的壽命並不長。等我開開心心地回歸乙太後，妳將掌管第一之四區，成為年輕能幹又聰明的女幫主，最高階靈視者，許多忠誠的靈視者將任妳差遣，全城將被妳踩在腳下。」

我試著想像：晢夢者，第一之四區的女幫主，掌管這棟建築，知道這一區的所有靈視者都將追隨我，我的發言權將遠高過門徒。

傑克森伸出一手。「我提議咱倆休戰。」他說：「原諒我的錯誤判斷，我會給妳一切。」

我現在成了逃犯，通緝犯。沒有幫派撐腰，沒有白縛靈師替我出頭，任何想販賣情報給賽昂的賣藝人和乞丐都將把我當成獵物，其他人則會把我當成透明人。傑克森是我跟集團之間唯一的聯繫，而集團是唯一的大型靈視者組織，或許能對抗賽昂。我沒打算低頭，但現在只能配合。我握住他的手，他回握。

「妳做了正確決定。」

「但願如此。」我說。

他把我的手捏得更用力。「兩年。在那之前，妳就是我的門徒。」

我感覺心臟揪起，但還是逼自己點頭。他換上僵硬的淺淺笑容。

「接下來，咱們該跟大夥討論一下該死的通緝狀態。」他輕輕把手放在我背上，帶我走向樓梯轉彎處。「想在威弗的網路上如蜘蛛般生存下去，就得採取一些防備措施。丹妮薩！」他用拐杖敲敲天花板。「丹妮薩，先放下那些機器，把我所有手下找來。我們現在就要開會。」

傑克森沒等丹妮薩做出答覆，直接帶我進入他的辦公室。他把這裡稱作他的「閨房」。絨線窗簾蓋住窗戶，擋住所有自然光線。這裡放著一張靠椅，後方是一面高聳的儲物櫃，洋艾素通常都鎖在裡頭；一面書櫃堆滿購自葛拉布街的書籍，不包括蒂迪恩的作品。辦公室瀰漫菸草、菸味和玫瑰精油的氣味。在一面古董燈罩的折射下，無數色彩灑過地板，我們彷彿走在破碎珠寶上：紫水晶、藍寶石、綠寶石、虎眼石、橙石榴石、火蛋白石和紅寶石。傑克森在他的安樂椅坐下，點燃一支雪茄。

他要我忘記。他要我忘記利菲特族多麼危險，忘記他們就在外頭等候，似乎只有我在乎這個問題。

丹妮薩慢慢走進辦公室，一臉不爽。另外三人過了半分鐘才進來，臉上是程度不一的疲憊。伊萊莎看到我時露齒而笑。「就知道妳會回來。」

「我就是離不開這兒。」我說。

「是諸魂帶她回來我們身邊，我的靈感者。我說過祂們會帶她回來。」傑克森揮手要他們進來，嘴裡吐出的煙霧裊裊飄升。「坐吧，我的孩子們，我們有重要事情要討論。」

我還是不敢相信他四十八歲。他臉上幾乎沒有一條皺紋，黑髮不見一抹灰白。

「首先是酬勞。娜汀，給妳的。」他做個花稍動作，遞出一只信封。「妳這星期在柯芬園做得很好，妳也能從我們最近賣掉的那縷魂魄上抽成。」

「謝了。」

「給你的，以西結。你把工作做得盡善盡美，一如既往。」西結咧嘴而笑，接過信封。「至於妳，丹妮薩，在妳拿出成果前，我先扣留妳的酬勞。」

「行。」她一臉不耐煩。

「最後，伊萊莎，我最親愛的寶貝。」他遞出最厚的信封，她接過。「妳最近那幅畫讓我們獲得豐厚收入。跟平常一樣，這是妳應得的錢。」

「謝謝你，傑克森。」她把信封塞進裙子的口袋裡。「我會妥善使用。」

我盡量別看西結手上塞滿珍貴鈔票的信封。我如果更早回來傑克森這裡，搞不好能拿到一星期的薪水。

「接下來談生意。既然我的屋簷下有個通緝犯，我認為我們該複習第一之四區的緊急程序，以防必須在戒嚴時離開這裡。」傑克森彈彈雪茄的菸灰。「首先，你們必須繼續避開倫敦地鐵。如果誰需要前往另一區，我會親自安排第一之四區的野雞車接送。」

「我們能用走的嗎？」伊萊莎坐得更直，神情忐忑。「如果只是短程？」

「除非別無選擇。在集團裡，只能用你們的化名。在集團外頭，用化名以外的名字。避開裝有監視器的街道——你們都知道是哪些街道，但也留意裝有無線監視器的區域。離開這裡時，盡量遮住你們的美麗臉孔，而且只在必要時離開這裡。」

「所以我們再也不用參加蒂迪恩的狗屁拍賣會？」娜汀神情愉悅。

「拍賣會完全安全，跟黑市一樣。」傑克森拍拍她的手背。「我連他無恥吸進的空氣都討厭，親愛的，但他那套狗屁很有賺頭。更何況，現在我們可愛的佩姬回來了，她會負責出價，也會重拾身為門徒的其他職責。」

娜汀繃緊下巴。「瞭解。」她說：「很好。」

我挑起一眉。傑克森刻意來回瞥我和她一眼，接著靠向椅背。

「再來是生意。接下來的兩星期是通緝最激烈的時候。在那之後，我們能稍微降低戒備。」

「傑克森。」我打岔：「利菲特族知道我們是誰，也知道我們住哪。他們知道你是誰。我們不該安排逃脫計畫？」

伊萊莎用力把瓷杯砸在桌上，瓷器發出回音。「他們知道我們住哪？」

傑克森抬眼看著天花板。他顯然不希望其他人聽見利菲特族這個字眼，但我不在乎。我雖然答應繼續為他工作，但他不能把這個問題掃進地毯底下。「他們命令靈視者進行降靈會，」我說下去：「他們在幻象中看見日晷柱子，遲早會找上這裡。」

「噢，別這麼誇張。城塞裡一堆柱子，更別提有多少日晷。」傑克森起身。「讓他們慢慢找吧。除非這座城塞化為塵埃，否則我們不會永久拋棄這個巢窩。我不會因為一些陌生人搞降靈會就離開這個地盤。」

「他們想要你，也想要安東妮特。他們很快就會再次嘗試。」

「跟預測怪物如何行動相比，我有更重要的事要擔心。」他抓起拐杖。「但為了讓妳安心，我該讓妳看樣東西。」

他帶我們走下樓梯，來到一樓。走廊沒什麼特別，只有一面沾滿灰塵的覆牆鏡、西結的腳踏車，以及通往中庭但如今上鎖的後門。傑克森指向樓梯底下的狹窄空間。

「看見那些木板沒有？」他用拐杖敲敲這一處的地板。「底下是七晷區的緊急藏身處。」

伊萊莎皺眉。「我們有個緊急藏身處？逃生路線？」

「沒錯。」

「我們在這裡住了這麼多年，你沒想過早點讓我們知道？」娜汀問。

「當然，親愛的，因為哪有這個必要？世人都以為妳和西結老早死了，也沒人特別在乎我們其他人——直到現在。」他看著我。「況且，這裡不是一開始就有緊急藏身處。第一之四區遭到突襲後，我才派人建造。伊萊莎和佩姬應該還記得。」是我們被迫逃去尼克的公寓那天。「這裡主要是用來躲藏。如果守夜者來這裡找佩姬，她可以在這個緊急藏身處裡躲藏幾小時。如果局勢惡化，她可以推開後側的遮板，進入地道，前往蘇豪廣場。」

他從拐杖裡抽出細劍，挑起一塊地板。板子下方的空間大約六呎深，九呎寬。

「這看起來好像會害我們被活埋。」伊萊莎顯得半信半疑。

「注意妳這句話裡的關鍵字，我的靈感者。『活』——『死』的反義字。」傑克森放回木板。「牢記在心。至於現在，記住我的規矩，咱們都會平安無事。」他彈個響指。「現在回去工作吧。佩姬，妳跟我來。」

我跟上他。娜汀在我經過時惱火地看我一眼，我還來不及問為什麼，她已經離去。

「別嚇其他人，寶貝。」傑克森在我身後關上辦公室的門。「他們不需要知道利菲特族的事。」

「除了伊萊莎，他們都去過第一冥府。」我盡量讓口氣聽來平靜。「他們都親眼見過那裡。」

「我不想讓他們分神。目前正在戒嚴，這對大夥來說都是危險時期。」他從桌上抄起一堆文件。「現在，回去工作吧。我們在第一之四區損失了大把收入。娜汀身為臨時門徒，工作做得還算可以，但她畢竟不是妳，而妳就是擅長讓我的金庫裡出現硬幣。妳回去處理喬蒂錫恩拍賣會，我就能派娜汀回柯芬園拉小提琴。」

我坐下。「她恐怕不會喜歡。」

「她以前就是在那兒拉琴，不是嗎？我雇用她不就是要她去賣藝？」

「沒錯，傑克森。」我盡量保持耐心。「但她未必願意看到她的收入減少。你把我的薪水給了她？」

「妳那陣子不需要薪水，不是嗎？」他的口氣彷彿我剛剛問他青草是不是綠色。「她是靈聽師，佩姬。對她來說，音樂就等於法器。」他從抽屜拿出一支卷軸，似乎用迷你領結封起。「拿去。下一場喬蒂錫恩拍賣會的邀請函。」他丟給我。「我相信蒂迪恩一定會**很高興**見到妳。」

我把卷軸塞進我的後口袋。「你剛剛不是說我們都應該待在室內？」

「而我剛剛也說了，佩姬，我們損失了大把收入。除非妳打算坐在這兒看著我們的錢如水淋過水晶球般一去不回，否則妳得去工作。」

「你真是三句話不離本行，是吧？」

「傻丫頭。永遠別把嘍囉的失敗怪在幫主頭上，損失收入的原因不只一個。」他在辦公桌邊緣坐下。「我們幾個最賺錢的賣藝人被捕——顯然因為那些蠢蛋不夠小心——當然，我這句話不是針對妳，親愛的。兩個重要設施沒能如期交租。除此之外，妳被抓之後，這整個小區都在偷懶。我實在需要用魂魄驅動的那種監視器，寶貝。」他打開儲物櫃的鎖，在一排酒瓶裡翻找。「噢，還有一件事：我們不能讓妳用那副模樣走老走去。」

「哪副模樣？」

「妳的模樣，親愛的，妳那頭頭髮太好認。」他遞來一支玻璃瓶和一個小型容器。「拿去，工具都給妳了。」他說：「讓妳自己變透明人吧。」

第七章　玫瑰之下

「有沒有人出價一百？」

壁龕裡燃著一支白蠟燭，為地下墓穴提供唯一光源。一座雙翼早已斷裂的石雕小天使面對這支蠟燭，燭火搖曳，融蠟滴下。我的兩腳擱在一塊天鵝絨腳墊上，一條胳臂放在軟墊椅的椅背上。片刻後，某人舉起號碼板。

「第四之三區出一百。」蒂迪恩．韋特把一手彎成勺狀，搭在耳後。「有沒有人出價兩百？」

沉默。

「各位門徒與匪徒，有沒有人願意出一百五？你們的幫主一定都會喜歡這個商品，真心不騙。問問警長有何祕密，您說不定就能獲得開膛手女士。如果您得到開膛手女士，誰知道呢？您說不定就能得到開膛手。」又有人舉起號碼板。「信心可嘉！第六之五區出一百五。您為了贏得這個戰利品而大老遠趕來啊，先生。有哪位先生女士願意出兩百？啊，兩百？不，三百！謝謝您，第三之二區。」

以蠟燭計時的拍賣會最麻煩，這該死的東西似乎就是燒不完。我摳摳上衣的一條脫線。蒂迪恩呼喊四百時，我舉起號碼板。

「出四百的是——」蒂迪恩轉動小木槌。「第一之四區。沒錯。晢夢者出四百。還是我們該叫妳**佩姬．伊娃．馬亨尼**？」

幾個人好奇地瞥向我。我渾身僵硬。

他居然……？

「夫人，考慮到妳最近跟賽昂之間的關係，」他說下去，顯然樂在其中。「或許我們下次就會拍賣妳的魂魄？」

眾人交頭接耳。我渾身起雞皮疙瘩。

蒂迪恩．韋特居然公布我的身分。

集團成員雖然都聽說過晢夢者，但沒人知道我的長相和姓氏。有些集團成員拋棄了合法身分，完全投入地下社會，可是其他人在賽昂社會中依然擁有正當工作，也因此被迫躲在面具和化名後面。我一直過著這種雙重人生。考慮到我父親的立場，加上我想跟他保持聯繫，傑克森因此總是叫我在以他的門徒身分執行任務時用一條紅領巾遮掩口鼻。我迅速回過神，喊道：「除非你願意出價買下我，蒂迪恩。」

前排傳來笑聲，把他氣得毛髮倒豎。

「我只能婉拒妳的好意，畢竟我對我的喬蒂絲念念不忘。妳看起來很像妳幫主的分身，女士，」他滿臉通紅。「白縛靈師這麼自戀，所以找個長得跟他差不多的門徒？」

我已經把頭髮染黑並剪短到下巴位置，露出頸部。我戴著淡褐色的隱形眼鏡，不是傑克森那種淡藍色，但蒂迪恩不會注意到這個。

「噢，不。我相信縛靈師知道光是他一人已經夠你受了，蒂迪恩，」我歪起腦袋。「畢竟你已經在一場小冊之戰上輸給他。」

大夥懶得藏起竊笑聲。彈簧腿傑克狂笑不已，把坐在椅子上的珠后嚇一跳，蒂迪恩的臉龐也從粉紅色轉為紫褐色。「肅靜。」他厲聲斥責，接著壓低嗓門：「我正在寫一本新的小冊，夫人，謝謝妳的關心——這本將把《反常能力的價值》那本破書從歷史上抹去，妳等著看吧……」

坐在我身旁的「哥布林」吉米搖頭發笑，拿著金屬水壺喝酒。某人拍拍我的肩，我回頭查看。一名信差在我耳邊低語：「妳真的就是賽昂在找的女孩？」

我把雙臂交叉在胸前。「別聽他胡說八道。」

「有沒有人出五百？」蒂迪恩嚴肅問道。

我逼自己專心，盡量無視周圍的目光和竊竊私語。集團成員很少這樣被公然揭穿身分。蒂迪恩以前見過我的臉，只有一次，大約在一年前。他這樣讓我身分曝光一定感到痛快，但他這種惡意害得我容易被發現。

拍賣中的魂魄是艾德華．巴達漢姆，生前曾在有名的「H組」擔任警長，調查開膛手傑克一案。那些人是君權時代的執法者，尤其是指被分派到白教堂區的那些人。維多利亞女王過世，其子因反常者身分而被放逐後，索爾斯伯利侯爵建立了「V組」，也就是賽昂的靈視者警隊的前身。任何與H組有關的魂魄都可能提供開膛手相關的重要線索。我能看到前排的彈簧腿傑克、綠牙珍妮和安耶娜．瑪麗亞，他們逮到機會就舉起號碼板。第二之六區的門徒「路匪」坐在房間另一頭，一臉嚴肅。我聽說他從不錯過任何一場與開膛手有關的拍賣會。

蠟燭持續燃燒，巴達漢姆警長之魂的價格也持續攀升。不久後，只剩六人競標。傑克森大概是全城塞最有錢的幫主，但在喬蒂錫恩拍賣會上，蠟燭讓一切變得公平。我等候蠟燭將熄前的徵兆；看到後，我舉起號碼板——半秒後，某人也照做。

「五千。」

大夥轉頭。出價的是第一之二區的門徒「高僧」。跟平時一樣，他的臉藏在黑色兜帽的陰影底下。

「五千！勝負已分！」蒂迪恩宣布。有了這筆收入，他大概會繼續戴白色假髮，穿著不合身的長褲，再經營這間拍賣所一段日子。「燭火已熄，艾德華．巴達漢姆警長之魂由第一之二區的女院長贏得。我向其他人表示同情！」

呻吟和咒罵充斥地下墓穴，連同較窮區域的代表們吐出的牢騷。我噘起嘴脣，來這趟根本是浪費時間。話雖如此，我好歹有機會離開巢窩幾小時。

體形龐大的路匪起身，把椅子撞倒在地。現場一片死寂。

「這場戲演夠了吧，韋特。」路匪隆隆喊道：「那縷魂魄是第二之六區的財產。你從哪弄到的？」

「我合法取得，先生，正如我擁有的其他魂魄。」蒂迪恩怒斥：「如果你真以為第二之六區的所有遊魂都想待在那兒，祂們為何成天跑來我的地盤，先生？」

「因為你是個狡猾騙子。」

「你能證明這種指控嗎，先生？」

「總有一天，」路匪冷冷道：「我會找到開膛手，而你會用你的命證明他的真偽。」

「希望你這不是對我的人身安全做出威脅，先生，我真心如此希望。」拍賣師渾身顫抖：「我絕不在以我亡妻命名的拍賣場容忍這種言詞，先生。喬蒂絲絕不會容許這種口頭侮辱，先生。」

「你妻子的魂魄在哪？」一名靈感者喊道：「咱們是不是也該拍賣她？」

蒂迪恩臉色如瘀傷般青紫。蒂迪恩・韋特說不出「先生」一詞時，就是事情大條的時候。

「夠了。」一名女幫主站起，亮褐短髮梳理成俐落的龐畢度髮型，說話帶點保加利亞腔。「要怪就怪蠟燭，路匪，不是點蠟燭之人。要找該死的開膛手，就回你自個兒街上去找。」

路匪咬牙低吼，氣沖沖走離地下墓穴。彈簧腿傑克也快步離去，如平時那般像個瘋子一樣自嘲，綠牙珍妮離去時也滿腹牢騷。我拿起外套和背包時，蒂迪恩快步走向高僧，但對方已經走到樓梯半路。

「我來拿。」一名年輕女子說。她的紅髮挽成髻，用扇狀梳子固定。

蒂迪恩遞給她一份縛靈契約。「當然，當然。」他一吻她戴著長型金戒指的手。「麻煩轉告女院長，請她方便時派她的縛靈師來一趟。」

女孩回以優雅微笑，把契約收進口袋。「我會確保你幾天後就收到錢，韋特先生。」

女院長最近確實荷包滿滿。中心區域的幫派首領大多富裕，但我不太相信他們隨時都有五千鎊能砸在魂魄上。

「皙夢者？」

一名女幫主在我前方的走道停步，就是那名褐髮女子。我用三指接觸額頭，這是該對反常者議會成員行的禮。「安耶娜．瑪麗亞。」

「妳看起來跟以前不一樣。我原本想說我有一陣子沒見到妳，但倫敦這幾天到處都是妳的臉蛋。」

「我逃出了倫敦塔。」我把背包掛在肩上。「我不知道妳是開膛手獵人。」

「我不是，我只是亟需更多魂魄，而喬蒂錫恩拍賣會似乎是最佳地點。」

「妳大可選擇**不是**來自H組的魂魄。」

「我知道，可是我喜歡挑戰，雖然我根本沒錢贏得競標。」她伸出一臂。「上樓？」

底下已經沒其他事好做。我知道我應該趕緊離開——傑克森正在街上等候——但她的言論令我好奇。「妳一定有大把魂魄，」我上樓時開口，她外套上的幾枚胸針噹啷作響。「何必來買這一個？」

「最近有不少遊魂離開我們的第一之五區，某條街似乎令祂們受驚，我看不出那條街有什麼問題，除非有誰搞砸了在哪個屋子裡舉行的降靈會。」她皺起眉心。「我沒對我的手下坦承這點，但我確實擔心。妳在第一之四區該不會也碰上同樣問題？」

「如果有，縛靈師會告訴我。」

「噢，妳那個縛靈師是徹頭徹尾的瘋子，我實在搞不懂妳如何為他工作。」她不斷勾轉指甲上的戒指。「他會不會有興趣在舊斯皮塔佛德市集租個攤位？」

「我可以問他。」

「謝謝妳，甜心。我永遠沒辦法像他那樣過得那麼舒服。」瑪麗亞推開暗門。

「要不要我轉告他妳碰上的問題？」

「他不會在乎，但妳可以試試。」

我們走出暗門，來到一間教堂留下的空殼。幾束蒼白陽光從聖瑪麗勒波教堂的破損屋頂射入，這裡是倫敦少數幾間沒被改建成警戒站的教堂之一。跟所有與「死後來生」及「君權制度」有關的東西一樣——例如缺了翅膀的石雕小天使，還有毀於共和黨暴動的祭壇——這間教堂在二十世紀初遭到重創，但大鐘依然掛在高塔上。這整個地方讓我想到第一冥府。昔日世界的遺跡。

我把通往地下墓穴的暗門蓋好。另一名女子站在祭壇附近，正在跟高僧和信差談話。她體形高瘦，一襲合身套裝，茂密的栗色捲髮上戴著高帽。

女院長親自前來會見門徒。第一之二區的女幫主，倫敦最大的夜總會的創辦人。

「瑪麗亞！」她兩手一拍，她的嗓門讓我聯想到劃火柴發出的聲音。「是妳吧，瑪麗亞？」

「恭喜妳，女院長，」瑪麗亞僵硬道：「這項戰利品實在令人目眩。」

「妳真好心。我不像某些人那樣擁有高級的魂魄收藏，但我確實偶爾喜歡競標。告訴我，妳應付戒嚴應付得如何？」

「還行。妳認識晢夢者吧？」

女院長隔著面紗打量我。我勉強看到她的淡棕肌膚、高挺鼻梁和輕柔微笑。「當然認識。白縛靈師的高徒，真高興見到妳。」她用戴著蕾絲手套的手抬起我的下巴。「噢，妳如果當靈妓一定很適合。」

「她最近忙著當威弗的獵物。」瑪麗亞嗤之以鼻。「我很想跟妳多聊聊，但我得去忙市集的事。」

「我要跟妳談談，」女院長放開我。「要麼現在，瑪麗亞，要麼今晚。」

「戒嚴時期，我每天只跟我那些靈視者分開一次。」

「那就明天吧。我會派我的信差去跟妳聯繫。」

瑪麗亞簡短點頭，繼續前進。我跟上。

「麻煩的女人，」她推開門。「誰有時間跟她閒聊？」

「妳覺得她找妳有什麼事？」

「八成想要更多靈妓。我早就跟她說過，我的靈視者都不感興趣，但她還是成天提起。」瑪麗亞拉起衣領擋風。「妳注意安全，甜心。如果妳想打『月光工』，第一之五區永遠歡迎妳。」

「我會牢記在心。」

她輕快走向銀行站的所在方向。我和伊萊莎都曾被「偷獵者」找上，這種人經常溜進其他地區，想賄賂頂尖靈視者暗中為其他幫主工作，但我每次都拒絕。傑克森付我的錢夠多了，而且打月光工——偷偷另外做一份工作——有其風險。大多數的幫主都會把這視為背叛，下場就是逐出幫派，甚至處死。

但是瑪麗亞對失去遊魂由衷感到擔憂，也擔心她那些靈視者將如何生活。如果我能把真相說出去，她或許會成為強大盟友。我弄不到錢的話，打月光工恐怕是我唯一的選擇。

一輛野雞車正在角落等我。「縛靈師說妳要去柯芬園。」女司機說。

「他是這麼說的？」

「真的。麻煩妳快上車好嗎？」她用手帕擦擦脖子。「載個通緝犯已經夠危險了，更別說載個愛磨蹭的通緝犯。」

我爬上車。傑克森如此安排，看來伊萊莎已經畫完一幅畫。

賽昂倫敦依然處於戒嚴狀態，警戒程度高過舊聖保羅大教堂的尖塔。地鐵二十四小時都有警衛看守，白天時軍用載具在中心地區巡邏，警戒者的火力比平時多了一倍。野雞車經過一面公告螢幕時，上頭又是我的臉。看在陌生人眼裡，這張臉應該顯得不懷好意：沒有笑容，驕傲得不屑任何人的憐憫，眼睛灰暗，膚色蒼白如屍。這不是無辜之人的臉龐。螢幕上的這女人就是反常能力的化身。她的眼裡帶有死亡和寒冰，衛士曾這樣對我說過。

衛士。我在城塞裡避開自己的照片時，我那位利菲特共犯也成了逃犯。我想像他在冥界收割不凋花，用它的精華減輕他一身傷疤的疼痛——還得隨時提防薩加斯出現。我不知道冥界是什麼模樣，我想像那裡黑暗壯麗，行屍無所不在。衛士手持黑柄刀，追殺逃出王國的嫡系族長，就像愛德華七世那樣。忙於狩獵的衛士。這幅景象撼動我的心，我的血液充滿腎上腺素。

「**如果我再也沒回來，**」他當時對我說：「**這表示一切都很順利，表示我殺了她。**」

好吧，他確實沒回來，這表示一切都很不順利。賽昂上演的戲碼背後發生了某些事，如果奈希拉已經殺掉我唯一的利菲特盟友，我恐怕永遠不會知道真相。

他冒了險——也為此失去一切——就為了讓我逃離監獄。結果我夾著尾巴逃回倫敦，沒能說服傑克森起身反抗，我也只敢在漢克特聽不見的地方咒罵他的名字。

我下了車，關門時稍微大力了點。西結正在石拱門底下等我，他在做生意的日子總是如此光鮮亮麗：錦緞背心，細心分邊的頭髮，再搭配讓他看起來像五十歲的粗框眼鏡。

「妳好嗎，佩姬？」

「好得很。你的眼鏡不錯。」我查看身上的領巾。「目前狀況如何？」

「伊萊莎賣掉三幅畫。傑克森要我們今晚結束前把所有的畫都賣掉，連同所有垃圾。」他來到我身旁。「我們需要妳幫忙賣畫，我糟透了。」

「如果你別想著自己很糟，就會表現得更好。你說他要我們賣掉一**切**？他是想買新的古董拐杖還是怎樣？」

「他的確說過我們缺錢。」

「他不再買雪茄和茴香酒的那一天，我才會相信他說他沒錢。」

「妳不在的時候，他幾乎杯不離手。娜汀說他每晚都喝茴香酒。」

他戴著怪異隱形眼鏡的眼睛充血，彷彿他自己也喝了茴香酒。

「西結，」我問：「傑克森當時真的有找我嗎？」

「噢，有啊，他一直找到七月，後來他似乎放棄了，讓娜汀成為臨時門徒。尼克在八月時獲得妳的相關線索時，我們在特拉法加廣場看到妳之後，傑克森……嗯，算是開心得有點發瘋，他就是那時候再次找妳。」他調整眼鏡。「他有說他會想辦法應付利菲特族嗎？」

「沒。」我說。

「妳打算做些什麼嗎？」

「他叫我什麼也別做，」我盡量別讓口氣聽來苦悶。「他要我們專心照顧第一之四區。」

他搖頭。「太瘋狂。我們得做些什麼。」

「如果你有任何點子，我洗耳恭聽。」

「我才沒有點子，」他坦承：「我根本不知道該從何下手。我前陣子才跟尼克談過這件事，我覺得我們可以進行某種全國廣播，但想這麼做就得進入執政廳。就算做得到，我們要如何對民眾說明他們不可能會相信的事？」

我沒想到原來西結心懷大志。我雖然喜歡這個主意，但賽昂之眼的戒備太過嚴密，我們不可能進去發布廣播。「我們得先學會走路才能學跑步，西結，」我溫柔道：「如果我們想採取什麼行動，都得從最底層想辦法。先讓集團知道真相，再讓全城塞知道。」

「是啊，我明白，我的想法太天真了。」西結清清喉嚨。「說起來，尼克有沒有告訴妳──？」

「告訴我什麼？」

「沒什麼，當我沒說。妳有買到那個鬼魂嗎？」他改口。

「被女院長搶走了。但你剛剛究竟想說什──？」

「不重要啦。我不認為傑克森真的在乎H組，他差點承認他那麼做只是為了氣蒂迪恩。」

「他平時不就這樣？」蒂迪恩和傑克森彼此抗爭多年，拿不同小冊刺激對方，偶爾還會大打出手。蒂迪恩說傑克森是「我這輩子見過最無禮的先生」，傑克森說蒂迪恩是「一頭捲髮、滿嘴爛牙的蠢材」。他們做出的評論都讓人難以否認。

我們沿柱廊並肩而行，來到一盞街燈前。不同於綻放黯淡藍光的賽昂街燈，這盞燈的玻璃片是色澤更濃郁的鈷藍玻璃，夾雜綠澤，只有明眼人才看得出差別。這盞燈掛在一家二手衣商店前。西結對身為靈視者的店主微微點頭，對方也點頭回應。

我們走過螺旋階梯，進入店鋪的地下室。底下沒有客人，只有一排排二手衣和三面鏡子。西結回頭查看，接著如開門般打開其中一面鏡子。我們鑽進門縫，進入狹長地道。

黑市位於柯芬園和朗埃克之間，是一座占地一萬五千平方呎的大洞窟，數十年來都是非法交易的樞紐。大部分的攤販都在靈盲市集的邊緣地帶混飯吃，但眼前這座市集只接受靈視者，而且完全保密。守夜者未曾向賽昂洩漏這個地點，大概因為他們大多還是從這些攤位購買法器。他們的老闆雖然給了他們食物和住所，但沒提供接觸乙太的工具。守夜者身為靈視者卻得抗拒自己的本質，那種生活簡直慘不忍睹。

這座大洞窟通風不良，聚集了數百人的體溫。諸多攤位販賣無數法器，琳琅滿目，應有盡有。鏡子：手持型、全身型，有框無框。重得拿不動的水晶球。煙燻玻璃製成的占卜石，小得能一手掌握。降靈會用的桌子。焚香。茶杯和鑄鐵壺。鑰匙，用來打開可能根本不存在的鎖具。小型鈍刀。盒裝尖針。禁忌書籍。各式各樣的塔羅牌。再來是占兆者的攤位，販賣大量的花朵和草藥。靈感者專用的瓶裝藥劑——肌肉鬆弛劑、腎上腺素、鋰鹽——靈聽師所需的精美器具、靈探所用的筆，還有嗅靈師使用的嗅鹽，能阻擋臭味進入感官。

西結在販賣面具的攤位前停步，試戴其中一副。我注意到一副廉價面具，塑膠材質，塗上銀漆，剛好能遮住我的臉的上半部。傑克森為了拍賣會給了我資金，我從口袋掏出其中一小部分。

第一之四區的旗艦攤位專精埋葬術，販賣布料和有錢的靈視者會想要的病態奢侈品。我們的攤位可不賣廉價法器，所有商品都擺在天鵝絨布上，用玻璃玫瑰花瓶點綴。桌子後方的伊萊莎身穿深綠色的天鵝絨連衣裙，美豔動人，金色捲髮披於身後，雙臂套著精美黑色蕾絲。她正在跟一名商人打扮的占兆者談話，看到我們時，她對那名男子說些什麼，對方隨即離去。

「那是誰？」我問。

「藝術收藏家。」

「真好。接下來，麻煩妳快回隔簾後面。」

「好啦好啦。」她擦掉最大那幅畫上的一點灰塵。「西結，你能不能多弄些玫瑰來？」

「好。妳要不要來杯咖啡？」

「還要一點水，還有一些腎上腺素。」伊萊莎用袖口擦額頭。「要是賣不掉這些東西，咱們得整晚待在這兒。」

「妳不能被人看見。」我揪住她的手肘，拉她到攤位後側，一面簾布遮住我們的外套和行李。她嘆氣坐下，拿出傑克森給她的一些成品。她喜歡來顧攤位，以便我們能隨時問她問題，但如果被誰看到一名美術靈感師就在我們販賣的畫作旁，很快就會猜到怎麼回事。西結從隔簾邊緣探頭進來。

「傑克森呢？」

「他說他另外有事，」伊萊莎答道：「跟平常一樣。你快弄來玫瑰行不行？」西結微微皺眉，轉身離去。伊萊莎被附身後通常心情惡劣，不時抽搐。我從一口箱子裡拿出幾顆人類顱骨。「妳想不想休息一下？」

「我得待在這兒。」

「妳看起來累壞了。」

「是的，佩姬，我從星期一到現在都沒闔眼。」她的眼皮用力跳動。「我一忙完菲利普那幅，傑克森就立刻派我過來。」

「我們會賣掉這些畫，別擔心。娜汀在哪？」

「忙叫賣。」

我不能怪她對我不耐煩。按理來說，她現在應該在「出神狀態」結束後在陰暗房間裡睡覺，等顫抖反應平息。我幫她擺放商品，堆起顱骨、沙漏、懷錶和標本框架。這些東西大多都是傑克森請頂尖占卜者製作，再用五倍的價格賣出。

對面的攤位很快爆發糾紛，兩名手相師在那裡為人算命，上門的求卜者是個針占師，似乎對自己的手相成果有點不高興。

「我要求全額退費！你這個假靈視！」

「你的敵人是你的手掌，朋友，不是我。如果你只想聽你喜歡聽的，」手相師的眼神如打火石般冷漠。「或許你該重新換個掌紋。」

「你說什麼，你這下流的占兆者？」

喀啷一聲，他被一拳打在鼻子上。周圍的靈視者跺腳起鬨。手相師很擅長動拳頭，針占師撞上桌子，怒吼一聲往前衝。鮮血灑在地毯上。另一名手相師用兩縷魂魄撞向對手的臉，卻被對方用磨尖的鑽子擊中咽喉。她的尖叫聲被窒息聲淹沒，再來是群眾歡呼聲。

「還有誰有意見？」針占師咆哮。

一名女靈聽師提高嗓門。「你以為你很了不起是吧，針尖哥？因為你的老二是針尖尺寸所產生的補償心態？」哄堂大笑。

「有膽再說一次，斷語者——」他又拿出一支尖鑽。「這支或許就會在妳的心臟上刺出針尖尺寸的洞。」

他揚長而去時推倒一張桌子。伊萊莎搖頭，回到簾布後方。我哪有可能團結這幫烏合之眾？誰做得到？

旁觀者漸漸散去，大夥繼續做生意。西結回來時，我賣掉了三支手錶和一個手指大小的沙漏，他臉上的古典眼鏡因熱氣而起霧。我帶他來到伊萊莎所在的隔簾後方。

「妳們有沒有聽說手相師打架的事？」他問。

「我們親眼目睹。」

「咖啡攤旁邊也有人打架，又是鐵橇幫和破衣幫。」

「那些白痴。」伊萊莎吞下半杯咖啡。「你有沒有弄到腎上腺素？」

「他們沒貨了，」他說：「抱歉。」

她有點站不穩。「妳先休息一下。」我拿走她手裡的文件。

「我等會兒回來，你們繼續賣東西。」

「半小時。」西結抓住她的肩，扶她離開攤位。「別跟人吵架，好嗎？」

「好啦，但你們得搞清楚一些事，」她一臉惱火。「菲利普是布拉班特裔，但他**確實**在布拉班特公國出生。『布拉班特』不是指地名。瑞秋是用**巴薩米克藥水**救她父親，別再把它說成『巴薩米克香醋』，佩姬，否則我對乙太發誓我一定會拿花瓶砸妳的頭。」

她抓起她的針織包，轉身離去。我和西結面面相覷。「喪鐘？」他問。

「我去拿。」

我在箱子裡翻找。這是一只沉重的手持型鐘鈴，在中世紀時用於喪禮。我拆開包裝時，娜汀把一簍商品砸在桌上。我瞪著裝滿東西的籃子。

「妳一**個**都沒賣掉？」

「意料之內吧，」她回話：「沒人想買桌上型垃圾。」

「妳把這些東西稱作『桌上型垃圾』，誰還會想買？」我拿起其中一顆顱骨，檢查上頭有沒有裂痕，但外觀毫無瑕疵。「妳得讓這些東西看起來更吸引人。」

「吸引人？『噢，您好，女士——您想不想用相當於一年房租的費用買下這顆十四世紀時死於瘟疫的某個賤民的頭顱？』是啊，聽起來超性感。」

我不想跟她吵，只是把鐘鈴遞給她。她噘起嘴脣，走到攤位前方，搖了一下鐘鈴，嚇到一名察覺者。鈴聲至少引來五十人的目光。

「各位先生女士，還記得人人終有一死嗎？」她把一朵玫瑰遞給那名察覺者，對方緊張地乾笑幾聲。「與死亡並肩生活時確實很容易忘記這點吧？但就連靈視者也會死。」

「有時候，」西結喊道：「您需要這方面的溫柔提醒。**看啊**（西班牙語），來自歐洲的失落傑作！」他一手掃向諸多畫作。「彼得・克莱茲、瑞秋・魯伊希、菲利普・德・尚帕涅！」

「快來啊，快來買本月不可錯過的商品！」娜汀搖晃鐘鈴。「別忘了死神——祂可不會忘了你！」

我們很快就吸引大批人潮。娜汀熱情描述蝴蝶標本，讚美最大幅的繪畫，並示範沙漏裡的沙粒流速。西結用他在墨西哥瓦哈卡市那些年的故事娛樂群眾，他們如蒼蠅撲蜜般巴著他不放，一心只想知道不受賽昂控制的國家是什麼模樣。在他們眼裡，自由世界就是人間天堂，靈視者能享有和平之地。幾人注意到娜汀的口音，但一旦問起，她就改變話題。娜汀演講時，西結負責遞出花朵，我負責低頭收錢。

大多數的觀眾都買了一、兩個飾品。我默默數算硬幣，感覺彷彿第一冥府那場經歷未曾發生。

黃衣人，我在心裡喃喃自語。

伊萊莎兩小時後才回來，神情陰暗。

「有賣掉什麼嗎？」

「全部。」我疲憊地朝空桌點點頭。「彼得那幅賣給了第一之三區的人，還有兩個商人對魯伊希那幅感興趣。」

「好極了。」

她從花瓶裡拿起一支玫瑰，固定在頭髮上。她的捲髮顯得散亂。「妳有睡覺嗎？」

我把一口箱子搬到桌上。

「不然妳以為我剛剛去哪？」

我看著她。她靠向椅背，茫然瞪著自己的作品。

魯伊希那幅假畫賣給了一群威爾斯裔的植占師。四點四十五分時，我準備離開這裡。守夜者在秋冬時五點就開始執勤，傑克森規定我只能在市集待幾小時。

「我要走了，」我對娜汀說：「妳還撐得住嗎？」

「如果妳能叫伊萊莎回來這裡。」

我還以為伊萊莎就在我身後，這才發現她不知去向。「我試試。」

「如果妳找不到她，留意電話亭，我可能需要打電話給妳。」娜汀掠掠頭髮。「我真討厭這種差事。」

幾小時來的噪音和集中精神害我頭痛欲裂。我在出口旁注意到一個販賣金屬法器的攤販：鋼針、小刀、植占用的碗。我走近時，冶金師抬頭看我。

「妳好，」他皺眉。「妳不是占卜者。」

「我只是路過的商人。」我解開脖子上的鏈條，盡量無視心中的一絲不安。「你願意出多少錢買下這東西？」

「給我看看。」我把衛士的護符放在他的掌上。他戴上珠寶商用的單眼放大鏡，把東西湊到燈光下。「這是什麼材質，親愛的？」

「好像是銀。」

「它散發奇特力量，不是嗎？就像法器。但我從沒聽說過法器做成項鏈。」

「這東西能驅散騷靈。」我說。

他的放大鏡差點脫落。「妳說什麼？」

「起碼我是如此聽說，但還沒測試過。」他嘆口氣，彷彿既安心又不悅。「但假設它真能驅散騷靈——你願意出多少錢？」

「很難說。如果它是銀製，那我大概出一千。」

我一臉失望。「才一千？」

「一般的銀製垃圾，我只出幾百。對能驅散騷靈的銀製垃圾來說，一千看來合理。」

「開膛手那類的魂魄，」我指出：「這一定不只值一千。」

「恕我直言，小姐，我不知道這玩意兒的來頭，這種金屬不是白銀也不是黃金，我得拿回家仔細研究。如果這東西的金屬確實值錢，真能驅靈，而且我能弄清楚它的原理，我就會多付妳一些。」他把項鏈還給我。「看妳願不願意暫時跟它分開。」

衛士確實把這條項鏈給了我，但我總覺得他不會希望我賣掉它。「**妳留著吧，**」他當時對我說。不是「它是妳的了」，不是「它任妳處置」。我不該把它丟給陌生人。

「我會考慮。」我說。

「慢慢考慮。」

下一個顧客已經等得不耐煩。我拉開出口的簾布，爬上地道。

「我就知道妳可能會在這兒，夢行者。」

我拔出小刀，迅速轉身面對刀嘴。她用手肘撐在一口貨箱上，頭上戴著一頂寬邊帽，在嘴唇能挪動的範圍內綻放笑容。

「妳的臉如何？」她問。

「應該還是比妳的好看。」

「噢，我還滿喜歡我這道疤。」她用拇指從嘴脣撫摸到下巴。「妳拚命避開賽昂，一定很忙吧。我在每一面螢幕上都會看到妳，有點看膩了。」

她神情猙獰，但我想看穿她這副偽裝。年輕女子，獨自在世上，在闇帝懷裡找到避風港。也許她以前跟我一樣，有家人保護她。也許她在集團裡找到自由。

互瞪幾秒後，我把小刀收進腰帶。「刀嘴，」我說：「暫時放下演技吧。」

她歪起腦袋。「演技？」

「門徒的演技。」我盯著她。「漢克特真的不在乎賽昂打算怎麼做？他以為他不會有事，就因為他是闇帝？他是靈視者，還是個占卜者。感測護盾會——」

「妳**害怕**法蘭克．威弗，夢行者？」

「妳這是在逃避現實，」我說：「如果妳繼續跟漢克特待在一起，就活不過今年。」

「漢克特，」她厲聲道：「這輩子都是闇帝。他死的那一天，就由我接手。」雖然只有幾秒，但她的帶疤臉龐顯得赤裸脆弱。「妳應該明白這種感受。我們這些門徒努力的目標，不是為了幫主的愛還會為了什麼，夢行者？」

「我是為了自己。」我說。

她的嘴角扭曲。「這種心態不會讓妳有什麼前途，妳還是縛靈師的沒用家具。」

她從後口袋拿出某個東西，握在拳頭裡，我看不見。「但妳或許別有用處。告訴我，艾薇・雅各躲在哪。」

我一愣。「艾薇？」

「沒錯，**艾薇**。那女孩跟妳一樣天天出現在螢幕上，」她吐口水，在我周圍盤旋。「她在哪？」

「我怎麼知道？」我說。如果闇帝的門徒在找艾薇，她一定有了大麻煩。「妳以為賽昂的頭號通緝犯彼此認識？」

一絲遲疑從她臉上閃過，但稍縱即逝。她瞥向市集入口，再茫然地看著我。「就算妳不告訴我，」她說：「我還是會找出答案。」

我看到刀子時已經太遲。她的手比我有力。她一手蓋住我的嘴，把我壓在牆上，及時阻斷我的呼喊，另一手用刀鋒劃過我的手肘內側，把一支瓶管壓在我的肌膚上。

血就是她的法器。除非她能力太差，否則只要得到我的一點血，她就能看見我的過去和未來。我感覺到痛楚時，我的靈魂激射而出。刀嘴痛得尖叫，從我面前退開。我瞥見她的心靈深處：一座無人船塢，中心明亮，邊緣黑暗，破船漂在綠水上。她混亂的瞬間，我打落她手裡的瓶管，把她的胳臂扭到她背後，直到我能感覺到她的肩膀關節繃緊。

「妳想偷窺我，血相師？」儘管傷口滲血，我還是咬牙壓制她。「轉告漢克特，叫他少管別人閒事。下一次，我會扭斷妳的手。」

「去死吧妳。」

刀嘴用後腦撞擊我的鼻梁，我後退一步，她拔腿就跑。瓶管摔碎在地上，灑出我的一點血。我從口袋掏出一塊布，收拾這團亂。

她為何特別在乎艾薇？漢克特在找艾薇？艾薇說過她不是集團成員……

我用布壓住傷口，走回店鋪。我回到街上後，氣得踹了繫船柱一腳。我有體力販賣沙漏和繪畫，卻不知該如何動員集團。我必須瞞著傑克森行動——這點無庸置疑——但我該如何取得支持？如何散播訊息？

少了伊萊莎，娜汀和西結在市集撐不了多久。我瞥向附近幾個遊魂出沒處——尼爾庭園、斯林斯比大街、沙夫茨伯里大街——但她已不知去向。我花了一分鐘回到巢窩，發現她的繪畫室裡沒人。怪了。看來她又回去市集。我鎖起前門，淋浴後換上睡衣，在傷口上塗了一些纖維蛋白凝膠，接著在床上坐下，拿出小刀。

傑克森雇用我後，我一直把我的存款藏在我的房間裡。我用刀尖挑開枕頭套的幾條縫線，拿出一捆鈔票，仔細清點。

不夠。

我抓抓頭髮。如果我夠走運，或許能用這筆現金在第六地區買下一個小房間，當成巢窩，僅此而已。傑克森給我的薪水雖然算高，但沒高到能讓我們任何人經濟獨立，他確保這點。我們總是得拿一半的薪水負擔這個地盤的瑣碎開銷，例如信差、魂魄和巢窩所需物資。我們賺錢到的每分錢都得交給傑克森，由他重新分配。

我們別無選擇，只能待在這裡。我的存款頂多只能讓我生活幾星期。

幾縷繆思從樓上的繪畫室飄來這裡，意有所指地停在我的門口。「我們賣了你的畫，彼得，」我喊道：「還有妳的，瑞秋。」

乙太震顫。

「別擔心，菲爾，你那幅也會賣掉，你的可是奢侈品。」

我能感覺到他的懷疑。菲利普就是喜歡多愁善感。三魂在原地逗留，如蒼蠅靠近燈泡般被我的氣場吸引，但我趕祂們回繪畫室。伊萊莎不在的時候，祂們總是坐立難安。

窗外夜色逼近。我做完例行檢查——關燈，拉起窗簾，鎖好窗戶——回到床上，把赤裸雙腿塞到棉被底下。

跟平常一樣，樓上的丹妮薩沒發出任何聲響，只聽見傑克森的唱機傳來作曲家佛瑞的〈悲歌〉。我聽著樂聲，想起莫德林那架留聲機。我想起衛士總是默默坐在那張椅子上，凝視爐火，只以葡萄酒和存在於他的荒涼夢境的思緒作陪。我想起他溫柔地處理我臉上的傷，他用那雙手彈奏風琴，他的手指滑過我的嘴脣，在會館的昏暗光線中捧起我的臉。

我睜眼瞪著天花板。

我不能再這樣胡思亂想。

我把手伸向架子，打開魔燈。裡頭已經有一張幻燈片，我那天被捕後就留在裡頭。我把鏡子對準天花板，光束透過彩色玻璃射出，出現一片緋紅罌粟田。我夢行的時候，傑克森總是用這張幻燈片。景象精緻得栩栩如生，天花板融入我的夢境。彷彿地球軸心傾斜，讓我滾進我的心靈。

但是我的夢境不同於以往。幻燈片上是以前的夢，另一個時期留下的遺物。

我持續切換，發現傑克森曾在我十七歲時給我看過的一張，我當時初次坦承我對賽昂歷史感興趣。畫面上是一張人工上色的老照片，精細黑字寫著「牛津毀於大火，一八五九年九月」。我調整鏡頭焦距，熟悉的天際線隨之成形。

黑煙覆蓋當地街道。大火鞭笞塔樓。地獄火。我看著這張照片，感覺像過了幾小時後，我沉沉睡去，第一冥府陷入火海的畫面停在我頭上。

第八章 踏進惡魔領地

「佩姬。」

不會吧。夜鐘不可能已經響起。我翻身仰躺，熱得難受。

「衛士？」

聽見輕笑聲，我睜眼發現傑克森低頭看著我。「不，我的夢遊兼夢行者，妳已經不在那個恐怖的貧民窟。」他的鼻息混雜怪味，最明顯的是白梅克酒和菸草味。「妳什麼時候回來的，親愛的？」

我花了幾秒才想起這是哪、現在是什麼時候。沒錯，巢窩。倫敦。

「按你規定的時間回來，」我的嗓門跟不上思緒。「大概五點。」

「伊萊莎當時在這兒嗎？」

「不在。」我揉眼睛。「現在幾點？」

「快八點。一名信差告訴我他們沒能在市集找到她。」他挺直身子。「妳睡吧，親愛的。如果情況有變，我會叫醒妳。」

他關門離去。我倒回枕頭上。

我再次醒來時，房裡一片漆黑，某人正在咆哮。兩人。我打開燈，在床上蹲起，準備隨時衝進緊急藏身處。

「……**自私**，否則我們哪需要——」

是娜汀。我靜止不動，豎耳聆聽，但她不是因為驚慌而提高嗓門。她聽來很生氣。

我起身走出房間，沿呼喊聲下樓，發現西結和娜汀——仍穿著市集日所需的華服——還有渾身顫抖的伊萊莎。她的頭髮潮溼糾結，眼睛紅腫。

「怎麼回事？」我問。

「問她。」娜汀低吼，左臉浮現瘀痕。「快問啊！」

伊萊莎拒絕回應我的視線。就連西結也帶著類似惱怒的情緒瞪她，他的下脣看起來像裂開的葡萄。

「漢克特帶著地府之軀去市集，各個酩酊大醉。他開始問我們關於畫作的問題，我們跟四名商人爭論，他們一致認定我們販賣假畫。」他把手伸向側身，痛得皺眉。「長話短說，為了討好那些商人，漢克特沒收了尚帕涅那幅，讓他們拿去檢查。他們也拿走我們剩下的所有商品。我們試過阻止他們，可是——」

「你們只有兩人，他們有九人，」我雖然嘴上這麼說，但感覺心往下沉。「你們不可能攔住他們。」

事情很棘手。菲利普一旦得知自己的畫作被搶走，一定會陷入低潮，但如果任何本地商人發現我們販賣贗品，菲利普的情緒反應不是我們最大的問題。我們向來謹慎，只把畫賣給根本不在乎畫作真偽的走私客，不然就是賣給大概不會再回來的旅行商人。如果我們被發現販賣假貨，傑克森一定會大發雷霆。

「對不起。」伊萊莎看似即將崩潰。「我對不起你們。我只是……實在想睡覺。」

「那妳該打電話給我們，好讓我們趁早離開那裡。但妳沒那麼做，而是害我們在那裡等妳，害我們為妳挨揍。妳九點半後大搖大擺地回來，還期望我們讓妳去睡覺？」

「等等，」我面向伊萊莎。「妳九點半前都在哪？」

「我在外頭睡著。」她咕噥。

聽起來一點也不像她的作風。「哪裡？我在附近都找過了。」

「古德溫庭園，我當時精神不濟。」

「妳撒謊。」娜汀指向弟弟。「妳知道嗎？我不在乎妳之前跑去哪、在做什麼，但除了那幅該死的畫被奪走之外，西結被打斷了肋骨，這個問題如何解決？」

聚光燈這下全在我身上。既然我是傑克森的門徒，他不在的時候，權力就落在我身上。如有必要，我有責任做出懲處。

「伊萊莎，」我盡量讓自己的話聽來合理。「妳在第一次休息時已經睡過一次，睡了兩小時。我知道妳在長時間出神狀態後需要更久的睡眠，但妳如果那麼累，就該回去收拾攤位，好讓西結和娜汀帶妳回來巢窩，總好過讓發火的傑克森氣走客戶。」

換作其他二十三歲之人，大概不會忍受比他們小四歲的人的批評，但她向來尊敬我的地位。「對不起，佩姬。」

她臉上滿是挫敗和疲憊，我實在不忍心再對她說教。「這件事到此為止吧。我們必須往前看。」看娜汀目瞪口呆，我交叉雙臂。「聽著，她當時確實睡著了，那妳要我怎麼做——把她放在水刑板上？」

「我要妳**採取行動**。妳可是門徒啊。我們被痛打一頓，她卻不痛不癢？」

「漢克特毆打你們，因為他是個爛透的闇帝，他早該被他聲稱他帶領的那種人殺掉。伊萊莎一開始就不該去市集，而且她的畫作被奪，妳認為這給她造成的打擊還不夠？妳也知道她在那幅畫上花了多少時間。」

「是啊，進入出神狀態，把所有工作都丟給可憐的菲利普，一定累得要死。」

「就像妳拉琴讓人們把錢丟在妳身上一樣累得要死，妳做的工作**腐民也會**。」伊萊莎轉身瞪她，氣場熾熱。「妳對這個地盤究竟有啥貢獻，娜汀？如果傑克森明天就把妳丟出去，會發生什麼事？」

「起碼我都親手處理我自己的工作，妳這傀儡公主。」

「我幫傑克森賺的錢比誰都多！」

「彼得有幫傑克森賺錢。瑞秋有幫傑克森賺錢。菲利普有幫傑克森——」

伊萊莎氣得臉頰通紅。「妳之所以還能待在這兒，純粹因為西結！傑克森原本根本不想雇用妳！」

「夠了。」我厲聲道。伊萊莎放聲啜泣，一手抓著頭髮。娜汀震驚無語。

「沒錯，真的夠了。」

聽見低沉嗓門，我們立即噤聲。傑克森出現在門口，臉色蒼白，就連他的眼白部分似乎也比平時更白。

「快解釋，」他說：「到底怎麼回事。」

我站到伊萊莎身前。「我已經處理了。」

「到底處理了什麼？」

「伊萊莎偷懶，我們的商品都被搶走，西結被打斷肋骨，」娜汀咆哮：「妳處理了『什麼』，馬亨尼？」

「妳真該去應徵守夜者，娜汀，」我冷冷道：「妳應該會喜歡那種工作。我們會找尼克治療西結，但我不會因為誰累了就懲罰誰。」

「這得由我決定，佩姬，謝謝妳。」傑克森舉起一手。「伊萊莎，解釋。」

「傑克森，」伊萊莎開口：「我真的很抱歉，我只是——」

「妳『只是』什麼？」他的嗓音如絲帶般滑順。

「我——我累了，我睡著了。」

「妳因此沒辦法回來柯芬園，我有沒有說錯？」

她低下頭，但輕聲道：「沒有。」

「她在街上昏倒了，傑克森，」我說：「她一開始就不該去賣東西。」

傑克森沉默許久，然後走向她，帶著怪異微笑。

「傑克森。」我警告，但他根本不看我一眼。

「親愛又可愛的伊萊莎，我的受難繆思。」他一手抬起她的下巴，她難受得顫抖。「在這件事上，我恐怕同意娜汀的看法。」他加強手勁。「我不知道妳在睡覺方面有什麼硬性作息，但我這個巢窩絕不容許懶散。妳雖然是受難者，起碼名號如此，但我不會讓妳像受難者那般哭泣。如果妳覺得妳很難控制自己，那就離開這兒。不是妳自己走，就是我趕妳出去。如果我們沒辦法繼續在黑市販賣妳的畫作，那妳對我來說就像鏡子在召靈師手上一樣沒用。」

從她的表情來看，他這番話比拿刀刺她的心臟讓她更痛。隨之而來的沉默令人悚然。在我認識傑克森的這些年來，這是我第一次聽見他用「逐出師門」來威脅任何人。

「傑克森。」她的嘴脣顫抖。

「不。」他一揮拐杖，指向門口。「去閣樓，反省妳在這個團體中的脆弱地位，並祈禱我們能解決這次的兩難，伊萊莎。如果妳想留住這份工作，在日出前告訴我，我會考慮。」

「我**當然**想留住這份工作。」她嚇得似乎只剩半條命。「傑克森，求求你，求求你……別這麼做——」

「別再哭了，伊萊莎。妳可是第一之四區的靈感者，不是死纏爛打的乞丐。」

伊萊莎居然真的不再哭泣。傑克森看著她上樓，臉上沒有一絲情緒。

我搖頭。「這樣太殘酷，傑克森。」

他給我的反應讓我覺得他是披著華服的一塊木板。

「娜汀，」他說：「妳可以退下了。」

娜汀沒爭論。她看起來不算慚愧，但也不算得意。她把門在身後甩上。

「西結。」

「什麼事？」

「你的箱型床，去躺著吧。」

「她說的是真的嗎，傑克森？你因為我才給我姊工作？」

「你有看到很多賣藝人住在我家裡嗎，以西結？你認為患有恐慌症的小提琴手對我有多大用處？」他捏捏鼻梁，咬咬牙關。「你害我犯頭疼。滾出我的視線，你這壞孩子。」

有那麼幾秒，西結只是站在原地。他張開嘴，但我對他搖頭。傑克森沒心情辯論。西結終究認輸，摘下破碎眼鏡，從辦公桌上拿起一本書，把自己關進小天地裡。我們無力處理他被打斷的肋骨。

「跟我上樓來，佩姬。」傑克森仍抓著拐杖，走向樓梯。「我有事情跟妳說。」

跟他來到二樓時，我的眼睛依然充血。短短五分鐘內，整個幫派分崩離析。進入他的辦公室後，他以手勢要我在扶手椅坐下，但我繼續站著。

「你為何那麼做？」

「做什麼，親愛的？」

「你也知道他們依賴你，依賴我們。」看他一臉好奇，我真想一拳打在他的耳朵上。「伊萊莎疲憊不堪。你不是也知道菲利普在她身上待了五十六個小時？」

「噢，她好得很。我聽說有些靈感者能兩星期都不睡覺，那不會造成任何永久傷害。」他揮個手。「無論如何，我不會開除她。只要討好安耶娜・瑪麗亞，我們隨時都能把攤位遷去舊斯皮塔佛德市集。但是伊萊莎最近就是愛耍憂鬱，窩在閣樓裡哭個不停，那真的很煩人。」

「也許你該問她最近為何陷入低潮，可能出了什麼問題。」

「我可處理不了心病。心靈這玩意兒無聊得很，除了拿來戳刺之外毫無用處。」

他把雙手搭成塔狀。「如果漢克特找個美術專家驗畫，一定一看就知道那幅畫最近才完成，這就會給我們造成問題。我想讓它被歸還給第一之四區，如果做不到，就把它丟進泰晤士河。」

「你憑什麼認為他會物歸原主？」

「我當然會給他相關獎勵，親愛的。餵驢子吃胡蘿蔔，天經地義。」他把手伸進辦公桌的抽屜。「我要妳以我的名義把胡蘿蔔送去惡魔領地。」

我上前查看。

皮封容器裡是一把小刀，約八吋長，躺在緋紅天鵝絨上。我朝它伸出一指時，傑克森揪住我的手腕。「小心。這類法器很陰險。妳就算只是輕輕碰到它，它也會對妳的夢境釋放令人難受的衝擊波，而且很可能影響妳的理智。」

「這是誰的東西？」

「噢，某個死人。法器跟靈視者分別太久後，再次被接觸時會出現不良反應。只有跟已死的原物主屬於同一階級之人觸碰法器時，才不會受傷。」他突然蓋起盒子，遞給我。「我用不到這東西，但漢克特是劍占師，他應該會想把這把刀納入收藏。我得補充一句：很**昂貴**的刀。」

它看在我眼裡不算特別，但我哪有資格質疑漢克特的品味？「我這麼靠近執政廳不好吧？」我問：「在晚上的時候？」

「這確實兩難。如果我派門徒以外的人去，會傷害漢克特的自尊。如果我派誰護送妳，他就會指控我逼他交出深具價值的靈罪美術品。」

「我離開市集的時候碰到刀嘴。她想收集我的血。」我說。

「漢克特那個愛惹事的蠢貨一定還想知道妳之前在哪。他那天來七晷區就如此追問，他的體臭到現在還留在我的窗簾上。」

「如果我去那裡，他們很可能會抽我的血。」

「刀嘴，」他說：「是個墮落占兆者，她的『能力』笨拙又野蠻。就算她能從妳的血中看見殖民地的景象，也不可能看出所以然。」他用指尖連番敲桌。「話雖如此，我可不能讓我的門徒流血。我會找個信差送妳去第一之一區的邊界，一個燈侍會陪妳去惡魔領地，確保妳平安脫身。妳得讓漢克特知道燈侍也在場。燈侍會在通往托尼修道院的階梯上等妳。」

我無法拒絕。「我去換衣服。」

「好孩子。」

我回到房間，拿出鋼頭靴、工作褲和皮革露指手套。我這次必須準備好面對漢克特。地府之軀很可能會因為我踏進第一之一區而揍我一頓，就算我不是上門找碴。

我悄悄上樓，從廚房門後面拿走一件從守夜者那裡偷來的防刺背心。在樓梯轉彎處的另一側，繪畫室的門關著。

「伊萊莎？」

沒反應，但我能感覺到她的夢境。我打開門，亞麻子的氣味撲鼻而來。管裝顏料散落一地，沾染鋪在地上的防塵布。伊萊莎坐在壁床上，雙手抱膝。繆思諸魂如雲朵般飄在她頭上。

「他不會炒我魷魚吧？」

她聽起來像迷路的小孩。「當然不會。」我輕聲道。

「他看起來好生氣。」她用手按壓太陽穴。「我活該被趕出去，我搞砸了。」

「妳累壞了。」我踏進房間。「我現在要去找漢克特，我要把那幅畫拿回來。」

「他不會給妳。」

「他如果還想把他的靈魂留在陽光地帶裡，就會照做。」

她擠出苦笑。「總之別做任何傻事。」她用袖口擦拭滑到下巴的淚水。「我還是得跟傑克森談談。」

「他知道妳想保住工作。睡一會兒吧。」我轉身要走，但停下腳步。「伊萊莎？」

「嗯？」

「如果妳想找人談談，妳知道我在哪。」

她點頭。我關掉檯燈，關上門。

我換好衣服，易容偽裝，把防刺背心穿在上衣外頭，再用黑外套覆蓋。我斜背側肩包，把法器塞進包裡。它就算收在盒子裡，還是讓我打冷顫。越早把它交給漢克特越好。

惡魔領地，歷代闇帝的住處，離西敏市執政廳算是近在咫尺。闇帝自認為是城塞的另一位首領，完全有權以第一之一區為家。這裡是逃犯最不可能去的地方。

野雞車沿堤岸街行駛，我在這條街上的某處下車，差點被恐懼癱在原地，但還是逼自己走向執政廳。我雖然盡可能做了偽裝，但最好還是速戰速決。

我來到執政廳，站在它底下，靠近河水拍打牆壁的位置。那座時鐘的鐘面是全城塞最大，蛋白石製成的玻璃片綻放火山般的紅光。

奈希拉可能就在執政廳裡。我很想窺視裡頭，想知道他們在做什麼，但這裡絕對不適合夢行。

附近是一間搖搖欲墜的龐大修道院，歷代君主都在那裡加冕。當地人稱它為托尼修道院。如傑克森所說，一名燈侍在此等候。他肌肉發達，頭戴兜帽，一手提著一盞綠光燈籠。燈侍在城塞裡的使命就是在夜間護送靈盲者前往要去的地方，避開反常者的危害，但其中一、兩人聽命於傑克森。

「晢夢者。」他點頭。「白縛靈師要我護送妳去惡魔領地，並在外頭等候。」

「我沒意見。」我們走下臺階。「你叫什麼名字？」

「葛洛夫。」

「你不是白縛靈師的手下。」

「我來自第一之二區。我得說，我沒想到白縛靈師還會讓妳出門。」他走在我身旁，近得讓他彷彿成了我的保鑣。「我今早在報紙上看到妳的臉。」

「我的臉也在那上頭。」我朝一面公告螢幕點頭，上頭也是逃犯們的臉龐。「但我有任務在身。」

「我也是。跟緊，低頭。我的責任就是確保妳活過今晚。」

我好奇傑克森付了這人多少錢，他願意花多少錢保住夢行者的命。

賽昂崛起前，西敏市的高官原本打算拆除散播疾病的貧民窟，改建成乾淨的現代住宅。當然，反常能力出現後，都市更新就不再至關重要，其他問題也是。開膛手謀殺案發生後，有些地方進行清理，尤其是白教堂區，但城塞裡仍有四座貧民窟，大多由賣藝人和乞丐占據。惡魔領地是最小的貧民窟，範圍只有三條街，夾在幾間破舊旅館之間。

執政廳周邊區域戒備森嚴。一隊警戒者離我們越來越近，但他們還來不及察覺到我的氣場，燈侍已經把我推進一條小巷。「快。」他催促，我們開始小跑。

我們來到惡魔領地的邊界時，我走向入口。在老帕伊街上的某處，一塊波浪狀鐵皮充當門板，擋住另一頭。我用力敲門。

「守門人！」

沒反應。我踹門一腳。

「守門人，我是暫夢者，有急事找漢克特。快開門，你這懶蟲。」

守門人沒吭聲——甚至沒有鼾聲——但我絕不在拿回那幅畫之前就回第一之四區。除非把畫拿回去，否則伊萊莎絕對睡不著。

「在這兒等著，」我對燈侍說：「我想辦法進去。」

「我相信妳一定會找到路。」

這些牆壁對攀爬來說很不友善。鐵絲網會撕開我的手，波浪狀鐵皮也塗了光滑的防爬油漆。我繞著惡魔領地走了幾圈，尋找空隙，但一無所獲。漢克特的腦力顯然好過個人衛生。我差點放棄時，腳踩到某個中空的東西。人孔蓋。

我蹲下，把金屬蓋掀到一邊。我以為裡頭是小型涵管，但這條地道從牆壁底下鑽過，由一盞提燈提供微弱照明。

漢克特的緊急藏身處。想不到他沒用掛鎖鎖上。

地道裡鋪著骯髒的坐墊和泡綿，上頭的塵埃厚得跟石頭一樣。我爬進洞裡，蓋好金屬蓋。我在地道盡頭發現一面格柵，微弱光線從中穿過。我集中第六感，讓周圍的現實空間褪去，發現附近沒有任何夢境或靈魂。奇怪。漢克特總是吹噓他收集了多少魂魄，小魂、鬼魂、騷靈……應有盡有。看來漢克特那幫人又出了門，除非他們打算在另一區鬧事後再回家。儘管如此，他們也該派人看守緊急藏身處，這裡也不該沒有任何魂魄。

這就是我的機會。我可以溜進去，偷走畫再溜出去，搞定收工。我心跳加速。如果我被發現擅闖惡魔領地，下場會比死了更慘。

我爬出地道，發現周圍是一間小屋，空氣混濁，瀰漫雨後泥土的味道。我壓低身子，把門打開一條縫。門外是幾間低矮房屋，由磚塊和金屬組成。我以為闇帝的巢窩會更豪華點。

所有屋子裡都沒人。我來到最大的一間前，看起來在兩百年前應該是一棟豪宅，我知道漢克特就住在這裡。牆上掛滿各式刀械，有些顯然是舶來品，透過黑市取得，精美得不可能是街頭貨色。

我穿過走廊，發現一面雙扇門半開，某種氣味掠過我的鼻腔，混濁又令人不悅。我從肩包拿出獵刀，藏在外套內側。溫暖光芒掃過地毯，但沒聽見任何聲響。

我推開門。看到休息室時，我知道裡頭有什麼。

漢克特那幫人確實都在這兒。

全死在地上。

第九章

血腥國王

漢克特仰躺在休息室的正中央，兩腿攤開，左臂擱於腹部，頸部持續湧出深色血液，這也難怪——因為他的腦袋已不翼而飛。我是透過他身上的髒衣和金色懷錶才認出他。

壁爐架上擺著一排點燃的紅蠟燭，在微弱燭光照映下，血泊看似原油。

地上有八具屍體。地府之手跟平常一樣就在主人身旁，腦袋還在脖子上，雙眼茫然，嘴巴張開。其他人則兩兩一組，彷彿同床夫妻。他們躺的方向都一樣：面朝西窗。

感覺耳朵充血，我回頭查看門口，觀察乙太，但這棟建築裡沒有其他人。

我發現伊萊莎的美麗畫作斜放在牆邊，畫布上沾染動脈噴灑的血跡。

尿液的酸臭味侵入我的鼻腔，連同血味。這麼多血。

逃。這個字眼飄過我的思緒。不，那幅畫，我得先把畫拿回來。我也得牢記這裡的狀況；漢克特遇害的消息傳出去後，這個命案現場遲早會被清理乾淨。

首先，這些屍體。從血跡來看，這裡是命案現場，不是從他處搬來。我看過死人，也見過嚴重腐爛的屍體，但眼前這些的擺放姿勢顯然極具戲劇性。每一具屍體都拖著血痕，看來在擺好姿勢前曾被當成玩偶般拖來拖去。我想像無面人把這些屍體的手腳和頭部調整到理想角度。每一具屍體都是用左臉頰貼地，右臂放在地上，與身軀平行。所有家具——扶手椅、降靈會用的桌子和衣帽架——已被推到牆邊，以便擺放屍體。

我呼吸急促，膽汁翻到喉頭。我在最近的一具屍體旁蹲下，這人是磁牙。我很難想像他幾天前才齜牙咧嘴地挑釁過我。他的臉頰被刀子劃爛，鼻梁大半失蹤，眼皮上有幾道小型的V字形刻痕。

殺手一定知道漢克特從不落單。能消滅整個幫派，凶手顯然不只一人。我再次觀察這些遺體。漢克特、地府之手、扁鼻、滑指、腫臉、磁牙、圓頭。送行者躺在屍陣的右下角，緊鄰磁牙，跟生前一樣嘴唇緊抿，就算死了表情還是沒變。難怪這裡沒有任何遊魂；縛靈師的心臟一旦停止跳動，原本任其控制的「受縛靈」就能自由離去。

這裡少了一人。刀嘴。她不是成功脫身，就是從頭到尾都不在場。

殺手除了擺放屍體，還留下某種「名片」——每一具屍體都是右掌朝向天花板，掌上放著一條紅絲手帕。幾個幫派喜歡在犯案後留下這種獨特線索——破衣幫留下一把鋼針，鐵橇幫留下一支黑色羽毛——但我從沒見過眼前這種。

我小心翼翼地用指背碰觸磁牙的染血臉頰，仍有微溫。他的手錶停在三點十五分。壁爐架上的時鐘顯示現在快三點半。

我感覺一陣寒意爬過背脊。我得離開，拿了畫就跑。

地府之軀的魂魄會需要超渡咒語，以便離開人間。我如果連這小小慈悲都不願給，他們就幾乎必定會轉變成騷靈，但我並不知道每個人的真名。我站在無頭屍體旁，行三指觸額之禮。

「漢克特‧格林斯雷，回歸乙太，恩恩怨怨已了，債務一筆勾消，汝已無需逗留人間。」

乙太沒反應。我轉向磁牙，覺得忐忑不安。

「羅納德‧克蘭韋爾，回歸乙太。恩恩怨怨已了，債務一筆勾消，汝已無需逗留人間。」

毫無反應。我集中精神和感應力，直到太陽穴出現痛楚。我原以為他們的靈魂躲在某處，但到現在都沒出現。

出竅不久的魂魄幾乎總是徘徊於軀殼附近。我後退幾步，踩到血泊。

原本靜止的乙太開始震動，宛如音叉觸水。我跑過兩排屍體之間，想拿回那幅畫，但立刻被乙太波動追上。蠟燭熄滅，天花板分裂，一縷騷靈從中衝來。

這縷破壞靈把我震倒在地。我立刻意識到自己犯了什麼錯：我把項鏈放在口袋裡，沒戴在脖子上。痛楚來襲，連同淒厲尖嘯。我的五臟六腑為之抽搐，諸多幻覺掃過眼前：一名女子哭泣、一條破爛血衣、一根藏在人造花裡的大釘。我拚命呼吸，抓地板抓得指甲斷裂，但破壞靈如蛇般纏繞我的體內，將利爪刺進我的夢境，我吸入的每一口氣似乎都在肺臟裡結凍。

我勉強把手伸進口袋，抓出項鏈，壓在心上。破壞靈在我的夢境裡翻滾。我也在地上打滾，頸部緊繃——但我繼續把護符壓在身上，如在傷口上撒鹽般焚燒病灶，直到騷靈被逐出我的心靈。祂爆發一串震波後奪窗而出，窗框炸出碎玻璃。我躺在地上，渾身沾滿地府之軀的血。

感覺像過了幾小時後，我吸一口氣。我為了保護自己而伸出的右臂已經開始僵硬。我用雙手和膝蓋爬起，頭髮裡掉出碎玻璃。我慢慢睜眼，眨眼掃掉睫毛上的玻璃渣。

我咬牙忍痛，拿起畫作，把它藏在外套內側，再拿起肩包。那縷騷靈顯然埋伏已久，以便襲擊第一個觸碰祂昔日主人屍首之人，純粹為了自娛。

我離開那些屍體，穿過地道，爬出人孔蓋後，葛洛夫拉住我沒受傷的左手，把我拉到地上。

「搞定了？」

「他死了，」我說：「漢克特，他——」

我幾乎無法說話。葛洛夫丟下我的手，查看自己的手，上頭沾滿血。

「妳殺了他。」他一臉震驚。

「不。我看到他的時候，他已經死了。」

「妳身上都是血。」他後退。「我不想跟這件事扯上關係，我不跟縛靈師收錢。」

他從牆上拿回提燈，拔腿就跑。

「等等，」我朝他喊道：「事情不是你想的那樣！」

葛洛夫已經跑遠。我不寒而慄。

他一定會說出去，包括女院長在內都會知道。我考慮擲出靈魂殺了他、讓他把所見所聞帶去乙太，但我不能殺害無辜的旁觀者，而且這還是無法改變事實：我滿身是血，獨自一人，離七晷區好幾哩遠。

我不可能就這樣走回第一之四區，我也不認為會有哪輛人力車願意載我，更不可能打電話給傑克森——我手上沒有拋棄式手機。但是鳥籠公園有一面湖，離這裡五分鐘路程。去那裡有些風險——當地太靠近法蘭克·威弗位於維多利亞區的別墅——但我別無選擇，非得找個水源沖洗身子。

我一路奔跑，把受傷的胳臂抱在胸前，離身後的貧民窟越來越遠。我把畫丟在卡克斯頓街轉角的一口垃圾箱裡，我沒辦法繼續帶著這麼沉重的東西趕路。

鳥籠公園是賽昂倫敦裡少數僅存的綠地之一，五十七畝的青草、群樹和花圃。現在是九月下旬，小徑堆滿落葉。我來到河邊，走進深及腰部的水位，洗掉臉上和頭髮上的血跡。我的手肘以上完全失去知覺，前臂痛得讓我真想砍掉整條胳臂。無聲尖叫在我的喉嚨裡打轉，我得把拳頭塞進嘴裡才能壓住它。我的眼裡泛著熱淚。

河邊附近有一座電話亭。我蹣跚走去，從口袋掏出一枚硬幣，用顫抖的手指輸入第一之四區的區碼。

沒聲音。沒有信差待命。

注意到霧靄裡有動靜，我的本能立即恢復運作。我急忙站直，雙耳發麻。某處失火？不重要。我得躲起來，把一身傷痛帶去不會被任何人發現的地方。河畔群樹投下深沉陰影。我費力地穿過樹叢，在一團落葉堆裡蜷縮。

時間減緩，越來越慢。我只感覺到自己的淺弱呼吸、燃燒的聲響，還有胳臂傳來的劇痛。我無法挪動手指關節。天亮前一定會有警戒者巡邏湖邊，但我爬不起來。我渾身癱瘓。冷酷笑聲灌進我的耳裡，我眼前一黑。

我的眼窩疼痛，微睜開眼，聞到玫瑰精油和菸草，我知道這是哪裡。

有人把我斜放在傑克森的沙發上，把我的血衣換成睡衣，還把一條絨毯蓋在我身上。我想翻身，卻四肢僵硬，而且直打冷顫，連下顎都動不了。我試著抬頭時，頸部肌肉收縮，引發疼痛。

我想起今晚的事件，胃袋為之翻攪。我試著只轉動眼球，查看胳臂，發現傷口上抹了看似綠色黏液的物質。

樓梯轉彎處吱嘎作響，宣布傑克森的到來。他叼著雪茄，身後是其他夥伴，但不見丹妮薩和尼克。「佩姬？」伊萊莎蹲在我身旁，一手放在我的額頭上。「傑克森，她渾身冰冷。」

「她就算現在不冷，等會兒也會冷。」傑克森吐出一口藍煙。「我必須承認，我原本預料妳會受點小傷——但沒想到妳會昏迷不醒地躺在鳥籠公園，我的夢行者。」

「你找到我？」我說出每個字時下顎都在痛。

「應該說，我把妳撿回來。尼加德醫師把妳所在位置的心靈景象傳送給我，看來乙太終於傳給他有用的訊息。」

「他在哪？」

「在他那個討人厭的賽昂崗位上。我跳上野雞車，發現我的門徒倒在落葉堆裡，滿身是血。」他在我身旁跪下，把伊萊莎推開，拿塊布浸在一碗水裡。「咱們來看看妳的傷。」

他洗掉上頭的敷藥。看到傷口，我感覺反胃。幾道撕裂傷大略組成M字形，周圍靜脈發黑，中間兩道傷痕的交會處更是漆黑如墨。傑克森查看傷口，他的瞳孔放大，表示正在運用視靈眼。

「這是倫敦怪物的傑作，」他用一指觸摸傷痕。「一種非常特別的幻影刀。」

我的額頭冒出豆大汗珠，我強忍呻吟、繃緊頸部筋腱。他的接觸彷彿液態氮澆在傷口上，我差點以為傷口會冒出蒸汽。伊萊莎斗膽湊近觀察。「裡頭有刀片？」

「啊，幻影刀遠比一般武器邪惡。我相信你們都知道『幻肢』這回事？」沒人吭聲。「有些截肢者覺得早已被切除的肢體彷彿還在身上，能感到斷肢發癢，或是已被拔除的牙齒傳來疼痛。幻影刀純屬靈界現象，但原理相同——騷靈能把自己的幻感加諸在受害者身上，通常是祂們生前專精的領域。這是『隔空取物』的其中一種能力，特別麻煩——破壞靈操控乙太能量，進而影響物質世界。例如，生前喜歡掐人的破壞靈，可能用幻影之手掐住受害者的頸部。實質上來說，這算是一種額外的幻肢。」

「你的意思是，」西結用手接觸我沒受傷的左肩。「她的胳臂上插著一把看不見的小刀，是嗎？」

「理解正確。」傑克森把布放回碗裡。「是漢克特派那怪物對付妳？」

「不，」我說：「他死了。」

這幾個字懸在半空中。「什麼？」娜汀來回看我和傑克森。「乾草漢克特？」

「死了，」傑克森重複：「漢克特・格林斯雷，來自乾草市場街的漢克特，賽昂倫敦城塞的闇帝，那個漢克特？」

「沒錯。」我說。

「死了。」他緩緩說道，彷彿每個音節都是他拿在手上掂重量的黃金。「離開人世，被推出塵世，銀繩永久切斷，失去生命，不復存在。是這樣嗎，佩姬？」

「是的。」

「妳有沒有碰這把刀？有誰碰過這把刀？」他的鼻翼顫動。「他的魂魄呢？」

「沒人碰過這把刀，而且他的靈魂不在現場。」

「可惜。我真想綑住他黏答答的魂魄。」他忍不住冷笑。「他是怎麼死的？喝得爛醉，跌進壁爐？」

「不，」我說：「他被斬首。」

伊萊莎不禁摀嘴。「佩姬，」她嚇得嗓門微弱。「拜託別跟我說是妳殺了闇帝。」

「不是我，」我瞪她。「我到那裡的時候，他們已經死了，一個不剩。」

「整個幫派都死了？」

「刀嘴例外，但其他人都死了。」

「難怪妳的外套上全是血。」傑克森用拇指撫摸下巴。「妳是用妳的靈魂殺了他？」

「傑克森，你有沒有在聽我說話？我發現他們的時候，他們已經死了。」

「真方便。」娜汀斜靠在門邊。「妳先前說啥來著，『漢克特早該被他聲稱他帶領的那種人殺掉』？」

「別鬧了，我不可能**真的**——」

「那妳身上是誰的血？」

「他們的，」我咬牙：「可是那縷騷靈——」

「我真心希望妳不是凶手，佩姬，」傑克森開口：「殺害闇帝可是死罪。」

「我沒殺他，」我輕聲道：「我永遠不可能像那樣殺害任何人，甚至包括漢克特。」

一片沉默。傑克森拍掉身上根本不存在的灰塵。「當然。」他慢慢抽口雪茄，兩眼茫然。「這個問題必須解決。妳有沒有銷毀那幅畫？」

「我把它丟在卡克斯頓街。」

「有誰看到妳離開？」

「只有葛洛夫。我有檢查當地的乙太。」

「啊，的確，那個燈侍。西結、伊萊莎，你們去惡魔領地，確保那裡沒有佩姬留下的蹤跡。把你們的臉遮住。如果你們被逮到，就說你們是去傳口信給漢克特，然後去卡克斯頓街拿回那幅畫，銷毀它。娜汀，我要妳今晚都待在蘇豪區，監聽當地的小道消息。那該死的燈侍想必正在屋頂上宣布闇帝已死，但我們能反駁那件事跟佩姬有關。咱們那個目擊者是個靈盲，我們能想辦法破壞他的可信度。」

他們三人走向大門。

「等等。」傑克森舉起一手。「我希望你們對此早已心知肚明，但如果你們之中有誰讓任何人知道我們在漢克特的死訊正式發布前就已經知道真相，我們就會引來懷疑、被拖去見反常者議會。市集會有人出來作證，說他們都見到那幅畫引發的鬥毆。你們會發現，管不住舌頭的人常常留不住腦袋。」他看著我們每個人。「別到處宣傳，別拿這件事開玩笑，提都別提。用乙太的名義發誓，親愛的孩子們。這不是請求。我們每個人都輪流說出「我發誓」。傑克森覺得滿意後站起身。

「去吧，你們三個，快去快回。」

他們離去時對我投來不同眼神。西結顯得擔憂，伊萊莎一臉關切，娜汀懷疑我撒謊。

樓下的門關閉後，傑克森在我身旁的靠椅坐下，撫摸我的溼髮。「我能明白，」他開口：「妳不想在他們面前說實話。但現在告訴我，是不是妳殺了他？」

「不是。」我說。

「但妳有意殺他。」

「想殺人跟動手殺人是兩回事，傑克森。」

「看似如此。妳確定刀嘴不在場？」

「起碼我沒見到她。」

「她真幸運。如果她繼承王位，對我們來說可就不怎麼幸運。」他的雙眼如寶石般明亮，臉頰紅潤。「我有辦法處理這個問題。刀嘴的不在場引來嫌疑，只要有謠言說她就是凶手，她只好設法一走了之。而妳，寶貝，就能避開風頭。」

我用手肘撐起身子。「你認為她可能真的就是凶手？」

「不。那可憐的傻女人對他忠心耿耿。」他若有所思。「他們全被斬首？」

「地府之軀沒被砍頭，他們看起來像被撕開，每個人手裡都拿著一條紅手帕。」

「有意思。」他嘴角上揚。「這起謀殺案傳達某種訊息，佩姬，我不認為那只是暗指漢克特這八年來都像隻無頭公雞一樣到處亂跑。」

「是一種譏諷，」我猜測：「他的作風越來越囂張，把自己當成國王。」

「的確，渾身是血的國王。」他靠向椅背，用指尖敲敲膝蓋。「漢克特非死不可，這點無庸置疑。我們在他的陰影底下發抖了將近十年，看著他把集團腐化成一幫懶散流氓和低級罪犯。噢，我還記得傑德・畢克福特當闇帝的日子，我當時還是個流浪兒。雖然一塊石頭的道德水準都比傑德・畢克福特高，但他從不偷懶。」

「他後來怎麼了？」

「他被發現漂在泰晤士河裡，背上插著一把刀。他的門徒第二天破曉前就死了。」

真不錯。「你認為是漢克特殺了他們？」

「應該不是，雖然他生性喜歡用刀。他沒高明到能偷偷殺掉闇帝，但他確實聰明得能贏得日後舉行的大亂鬥。而現在——」他笑得更開。「如果刀嘴逃走，一定有人有辦法贏得下一次大亂鬥。」

我恍然大悟。

新的闇帝。我們會有一個新的闇帝。

「這或許就是我們的機會，」我說：「如果換別人接替漢克特，我們說不定就能改變現狀，傑克森。」

「說不定。我們說不定辦得到。」在接下來的沉默中，傑克森俯身靠向櫃子，拿出一支細長拐杖。「妳這道傷可能會削弱妳的體力，肌肉僵硬幾小時。」他把拐杖塞進我手裡。「妳有一陣子沒法跑步，我受傷的小羊。」

身為門徒就該知道何時退下。我離去時昂首挺胸，準備開門回我房間時，不禁愣住。

傑克森・霍爾狂笑不止。

Part II
The Rephaite Revelation

第二部　利菲特族之啟示

因反常能力有諸多價值，從惡魔領地到白教堂區再到第一地區之英勇據點的所有地下社會的成員都該無人不知。

——匿名作者，《反常能力的價值》

插曲

頌讚錨徽之下的倫敦

齊普賽街的尖塔在天空襯托下顯得蒼白。在城塞各地，流浪漢忙著用泥沙悶熄篝火。守夜者經過十二小時的追捕值勤後，紛紛返回兵營。沒能達成逮捕業績的成員將被上級打得鼻青臉腫。

儘管如此，他們還是沒有佩姬·馬亨尼的相關線索。

吊在「停柩之門」上的三具屍體隨風搖擺。在嘴喙染血的烏鴉注視下，一名流浪兒偷走了他們的鞋帶。

在泰晤士河岸，拾荒者爬出下水道，把手指插進泥土，只盼能在淤泥裡找到一枚硬幣。

幾個賣藝人查看手錶，前往地鐵，希望能從眼神疲憊的通勤者手中討到零錢。通勤者們拿錢去買咖啡，從攤販手裡一把取走《後裔日報》，茫然看著頭版上的幾張臉。

在金融區深處，通勤者們脖子上綁著絲質絞繩，數算搭乘地鐵所需的硬幣。

流浪漢依然是流浪漢，行屍依然翩翩起舞，劊子手拉線操控的諸多傀儡。

二〇五九年十一月一日晚上，
靈魂俱樂部將舉辦
大亂鬥
以決定中央地區之統治者

請注意：大會日期將於接近預定時間點時再次確認。
所有參賽者將在玫瑰擂臺中進行近身搏鬥。

十月一日黎明時，紀念鐘將為我們的已故闇帝敲響。
讓乙太之兆引導爾等之路。

敏提・沃弗森

靈魂俱樂部祕書，大會女司儀

以女院長之名，

第一之二區之女幫主，

賽昂倫敦城塞之臨時闇后

第十章 叮噹鐘

在黎明前的黑暗中，第一地區的靈視者等候徵兆。聖瑪麗勒波教堂之鐘即將敲響，只為某個原因：宣布闇帝駕崩。

一聲鐘響。按照傳統，一名勇敢的靈視者將於破曉時分偷偷潛入教堂，在警戒者趕到現場前盡量敲鐘。女院長的一名手下已被選定負責這項差事。

十一下鐘響後，警戒者公會傳來警笛聲。其他靈視者已經爬到建築和樹上，看著那名信差爬上鐘樓，但他們很快就陸續離開。

我們三人在伍德街上的一棟老舊塔樓的屋頂上紮營，這裡原本也是一間教堂。爬上屋頂後，我們整晚看著星星，等待黎明到來，說起傑克森的事時哈哈大笑。

我很少這樣跟西結長時間共處，我發現我很高興有他同行。有時候，我們很容易忘了我們都是朋友，就算目前局勢實在微妙。我很難忘了我遲早有一天得面對反常者議會。

那名信差的影子迅速掠過齊普賽街的諸多屋頂。尼克在屋頂坐下，倒了三杯晶瑩剔透的玫瑰梅克酒，默默看著聖瑪麗勒波教堂之鐘。「朋友們，敬乾草漢克特，」他以嚴肅口吻說道，把酒杯舉向教堂。「城塞史上最差勁的闇帝，願他的統治被歷史早日遺忘。」

西結打個長長的呵欠，跟著坐下，拿起一杯酒。我待在原處。

目睹命案現場的兩天後，一封信出現在我們的信箱裡，連同一株風信子。女司儀呼籲知情人士出面、提供命案的相關證據。四天後，她們又寄出一份通知，再給刀嘴三天期限去見反常者議會，要她在繼承王位前先證明自己的清白。最後，她們寄出第三封信，宣布大亂鬥的日期。

第一之二區的盜賊把乾草漢克特埋在聖鄧斯坦教堂的廢墟底下。那裡雜草叢生，環境優美，由一棵大樹庇蔭，歷代的集團領袖都葬在那。

十月的第一道日出灑下金光，燒去霧靄與晨露。警戒者在聖瑪麗勒波教堂一無所獲，只好退回總部。

我和傑克森收到反常者議會已經好幾年沒發出的正式傳票，要求我們前去晉見。我們都不知道這次見面的具體內容，但他們八成想問我和漢克特之死有沒有任何關聯。如果他們認定我有罪，我就會被丟進泰晤士河。

風吹動我的頭髮，我眺望城塞，讓這座城的黑暗魔力感染我的心境。南方是舊聖保羅大教堂嚴肅的針形尖塔，全賽昂倫敦最高的建築，也是大法官開庭之處，電視臺偶爾會在靈視者被判處死刑前轉播那裡的審判秀。看到那幅景象，我不禁打冷顫。

「它有種美感，不是嗎？」尼克喃喃自語：「我第一次見到倫敦的時候，就想成為它的一部分。豐富的歷史、死亡和壯麗。它讓人覺得自己無所不能。」

「因此我當初想投入傑克森門下，」我看著萬家燈火在日出時紛紛熄滅。「我想成為其中一分子。」

附近還有一座大型建築：聳立於針線街的賽昂英格蘭銀行，金融區的核心，龐大的錨徽立體影像在它的屋頂上轉動。就是這家銀行支撐這座城塞，出資處死靈視者，把金錢灌進賽昂的城塞與哨站網路。想必也是這家銀行確保利菲特族過著錦衣玉食的奢華生活。

而這就是我想對抗的勢力。一個女人拿著藏在枕頭套裡的硬幣，想對付富裕帝國。

「墨西哥有很多靈視者組織嗎，西結？」我問。

「不多。我聽說他們有些人自稱醫者或女巫，但大多數的靈視者根本不知道自己擁有什麼樣的能力。」他撥弄鞋帶。「我住過的那個城市，靈視者根本沒幾個。」

我感到強烈的懷舊之情。我已經離開自由世界太久。在那個世界，靈視能力根本不受關注，更不可能當成叛國罪。「有時候，我實在懷疑哪種情況比較糟，」尼克思索：「一無所知，還是被那種能力定義身分。」

「一無所知。」我斬釘截鐵。「我寧可知道自己是誰。」

「我沒妳這麼肯定。」西結把下巴擱在膝上。「如果我當時不知道——要不是我們聽說賽昂的消息……」

他轉過頭。尼克瞥向我，搖搖頭。西結有過某種經歷，因此失去了原本的天賦，成為無法被窺探夢境的隱夢者。傑克森和娜汀都知道這件事，但其他人不知情。

「佩姬，」西結說：「有件事妳該知道。」

「什麼事？」我問。他看著下顎緊繃的尼克。「怎麼了？」

「我們聽聞了謠言，」尼克說：「我們前幾天晚上去了蘇豪區某間酒吧，那裡有幾個靈視者在賭誰殺了漢克特。」

看來那名燈侍果然把事情洩漏出去。「候選人是誰？」我故作鎮定。

西結扣起修長的雙手。「刀嘴和路匪都有上榜。」

「但妳最受歡迎，」尼克一臉不悅。「遙遙領先。」

一絲忐忑在我心中點燃。

太陽升得越高時，我們收拾營地。想回到地上，我們得從塔頂跳到最近的建築上。尼克著地時打個滾，俐落地轉動腳掌和肩膀，旋即起身奔跑。輪到我。跳躍距離雖然不遠，但我的鞋底一碰到水泥，我的右臂肌肉就變得僵硬。我重重以脊椎著地，仰躺在地，我用一手捏著頸後。尼克立即來到我身旁，一臉蒼白。

「佩姬，妳還好嗎？」

「我沒事。」我咬牙。

「別動。」他觸摸我的下背。「妳能不能感覺到妳的雙腿？」

「能，它們感覺好極了。」我抓住他的雙手，他輕輕拉我站起。「我只是有點生疏。」

在我們上方，西結抓著教堂的胸牆，指關節發白。「能不能幫個忙？」他喊道。

尼克把雙臂抱在胸前，眼帶笑意。「你該不會害怕區區九十呎的高度吧？」

他只是低聲咒罵。

西結用力吐口氣，後退幾步，助跑起跳，縱身一躍，飛過胸牆，墜向我們所在的較矮屋頂——飛得不夠遠。他用雙臂勾住這棟建築的屋簷，雙腿在半空中踹踢。他眼裡流露驚慌。我急忙跑向他，感覺心臟跳進咽喉。

尼克率先趕到。藉著二十年訓練所發展出的體能，他抓起西結的兩脅，讓對方免於墜入深淵。西結一手壓著胸口，邊喘邊笑。

「我覺得我不是這塊料。」他說。

「你沒問題。」尼克捏捏他的肩膀，他們的額頭幾乎互觸。「我和佩姬在這方面練了好幾年，你只是需要一點時間。」

「我應該不急著再來一次。」他對我咧嘴笑。「無意冒犯，但我認為你們都是瘋子。」

「我們比較喜歡『大膽』這個字眼。」尼克嚴肅道。

「不，」我說。我們看著那三棟巴比肯高樓，樓頂螢幕上又是我的臉，近得一定能讓正在吃早餐的父親看見。「我認為『瘋子』很適合。」

我們確實是瘋子。我們瘋了才會每天爬牆，單憑指尖攀在屋簷上，離死亡只有一線之隔。懂得奔跑和攀爬，讓我在那個命中註定的三月之日差點逃離紅衣人的追捕。我當時要不是被那枚混亂劑鏢針擊中，或許就能順利逃走，免於踏入殖民地。

我們盡快前往第一之四區。發生那起維安事件後，警戒者必定提高警覺。西結不太敢再次跳躍，但尼克如當年訓練我那般對他耐心十足。我們回到巢窩後，我回房做準備，總覺得忐忑不安。我開門時，尼克拉住我的胳臂。

「傑克森會保護妳。祝妳好運。」說完，他放開我。

我感覺大腿後側發麻。我慢慢呼吸，用電棒捲把頭髮弄捲，再換上絲質長袖上衣和高腰長褲。準備完畢後，我拉起一邊袖子，查看騷靈留下的傷痕。看到這道傷，我深吸一口氣。崎嶇又發黑的M字形傷口大約寬五吋，滲出散發金屬味的清澈液體。

敲門聲傳來，傑克森·霍爾走進，拿著他最喜歡的花梨木拐杖。他身穿他最高級的背心和長褲，外頭套著黑色大衣，頭戴寬邊帽。

「妳準備好了嗎，親愛的？」

我起身。「應該好了。」

「尼加德醫師說妳在屋頂上摔了一下。」他用戴著皮手套的手撫摸我的臉頰。「騷靈真是陰險又凶惡的怪物，祂們就是喜歡破壞求生意志。幸好現在我們能捆住祂。」

我感覺心跳加速。「你查出祂的名字？」

「伊萊莎的功勞。想當然耳，有關倫敦怪物的真實身分的諸多報告彼此矛盾，但有人確實因為這些犯罪事件而遭到囚禁。一名販賣人造花的攤販，名為萊維克・威廉斯。」傑克森在我的床鋪坐下，拍拍身旁的床罩。我在他身邊坐下。「把手伸出來，寶貝。」

我照做。傑克森貪婪地盯著傷疤，從拐杖末端抽出一把小刀。這是一把儀式刀，圓形刀柄由骨頭製成，刀身是銀質，縛靈師和血相師用這種刀進行放血。他拉起自己的左袖，露出前臂內側，上頭布滿褪色的白痕，每一條都是一個完整姓名。

「接下來，」他說：「讓我說明。倫敦怪物無法占據妳的夢境，但祂打通了一條路，透過妳盔甲上的小小裂痕給妳隨意造成痛楚。妳實在幸運，親愛的，那怪物的接觸沒能摧毀妳的心智……或許跟妳小時候見過騷靈有關。」

其實是護符保護了我，但他愛怎麼想就怎麼想。「那麼，我們如何關閉通道？」

「透過純熟技巧。只要捆住祂，祂就不再是威脅。」

傑克森用刀尖接觸倫敦怪物造成的傷痕，刀身因此沾染怪異液體。接著，他把刀子移到自己的皮膚上，在手臂內側劃出血痕。

「讓我教教妳縛靈這門高貴技藝。」他刻出染血的R。「觀察我的放血過程，這就是我的天賦的來源。妳瞧，只要我把魂魄的名字寫在我的皮肉上，我就能控制祂。祂屬於我，成為我的臣民。如果我只打算暫時捆住一縷魂魄，只要把傷口刻得淺一點就行。傷口癒合前，魂魄歸我所有。」鮮血沿他的白皙手指滴落。「但如果我想留住一縷魂魄，就必須用祂的姓名在我身上留下疤痕。」

「你的書法很漂亮。」我說。

魂魄之名寫得精緻優美，花式紋路看起來一定很痛。「刻名時不能使用老舊字體，親愛的。」傑克森繼續劃開皮肉。「名字很重要——遠比妳所能想像的更重要。」

「如果有人一輩子都沒有名字？」我問：「或是有誰同名同姓？」

「所以妳絕不能只擁有一個名字。保持匿名就是對付縛靈師的最佳方式。現在，看著。」

他刻下最後一個字母。

一陣衝擊波掃過我的夢境，撼動我每根骨頭時，倫敦怪物穿越城塞，疾飛而來。我感覺頭痛欲裂，彎下腰、呼吸困難。一股無形力量拉扯我的心靈材質，縫起細微裂縫。魂魄穿窗而來時，傑克森握起拳頭，鮮血流過指尖。

「不許動，萊維克．威廉斯。」

魂魄應聲停住。寒冰在牆鏡上擴散。

「立刻來我這裡，」傑克森伸出一手。「別騷擾這位女士。你造成的腥風血雨就此結束。」

魂魄聽令時，我夢境裡的緊繃感就此消失。我癱靠在牆上，急促呼吸，滿身大汗。受縛的倫敦怪物沉默又順從地飄向傑克森。

「好了，他是我的了。當然，我是說在我拿他去喬迪錫恩換取大把鈔票之前。」他瞥向怪物在我手上留下的傷痕，如今已轉變成淡灰色。「很不幸的，這道疤恐怕會永久留下。」

我用顫抖的雙臂撐起身子。「沒辦法去除？」

「就我所知沒有，寶貝。如果我們有驅靈師，或許就能把怪物送去臨終之光，可惜沒有。月桂占師說月桂能減輕這種疼痛，那也許只是占兆者的胡說八道，但我會派個信差去柯芬園買瓶月桂油回來。」他面露微笑，把我的長版黑大衣遞給我。「今天就由我負責發言。沒有證據，女院長不會定妳罪。」

「她跟漢克特是朋友。」

「噢，她清楚知道漢克特是討人厭的活寶。她雖然必須接受她那名燈侍的報告，但她不會把太多心思放在這件事上。」他幫我開門。「妳不會有事的，親愛的。別讓他們看到妳那道疤就行。」

深受傑克森信賴的一名野雞車夫正在巢窩外頭等候。會議在哈克尼區的一間廢棄澡堂舉行，反常者議會的所有成員都應該會出席。「他們大半都不會出現，」傑克森說：「中央地區的幫主們會去，但外圍那些懶惰又傲慢的流氓應該都懶得走這一趟。」

傑克森自言自語地說著他多討厭那些人（而且幸好蒂迪恩・韋特沒靠甜言蜜語獲得反常者議會的席位）時，我默默坐著，不時點頭。在喬迪錫恩拍賣會見到女院長的時候，她看起來還算親切，但從她跟安耶娜・瑪麗亞的互動來判斷，她顯然也有強硬的一面。如果她要求查看我的手？如果他們看到漢克特擁有的那縷騷靈被我嚇到時在我身上留下的傷痕？

野雞車在第二之六區停下，一名信差撐傘跑來迎接。天空烏雲密布，下著雷雨，水溝裡洶湧湍急。傑克森抓住我的胳臂，要我緊緊跟在他身邊。我們行走時，幾名靈視者注意到我們的氣場，對我們行三指觸額之禮。

「還有誰來了？」傑克森詢問信差。

「有十四名議會成員在場，先生，但更多人應該會在半小時內到。」

「真高興見到我所有老友。我的門徒只見過其中幾人。」

「他們都很期待見到您，先生。」

我很懷疑。議會成員們大多孤僻，喜歡待在巢窩裡差遣手下。其中幾人彼此有些交情，但都淡薄如水。幫派拚鬥結束後留下太多恩恩怨怨。

哈克尼區的公共澡堂已經關閉了一百多年。信差回頭一瞥，帶我們走下一連串樓梯，最後敲敲一扇沉重的黑門。門上小縫出現一雙靈視之眼。

「暗語？」

「諾斯特拉達姆斯。」信差咕噥。

門板戛然開啟。傑克森抓緊我，一起走進陰影。

房間裡的混濁空氣夾雜霉味。按照倫敦的風格來看，這裡八成藏有一具屍體。信差從夥伴手中接過提燈，高高舉起，帶我們走過一條狹長通道，進入一個陰暗的寬敞廳室。我們來到白色的拱形天花板底下，上頭繪有精美的藍色長方形線條。每扇窗戶和天窗都由厚重木板遮蔽，白色的香氛蠟燭沿廳室周圍等距擺放，光影在牆上閃爍起舞。花香輕撫我的喉嚨，彷彿墳墓上的層層花瓣。雖然香氛蠟燭飄出香氣，但我還是聞到非法酒精味，混雜汗味。

倫敦的男女幫主齊聚一堂，站在原本是一座深水游泳池的瓷磚地板上。他們大多遮住臉孔，穿戴各式偽裝，像是簡單的兜帽和圍巾、嚇人的鐵面具，甚至有偷來的警戒者面甲。在公眾場合穿戴裝飾性面具是非法行為——集團成員大多只在這種場合才戴——但許多人還是如此打扮。面具在曼徹斯特之類的工業城塞已不再流行，當地的幫派成員通常穿戴呼吸器。

傑克森從不穿戴任何形式的偽裝，他似乎靠他那條三寸不爛之舌就能化解任何危機。出於習慣，我還是用紅領巾遮住口鼻，雖然我這種偽裝在蒂迪恩公布我的身分後根本毫無用處。

諸多氣場跳進我的感官。低階靈視者雖然被歧視多年，但幫派領袖依然展現出各式各樣的天賦，高低階都有，多數位於頻譜中間：靈感者、察覺者、守護者，混雜少見的復仇者或占卜者。

安耶娜·瑪麗亞在他們之中，正在低聲跟哥布林吉米談話，那個笨手笨腳的酒鬼統治第二之一區。他們的門徒如保鑣般站在兩側，都是兜帽打扮，以彩色絲布遮臉。另外還有殘暴的「霸凌魯克」及其門徒傑克·希卡崔弗、臉色蒼白又陰鬱的「邪風」，以及上了年紀、一身華服的「珠后」。我跟他們大多只有一面之緣，很少打交道。

第一之二區的女幫主「女院長」，在大亂鬥結束前擔任臨時闇后，正斜靠在我們上方十呎高的欄杆後方，她那身訂做的天鵝絨套裝想必價值不菲。她帽子底下的美麗捲髮撥到一邊肩上。「高僧」和兩名靈妓——其中之一就是我在喬迪錫恩拍賣會見過的紅髮女孩——坐在她身後。那些靈妓有個貼切的稱號——夜鶯，雖然她們在街頭上的綽號多得是。

「哎呀呀，真想不到。」一雙綠眸的「玻璃女爵」隔著煙霧打量我們，她那血盆大口的嘴角微微上揚。「議會成員們，看啊！『隱士』居然走出他的山洞。」

「幸會。」玻璃青谷——她的孿生妹妹兼門徒——對我們開口。姊妹倆的模樣幾乎如出一轍，只有毛氈帽底下的棕色捲髮不太一樣；青谷的較長，女爵的較短。「我們一整個夏天都沒見到你，縛靈師。」

「我們都很想他。歡迎你來，白縛靈師，」女院長喊道，帶著親切微笑和我們寒暄。「還有妳，暂夢者，歡迎。」

大夥紛紛轉頭看我們，有些顯得好奇，有些一臉鄙視。我看著女院長時，試著觀察她的氣場。她絕對是靈感者，感覺像是物理靈感師，很罕見的天賦。她的夢境能召喚魂魄附在她身上。

傑克森沒理其他幫主，但把手貼在心口上，對女院長微微鞠躬。「親愛的女院長，真高興再次見到妳，我們真是太久沒見。」

「的確。你偶爾該來我的夜總會看看我。」

「我對夜總會不感興趣，」他這句話害得玻璃青谷被翠菊菸嗆到。「但我或許會去探望第一之二區。」

「縛靈師，你這令人作嘔的怪老頭。」名為燈主的幫主喊道，聲音震耳欲聾，用力一拍傑克森的背，害他差點丟下拐杖。燈主——集團成員大多叫他「明燈」——的體形幾乎跟利菲特族一樣龐大，肌肉發達，一頭粗髮，黯淡髮結垂於腰際，由粗繩捆綁。「你好嗎？」

「日子過得如何？」詩人湯姆在他身後出現，把布滿老人斑的手放在他肩上。他是個年老的蘇格蘭裔占卜者，體形幾乎跟燈主一樣大，帽子底下是染成藍色的長髮。這裡只有我跟他是越空者。「說真的，下次有誰要重畫塔羅牌的時候，應該把你畫在『隱士牌』上。」

我躲在面罩後頭偷笑。燈主察覺到我的笑容，對我露齒而笑，他的兩眼因而閃閃發亮，一口牙齒在黝黑皮膚的襯托下顯得格外潔白。傑克森的眼角抽動。

「別再鬧他了，你們這兩個怪物。這裡的環境這麼糟糕，還請各位朋友多多包涵，」女院長對我們每個人喊道，用戴著露指手套的手揮向天花板。「考慮到發生了何等悲劇，我覺得不適合在惡魔領地會面。很不幸的，我們只能在曾遭賽昂蹂躪的地點開會。」

這是事實。集團的諸多據點大多是廢墟：廢棄建築、已關閉的車站、很久以前的下水道。我們總是聚在地底，躲在外人看不見的地方。

時間一分一秒經過。異教賢者出現時，滿臉白粉濃妝，飄散濃濃香水味，身後跟著一名臭臉門徒。兩名盜賊把蒂迪恩·韋特擋在門外，我們聽著他叫罵了十分鐘（「我雖然不是幫主，但好歹是這個社群的重要成員，闇后閣下！」）。門板再次敞開時，惡女及其門徒路匪大步走進。惡女是這個地區的殘酷女幫主，掌管全倫敦最惡名昭彰的三座貧民窟：雅各島、白教堂區和老尼科爾區，也包括碼頭區。她是三十多歲的開膛手獵人，身高只有她門徒一半，嗓門如喇叭，因長年抽翠菊菸而嘴唇發紫。坐在上方的女院長指向自己右手邊的座椅。

「我的好友，」她說：「謝謝妳讓我們在這裡開會。」

「噢，我無所謂。」惡女悶哼一聲，在椅子坐下，交叉雙腿，把深金捲髮撥到肩後。「這該死的地盤大半都是廢墟。」

「我們都知道這裡有一段黑暗過往。」女院長看著大夥，挑起細眉。「我是出於急事而要求第一和第二地區的所有議會成員前來開會。瑪麗・包恩呢？」

「她要我代為轉達歉意，夫人，」一名臉色蒼白的信差鞠躬。「她發燒了，她的門徒正在照顧她。」

「我們祝她早日康復。方舟惡棍呢？」

「那該死的無賴喝得爛醉，夫人，」哥布林吉米含糊道，揮動一指。「他的門徒也是。我們昨晚一起喝了一攤，為了悼念漢克特，妳也明白。我對他說：『聽著，方舟，你也知道女院長閣下在緊急時刻召集了我們，或許你該少喝幾杯。』但我告訴妳，夫人，他只回一句——」

「知道了，謝謝你，吉米。看來我期待他會出現是過度樂觀。恭喜你帶著這麼清醒的腦袋前來共襄盛舉。」女院長收起笑意，放在欄杆上的雙手加強勁道。「那麼，布骨人又在哪？他覺得他大牌得不用開會？」

現場沉默許久。「我好像從沒見過他。」女司儀說。

「他跟平常一樣躲在地底，」被稱作攤販之主的幫主開口：「我聽說他的門徒『工匠』以他的名義統治康登。」

「還是一樣散漫。布骨人就是喜歡躲在他的狗窩裡跟老鼠和霉菌作陪，懶得理會集團的呼召。」她的語氣夾雜怒火。「算了，沒他在場，這裡也比較不會那麼臭。請各位就座。」

她在椅子坐下時，一些議會成員也照做。我坐在傑克森身旁，故作鎮定。

「各位如今都知道我的摯友乾草漢克特慘遭殺害。我有責任在舉行大亂鬥前暫時管理集團。」她長嘆一聲。「為了履行臨時闇后的職責，也為了維持議會運作，我必須調查漢克特的命案。晢夢者，能不能請妳站出來？」

我瞥向傑克森，他對我微微點頭。

「我的一名燈侍告訴我，妳在漢克特遇害的那晚在場，」女院長溫柔道，我走到會場中央。「那是真的嗎？」

我感覺雙腿化為冰柱。「是的。我進入惡魔領地的時候，他們都已經死了。漢克特被斬首，其他人看起來像被割開咽喉。」

「真野蠻。」珠后發牢騷。「居然就死在他自己的巢窩裡……我希望妳會為這起罪行祭出死刑，闇后。凶手根本不把我們的律法放在眼裡。」

「我向妳保證，正義必定獲得伸張。」女院長回頭看我。「我能不能問妳當時跑去閻帝的地盤做什麼，哲夢者？」

「我也想知道。」霸凌魯克狠狠瞪我一眼。

「我奉我幫主之命前去。」

「妳確定妳沒溜進去殺了他？」玻璃女爵開口，引來幾人低聲附和。「有人看到妳跟漢克特的門徒在黑市發生爭執，哲夢者。」

「我不否認。」我冷冷道。

「我的門徒沒撒謊。」傑克森起身，用雙手拄著拐杖。「我不得不說，漢克特雖然對這座城塞有些貢獻，但曾試圖勒索我。他被殺的那晚，先從第一之四區的柯芬園旗艦攤位搶走了一幅珍貴畫作。我派我的門徒前去談判，希望能順利拿回東西。很不幸的，她因此第一個發現他的屍體。在這件事上，我完全能擔保她值得信賴。」

我身後的詩人湯姆咯咯發笑。「但你當然會替她擔保，不是嗎？」

「我能不能問問你在暗指什麼，湯姆？」傑克森故作禮貌的口吻令人不安。「你認為我對議會**撒謊**？」

「夠了。」上方的女院長舉起一手。「我不允許這種吵嘴。我們相信你的話，白縛靈師。」

湯姆咕噥幾聲髒話，但在燈主以眼神警告時閉嘴。大多數的議會成員低聲表示同意，不過珠后還是用那雙淡色眼眸盯了我許久。有臨時闇后保護我，他們不會對我提出質疑。

現場恢復肅靜後，女院長對身後兩名靈妓做個手勢。「我的夜鶯注意到刀嘴那晚不在命案現場。妳能確認這點嗎，皙夢者？」

「我當時沒看到她，」我說：「周圍也沒有任何靈魂。所有魂魄都離開了惡魔領地。」

「包括倫敦怪物，漢克特的護衛？」

「是的，闇后。」

玻璃女爵搖頭。「搞不懂他幹麼把那東西綁在身邊，毫無用處。」

「不算完全沒用，」異教賢者慢條斯理道，摸摸豐厚下巴。「倫敦怪物會在目標身上留下非常特別的M字形傷痕，只要能找到這種痕跡，就能找出殺害漢克特的凶手。」

我在身後偷偷握起拳頭。女院長又把雙手放在欄杆上，她眼睛下方的皮膚有些藍痕，讓她看起來格外疲憊。

「我請各位命令各自的靈視者，注意有誰身上有這種傷痕。瑪麗亞，親愛的，」她說：「既然妳管理一座專賣靈盲飾品的市集，我要妳追查那些屍體身上的紅手帕從何而來，那看起來是唯一可靠的線索。」安耶娜·瑪麗亞點頭，雖然她顯然很不喜歡被叫**親愛的**。「與此同時，我們將開始尋找刀嘴。有誰知道她可能逃去哪？」

沒人吭聲。我不由自主地又上前一步。這或許就是機會。

「女院長，」我說：「恕我直言，但有件事是議會必須立刻知道的，它——」

「——我早該在這場會議一開始就宣布這件事。」傑克森打岔：「我真笨，居然忘了。我雖然曾試圖把刀嘴趕出我的地盤，但她經常光顧蘇豪區的幾間賭場和夜總會，或許該從那裡開始查起。」

我不禁怒火中燒。他早就知道我想說什麼。片刻後，女院長問：「能否讓我為此派我的雜役進入第一之四區，縛靈師？」

「當然。我們很樂意接待他們。」

「你真好心，吾友。如果沒有其他事項，各位可以回去了。希望能在大亂鬥見到大家。」女院長起身時，其餘成員紛紛站起。「葛拉布街將準備參賽者名單，並通知各位大賽的地點。在那之前，願乙太在這動盪之際保佑你們。」

眾人準備離開，其中幾人互道再見。女院長從我身旁走過時，對我溫柔微笑。我行了三指觸額之禮後，跟傑克森走過通道。

「看到沒有？」他又拉住我的胳臂。「安然無恙。妳現在什麼都不用怕，親愛的。」

我們等車時，傑克森點燃一支雪茄，看著天空。我斜靠在街燈上。「傑克森，」

我輕聲問：「你剛剛為何打斷我？」

「因為妳想跟他們說利菲特族的事。」

「我當然想，他們非知道不可。」

「用用妳的常識，佩姬。我們此行目的是確保妳別被當成凶手，不是來說故事。」他臉上的暖意瞬間消失。「別再試了，寶貝，否則我恐怕得讓女院長看看這個小小證據。」

他用一指敲敲我的手臂。

這個威脅令我震驚無語。他舉起手，對面的一輛人力車煞車停下。只要我跟著他就不會有事。只要我還是他盡責的晢夢者，反常者議會就不會對我起疑。但只要我自作主張，他就會揭露我藏在袖子底下的骯髒祕密。傑克森從一開始就沒打算利用這場會議保護我，而是要套牢我，確保我永遠不敢爬到他頭上。

「接下來，咱們回第一之四區。」他對車夫燦爛一笑，爬上摺疊梯，在座椅上坐下。「其他人會在尼爾庭園等我們。」

愛勒索我的王八蛋。我實在等不及把真相說出去。「去做什麼？」

「吃早餐，」他露出心照不宣的微笑。「所有革命都從吃早餐開始，寶貝。」

就算是革命性的早餐——天知道那算什麼——也得在查特林餐廳享用。其他人在我們的私人包廂裡等候。我跟平常一樣坐在傑克森的右手邊，門徒該坐的位子上。他點了豪華早餐：菜單上每樣東西都來一份，包括炒蛋佐以鹽醃鯡魚、淋上蜂蜜的玉米鬆餅、泛著油光的香腸，以及搭配水煮蛋的印度燴飯。早餐用餐車推來，托盤上蓋著銀罩。

「吃這麼豐盛做啥，縛靈師？」老闆幫我倒了一杯新鮮咖啡。說話輕柔的查特以前是拳擊手，曾侍奉傑克森多年，直到被一名對手在盛怒下奪走一隻手。他的鼻腔到臉頰之間看得見底下的微血管。「對漢克特道別？」

「某方面來說是這樣沒錯，吾友。」

查特回去吧檯。坐在我對面的伊萊莎忙著夾菜，以微笑表示困惑。「某方面來說？」

「妳很快就會明白。應該說，妳很快就會『聽見』——等我告訴妳的時候。」傑克森溫柔道。

「瞭解。開會開得如何？」

「噢，滿平靜的。我差點忘了他們多討人厭。無論如何，佩姬成功維持了形象，所以這場會開得很順心。」**最順你的心**，我心想。「要不要來點辛香羊腰子，親愛的丹妮薩？」

他遞給她一盤熱騰騰的肉。她陰沉地看盤子一眼，默默接過。

「我們已經好幾天沒見到妳。」西結把一盤鬆餅推給她。「妳在地表上都靠什麼活下去？」

丹妮薩離開巢窩就像魚兒離開水，她挽成髻的紅髮凌亂鬆散，雀斑臉抹了油，兩手布滿焊接留下的燙傷。「氧氣，」她說：「氮氣。我還可以列出一長串。」

「那妳都在忙些什麼，腦力姊？」娜汀把一塊炸蘑菇塞進嘴裡。

「丹妮薩正在設計一種干擾裝置，」傑克森打岔：「感測護盾就是運用同一種原理，方便攜帶的手持造型。」

「我借用賽昂的基本設計，」她說：「他們正在發展一種攜帶式的感測護盾。」

我用指尖敲敲桌布，坐在我對面的尼克皺眉道：「他們為何需要那種東西？」

「為了丟掉守夜者。你不可能以為他們會一輩子雇用反常警察吧？」

尼克一臉震驚，但這個答案非常合理。如果靈盲警戒者能攜帶感測護盾，就不需要派靈視者巡邏街頭。賽昂將再也不需要那些背叛同族、追殺同類的靈視者。

「這對我們來說是大好消息，」傑克森做出評論：「街上到時候是扛著笨重機器的靈盲，而不是擁有靈視能力的士兵。多吃點，親愛的，」他對我補充一句：「我們接下來幾星期有很多事要忙，妳會需要胃口和腦袋。」

我咬一口麵包。

「妳看起來比之前好多了，佩姬。」兩人和好後，伊萊莎又變回對傑克森唯命是從的模樣。「我們得整理一大堆呼攏求占者的『彩虹話術』，如果妳有空，明天幫幫我。」

「現在不是擔心彩虹話術的時候。」我們的幫主吸一口檸檬口味的芬氣，他總是用這種方法去油解膩。「我們有更重要的事要考慮，親愛的，這些事將把我們的思緒擴展到第一之四區外頭。」他停頓，想必是為了製造戲劇性效果。「你們想聽嗎？」西結注意到我的眼神，扮個鬼臉。「想，傑克森。」

「很好，那就靠過來。」

我們全都靠攏。傑克森輪番看著我們，渾身散發強烈能量。

「如各位所知，我為第一之四區勞心勞力了將近二十年。透過團結合作，我們讓這裡在賽昂暴政下依然繁榮昌盛。你們六人就是我的畢生傑作。你們雖然偶爾──好吧，經常──犯錯，但我對各位的能力與忠誠只有最高程度的欽佩。」他稍微壓低嗓門。「可是我們能為第一之四區和這裡的居民做的已經到了極限。我們是全城塞所有主力幫派中的佼佼者：最擅長交易，最擅長戰鬥，最擅長一切。出於這個理由，我決定角逐闇帝大位。」

我閉上兩眼，一點也不感到意外。

「我就知道。」伊萊莎露齒而笑。「噢，傑克森，這真的超瘋狂，但想像一下，我們——我們說不定真的可以——」

「賽昂倫敦城塞的頭號幫派。」傑克森牽起她的雙手，輕聲呵笑。「是的，我忠誠的靈感者，是的，我們真的辦得到。」她看起來像要喜極而泣。

「一切由我們說了算。」娜汀一臉賊笑，撫摸玻璃杯緣。「我們可以叫蒂迪恩炸掉喬迪錫恩拍賣會。」

「或把他所有的魂魄都讓給我們。」她身旁的伊萊莎也被傑克森的好心情感染。

「我們想怎樣就怎樣。」

「只有我們七個，倫敦的主人，那一定很美好。」傑克森點燃一支雪茄。「妳不認為嗎，佩姬？」

他笑裡藏刀。我盡量擠出笑容，希望看在他眼裡是咧嘴笑臉，門徒聽見這種好消息時該對幫主綻放的微笑。「我完全同意。」我說。

「我相信妳也認為我能獲勝。」

「當然。」

跟倫敦其他幫主相比，傑克森的財力、自尊和野心都最大。考慮到他其實多麼冷血，加上他在縛靈和魂鬥方面多麼高明，他贏得大賽的機率很高。**非常**高。尼克臉上反映我心中的不安。

「很好。」傑克森拿起咖啡。「我會在妳的房間裡留些功課，一些讀物，好讓妳學習大亂鬥的相關高貴習俗。」

棒透了。賽昂和利菲特族正在安排下一步時，我得做功課，像個乖乖的小門徒。

「佩姬，」傑克森彷彿臨時想起。「能不能麻煩妳再拿一盤吐司三明治來，親愛的？」

我已經很多年沒扮演倒茶送水的小妹，也許我就是表現得對傑克森的計畫提不起勁。在幫派成員們的注視下，我走到吧檯旁，指尖在臺上連番輕敲，等查特從廚房回來。我勉強聽見角落的兩名靈視者談話。

「……跟第一之四區發生爭執。」其中一名男子說：「我聽說他們跟市集那個法國女孩有些不愉快。」

「她不是法國人，」女子低語：「她是靜鐘，他的靈聽師。聽說她來自自由世界，她弟弟也是。」

我按下吧檯上的服務鈴，感覺體內所有神經都打成死結。穿著圍裙的查特走出廚房，臉頰因爐具熱氣而一片通紅。「什麼事，親愛的？」

「再一些吐司三明治，麻煩你。」

「馬上來。」

我等候時，繼續偷聽那兩人談話。「……看到她和刀嘴在一起，你知道。她當時戴著面具，但我確定是她，皙夢者。」

「她回來倫敦了？」

「沒錯，而且漢克特死的時候她在場，」嗓音粗啞。「我知道那名燈侍跟她一起去惡魔領地。葛洛夫，是個好人，而且很老實。他說她渾身是血。」

「她就是公告螢幕上的那個女孩。你有聽說？」

「有。那件事真的很有問題。也許漢克特出賣了她，所以被她殺掉。」查特端來一盤奶油三明治，我拿回桌位。「他們在討論我們，」我告知傑克森，他靜止不動。「屏風後面那兩人。」

「是嗎？」他在玻璃菸灰缸裡彈彈雪茄。「他們說些什麼？」

「說我們殺了漢克特……說我是凶手。」

「也許，」傑克森冷笑，刻意提高嗓門，半數客人因此抬頭瞥來。「他們該管好自己的舌頭。我聽說第一之四區的幫主不容忍誹謗，尤其在他自己的地盤上。」

現場沉默片刻後，屏風後方的三名占卜者站起，從一旁的衣帽架上拿回外套，邁步離去，刻意不看我們這一桌。傑克森靠回椅背，但看著那三人匆匆走進尼爾庭園。其他客人繼續用餐。「他們其中一人認識，」我瞥向傑克森。「他認識葛洛夫。」

「或許他們該複習一下咱們這個集團的古法，第一條規矩就是，如果沒有確鑿證據，靈盲者的一切說詞都是廢話。」他把雪茄放回嘴裡。「那都只是謠傳，寶貝，別擔心，我會擔保妳是好人。而且等我成為闇帝，這些指控都會煙消雲散。」

改變集團的機會也會跟著煙消雲散。這就是他提出的交易：他保護我，但我得服從他。傑克森・霍爾已經捆住我，更糟的是他也很清楚這點。

我幾乎沒聽見大夥接下來的談話。我啜飲咖啡時，察覺到兩團氣場逼近，雞皮疙瘩從我的腹部向外擴散。

窗外出現兩道剪影。

咖啡杯從我手裡掉落。那兩雙眼睛回視我，宛如地道裡的螢火蟲。

不。

居然挑現在，居然是他們。

「佩姬？」

伊萊莎瞪著我。我低頭看著灑出的咖啡和砸碎的玻璃杯，渾身麻木。「不好意思，查特，」傑克森喊道：「她一興奮就會手軟。我們非常樂意多付一倍的小費。」他揮動幾張鈔票。「我猜妳感覺到乙太震顫，佩姬。」

「是的，」我勉強回話：「沒錯，抱歉。」

我再次望向窗外時，不見任何人影。尼克好奇地看著我。

我剛剛一定看錯。一場惡夢。因為我的夢境破碎，模糊了回憶和現實。

不然就是我剛剛確實目睹兩名利菲特人來到第一之四區。

傑克森還打算再點五道菜，但我編了一個藉口，離開餐廳，這裡離巢窩只需奔跑幾秒。每道影子彷彿都拉長，每盞街燈都如利菲特族的眼睛般閃爍。我一回到室內，立刻衝上樓，從我的床底抓出背包。我用單手拉開──差點扯壞拉鏈──把一件上衣和一條長褲塞進去。我的呼吸又氣又急，瀕臨啜泣邊緣。

剛剛那人不可能是衛士。但如果不是他，還有誰會回來找我？還有誰知道我住在這裡？奈希拉肯定查出了日晷所在……我得回去旅館，我得想辦法，我得離開這裡。我從門後抓起外套穿上。尼克進來，抓住我的雙手。

「佩姬，停下來，別動。」我掙扎，但他制住我。「妳做什麼？怎麼了？」

「利菲特族。」

他的臉龐緊繃。「在哪？」

「餐廳外頭，那條巷子裡。」我把一件備用外套塞進背包。「我得走了，否則他們也會找上你們。我得去旅館然後──」

「不，等等，」他催促。「妳跟我們在這裡很安全。傑克森也不可能讓妳走，畢竟他現在要角逐王位。」

「我不在乎傑克森想怎樣！」

「妳當然在乎。」他逼我轉頭看他。「先把背包放下，小可愛，拜託。妳完全肯定他們是利菲特族？」

「我感覺到他們的氣場。如果我留在這兒，一定會被他們抓去見奈希拉。」

「他們可能是衛士的盟友。」他雖然嘴上這麼說，但一臉遲疑。

「你之前是怎麼說的，尼克？『除非有明確證據，否則利菲特族就是敵人』。」我在床頭櫃裡翻找，抓出襪子、襯衫、圍巾和露指手套。「你能不能開車送我一程，還是我得自己走路？」

「現在是傑克森私人革命的前夕。如果妳這時離開，他不會原諒妳，佩姬——這次不會。」

「他們如果找到我們，他還革個屁。」

門板傳來三聲響亮敲擊聲，把我們嚇一跳，門隨即被猛然推開，鉸鏈幾乎鬆脫。傑克森似乎塞滿整個門框，他把拐杖往地板用力一砸。

「這怎麼回事？」

「傑克森，餐廳外頭有利菲特族，兩個。」我站起。「我得走了。我們都得離開這裡，現在。」

「我們哪也不去。」他用拐杖把門關上。「解釋。小聲一點。」

「其他人呢？」

「還在查特林餐廳，還會待個幾小時，對咱們這場談話一無所知。」

「傑克森，聽她說，拜託你，」尼克強硬道：「她知道她看到什麼。」

「她也許這麼認為，尼加德醫師，但我們都知道被再三施打混亂劑可能造成什麼影響。」

「你究竟想說什麼，傑克森？」我火冒三丈地瞪著他。我勉強能理解伊萊莎為何認為我失去理智，但傑克森明明去過第一冥府。「你以為我看到混亂劑造成的幻覺？你自己親眼目睹那座殖民地的時候也中了混亂劑？」

「問題不是相不相信，親愛的，而是禮節，還有忠誠。妳雖然一再接觸了實驗性質的精神藥物，但我確實相信妳的說詞。妳說得沒錯，我確實很難否認我當時親眼看見什麼。」他走向窗邊。「但我完全看不出第一之四區的人為何必須對此做出行動，也看不出反常者議會為何非知道不可。我已經這樣對妳說過太多次，非得老話重提？」

為了換取他的保護，他要我對我得知的一切視而不見。「我搞不懂你，」我氣憤道：「他們**就在這裡**，就在第一之四區，你為什麼就是不當一回事？」

「妳不需要明白我的行動，佩姬，只要乖乖聽話，如我們之前的約定。」

「如果我在殖民地乖乖聽話，那我現在還在那裡。」

一陣漫長沉默。傑克森轉頭。

「那麼，我有個疑問，令我大惑不解。」他走向我，伸出一指。「妳早就知道賽昂的教條是建立於不公不義，妳向來清楚他們對反常能力的調查應受指責，但妳現在才認為我們應該插手。之前，他們的腐敗只是人類產物的時候，妳害怕得不敢反抗他們，我的佩姬？」

「我目睹了他們腐敗的原因，我見到他們被誰洗腦，」我說：「我認為我們能制止那一切。」

「妳認為對抗利菲特族就能終結不公不義？醒醒吧，法蘭克・威弗和他那個政府不會因為妳消滅了他們的主子而成為妳的摯友。」

「我們總得試試吧，傑克森？他們來對付我們的時候，誰還能統治第一之四區？」

「說話小心點，佩姬。」傑克森的臉龐再次失去血色。「妳踩在非常細的界線上。」

「是嗎？還是我踩到你的痛腳？」

這句話終於讓他失控。傑克森單手把我推向櫃子、壓在架子上，他的力氣遠比外表看來更大。一大罐安眠藥砸在地板上。「傑克森！」尼克咆哮，但這場糾紛是幫主和門徒之間的私人恩怨。他用右手揪住我的胳臂，騷靈之痕就烙在我這隻手上。

「給我聽清楚，寶貝。我**絕不**容忍我的門徒像個貝特里姆精神病患一樣在街上叫嚷，尤其在我打算拿下這座城塞的時候。」他的眉心皺成三角形。「佩姬，如果倫敦居民看到我相信某個瘋子所說的巨人和行屍，妳認為他們還會支持我嗎？妳以為我為何阻止妳告訴女院長此事？親愛的，妳以為他們會相信我們的說詞，還是笑我們是蠢蛋？」

「就這樣，傑克森？過了這麼多年，你居然還這麼擔心被人嘲笑？」

他皮笑肉不笑。

「我自認相當大方，但這是妳最後一次機會。妳可以待在我身邊，享受第一之四區的保護，妳也可以去外頭試試，而那些人不但不會理妳，還會因為漢克特的命案而吊死妳。妳之所以還沒死，親愛的，是因為我信守承諾，我當眾宣布妳的無辜。妳膽敢讓一根腳趾越過界線，我就把妳拖去議會，讓他們看看妳身上那條疤。」

「你不會這麼做。」

「妳無法想像我願意為了讓倫敦免於戰爭而做到什麼程度。」他最後一次伸展手指後放開我的手。「我會派人在日晷上塗油漆，避免被認出。但妳給我記住，佩姬：妳如果不是闇帝的門徒，就是烏鴉享用的腐屍。若妳選擇後者，我會讓全城知道妳無人保護，就像我在妳回歸七封印前那樣對全城宣布。畢竟，如果妳不是暂夢者……那妳是哪根蔥？」

他轉身離去。我踹倒我從市集扛回來的那籃飾品，坐下後用沒受傷的手按著腦袋。尼克蹲在我面前，抓住我的上臂。

「佩姬？」

「那麼做或許能強化集團。」我深吸一口氣。「只要我們能說服他們……」

「也許吧，如果妳能找到證據證明利菲特族確實存在，但真相很可能讓我們所知的集團就此瓦解。妳想讓集團成為行善的力量，但是傑克森對『行善』根本不感興趣，他只想坐在王座上，蒐集魂魄，當個城塞之王，直到他斷氣的那一天。他只在乎這個。但闇帝的門徒也有權力。妳能改變事情，佩姬。」

「傑克森一定會阻止我。門徒不是闇帝——他只會讓我成為高級跑腿。只有闇帝能改變一切。」

「或是闇后，」尼克笑幾聲。「我們已經很久沒有闇后了。」

我慢慢抬頭看他。他收起笑意。

「我辦不到吧，」我喃喃自語：「是嗎？」

我看著他。他站起，把雙手撐在窗臺上，俯視窗外的中庭。「門徒沒資格角逐，不能因為參加大亂鬥而對付自己人。」

「這麼做違反規定？」

「大概。如果門徒對抗幫主，就成了叛徒。集團成立以來未曾有過這種先例。妳會願意追隨叛徒嗎？」

「我寧可追隨叛徒而不是走在叛徒前面。」

「別耍嘴皮，這件事很嚴肅。」

「好吧。沒錯，我願意替叛徒賣命，只要他知道賽昂的真相，只要他願意揭穿一切，阻止他們對靈視者的『大屠殺』——」

「他們**不在乎**賽昂的腐敗。他們跟傑克森是一丘之貉，包括那些慈眉善目之人。相信我，他們會願意為了中飽私囊而犧牲地盤上的每個人。妳可沒錢買通他們每一位。妳也知道傑克森總是把骯髒差事丟給我們，自己忙著抽菸喝酒。妳真以為他那種人會為妳建立軍隊？為了妳而把他們的寶貴性命放在前線上？」

「我不知道，但我或許應該查出答案。」我嘆氣。「假設我真的決定參賽，你願不願意當我的門徒？」

他的臉龐抽搐。

「我願意，」他說：「因為我在乎妳。但我不希望妳這麼做，佩姬。最好的結果，妳會成為叛徒闇后。最糟的下場，妳會輸掉大賽、丟掉性命。妳如果願意多等兩年，傑克森也會把這個地盤交給妳。戒急用忍有何不好？」

「兩年後已經太遲。感測護盾再過幾星期就會啟用，利菲特族也可能獲得下一座殖民地。我們必須現在就出手。更何況，」我說：「傑克森不會兩年後就退休。他只是想讓我閉嘴。他一手摸我頭，另一手牽著我身上的鎖鏈。」

「這值得讓妳冒著輸掉大賽的風險？」

「許多人為了讓我逃出冥府而死，」我輕聲道：「我們這種人天天都有人死。如果我在這一切發生時躲在暗處，就等於褻瀆他們的回憶。」

「那妳最好準備好面對後果。」尼克站直。「我去安撫他。妳先把行李放回原位。」

他輕輕把門帶上。

這或許就是唯一選擇。就算給日晷重新上色，也無法攔阻利菲特族太久。想把倫敦集團改造成能對抗他們的大軍，我就必須想得更遠。我不能滿足於門徒甚至女幫主的身分，而是必須成為賽昂倫敦城塞的闇后。我必須擁有無人能抹滅的發言權。

一分鐘後，我開始收拾丟在地板上的東西：十九世紀的剪報、胸針以及古董法器，還有《反常能力的價值》的第三版，從蘇豪區的一名嘲笑這本小冊的賣藝人手中沒收而來，上頭寫著「匿名作者」。

就算遭到踐踏、破碎得無以復加之人，也能透過文字獲得飛翼。

我有辦法讓世界聽到我的聲音。我拿出手機，在機器後側塞進新的模組，輸入菲立斯給我的號碼。

第十一章　都市傳說

「說啥來著？」

奈兒似乎對我突然表現出來的瘋狂行徑感到欽佩。她的頭髮剪到剛過下巴的長度，燙得筆直，染成至少十種深淺不一的橘色。她戴著灰色眼鏡，嘴上抹了亮黑唇膏，看起來完全變了一個人。

天還沒亮，但我們五人已經窩在康登一間獨立氧吧的露臺型屋頂上。桌子與桌子之間由弧形屏風阻隔，賣藝人演奏的音樂從下方的市集飄來，足以避免旁人偷聽我們的談話。

「妳明明聽見了，」我說：「恐怖小說。」

我左手邊的菲立斯搖頭。他戴著倫敦北區和東區幾處常見的過濾式面罩，只露出眼睛，利用這種打扮偽裝外貌。「妳想寫關於利菲特族的故事？」他的嗓音聽來模糊。「寫得像虛構故事？」

「完全正確。《反常能力的價值》讓集團擁有今天的規模，」我壓低嗓門：「也徹底改變了我們對靈視能力的看法。一個『匿名作者』把想法寫在紙上，就改變了一切。我們何不試試？」

菲立斯把面罩從嘴上拉開。「好吧，」他說：「可是那是小冊，妳想寫的是恐怖小說，給閒來無事之人看的便宜故事書。」

「我以前讀過《待出售的神奇鳴禽》，描述一名流浪禽占師販售會說話的鳥兒，」小喬說：「可是我的訓童師發現我那些書，把它們全丟進篝火坑。」他還沒被賽昂列為通緝犯，但是奈兒還是用毛巾和帽子遮掩他。

「很好，那種玩意兒會讓你的腦子爛掉。」奈兒的黑眼圈極為明顯。「而且葛拉布街天天都在印那種書。」

「我只是不確定我們是否該把它定位成恐怖故事，」菲立斯說下去：「如果人們以為那全是虛構的？」

「吸血鬼要怎麼殺？」我問。我總覺得菲立斯是半夜假裝研究諾斯特拉達姆斯寫的那些預言，其實都在偷看《雅各島的神祕事件》的那種人。

「用大蒜和陽光。」他的答案完全正確。

「可是吸血鬼根本不存在。」我強忍笑意。「你怎麼知道如何對付？」

「因為我在書上看過——」他臉紅。「好啦好啦，我或許也在小喬這個年紀的時候看過幾本恐怖小說，不過——」

「我十三歲。」小喬發牢騷。

「——我們就不能寫本正經的小冊？或是手冊之類的？」

「噢，好極了，利菲特族一定會被菲立斯・庫姆斯和他寫的『手冊』嚇得半死。」奈兒面無表情。

菲立斯噘起嘴脣。「我是認真的。縛靈師會幫妳吧，佩姬？」

「他不喜歡有人跟他競爭。而小冊和恐怖小說之間的差別是，小冊聲稱裡頭寫的都是真的，恐怖小說沒有。我們不能跑去街上大喊利菲特族是誰，」我說：「而恐怖小說會讓他們成為都市傳說。」

「這麼做又有什麼用？」奈兒揉揉眉心。「如果我們無法證明——」

「我們沒有要證明什麼，只是要**警告**集團。」

我對面的艾薇俯身看著還沒碰的薩露湯。她戴著圓形的金框墨鏡，吐出的鼻息形成白霧，她在通緝照片上最醒目的亮藍頭髮已經剃短。她用骨感的指尖輕敲桌面，指關節布滿繭。我來到這裡後，她一直沒吭聲，只是盯著薩露湯。她被她那位利菲特監護者欺凌許久，一身傷痕不會這麼快痊癒。

「我們該試試，」小喬說：「佩姬說得對，如果我們說那一切都是事實，誰會相信？」

「你們知不知道你們都瘋了？」奈兒看著我們的臉，嘖了一聲。「好吧。我猜寫作的部分大多得由我處理。」

「為什麼是妳？」我問。

「我在跳蚤窩的劇場弄到一份工作，我們能在售票亭裡寫字。」她灌幾口可樂。

「我應該能寫出像樣的故事，小喬能幫忙潤稿。」

小喬兩眼發亮。「真的嗎？」

「畢竟你是專家嘛。」她強忍呵欠。「我們明天開始。我的意思是今天。」

我感覺肩頸不再那麼僵硬。我如果花幾天時間寫恐怖小說，一定會被傑克森發現。「最好寫兩份，以防其中一份弄丟。還有，務必在故事裡提到銀蓮花的花粉，」我說：「只有那種東西能殺掉利菲特族。」

「妳能在黑市買到那種東西嗎？」

「也許。」我總覺得現在應該沒貨，但是黑市商人什麼東西都弄得到。「妳認為多久能弄到？」

「給我們一星期吧。故事寫好後，應該送去哪？」

「送去位於蘇豪區的首相之貓賭場。我認識那裡的一名賭臺管理員芭柏絲，她每天都從五點工作到半夜。確保把作品封好。」我靠向椅背。「艾葛莎對你們還好嗎？」

小喬扮個鬼臉。「我不是很喜歡她。她要我去市集唱歌。」

「她給我們的食物糟透了。」菲立斯補充。

「別說了，」艾薇突然不再沉默，厲聲怒斥，嚇得小喬一愣。「你們怎麼搞的？她給我們地方住，讓我們不被布娃娃幫發現，而且自掏腰包給我們東西吃。她把她拿得出來的都給了我們，那已經遠遠好過利菲特族給我們的食物——在他們願意讓我們吃東西的時候。」

小喬沉默片刻後咕噥道歉。菲立斯兩耳通紅。

「艾葛莎還不錯。待在她那裡比去住廉價旅館便宜。」奈兒抓抓頭髮，從左眼延伸到耳垂的叉狀傷疤反映燈光，色澤非常蒼白，顯然是以前的傷。「嘿，妳賭誰會贏得大亂鬥，佩姬？」

「說起來，」菲立斯俯身靠向我，揉搓雙手。「縛靈師要參賽嗎？」

「當然。」我回答。

「所以，如果他贏了，妳就會成為至尊門徒。」奈兒投來銳利目光。「我認為妳會是個很稱職的闇帝門徒，妳知道，畢竟妳帶我們大夥逃出那個殖民地。」

「朱利安和莉絲幫了很多忙，還有衛士。」

「是妳引導大家上車，妳鼓勵大家奮戰到最後一刻。更何況，所有倖存者之中，只有妳或許能讓反常者議會採取行動。」

「發生漢克特那件事後，議會那些人才不會採取任何行動。」菲立斯說：「妳認為是誰下的手？」

「他的門徒，」奈兒說：「我一直以為她很愛慕他，但如果不是她殺的，她為何不在場？」

「因為她知道她會因此受到審判，不管那個好色又愛喝酒的王八蛋多麼該死。」大夥看著艾薇，她如吐出鐵絲般說出這番話。「就是他給了刀嘴那條疤，他某天晚上喝得爛醉，拿刀子動了手。刀嘴恨死他。」

我看不見她用墨鏡遮住的雙眼，但她握起一拳。我和奈兒對望一眼後開口：「妳怎麼知道的？」

她答覆時，聲音輕得幾乎讓人聽不見。「只是在街上聽說。流浪兒聽說的事情多得是。」

奈兒顯得起疑。「我那一區沒人認為刀嘴痛恨漢克特，甚至很多人說她有點愛上他。」

「她沒——」艾薇咬牙道：「愛上他。」

「妳認識她，是不是？」我問。艾薇來回看大家。「漢克特死的那晚，我有見到她，她問我妳躲在哪。」

艾薇張開又閉上嘴。「她問——」她俯身越過桌面，渾身顫抖。「佩姬，妳跟她說了什麼？」

「我跟她說我不知道妳在哪。」

她臉上閃過不同情緒。奈兒顯然跟我一樣猜到怎麼回事。「妳究竟怎麼認識她的？」她問。

艾薇拱起肩膀，下巴擱在拳頭上。「我跟她在同一個社區長大。」

「她替漢克特工作期間身上多了那道疤，我也是現在才知道是他下的手，」我看著她的臉。「所以，她成為他的門徒後，跟妳仍是朋友，她還對妳傾訴她多麼恨他。跟流浪兒分享這種祕密相當危險。」

艾薇一臉驚恐。「妳知道他們都說是妳殺了他吧，佩姬？」她的語氣有些尖銳。「艾葛莎跟我說了。反常者議會雖然排除了妳的嫌疑，但妳那晚確實去了他的巢窩，妳為什麼對刀嘴這麼感興趣？」

我沉默不語，靠向椅背，假裝沒看見小喬投來的困惑眼神。艾薇說得我啞口無言。如果我能證明刀嘴有罪，就能洗刷自己的嫌疑，也不再需要傑克森的「保護」——但我不能在其他人面前追問艾薇，否則他們都會有同樣的懷疑。

「我累了。」她站起，拉下袖子遮住顫抖的雙手。「我要回艾葛莎的店裡了。」

她沒再說話，只是低著頭走向階梯。我起身想追上時，奈兒抓住我的胳臂。「佩姬，別去。」她輕聲道：「她只是腦子有點亂。艾葛莎最近有給她吃安眠藥，幫助她入睡。」

「她的腦子才不亂。」

我抽回胳臂，兩腿跨過石欄杆，來到建築另一邊的鍛鐵階梯上，留另外三人慢慢喝飲料。在我的下方，艾薇快步遠離酒吧，返回市集深處。我跳下階梯，小跑追去，進入一條兩旁都是無人攤位的小徑。

「艾薇。」

她沒吭聲，只是加快腳步。

「艾薇，」我提高嗓門。「我不太在乎妳跟刀嘴怎麼認識，但我需要知道她可能躲在哪。」

她低下剃短髮的腦袋，雙手插進口袋。我離她只有幾呎時，她驟然轉身，朝我伸出某個東西。是把彈簧刀，在街燈的藍光照映下閃閃發亮。

「別多管閒事，佩姬，」我從沒聽過她這麼冰冷的語氣。「那跟妳無關。」

她的臉龐抽搐，手在顫抖，但她充滿決心的雙眼近乎烏黑。她的肌膚上仍有尚未褪去的瘀痕。她把小刀對準我的心臟，直到我退後一步。「艾薇，我不會傷害她。」我稍微舉起雙手，她又把小刀舉高。「她很可能有危險。殺害漢克特的凶手一定正在找——」

「妳知道嗎，佩姬？我不知道她是愛他還是恨他。我原本以為我認識她，」她厲聲道：「但我看人總是看走眼。」她哽咽道：「退後，哲夢者，回妳幫主那裡。」

她收起小刀，穿過一排吊在繩子上的破衣，消失在市集裡。

也許刀嘴和艾薇以前是朋友，曾對彼此分享不少祕密，僅此而已。她顯然大概知道刀嘴在哪，但完全沒理由告訴我。在她眼裡，我跟殖民地的其他人沒多大分別。我只是草原上的某個白衣人，受到我那位監護者的善待。

我回到地鐵站附近，爬上一輛人力車，用兜帽遮住額頭，看著繁星在雲團間忽隱忽現。起碼我們在撰寫恐怖小說這方面取得共識。白紙黑字——這是我所能想像的最隱匿的反叛。不過，傑克森的小冊不就徹底改變了集團的結構？不就是那部作品訂定了我們的規矩、恩怨和看待彼此的方式？傑克森原本只是個無名小卒，是個靠自修翻身的流浪兒，但他的小冊造成的影響力比任何闇帝都大，純粹因為許多人都看過那本書，在書中找到值得訴諸行動的想法。

寫作不像演說那樣充滿風險，沒人會咆哮要你閉嘴，沒人會瞪你一眼。紙頁不只是代理人，也是盾牌。想到這裡，我露出幾天不見的笑容，但看到最近的公告螢幕時，笑意消失。

人力車把我送回第一之四區。車子搖搖晃晃地駛入皮卡迪利圓環後向右拐，我在座椅上跟著顛簸。車夫回頭一瞥，我出自本能地用圍巾遮住眼睛以下的部位。

一輛囚車停在圓環正中央，一隊警戒者圍捕了九名靈視者，給他們上了手銬。我前方的車夫在把手上伸展手指，咒罵不該幹駕車這一行。我們被龐大車流追上，在紅燈前停下，被周遭車輛的好奇乘客包圍。另一輛人力車的乘客站起身，伸長脖子想看清楚這場拘捕秀。

「……惡棍、煽動者，還有最惡劣的反常者，」一名警戒者指揮官拿著擴音器咆哮，用手槍對準一名占卜者的心臟，對方低著頭，身旁的靈感者嚇得痛哭流涕。「這九名叛徒已承認受到佩姬．馬亨尼及其同謀的引誘。再不找到那些通緝犯，他們就會在全城散播瘟疫！他們一心只想破壞**保護**你們的法律！血腥國王的王權延續前，他們想讓倫敦**陷入火海**！」

紅燈熄滅，巴士繼續前進。人力車搖晃一下，再次開始穿過車流。

「抱歉，」車夫喊道，擦掉額頭上的汗珠。「早知道這裡發生這種事，我就會換條路走。」

「你常見到這種場面？」我問。

「太常。」

他雖然是個靈盲，但口吻聽來難過。我沒再開口。賽昂的一舉一動都由奈希拉掌控，這九名靈視者將在這星期結束前被處死。

我在七晷區的晷柱底端下車。柱子頂端的日晷原本漆成鮮豔的藍金雙色，如今換成紅白黑三色，每道橢圓形色塊中間都有一道銀色錨徽。是查特半夜重新上色，在那些美麗符號上塗上賽昂的色彩，看起來就跟真的一樣，彷彿為了十一月佳節做準備，但柱子上敵人的標誌還是讓我感到心痛。我掏出鑰匙，走離柱子。

我回到臥室後，發現床上有四本葛拉布街印製的小書。我拿起最近的一本《倫敦偉大集團之史：第一卷》，撫摸封面。想必這就是傑克森所說的「功課」。我在扶手椅坐下，攤開書。

起初，倫敦的靈視者只有小規模聚會。當時的靈視者雖然組成了幾個大型幫派，例如「四十象」，但名為湯姆・梅利特的一名讀鏡師在一九六〇年代初期挺身而出，統一了所有幫派。有意思的是，第一位闇帝是個占卜者，在傑克森整理出來的階級中屬於最低階。湯姆與愛人「擲花師」麥姬・布萊文斯攜手合作，將城塞分成各個區域，建立了黑市，並給予每一名靈視者工作。最努力的靈視者榮獲晉升，成為第一任幫主。湯姆在一九六四年完成大業，自封為闇帝，麥姬成為他忠心的門徒。

看到這份紀錄上並不使用「七階分級制度」，感覺真怪。讀鏡師和擲花師早已被鏡占師和花占師取代。書中還有其他古語，例如法器被稱作法具，魂眾被稱作魂聚。第一屆大亂鬥是在湯姆稱王的十二年後舉行。可憐的湯姆和麥姬在一起離奇事故中喪生，集團因此群龍無首。第一屆大亂鬥最後由一名自稱「黃金男爵夫人」的女子獲勝，成為第一任闇后。她掌權了四年後，被一名「斧算師」殘忍殺害。

闇后慘死後，反常者議會決議由她的門徒「白銀男爵」如昔日的英格蘭王室那般繼承王位，而英格蘭王室的君權則是在日後遭到賽昂篡奪（正如一名女幫主所說，我們不就是受錨徽蹂躪之人的君王？）。從那之後，王位皆由門徒繼承，例外狀況包括

闍帝和門徒同時喪命的罕見案例，或門徒拒絕甚至無視繼承權。

這或許能解釋刀嘴為何失蹤。我也能大膽猜測，殺害漢克特的凶手也想殺了她。她選擇躲藏起來，而不是去見反常者議會。我攤開於二〇四五年出版的第三卷後，不禁目瞪口呆。

在我們這段歷史中，一位偉大的小冊作者，自稱「匿名作者」，挺身而出，重組集團。在二〇三一年，靈視能力之七階——刊載於《反常能力的價值》一冊中——引發了輕度爭議（包括墮落占兆者遭囚的歷史事件），後來成為正式的分級制度，幫助我們理解集團中的靈視能力。葛拉布街出版了這部驚人的曠世鉅作，為此深感驕傲。時至今日，匿名作者的身分已然揭曉，就是白縛靈師，第一地區第四小區之幫主。

輕度爭議？也就是歷史學家所說的那些大屠殺和幫派拚鬥？他把持續影響集團至今的分歧說成輕度爭議？我繼續閱讀集團傳統。

大亂鬥是自中世紀的技藝「大混戰」衍伸而來。諸多幫主與門徒在象徵反常能力這種瘟疫的「玫瑰擂臺」上進行肉搏戰。每一名鬥士都將為自己而戰，但在戰鬥期間，門徒隨時都能與自己的幫主聯手合作。站到最後的參賽者將成為優勝者，榮獲冠冕。優勝者將從這一刻起統治集團，視優先權封為闍帝或闍后。

玫瑰擂臺上只剩兩名鬥士，而且不是幫主與門徒的組合時，就必須進行死鬥，以選出最終優勝者。只有說出特定臺詞——「以乙太之名，我，〔本名或別名〕，宣布投

降」——鬥士才能免於流血並結束這最後一戰。只要說出這句話，另一名參賽者就當場成為優勝者。本規則由黃金男爵夫人，賽昂倫敦城塞的第一任闇后訂定（一九七六年—一九八〇年期間在位）。

傑克森用拐杖敲牆壁。我把書闔起，放在床頭櫃上。

我來到他的辦公室，蠟味般的花香撲鼻而來。他的桌上布滿刀痕，上頭放著一把沉重的剪刀及一條橘色絲帶。娜汀坐在沙發上，數算這星期的收入。她瞥我一眼，繼續回頭盯著膝上的大把硬幣。

「妳來了，佩姬。」傑克森揮手要我坐下，似乎已經忘了我倆之間的不快。「妳今早去哪了？」

「只是去查特那裡喝咖啡，我今天比較早起。」

「別亂跑。妳太重要了，我可不能失去妳啊，寶貝。」他抽抽鼻子，兩眼充血。「該死的花粉。如果妳不怕看著這些盛開的花朵，我很想聽聽門徒的高見。」

我在對面的椅子坐下。「我沒想到你是個植物學家，傑克森。」

「我感興趣的不是植物學，親愛的，而是習俗。大亂鬥的每一名參賽者得選擇三朵花，跟申請書一併送去葛拉布街。他們到現在還用花語來紀念第一任闇帝的門徒，據說她是個天賦異稟的花占師。」每朵花上都有個小標籤。「我選了這些。連翹花，讓他們知道我多麼期待開打的那一天。」一朵黃色小花。「知更草，當然象徵機智。」

第二朵盛開之花被丟到我膝上，淡紫花瓣形如蜘蛛。「最後是附子花。」

「它不是有毒嗎？」

「的確。它有兩種花語：『騎士風範』或『注意』。娜汀覺得我不該送這朵去。」

「沒錯，」娜汀開口，沒看他。「我確實這麼認為。」

「噢，別這麼說。寄這朵去一定很有趣。」

「你為何要這麼做？」我問。最後這朵的花形比較沒有特定形狀，色澤是占卜者愛用的深紫色。

「為了與眾不同，親愛的。大多數的幫主都喜歡送秋海棠去，做為警告，但我比較喜歡附子花。」

「如果是我收到花，」我說：「我或許會認為你在威脅大賽的舉辦人。」

「謝謝妳。」娜汀嘆道。

「妳們這兩個該死的蠢蛋，加起來也沒一點腦子。」他小心翼翼地把絲帶綁在三朵花上，遞給我。「送去信箱，我和娜汀有事要商量。」

娜汀目瞪口呆，一手放在椅子的扶手上，握成拳頭。我很想留下來旁聽，但我的理智面勸我別這麼做。

一層雲團降下雨水。我確認街上沒有警戒者後鑽出門外，用兜帽遮住頭髮。書廊巷是七晷區北側的一條無人巷道，最適合拿來轉交包裹。雖然從巢窩這裡跑一小段路就到，但賽昂加強了維安措施，就算沒幾步路也可能害死我。我看到聖吉爾斯巷後，拔腿狂奔，翻過巷尾的圍籬。我一來到位於書廄巷的祕密信箱，急忙把信封塞進隙縫，把花束藏在一塊鬆脫的磚塊後方，再把磚塊放回原位。

兩道夢境——由屏障保護的利菲特族夢境——朝我逼近。

一秒後，我的肺臟不剩一絲空氣。我被嗆得呼吸困難。血液自動從我的肌膚撤離，流向重要器官，一路留下強烈寒意。就連我的夢境也做出反應，豎起屏障，強化防禦。**媽的**。他們想必一直在等我獨自離開巢窩。他們已經切斷我的退路。如果這兩人聽命於薩加斯，我必死無疑。

我絕不回去殖民地，我滿腦子只想著這個。他們如果真要帶我走，就得把我塞進屍袋。我從外套裡抽出兩把小刀後，立刻感覺金屬貼上我的頸部。

「把刀放下，」這個嗓音毫無暖意。「它幫不了妳。」

「如果你們想把我抓去第一冥府——」我咬牙道：「就得先割開我的咽喉，利菲特。」

「第一冥府已不再是我們的殖民地，嫡系族長必定會想另外找個地方把妳關起來。但妳很幸運，我不是她的朋友。」

聳立在我頭上的這張臉藏在賽昂的昂貴面具底下，這種面具能巧妙地改變五官，讓旁人根本看不出面具的存在。這人用戴著手套的手掀起面具時，我認出對方，不禁打個冷顫。

在殖民地的時候，利菲特族身邊不是蠟燭就是火炬，不然就是傍晚的暮光，因此總是光彩奪目卻又半藏於陰影。在陽光下，蒂拉貝爾・夏洛丹看起來幾乎毫無血色。她一頭深棕頭髮披於寬肩，稍微上揚的雙眼間是優雅的長鼻梁。她的雙脣很薄，讓她顯得一臉嚴肅。跟其他利菲特人一樣，她的年紀無從判斷。

如果湊近觀看，就會發現她的膚色混雜白銀和黃銅，虹膜裡燃著烈火。「美麗」一詞不適合形容她，也不適合她身旁的男性。他跟衛士一樣高，體形如刀鋒般精瘦，頂著光頭，膚色宛如銀緞。他的眼距較寬，眼神黯淡，顯然有一陣子未曾進食。他吐出長長一聲隆隆低吼。

「妳怎麼找到我？」我問。

蒂拉貝爾把刀子收回腰間。「其實妳真的很難找，想必妳很高興得知這點。奧古雷斯跟我們說了妳的巢窩在哪。」

我慢慢放下小刀。「你們在酒吧出現後，我就沒再察覺到你們的夢境。」

「我們有辦法隱藏行蹤，尤其避開夢行者的偵查。」

我忍不住把手伸向外套裡的左輪手槍。「別做蠢事。」蒂拉貝爾注意到我的舉動。「沒有紅花，妳會發現子彈對我們造成不了什麼傷害。」

這兩名利菲特人都戴著長及肘部的排釦手套。他們不再打扮得像君王，而是像居民：長版羊毛大衣、厚重雪靴及訂做的長褲。我搞不懂他們怎麼有辦法弄到這麼合身的衣物，更別提走過這一區時沒驚動任何警戒者。

「你是誰？」我詢問男性。

「我，夢行者，乃是伊瑞・薩林。妳還待在古城的時候，可能根本沒見過我的族親。」他看著牆壁。「進行妳那場骸骨季節時，我們都沒自願參與。」

「為什麼？」我舉起一手。「順道一提，我就在這兒，沒躲在牆壁後面。」

兩雙熾熱的眼睛往下瞪著我。「我們的職責，」他說：「不是監護。我在上一季獲得幾個房客，但我很少見到他們。我和我的十名親戚都站在『不凋之眾』那一邊。」

「不凋之眾才是『負疤者』的真正稱號，」蒂拉貝爾解釋：「我好像還沒正式向妳自我介紹，夢行者。我是蒂拉貝爾，曾是夏洛丹家族的衛士，如今是不凋之眾的遴選領主。」

原來她才是他們的領袖。我一直以為衛士就是他們的頭目。「我沒想到你們這個勢力其實不只一人。」我說。

「有些利菲特人也同情不凋之眾，雖然跟那些盲從於薩加斯的人數相比不到四分之一。」

「阿薩菲和普萊歐妮，」我想起那兩人的名字。「殖民地裡只有他們同情不凋之眾？」

「原本還有一人……在我們逃出殖民地時沒能脫身。」她的虹膜變得黯淡。「至於其他人，都是薩加斯的奴隸。」

伊瑞查看巷道。「我們該進屋裡再談，領主。」

「這裡可不是第一冥府，」我說：「倫敦沒有那種奢華的房間，只有貧民窟和垃圾堆。」

「我們不需要貢品，只需要藏身之處，」蒂拉貝爾說。

「這裡還算隱蔽。而且，恕我直言，在我搞清楚妳究竟有何目的之前，我實在不想跟妳共處一室。」

「的確，我見過妳如蜘蛛般爬出密室，妳逃得很快。我常常在想，奧古雷斯為何選妳這個人類當他的手下。」

「我們當時別無選擇，只能想辦法逃命。我們好幾個月都在挨餓兼挨揍。」

「妳現在吃飽穿暖，不再有這種藉口。」她轉身背對我。「我們進屋裡談吧。我曾協助妳避開薩加斯的追蹤，妳欠我一份情，而我從不忘記誰欠我債。」

我在隨之而來的短暫沉默中壓住尊嚴。這兩人或許有衛士的消息，我雖然沒對他們倆如此坦承——甚至沒對自己坦白——但我實在想知道他的情報。

「跟我來。」我說。

從這裡走到德魯里巷有點風險。這兩人的虹膜如今還算黯淡，勉強像人類，但身高和體形引來太多好奇目光，令我緊張不安。我保持距離，用兜帽遮住眉毛。一名賣藝人看到他倆時，不禁丟下手裡的硬幣罐。

冬天時，流浪漢能去的其中一個藏身處就是棄置的音樂廳。在「愛爾蘭征服者」亞伯·梅菲爾德的統治期間，這類設施被賽昂關閉大半。亞伯常常宣稱所有形式的藝術只會引發分歧。**給他們顏料**，他曾在一場演說中怒罵，**他們就會覆蓋錨徽。給他們舞臺，他們就會煽動叛亂。給他們一支筆，他們就會重寫法律**。

我查看乙太，接著來到一扇敞開的窗戶前。兩名利菲特人以茫然的表情看著我——如果那也算表情。我進入室內後，打開僵硬的門板，讓他們倆進來。

廳室裡一片寂靜，甚至稱得上死氣沉沉。胡桃木桌椅空無一人，有些被偷住者推翻，另外一些則罩著防塵布。舞臺雖然積了多年灰塵，但大致完好。一張陳舊的傳單攀在破舊毛毯上。

於二〇四七年五月十五日星期三
歡迎來觀看《超越佩爾》
一齣關於愛爾蘭近況的最新喜劇
目睹梅菲爾德的瘋狂！

我瞇起雙眼。我們為了解放都柏林市和鄧加文鎮之間的所有地區而奮戰時，沒想到賽昂居民在這些音樂廳裡笑得樂開懷。這讓我隔了數月後再次想起堂哥芬恩和他的未婚妻凱兒，他們的熱情比懸在里菲河上的夕陽更為熾熱，他們的怒火對抗錨徽的陰影。對他們而言，最重要的就是把賽昂趕出愛爾蘭。

這張傳單已經在這裡躺了十二年。我抬頭時，賽昂的反攻所留下的證據對我閃爍。舞臺簾布和地毯上的燒痕、鏽斑，還有殘缺的牆板。無論靈盲還是靈視者，只有蠢蛋才敢嘲笑瘋子梅菲爾德。

「這裡堪用。」蒂拉貝爾簡短道，對此處的歷史視而不見。「看來這座城塞有許多地方都成了廢墟。」

「妳自己看起來也有點狼狽，蒂拉貝爾。」我說。

「我們可沒有豪華列車帶我們穿越無人地帶。我們沒把任何厄冥族獵人引來妳的門前，妳該為此感激。」蒂拉貝爾眨也不眨地看著我的眼睛，這種利菲特族特有的態度令我不知所措。「奈希拉一心想抓到妳。她現在就在執政廳，催促大法官加強搜查規模。」

「她知道我住在第一之四區。」我找個位子坐下。「她為何現在還沒找到我？這一區沒那麼大。」

「如我所說，妳很難找。奈希拉的傀儡為了避免引發更多驚慌，不想在街上部署更多警戒者。他們可能認為妳因避難而離開第一之四區，那對妳來說是最合邏輯的選擇。」

「所以她跟賽昂之間仍然有交易。」

「當然。威弗只要還怕厄冥族，就不會質疑利菲特族掌握的權力。」她把我從頭到腳打量一番，彷彿等著什麼神奇的東西撲向她。「妳想消滅奈希拉，我們也是。」

「你們何不自己動手消滅她？」

「不凋之眾只有兩百人，來到這個世界的只有幾人，」伊瑞厲聲道：「薩加斯有數以千計的支持者，實力差距過於懸殊。」

「**數以千計**？」我瞪著他們倆。殖民地只有三十名利菲特人。「拜託告訴我你們在開玩笑。」

「只有自曝其蠢的傻子才喜歡開玩笑。」

「她也會集結人類。」蒂拉貝爾顯得有些反感。「你們成天自怨自艾，被罪惡感奴役……我相信薩加斯的教條對某些人類深具吸引力。」

想到數千名利菲特人聚在一起，我的背脊又開始打顫。

「只有不凋之眾願意挺身反抗薩加斯，」伊瑞簡短道：「我們要妳幫忙找到莫薩提姆衛士。」

我抬頭。「他還活著？」

「我們如此希望。」蒂拉貝爾神情緊繃。「我們在殖民地時沒能消滅奈希拉和戈魅札。他們把自己關在領主宅邸裡，連同倖存的每一名忠誠紅衣人，想等風頭過去。發現我們永遠無法攻進他們那座據點後，奧古雷斯前來倫敦，想讓妳知道她的獵捕行動。他是我們這場節節敗退之戰的支柱，」她說：「我們非找到他不可。」

「妳怎麼以為我可能知道他在哪？我上一次見到他是在——」

「沒錯，兩百週年紀念會。但妳確實知道他在哪。」她低頭看著我的眼睛。「妳很幸運，薩加斯還不知道妳跟奧古雷斯之間有金繩相連。妳膽敢讓我們以外的任何利菲特人知道這件事，夢行者，我就會割斷妳的舌頭。」

衛士說過，彼此相救過三次後，金繩就會成形。「我能不能問為什麼？」

「妳似乎不瞭解我們的文化。」伊瑞狠狠瞪我一眼。「利菲特族和人類之間的任何親密互動都是禁忌。」

「金繩，」蒂拉貝爾說：「觸犯禁忌，也是個麻煩。但是沒有金繩，我和伊瑞想找到他就得花更多時間找他，恐怕為時已晚。但妳找得到他，佩姬・馬亨尼。妳知道他在哪。」

「他沒教我關於金繩的事。」我說。

「這種事不用教。妳不笨，而且妳對乙太有基本的理解。」

我把雙手插進口袋。「你們最後一次收到他的消息是什麼時候？」

「他抵達倫敦的時候，九月五日。他說他一找到妳就會進行降靈會，但我們一直沒收到他的消息。」

我覺得口乾舌燥。「妳確定奈希拉沒抓到他？」

「她如果抓到叛徒，一定會當眾宣布。他比較可能被投機人類抓到。」

「聽起來不像他會犯的錯。」我說。

「沒錯，不太可能。」她的語氣變得溫柔，令我意外。「我們在妳眼裡也許是奴隸主，但人類之中也有貪婪之人。我絕不容忍他被當成牲畜般販賣，就為了讓某個無情商人塞滿荷包。」她挺直身子。「如果妳想看看他的忠誠，就該查看妳離開殖民地時帶的背包。」

「我的背包？為什麼？」

蒂拉貝爾懶得回答。

瘋子才會照她說的做。我遭到追捕，我在金繩上沒感覺到一絲震顫，而且倫敦這麼大，我獨自一人難以查起。但我有太多問題沒獲得解答，有太多事情要問他，我有太多話想對他說。

「好吧。」我輕聲說。

伊瑞一言不發，不過我注意到他對蒂拉貝爾投以遲疑的眼神。她從大衣裡掏出兩個大型絲質包。

「白包裡是鹽，紅包裡是銀蓮花粉，」她說：「後者省著點用。」

「謝謝妳。」我把兩包東西塞進口袋內側。「我怎麼跟妳聯繫？」

蒂拉貝爾推開門，稀疏陽光滲進廳室。「妳找到奧古雷斯後，他會透過降靈會跟我們聯繫。在這期間，夢行者，妳務必躲好。如果有哪件事是我們利菲特族特別在行的，就是靜候良機。奈希拉多得是時間。她不會停止追捕妳，直到妳的臉蛋被石膏固定在她的牆上。」

她的宅邸裡那些死亡面具。我永遠忘不掉那些長眠臉孔，在她的暴政下的受害者們。蒂拉貝爾戴上面具，轉身要走時，伊瑞抓住她的胳臂。

「我們得進食。」

「想都別想。」我說。

他們倆對望一眼，默默離去。我回到街上時，他們倆已不見蹤影。

想在賽昂倫敦城塞找到任何人都不容易，即使對方是個利菲特人。城中人潮洶湧，道路錯綜複雜，而且地底的人數幾乎跟地表一樣多。如果衛士真的落在投機主義的走私客手上——如果他打扮得體，而且獨自旅行，那就確實有此可能——那些人恐怕正在計畫多抓幾個利菲特人。他們會立刻發現他不是人類，也因此更加值錢。

但話說回來，衛士沒那麼好對付。他身高將近七呎，肌肉發達，想制伏他絕非易事。他的挾持者想必已做好萬全準備，這也意味著他們早已觀察他多時。看來城中有人熟悉利菲特族的一切。

當晚，我坐在七畧區的高聳屋頂上欣賞日落。這是每一天最美麗的時刻，餘暉穿過建築之間的縫隙，諸多摩天大樓看似金劍。

傑克森和其他人都在巢窩裡，為了慶祝他申請參賽而整晚享用真正的葡萄酒和煙燻乳酪，但我實在沒心情加入他們。如果我待在他們身邊，他們一定會發現我有心事。我擲出靈魂，在射程範圍內尋找衛士的夢境，卻一無所獲。

我能勉強看到遠方的一面公告螢幕，上頭重複播放通緝犯名單三次後出現賽昂錨徽。我把雙腿抱在胸前。

我可能會再見到他。奧古雷斯·莫薩提姆，我未曾解開的謎團。

尼克從屋頂邊緣探頭出來，接著爬上屋頂。「佩姫？」他喊道。

「我在這兒。」

他看到我，綻放笑容。「留給妳的派對大餐。」他丟給我一個用餐巾裹起的東西，在我身旁坐下。「妳知道，他有注意到妳缺席。」

我當然知道。「尼克，我需要你今晚幫我編個藉口，」我轉動手裡的包裹。「我要出門一趟，幾小時就回來。」

「現在？」他發出介於嘆息和呻吟之間的聲響。「佩姫，妳是逃犯，這座城塞的頭號通緝犯，妳不能老是在晚上出門。」

賽昂從我身邊奪走了許多東西，但別想連夜晚也奪走。「非得現在不可。」我只這麼回一句。

「起碼讓我知道妳要去哪。」

「我還不確定。總之，你留意一下電話亭。」

尼克斜靠煙囪。我雖然緊張不安，還是攤開餐巾，戳戳裡頭的薑糖。

遠方的大笨鐘開始為下午五點整敲鐘。守日者現在應該準備返回兵營，休息十二小時。在城塞各處，擁有靈視能力的守夜者即將開始值勤。我拿出決心。現在天色夠暗，適合開始找人。

「佩姬，」尼克說道：「我一直想告訴妳，但因為最近發生的一切……似乎什麼時候開口都不適合。」他面有難色。「我跟西結說了。衛士從廣場把妳帶走的時候，我不知該如何是好，而西結陪了我很久，而且——」他咳嗽。「總之，我跟他告白了。」

他的右手顫抖。我伸手蓋在他的手上。

「然後？」

他的嘴角微微上揚。「他說他也有同感。」

我的心跳微微錯亂。尼克皺眉看著我。我俯身靠向他，一吻他冰涼的臉頰。

「你值得擁有幸福，」我輕聲說：「比任何人都值得，尼克．尼加德。」

他以燦爛笑容回應我的微笑。他緊緊摟住我，渾身散發笑意，他的笑聲在我的心中如餘燼般發光。

「我確實覺得幸福，小可愛，」他說：「這是我多年來第一次覺得什麼都不用擔心，毫無畏懼。」他把下巴靠在我的頭頂上。「我這是妄想症，是不是？」

「絕對。但如果你們一起妄想，那就不會有事。」

我聽見他的急促心跳，彷彿他奔跑了幾年才達到這種心境。「我們不能讓傑克森知道，」他壓低嗓門。「妳會幫忙保密吧？」

「你也知道我會的。」傑克森向來禁止我們之間有任何「一夜情」以上的關係——他用適量的鄙視口吻如此說過。他如果發現幫派裡有誰成了情侶，一定會大發雷霆。考慮到他最近多麼陰晴不定，他知道真相的話，可能會把他們都趕出去。

我們偷偷翻過閣樓窗戶，踩過伊萊莎丟在地上的顏料。畫布上是一匹馬的輪廓。

「傑克森給了她新的繆思，」尼克說：「喬治・佛雷德利・沃茨，維多利亞時期的畫家。」

「不對勁，她跟平時不一樣。」

「我有問過她，她說她有個朋友生病了。」

「『七封印沒有朋友，只有能打垮我們和打不垮我們的人。』」我引述傑克森說過的話。

「的確。我認為她有約會對象。」

「也許吧。」不少靈視者追求伊萊莎，通常都是其他幫派的成員，無須遵守傑克森在交往方面的嚴厲規則。「會是誰呢？她忙得根本沒有私人時間。」

「有道理。」

我和尼克在二樓的樓梯轉彎處道別。他繼續下樓時，我注意到他的肢體動作有所改變。他的肩膀放鬆，臉上毫無緊繃，腳步幾乎顯得輕快。

我以前總是表現得希望他單身？他這段日子一定覺得充滿罪惡感，認為我會為此難過，認為我在內心深處依然愛著他。我知道他總是想讓周圍的人們開心，但他這次不用這麼做。我會永遠仰慕他，而我跟他之間的友誼已經足夠。

其他人還在門外有說有笑，但我一點也不想參與其中。想到尼克不能讓傑克森知道這唯一的幸福來源，我就感到難過。丹妮薩不在場，不過傑克森通常不會強制規定她要出席。我可不一樣——傑克森想要我出現的時候，我就該出現，撫平他的傷口，提升他的自信，乖乖完成他的命令。

說真的，我有更重要的事要做。

我蹲在床邊，我的背包就藏在裝滿市集飾品的行李箱後方，我的所有私人財物依然塞在背包側袋裡。我在裡頭翻找，直到摸到兩支小型瓶管，都比我的小指更小。兩支瓶子用紅色絲帶綁起，夾著一張紙捲。我攤開紙捲，看見熟悉的字跡。

下回見，佩姬．馬亨尼。

其中一支瓶管裝滿柔和又明亮的黃綠色液體。靈質，利菲特族之血。

另一支瓶管反映燈光，散發黯淡光澤時，我清楚知道這是什麼。我感到純然又強烈的安心感，不禁發出笑聲。我癱坐在地毯上，露出胳臂，把裝有不凋花液的珍貴瓶管對準騷靈之痕。

冰涼肌膚底下浮現暖意，扭曲的傷口如老舊畫作般裂開。我用指尖在傷口上塗抹藥水時，傷痕逐漸消失，肌膚變得如奶油般光滑。

就這樣，傑克森再也無法在反常者議會面前抹黑我。

但是衛士需要這支藥瓶。不管他在哪，他一定正在為了當時的犧牲而受折磨。

下回見，佩姬．馬亨尼。

下回就是現在。

第十二章 白忙一場

倫敦——優美壯麗又永垂不朽的倫敦——向來不是「城市」這麼簡單的字眼能一筆帶過。無論古今，它都是個生命體，是個由石頭組成的巨獸，鱗片底下暗藏無數祕密。它貪婪地保護這些祕密，把它們深藏於體內，只有瘋子或勇者能尋獲。想找到衛士，我恐怕得深入那些古老之地。

他一直在找我，也確實可能因此在我的地盤上被抓。他們不可能把他抓到多遠的地方。他們就算成功弄昏他，想搬動他也不容易。

傑克森和其他人在客廳喝得爛醉時，我躺在床上，把氧氣面罩蓋在口鼻上。我閉上眼，在靈魂沒出竅的情況下盡量向外探索。這個出竅過程不算順利，感覺更像試圖撕開一塊又厚又粗的布料。我在這方面太久沒練習，有些生疏。我終於感覺到乙太，它布滿無數夢境和魂魄，城塞的核心地帶向來如此。

我跟衛士相處許久後，我的第六感已對他的存在極為敏感，甚至能察覺到他的一些情緒。此刻，我一無所獲。

他們把他帶去太遠的地方。我坐起身，拿下面罩，感到洩氣。我的射程只有一哩。超過這個範圍，我就什麼也偵測不到。

想靠我一個人的力量搜遍城塞，會花上太多時間，況且我還得提防警戒者。我欠蒂拉貝爾一份恩情，但想還債恐怕就會害我送命。如果我找不到衛士，他也會因此喪生。他的挾持者們——如果他真的被抓——甚至可能已經把他送出倫敦、越過海峽，也可能已經殺了他，把他的遺體賣給黑市標本商。我聽說過比這更匪夷所思的事。

我別無選擇，只能戴上領巾和帽子。我來到窗前，再次看著靈質。衛士不是喜歡說明用意的類型，但他也不會沒來由地把這種東西塞進我的背包。我撥開藥瓶的塞子，湊到嘴前灌下。液體如冰水般令我的牙齒發麻，留下金屬般的殘留味。

我的感官瞬間變得敏銳。藥瓶從我手裡掉落，在地毯上反彈。與酒精相反，靈質讓我的第六感進入亢奮狀態。我感覺到樓上那些靈魂的動作，彷彿手指從我身上撫過；我感覺到他們的夢境與氣場，彷彿強光穿過牆壁，他們似乎正在對我尖叫他們的情緒。我成了導體，渾身充滿能量。我撐住牆壁，覺得頭暈目眩、呼吸困難。

我衝動地把靈視能力對準自己的夢境。我在夢型態下穿過茂密的銀蓮花田，尋找任何線索和異狀。暮光已在我的心靈中降臨，花朵在我的膝部糾結，在夜空下形成一片明亮赤紅。每一片花瓣的邊緣都綻放淡黃綠的光芒，彷彿我的心靈成了生物發光體。一束乙太之光穿過雲團之間的縫隙，照亮我的陽光地帶。

我看到了。我的心靈中央湧出金光，劃向乙太，遠超出我的靈魂所能觸及的範圍。

他的血液讓他現形。

我從夢境中驚醒，顫抖的雙手滿是汗水。我把背包甩到肩上，推開窗戶，從巢窩後側爬到屋頂上後開始狂奔。

這種過程輕鬆得宛如讀取心裡的指南針，出自本能，彷彿我以前走過這條路。我總覺得如果我擁有視靈眼，現在就能用肉眼看見我跟他之間的金繩如箭頭般帶我走向他。我穿過街道，跳過建築與建築之間，越過一面面屋頂，鑽過圍籬底下。我沿呼喚聲前進，一路避開警戒者，躲進巷道，爬過牆壁。我來到第一之四區的邊緣後，爬上一輛人力車，我知道他離我不遠，不到一哩。人力車進入第二之四區時，我彷彿能看到乙太之中的燈塔，指引我進入一個熟悉的區域。

衛士就在康登。

我抵達目的地時，市集跟平時一樣繁忙，想融入群眾再簡單不過。我行走時依然低著頭，一手握著藏在口袋裡的手槍。布娃娃幫的成員如果聽說敵對門徒闖進這個地盤，雖然會予以容忍，但一定會全程監視。我必須在體內的靈質被新陳代謝完畢前搞定這件事。

我沿康登高街快步而行時，注意到栗米頭的小喬戴著寬簷帽，如好奇的鳥兒蹲在巴麥尊大臣的雕像上。一名女性靈聽師站在他身旁，拿著短笛吹奏緩慢旋律，配合小喬的纖細歌喉。一大群人恭敬地默默聆聽。方言者唱歌時，最適合的語言就是他們自己的語言——靈語，利菲特族的語言——但他們也能讓最恐怖的街頭小調聽來優美。

聽他們說，女王躺進棺材時，五隻渡鴉在凜冬之日享用盛宴，就在白色要塞的最高塔上。

女王經過弗羅莫街時逐漸發涼，倫敦全城哀悼，鰥夫一身雪白。一隻渡鴉都沒離開人群。

聽他們說，國王逃離王座時，五隻渡鴉在盛夏之日享用盛宴，就在白色要塞的最高塔上。

血液流過白教堂街時逐漸發涼，所有渡鴉都轉身飛離。「他被開膛手之刃劃開，」他們宣稱：「他已不再是我們的國王。」

歌曲結束時，觀眾拍手，對他們投擲硬幣。小喬用帽子接錢，女孩鞠躬，觀眾逐漸散去。他們匆匆把剩下的錢塞進口袋後，女孩奔跑離去。小喬注意到我，揮手要我過去。

「哈囉，」我開口，他微笑以對。「那人是誰？」

「只是跟我一起賣藝。」他跳下雕像。「妳怎麼跑來了?」

「我在找人。」我把冰涼的雙手插進口袋。「其他人呢?」

「艾薇在藏身處。菲立斯應該也在工作。奈兒說她會跟我會合,一起去買晚餐——她現在工作能拿工資了,」他補充說明:「但她還沒出現。」

「奈兒為什麼需要請你吃晚飯?艾葛莎沒餵你?」

「她給了我們米漿和醃燻鯡魚。」小喬面有菜色。「我把醃燻鯡魚給了她的貓。我知道那好過利菲特族給我們的食物,就像艾薇說的,但我相信她買得起其他東西。她自己每晚都有一大塊餡餅和一整塊香料蛋糕。」

醃燻鯡魚真的很恐怖。來自運河的噁心小魚,渾身只有內臟和眼球。他說得沒錯,他們給了艾葛莎不少錢,她一定能給他們更好的伙食。

小喬陪我走過市集,不時向路過的流浪兒掀帽致意。我再次拉扯金繩,但它只是震顫,我很難定位,只知道衛士就在不遠處。

「妳要找的人在哪?」小喬問道。

「我還不知道。」我偵查最近的幾棟建築。「除了伙食之外,艾葛莎對你們如何?」

「她對艾薇很好,但對我們其他人就很嚴厲。如果每晚不帶五十鎊回去給她,我們就沒晚飯吃。大多數的占卜者現在都因為擔心被捕而不敢賣藝。」

如果我有更多錢，就能帶他們離開這裡。「寫作的進展如何？」

「我們快寫完了，奈兒真的很厲害，」他說：「她很可能是媒書靈感師。」

「什麼樣的故事？」

「是……呃，算是我們的故事，關於骸骨季節，所有人類逃亡，利菲特族追捕他們，但其中一些也幫助我們。」他的深邃雙眸盯著我。「我們把莉絲寫成主角，為了紀念她。妳覺得這樣可以嗎？」

我感覺咽喉裡打結。莉絲，貧民窟的幕後英雄，幫我撐過最初那幾週。她帶著尊嚴熬過所有苦難，卻不幸在重獲自由前失去生命。

「可以，」我說：「我覺得這樣很好。」

聽到我的擔保，小喬顯得放鬆許多。我一路上注意這一區的乞丐，他們窩在門前，身上裹著破毛毯，周圍擺著半空的罐頭。

傑克森想必也曾過著這種日子。他或許曾在康登過夜，在攤販周圍逗留，希望能討到一口熱食或硬幣拿去換杯飲料。我幾乎能看到他那副模樣：瘦小又蒼白的男孩，頂著自己剪的頭髮，心裡只有怒火、苦悶和自怨自艾。他乞討的不只是硬幣，也包括書本和筆。他的雙臂被指甲抓得傷痕累累，滿腦子想著如何逃離貧困。

到頭來，他成了大人物，不同於那些死在他地盤上的乞丐。他對那些乞丐的同情心早已消失——可能從一開始就沒有。

來到馬廄市集，我花了幾鎊幫小喬買了一杯薩露湯、一份熱騰騰的廉價餡餅，外加一塊香料蛋糕。我們行走時，他狼吞虎嚥地吃著，幾乎沒說話。我心想傑克森如果知道我拿工資買了香料蛋糕給逃亡中的街頭歌手會有何反應（「根本是浪費錢，寶貝」），但我做出決定：我根本不在乎。

我再次抓住金繩。它指向聳立於市集的一棟龐大建築，乍看是廢墟，但紅磚狀況良好。

「妳剛說妳在找人，」小喬輕聲道：「是倖存者之一嗎？」

「算是。」我朝建築點頭。「那裡是做什麼的？」

「那裡被稱作『交易所』。我來到第二之四區後，沒見過有誰能進去。」

「為什麼？」

「我不確定，但是艾葛莎那些流浪兒認為那裡是布娃娃的巢窩。那裡有扇門，不過總有人看管。只有布娃娃幫的人能進入交易所。妳該不會想闖進去吧？」小喬一臉緊張。「誰都不准進去，這是布骨人的命令。」

「你見過大名鼎鼎的布骨人嗎？」

「沒。這個地區是由布娃娃指使。」

「怎麼做？」

「他們召集訓童師和降靈會的會主們去開會，要他們轉告命令。他們透過流浪兒們宣布日期。我的朋友琳恩說她有一次必須幫忙把艾葛莎的答覆轉告給他們的頭目，名叫席芳，是『工匠』這個字的簡稱，就是她從布骨人那裡接受命令。」（註3）

「他的門徒。」我想起反常者議會的那次見面。攤販之主說過工匠掌管這一區。

「我也這麼猜想。」

有意思。「『工匠』這個字聽來像法文，但我在學校沒學過這個字。「如果能見到這位席芳，我很想跟她談談，」我說：「我怎麼去那扇門？」

小喬指向某處。「穿過市集，走上那條階梯，那裡有個很大的告示牌，再走左手邊的另一條階梯，就能找到那扇門。流浪兒們有一次起鬨，要某人溜進去，結果他再也沒回來。」

「棒透了。」我深吸一口氣。「我得走了，小喬，你該試試找到奈兒。」

「我跟妳一起去，」他說：「我能幫忙。我如果現在回去，艾葛莎只會再叫我上街唱歌。」

「你現在還在賽昂的雷達上，」我說：「你希望倫敦到處都公布你的臉？」

「妳不就成功逃離他們的追蹤？而且妳在找人的時候，需要有人幫妳把風，」他誠懇道：「如果布骨人出現？」

註3　席芳的原文是Chiffon，工匠的原文是La Chiffonnière。

我的本能要我拒絕，但他說得有理。「那你必須完全照我說的做，就算因為有危險而我要你丟下我的時候，」我說：「如果我叫你快逃，你必須立刻離開、去找奈兒。答應我，小喬。」

「我答應妳。」

拱形告示牌上原本應該拼出完整名稱，但經過多年風吹雨打，字體早已七零八落，上頭的英文字體不再寫著「康登交易所」，看起來比較像「能不能改變」。一幅顛倒的賽昂錨徽塗鴉劃過告示牌中間，句尾還多了個問號。我和小喬繞過建築，來到後側。（註4）

「妳到現在還沒說妳在找誰。」小喬腳步輕盈，近乎無聲。「妳在找衛士，是不是？」看我點頭，他露齒而笑。「其他人聽了會不高興。」

「我們需要幾個利菲特人站在我們這邊。他幫過莉絲，」我提醒他：「他也會幫我們。」

「我認為他幫過許多人，我們只是沒親眼目睹。」

他說得沒錯。衛士確實幫過我，給了我食物，而且從沒揍過我；站在他的立場

註4　告示牌上的英文字體從 CAMDEN INTERCHANGE 變成 CAN IT CHANGE。

上，這只會為他帶來危險。

庭院一片死寂。幾部廢棄車輛停在交易所外頭的鵝卵石地上。交易所本身是個無人建築，形狀彷彿顛倒過來的T字，俯視市集的某個安靜角落。整棟建築的窗戶都用木板釘起，甚至包括出入口，裡頭沒有一絲照明。我就算有辦法溜進去，內部可能也裝滿警報器，為了避免有人偷偷住進這裡。

「就是這兒。」我說。

「看起來沒人住。」

「他們很可能只是關了燈。」我輕輕推他一下，要他前進。「我需要你盡量爬到高處，幫我注意周圍。如果你看到誰接近，就發出聲音。」

「我能用這個。」他拿起一個小型的弧形物體，材質是銀色金屬。「鳥笛，很響。」

「好主意。總之務必小心。」

他跑向建築，開始爬牆，把窗臺和突出的磚塊當作施力點。我在牆邊坐下，再次拉扯金繩。

沒錯，他就在這兒。我現在能感覺到他的夢境，彷彿很不穩定的光點。

我繞過建築邊緣，來到一條往下的水泥階梯前。梯道的底端有兩個夢境，一個是動物，另一個是人類。我走下幾階，窺視前方。一名女子坐在一口箱子上，一手拿菸，另一手調整小型收音機。一條大狗睡在她身旁，在溫暖的小型火桶旁縮成一團。

女子後方是一扇黑門，上頭畫了一條我看不懂的紅色塗鴉。

這名女子是個隱夢者。布娃娃的幫主很聰明——守門人既然是隱夢者，就沒人能影響她的心靈，就連我的靈魂也辦不到。我能試著影響那條狗，引發騷動，但那扇門用掛鎖鎖住。守門人一旦受驚，就會帶著鑰匙逃跑。

我退回庭院，再次抬頭觀察建築。沒有其他入口，除非……好吧，既然不能走正門，通常可以走地下。

我的腳邊有個排水口。我蹲下身子，把一顆小石頭丟進縫隙，聽見它撞到堅硬地板發出的聲響。

這不是排水口，而是通風口。交易所底下有個空間，就在我腳下。我當然聽說過這種地道——倫敦街道底下有個由下水道和地道組成的世界，建造於君權時代——但我沒聽說過康登的地底也有。我把手指插進縫隙，用力一拉，但鐵板絲毫不動。

我還是不知道該如何利用金繩溝通，但能大膽猜測。我想像一幅畫面，就像神諭者產生「神諭之聲」那樣，我想像這面鐵柵，包括最細部的構造：鑄鐵材質、花崗岩鋪砌，以及金屬與石材之間的縫隙。我把這幅畫面放在腦海中，我再次感覺到他——這一次，我感覺到的不只是微微刺痛。我看到他的夢境綻放光芒，彷彿他從熟睡中醒來。我收到一幅景象：周圍黑暗，彷彿無聲電影的邊框。我看到格柵牢房、鐵鏈，還有散發橘色氣場的獄卒。

我能透過衛士的眼睛看到這一切。雖然成功率極低，但我還是找到了他。

小喬跳下一面窗臺，跑來我這裡。「沒人接近。妳有沒有任何發現？」他問。

「算是有。」我挺直身子，兩眼痠痛。「交易所另一頭是什麼？」

「應該是運河。」

「咱們去看看。」

我們翻過一條欄杆和一面磚牆，跳到一條河畔纖道上。一座拱橋越過髒水，緊鄰交易所。小喬跳過幾艘運河船的頂棚，抵達運河另一頭。

「妳看，」他呼喊，指向某處。「從這一邊看過去。」

我來到他身旁，轉身面向那座橋時，明白他的意思。橋下有個寬大空間，看似洞口，流水消失在建築底下。

「那是什麼？」我問。

「『死狗洞』，昔日的運河蓄水池。」他蹲下，瞇眼查看。「妳認為那裡就是入口？」

「沒錯。」最近的一艘船周圍布滿漂浮殘骸。「而且我大概有辦法進去。」

我們發現能讓我們渡河的木材，它看起來像木箱的一部分，大得能讓一人坐在上頭。我必須另外想辦法帶衛士出來。小喬觀察周圍有沒有人接近，同時遞給我一塊木板，充當船槳。

「我待在這裡把風？」他一手抓著欄杆。「如果布骨人出現怎麼辦？」
「我會想辦法應付。」我抓住木箱邊緣。「你觀察周圍，如果發現他們，就吹響鳥笛。」
「好。」
「小喬。」他納悶地看著我。「別被發現。找個安全的地方觀望。一有麻煩，你立刻回艾葛莎那裡，假裝我根本沒來過這裡，明白嗎？」
「明白。」
他在河邊看著我。我把這艘臨時小筏推開河邊，推進死狗洞的黑淵。
周圍一片寂靜，只聽見滴水回音。遠離任何可能視線與街燈照明範圍後，我打開手電筒。鉚釘支柱撐起天花板，底端被黑水淹沒。我兩邊的牆壁就是倉庫的紅磚，布滿厚厚的水藻和泥垢。他們不可能透過水道把衛士抓進去。
我穿過兩座拱道後，旁邊出現看似地道的通路。我把背包丟到岸上，挪動重心，準備跳到岸上時，木箱翻覆。我的手指抓到地道的石面，但我的身子大部分都泡在冰水裡。我冷得倒抽一口氣。我爬到地道上，雙臂為了出力而顫抖，我溼透的衣物彷彿成了第二層皮膚。我用鞋尖踢牆，將兩腿從運河之中抽出。
我攀爬幾呎，抓住兩支鏽爛的鐵桿，桿子之間的縫隙勉強能讓我的腦袋和身體鑽進。我脫下溼透的外套，用袖子綁在腰上。我的手指已經凍僵，衣物散發水裡的黏液、汙垢和其他穢物的味道。

第二之四區的幫主為何囚禁利菲特人？他一定懂得個中訣竅，否則利菲特人哪有那麼好抓？我一鑽出鐵桿，就感覺到兩個夢境，其中一個是衛士——我認出他的心靈散發的弧光；另一人我不熟悉，只感覺到是個人類，靈視者，看來就是擁有橘色氣場的獄卒。不管是誰把衛士丟在這裡，顯然有派人看守，也出於充分理由。我從沒見過衛士殺人，但既然他能對付厄冥族，力量一定大得驚人。我從靴子裡抽出獵刀。

如果我在敵對幫主的巢窩裡被發現，他的手下就有權拖我去見反常者議會，或當場殺了我，之後再告知傑克森就行。

我的靴子是柔軟的皮革，幾乎不發出任何聲響。我繼續前進，來到一條人造地道裡，發現多年的挖礦、蒸汽和鐵路列車留下的遺跡。牆壁布滿鐵絲網，裸露的破碎燈泡用電線掛在籠子裡。我待在黑暗中，避開從旁飄過的怨靈，祂們只是小魂，沒有危險性。小喬的夢境在我上方某處，看來他爬到倉庫的屋頂上。

我很快意識到這個地方有點像迷宮，或許不是刻意如此建造，但指引方向的光芒少得可憐，非常容易讓人迷路。我注意到每個地坑裡的東西：幾桶酒、床墊、提燈、瓦礫和垃圾。累積了幾十年的垃圾。布娃娃幫的巢窩想必原本是倉庫的地下室，但也通往交易所之外的地方。

看到手銬和腳鐐時，我不禁屏息。

牆上居然有**手銬和腳鐐**。

小喬說過有個流浪兒擅闖這裡，從此下落不明。我放慢腳步，聆聽周圍有沒有走動聲。我進入一條地道，能看到市集的人從天花板的圓形格柵上方走過，他們的影子飛快掠過。我盡量待在牆邊，雖然我不認為那些路人能看到我。

我從背包裡拿出一包攀爬用的白粉，在牆面畫下一條細線。我沿地道前進時，一路留下記號。我來到一個龐大的密閉空間，這個寬敞地坑至少有一百呎長，跟柯芬園的地下市集十分相似。天花板低矮，呈陡峭拱形，看起來最近才裝潢過。一座裝在手推車上的聚光燈停在遠側的角落，投來刺眼燈光。緋紅簾布掛在牆上，有些半固定在鐵軌上，桌椅四散於各處。我探查乙太，飛快跑過石地，跑向地坑另一頭的一條地道。

一隻又瘦又髒的貓從一張桌子底下跑出來，嗥叫一聲，從我身旁竄過。我嚇得急忙背靠牆壁，心臟重擊肋骨。那隻貓消失在另一條地道裡。

如果貓有辦法進來，這裡一定有其他出路。這個念頭在這種地方帶給我小小安慰。我能想像他們把沉重的衛士拖過這些地道。**快到了**。我想像那座拱形地坑，但金繩另一頭沒傳來回應。

我聽見收音機的嗡嗡聲，電臺是賽昂唯一的新聞頻道。我關掉手電筒，從轉角窺視。一盞老舊的號誌放在下一條地道的地上，照亮衛士的牢門。

獄卒是個體形瘦削的男子，頭髮染成橘色。他斜靠在牆邊，跟著收音機點頭，他的脖子布滿幾天沒刮的鬍碴，與胸毛相連，皮膚滿是油垢。他是召靈師，會是個相當棘手的敵人。召靈師只要知道魂魄的名字，就能迅速招來，即使距離很遠。

我躲進一面壁龕，擲出靈魂，如飛箭般衝過牆壁，進入獄卒的夢境。他做出防禦時，我已經把他的靈魂推進暮光地帶。我收回靈魂，感覺太陽穴隱隱作痛，我聽見男子倒地的聲響。

我走進地道，發現他仰躺在地，失去意識，但仍在呼吸。門上沒有掛鎖，只串了一條鐵鏈，讓門只能打開幾吋，看來他們不認為會有人來劫獄。我拉掉鐵鏈，走進牢房。

第十三章 盜賊

在微弱提燈的照映下，我看到奧古雷斯·莫薩提姆垂著頭，手被銬在一支水管上，看起來完全不像曾和我在塔樓裡一同生活半年的監護者。他的衣服沾滿汙垢和塵土，頭髮滲出水珠。我丟下手電筒，急忙在他身旁蹲下。

「衛士。」

他沒反應。

恐懼在我心中油然升起，與怒火彼此推擠。有人——看樣子是很多人——把他揍得很慘。他的氣場宛如風中殘燭，閃爍又虛弱。

他吐出的白霧拂過我的嘴唇，我的鞋底在他周圍的冰涼地板上幾乎打滑。我抽抽鼻子，用顫抖的雙手搖晃他的肩膀，他的胸腔沒出現吸氣的動作。

「衛士，醒醒，快啊。」我用力拍打他的臉頰。「**奧古雷斯**。」聽見自己的名字，他終於稍微睜眼，虹膜綻放微弱黃光。

「佩姬·馬亨尼。」他的嗓音極其微弱。「真高興妳來救我。」

我鬆一口氣。「他們對你做了什麼？」我咬牙切齒得幾乎說不出話。「你這條鎖鏈的鑰匙是不是在獄卒身上？」

「別管鎖鏈。」他顫抖道：「妳該離開這裡，我的挾持者很快就會回來。」

「我自己會決定何時離開。」

我來到牢門外，把獄卒翻身仰躺，在他的口袋裡摸索，找出一支沉重的鑰匙。我解開衛士的手銬，他的手腕恢復自由。我摟住他的雙肩，想扶他坐起，但他實在重得要命。

「衛士，你得自己起來，我搬不動你。」我拿來提燈。他身上的黑青瘀痕形成怪異紋路，彷彿蕨類植物組成的叢林。「告訴我你哪裡受傷。」

他動動戴著手套的指頭。我把手電筒對準下方，發現他的左腕掛著一串血色銀蓮花，很像我小時候用雛菊串成的那種花環。他的深金色胳臂布滿已經壞死的傷口。

「花串沉重如鐵。」他的虹膜之光開始減弱。我觸碰第一條花串時，他的眼睛再次綻放強光。「別碰。」

「我們沒時間吵——」

「我已經多日未曾進食，」最後一個字形成低吼。「我只能任憑飢餓宰割。」

「飢餓宰不了你，我會帶你走。」我用雙手捧起他的臉。「蒂拉貝爾和伊瑞要我來救你。」

他的視線又恢復一些光芒。「妳看起來不一樣，」他說：「心靈之疾……我將無法記得妳，佩姬……」

他已經精神錯亂。「衛士，你需要什麼？鹽？」

「那不是當務之急，我連咬東西的力氣都沒有。我必須先處理我心靈中的高燒。」

「你需要氣場。」我意識到。

「是的。」他每次呼吸都顯得困難。「他們折磨了我幾星期，每次只讓我吸食一點氣場……刻意放在我所能觸及的距離外……我得承認，我餓壞了，但我不會碰妳的氣場。」

我回以嚴肅笑容。「幸好還有個選擇。」

門外的獄卒今晚真的很倒楣。我揪住他的雙腕，把他拖進牢房。我每拉他一下，他都發出微弱呻吟。我把他銬在水管上，拿刀抵住他的咽喉。衛士飢餓又沉默地看著這一幕。

「是這傢伙揍你？」我問。

「很多次。」

獄卒漸漸甦醒，鼻血流向下巴。「你他媽的對我做了什麼？」他的鼻息夾雜陳年咖啡味。「我的頭……」

「你替布骨人賣命，」我微笑道：「告訴我他是誰，否則我會請我這個朋友慢慢吸乾你的氣場。你想不想變成靈盲，召靈師？」

他發現脖子上有把刀，加上手腕被銬住，不禁拚命掙扎。我用膝蓋壓住他的另一手。「我寧可變成徹頭徹尾的腐民，也不想跟鮭魚一起睡在海裡。」他嘶吼：「如果我洩漏一字，布娃娃會在我的腳踝綁上鉛塊，把我丟進大海。」他深吸一口氣，喊道：「莎菈．懷特黑德，我召喚妳——」

我一把摀住他的嘴。

「再耍花樣，咱們就跳過抽取氣場，」我靠向他。「我直接一槍斃了你，明白嗎？」

他點一下頭。我一放手，他就罵一聲：「婊子。」

衛士發揮精湛演技，如掠食者般用四肢慢慢爬向獄卒，淡黃眼眸在昏暗光線下宛如狼眼，一身肌肉隨之挪移。獄卒嚇得拉扯鐵鏈，踹踢地板，連我也忍不住打哆嗦。利菲特族在陽光下看起來還有點像人類，但在黑暗中毫無人性。

「叫他退下。」衛士靠得越近，獄卒掙扎得越厲害。「叫他退下，妳這北方佬！」

「很不幸的，他不是狗，」我說：「但你一直把他當狗般對待，是不是？」我讓刀鋒稍微陷進他的頸部皮肉。「告訴我布骨人是誰，說出他的名字，我也許會饒你一命。」

「我**不知道**他的名字！」他喊道：「我們都不知道！他哪可能告訴我們？」

「他抓利菲特人做什麼？他跟誰合作？他現在在哪？」我抓住他的咽喉，把刀子對準他的下巴內側。「你最好快說，召靈師，我沒什麼耐心。」

他對我吐口水。衛士的臉色變得全然冰冷。「我什麼也不說，」獄卒重複：「少作夢。」

我把我的靈魂重重地拋進他的夢境，他的鼻孔湧出更多血。「我就算想說也無能為力，」他窒息道：「他只有偶爾出現，平時都是他的門徒轉達命令。」衛士再次挪向他時，他拚命喘氣，渴求的不只是空氣。「妳說過妳會叫他退下！」

「我從沒這麼說過。」我回嘴。

衛士並未暴力相向，只是瞪獄卒一眼，大口吸氣，胸腔起伏，眼睛如號誌般綻放光芒，充滿鮮明的橘色光芒。獄卒癱靠在冰冷的水管上，氣場如面紙般薄弱。一陣波動貫穿衛士全身，皮膚突然變得透明，血管裡的靈質發光。我待在原處，保持幾呎的距離。我移開他胳臂上的花串時，他的胸腔發出隆隆低鳴。

「那些挾持者外出覓食，」他說：「很快就會回來。」

「很好，我很想見見他們。」

「他們很危險。」

「我也是，你也是。」

他的兩眼愈加明亮。我想起被關在牛津時的怪異生活。一架留聲機播放禁忌音樂，在陰暗的室內描述戀人的故事。蝴蝶被關在由手指組成的牢籠裡。他在會館吻我，雙手滑過我的髖部和腰間。我想專心拿走第二條花串，但我現在太在意他的一舉一動，他的胸腔起伏，頸部筋腱伸展。

我勉強透過上方的金屬格柵看到白皙明月。我移除所有花串後，從背包拿出拋棄式手機，用牙齒咬著新的辨識模組，同時拆開手機背板。衛士又仰頭靠在牆上。我待在他身邊，打電話給第一之四區的電話亭，希望能接通。這裡離地面不算太遠。

「一之四。」一名信差答話。訊號不穩定，但我能勉強聽見。

「我要找赤眼，」我說：「越快越好。」

「請稍候。」

我沒多少時間可以等。衛士又看著召靈師，看著對方身上殘留的氣場。一分鐘後，尼克的聲音傳來：「一切還好嗎？」

「我需要你載我一程。」我說。

「妳在哪？」

「康登。歐沃路北端的倉庫。」

「十分鐘。」

通話切斷。我拔出辨識模組，塞進後口袋，然後一手拿著號誌，把衛士的沉重胳臂搭在我的脖子上。他起身時抓住我的肩膀，我的側身為之震顫。

「出口在哪？」他低聲問道。

「我從死狗洞進來的，運河蓄水池。」

「我是從後門被抬進來，但那名隱夢者守門人總是待在那兒。我猜我們這下無法從蓄水池出去。」

「我們鑽不過一路上的障礙。」我說。

「或許有條路能進入倉庫，畢竟這裡曾是倉庫的地下室。」他把我的肩膀抓得更緊。「我猜獄卒的鑰匙還在妳身上。」

「當然。你走得動嗎？」

「走不動也得走。」

穿越地道的步調極為緩慢：衛士一腿瘸拐，不管用哪隻腳都無法走太久。輕如羽毛的小小紅花居然能這樣傷害利菲特族的身體，簡直不可思議。利菲特族是高大魁梧的生物，對物理攻擊近乎免疫，而扳倒他們的關鍵卻小到能塞進我的掌心。我把提燈遞給他，再用另一手摟住他的腰。他的接觸先是讓我覺得冰涼，接著覺得溫暖。我能感覺到他的喘息擾動我的頭髮。

下一條地道拐過一道轉角。提燈的光芒顯得渺小，在我們周圍投射出一道小圈。我用手電筒對準一條通風口，發現此路不通。

「布娃娃幫是怎麼逮到你的？」

「用銀蓮花。他們想必觀察了我一段時間，注意我的一舉一動，不然就是透過某種方式得知我打算前往第一之四區。」他答道。我們繼續前進，拐進另一條通道，看起來跟上一條差不多。「他們在我白天休息時動手，矇住我的眼睛，給我纏上花串，再用大型車輛把我送來這裡。」

我的心跳加速。布娃娃幫應該對利菲特族一無所知，更不可能知道如何獵捕他們。我看到一道熟悉的白粉線，不禁心灰意冷。

「我們在繞圈子。」

我能透過衛士的手勁發現他的體力逐漸恢復。「妳有感覺到尼加德醫師嗎？」

「有，他很近。」我繃緊身子。「還有別人。」

「跟他在一起？」

「不，從不同方向逼近。」一小群夢境脫離市集而來。「三人。」

他剛說完，上方就傳來哨聲。半夜的鳥鳴，是小喬。我放開衛士，拿出左輪手槍。「這裡的獄卒有完整視靈眼嗎？」

「不，他們都只有部分能力。」

很好。擁有部分視靈眼的靈視者沒辦法把這種視力集中太久。我們能在黑暗中盡量避開他們。

遠方傳來開門聲。衛士揪住我的胳臂，把我甩進一面壁龕，我的背部因此貼在他的胸膛上。「……偶爾得餵他。」某人說話，是個男性，嗓門又大又粗，帶點倫敦東區的口音，每個字都在潮溼的地道裡迴響。「他上一次差點害死阿布。」

「因為你把他抓得太近。」女性嗓門，跟男子一樣是倫敦人，但我聽不出來自哪一區。「他們只能在特定距離內進食。」

「我們的人真的沒把他的事情說出去？」

尖銳笑聲。「對誰說啊？闇帝死了，反常者議會這下成了一盤散沙，雖然本來就不算團結。」

我握緊左輪手槍。我身旁的衛士癱靠在牆上，他的眼睛開始變回冰涼的淡黃色。尖叫聲從牢房迴響而來，離我們非常近，我不禁一愣。「這他媽的怎麼回事？」男子吼道：「那怪物呢？」搖晃鎖鏈聲。「**牠在哪**？你以為我們是付錢要你弄丟籌碼嗎？」

我覺得嘴巴乾得跟塵土一樣。「席芳，」獄卒呻吟：「某個……操北方口音的婊子進來，把他帶走。她的氣場是……紅色。」

女子想必就是工匠，布骨人在這一區的代言人。我很想聽聽她打算怎麼說，但衛士虛弱得需要我的保護。

「你說的那個北方佬在哪？」腳步聲。「她什麼模樣？」

「黑髮，紅布遮臉。她已經跑了。」

「是嗎？」席芳的口氣莫名淡定。「那你失業了。」

一聲槍響在地下室裡傳開，我偵測到的其中一個夢境應聲消失。「他有流鼻血，還說那女孩是個擁有紅色氣場的北方佬，聽起來很像晢夢者。」席芳推論。

媽的。

「布骨人會因為這件事而處決某人，」男子說：「我們失去了籌碼。」

「看守監牢的又不是我們。況且那怪物瘸了一腳，應該走不遠，我們還能把他抓回來。」

「前提是我們找得到他。」又是腳步聲。「最好四處多留意些。」

衛士抓住我的胳臂。我們繼續前進，盡量靠在牆邊。我把手電筒掃向牆壁，尋找熟悉的記號。我雖然腳步輕盈，但衛士因為一身傷勢而行動緩慢，每一步都沉重得彷彿定位信號，隨時可能讓那兩人知道我們的位置，不過他們身上的首飾發出的喀啷聲也對我們很有幫助。我們只要聽見金屬敲擊聲，就立刻改變方向。

我們很快來到主要地坑，我關掉手電筒，朝衛士伸手，他跟我十指交扣。經過先前那盞聚光燈後，我拔掉電線，周圍一片漆黑。衛士繼續前進，兩眼在黑暗中宛如光點。我讓他帶路，進入另一條地道，躲在感覺像是天鵝絨的簾布後面，這時那兩名陌生人進入這個空間。

「有人關了燈。」

「噓……就連夢行者也得呼吸。」席芳低語。

我從簾布縫隙窺視。他們拿著手電筒走過，查看簾布後方和桌子底下。

「如果巨人能躲起來，會躲在哪兒？」席芳經過我們的藏身處，但她的感官沒我的敏銳。「我猜是屋裡最大的房間。」

衛士靜止不動，不吭一聲。我在他身旁，覺得自己發出的呼吸聲震耳欲聾。

「你無處可躲，利菲特。」男子離我們很近。「所有出口都被封住了。你再不出來，我就慢慢宰了你的朋友。如果你願意，可以讓她在牢裡陪你……」

汗水沿我的背脊流過。我用指尖勾住手槍的扳機，命案嫌犯最不該做的就是殺人，但我恐怕別無選擇。一旁的衛士觸碰我的手臂，對某個東西點頭，我猜那是桌子。簾布後方藏著一臺點唱機。

另一名綁匪的沉重腳步聲持續逼近。衛士迅速打開點唱機，一張老唱片的旋律從中爆發，一名女子用顫音唱起節奏輕快的法語歌曲，像由交響樂團伴奏，樂聲淹沒周圍所有聲響。我們向左移，從簾布後方沿牆壁前進。我感覺那兩人的夢境朝反方向移動。

回音似乎四處反彈，無法判斷音樂聲究竟從哪裡傳來。「找出來。」席芳厲聲道。

地坑的對側是另一條地道，我們得跑過去。我悄悄從簾布後面走出，在那名男子的手電筒照映下，我勉強看到他半禿的後腦勺。衛士跟在我身後，我們即將進入地道時，聚光燈再次發光，把我的眼睛刺得睜不開。兩名戴面具的綁匪立刻轉身面對我們。

「她在那。紅髮北方佬和她的利菲特。」男子說。

他倆面具上的圖案像是臉部被劃開，咧嘴而笑，露出塑膠尖牙。強光從他們身後射來。我當機立斷，把靈魂擲向男子的夢境，他往後倒下，發出的尖叫聲令我渾身起雞皮疙瘩。我返回軀殼後立刻抓住衛士的外套，拔腿就跑，被強光刺得眨眼。

席芳對我們拋來魂眾。我擋開兩縷遊魂，回頭開了一槍。衛士立刻把我抓向左方，進入另一條狹窄地道，我們被迫呈縱隊前進，我不敢停步。

「你們無處可逃，」席芳笑道：「這底下跟迷宮沒兩樣！」

地道看起來都一樣。綁匪的聲音在黑暗中隆隆作響，我害怕得胃袋糾結。某處傳來狗吠，顯然正在尋找入侵者。接著，我看到光芒，就在這條又長又窄的地道盡頭。我飛奔上前，衛士跛腳跟上。兩旁的諸多木箱堆到天花板。我還沒開口，衛士已經做出行動；他雖然筋疲力竭，仍遠比我強壯。他抓住底端的一口木箱，從中抽出，箱子在狹窄地道裡砸落的聲響極其刺耳。玻璃和木頭一併摔碎，鐵鏈和鐐銬撞到石頭，最大的一口箱子湧出紅酒。我踩上一條梯道，直到一頭栽向幾條鐵桿。我拿出從獄卒那裡搶來的鑰匙，匆忙尋找，手指顫抖。

魂眾朝我飛來，逼近我的夢境邊緣。我蹲下身子，把一縷魂魄往回丟，回憶撞進男性綁匪的夢境，他目光呆滯，錯亂茫然，一口沉重木箱砸在他的腿上。這一次，他的尖叫聲沒持續多久。

我找出正確的鑰匙，材質是黯淡無光的不鏽鋼。我一打開門，先讓衛士過去，再把門在身後鎖上。

交易所內部極為寬敞、廢棄多時，而且空無一人。我沒停下來喘息，直接朝一扇高窗開了幾槍。最後一顆子彈命中時，玻璃窗應聲粉碎。衛士幫我踮腳爬上去，我翻過窗臺，從一塊木板底下鑽過。那隻狗還在下方狂吠，但那些綁匪得另外找路才能追上我們。

「來吧。」我揪住衛士的手肘。「快到了，往上爬。」

他咬緊牙關，出力時繃緊頸部，他成功鑽過縫隙。他雖然吸取了一些氣場，但依然虛弱。我又用胳臂勾住他，這一次他把體重都靠在我身上。

一輛貼了遮光紙的黑色轎車停在鵝卵石地上，尼克閃了幾下車頭燈。我鬆一口氣。他伸手打開後車門。

「有沒有人追來？」

「有，快走吧。」

「好吧，可是——等等，佩姬，妳做什——？」他看著我扶疲憊的衛士上車。「佩姬！」

「開車。」衛士上車後，我也上車，咚一聲關上車門。「快開車，尼克！」

一個瘦削靈活的人影從倉庫前方跑來，用雙手拿著削短型霰彈槍。尼克沒再多問，迅速換檔，狠踩油門。這輛車的引擎已經有二十年歷史，破破爛爛，從柯芬園的垃圾堆撿來，奇蹟般地還能發動。車子猛然一晃，迅速倒退，我被震得兩排牙齒互撞。戴面具的幫派分子開了槍，但霰彈槍的射程很短。尼克扭轉方向盤，駛向主要道路。

幫派分子放低霰彈槍。另外幾人跑出倉庫，都戴著一樣的駭人面具。他們爬上一輛黑色廂型車。

尼克的額頭冒汗。我們這輛車只是上了漆的破銅爛鐵，只在緊急情況使用，根本不適合追逐。他全程踩油門到底，離開倉庫，駛過歐沃路，但沒直接開向第一之四區，而是拐進一條環形道路。

「我們繞到他們後面，」他說：「穿過市集，沿小巷回第一之四區。」

我回頭查看。廂型車的紅色尾燈閃過，伴隨輪胎尖叫，駛向他們以為我們走的路。「小心其他人，」我說：「他們可能還有更多車。」

「妳早該讓我知道妳來這裡的目的，」尼克用發白的手指抓著方向盤。「他們到底是誰？布娃娃幫？」

「沒錯。」

尼克咒罵，接著打開暖氣時，我才意識到我依然渾身發涼。我出自本能地挪向衛士，他的短淺鼻息拂過我的耳朵。車子繼續開往第一之四區時，我從口袋拿出用過的辨識模組，丟出窗外的水溝。尼克瞥向後照鏡。

「你被抓到之前，」我問衛士：「都睡在哪裡？」

「倫敦塔街的一座變電所。」他沙啞道：「我們這些怪物不再睡在羽絨床上。」

倫敦塔街就在我們的巢窩旁邊。如果他抵達七晷區時，我就在當地，應該能及時察覺到他的存在。他仰頭靠向椅背，我感覺他漸漸失去意識。「他不能去七晷區。」

尼克看著前方，對我開口。

「我知道。」

「也不能去我的公寓。」

「他得去旅館，別無選擇。」

「剛剛真的太驚險，佩姬，千鈞一髮。」

在蘇豪區一家廉價旅館最小的房間裡，我們關了燈，拉上窗簾，看著躺在床上的衛士。我幫他脫下他的骯髒外套，還來不及另外做些什麼，他已經在床上躺下，沉沉睡去。

「他不能一直待在這裡。」

「大多數的利菲特人都想殺了他，賽昂想必也在找他。」我輕聲說：「我們不能把他丟去外頭等死。」

「他遲早得離開。我們都付不起他的房租。」

我嘆口氣，抓抓溼透的頭髮，我有點想不起我上一次不是滿身汙垢或汗水地過日子是什麼時候。「尼克，」我說：「集團和利菲特族之間一定有關聯，否則他們不可能知道如何捕捉衛士。我必須查明他們還知道什麼，而且我得讓逃犯們離開那個地區。」

他皺眉。「妳不能回去第二之四區，佩姬，那個地盤的人都在找妳。」

「你認為他們會去議會告狀？」

「不，我不這麼認為。他們沒證據證明妳闖進他們的地盤，也應該不想讓大家都知道他們把某人關在他們的巢窩裡。」

我打量他的臉。「你在集團裡待得比我久，你對那傢伙有多少瞭解？」

「布骨人？不多。我加入集團以來，他一直是第二之四區的幫主。」

「你見過他嗎？」

「一次都沒有。就算按照反常者議會的標準，他也實在太過孤僻。他和女院長之間有些恩怨，但沒人知道原因。」他壓低嗓門。「妳已經牽連得太深，佩姬。既然這些人有膽捕捉利菲特人，就有膽同樣對待妳。我知道妳不願意聽勸，但是……別做蠢事。」

我回以疲憊笑容。「我才沒做過蠢事。」

他嘖一聲，揉揉左眼上方，我認得他這個動作。他每幾星期就會犯偏頭痛，有時伴隨幻象，因此臥床幾天。傑克森總說這種「頭痛」沒什麼大不了，但尼克總是痛得死去活來。

「我想搞懂的是，」他一臉緊繃，「幫主怎麼會知道利菲特族的存在。以前有人逃離骸骨季節嗎？」

我的脈搏加速。「兩人，二十年前。」

所有囚犯中，只有兩人逃離叛亂事件後的大屠殺。其中一人當時是個孩子，另一人就是告訴奈希拉叛亂事件的叛徒。她殺了所有人類，折磨了參與其中的每個利菲特人，包括她的配偶。

「衛士可能有答案，」我說：「我得陪他一段時間。」他看我一眼，我挑眉以對。

「尼克，我跟他一起住了半年，再多一天也不會要我的命。」

「他有一陣子不會醒來。妳先回巢窩幾小時，傑克森一直在問妳跑哪去了。」

「我全身都是運河的髒水，他會注意到。」

「妳換衣服的時候，我引開他的注意。」

我瞥向衛士。「等我一下。」

他抿起嘴脣，但沒爭論。

他出門後，我在床邊坐下，撫摸衛士粗糙的頭髮。他正在熟睡，面朝枕頭，沒發出任何聲響，沒動一吋。如果有誰發現他在這裡，以目前的體能狀態他根本無力自保。

集團成員居然知道利菲特族的存在，這令我心神不寧。骸骨季節的第一起叛亂事件的其中一名倖存者很可能成功回到倫敦，躲在沒人能找到的康登地坑裡。我總覺得我只發掘出這一切陰謀的冰山一角。

我忍不住用指背撫摸衛士的臉頰。他的臉上依然帶著不尋常的瘀傷，但臉龐現在溫暖許多。他翻個身，眼皮跳動，我感覺指尖的脈搏加速。我記得他第一次受傷時，我選擇幫他處理傷口而不是殺了他。

這個利菲特人就是有點與眾不同，讓我想救他，讓我沒按著本能將他徹底毀壞，就算我當時身處那個非生即死的牛津城。

他重返我的人生時，我沒考慮過他會有什麼下場，或他如何融入我的人生。奧古雷斯．莫薩提姆應該待在莫德林的大廳，坐在那些紅色窗簾旁，在爐邊談話，聆聽一百年前的音樂。想到他走在倫敦街道上，那幾乎是不可能成真的畫面。

不管那些人有何計畫，他已經不在他們手上。我拿筆寫下字條。

我晚點回來。別開門。
還有，幫我一個忙：今晚別死。我相信你不會想被連續救兩次。

——佩姬

第十四章 奧古雷斯

他第二天下午醒來時，發現自己不再被銬在一間地下牢房的水管上，不再受布娃娃監控，不再挨餓，不再任他們隨意毆打。他發現自己躺在有點小的床墊上，脖子底下是扁掉的枕頭，床頭櫃上擺著一瓶塑膠天竺葵。

「說真的，」我開口：「這種場面還真眼熟。」

他抬頭望向天花板，注意到石灰泥之中的裂痕，連同角落的水漬。

「這個地方不算眼熟。」他開口。

他的嗓音跟我印象中完全一樣，低沉緩慢，來自胸腔深處，讓人聽見也感覺到。

「這裡是第一之四區的旅館。」我點燃一根火柴。「比不上莫德林，但比街頭溫暖。」

「的確，比康登那些荒涼地道溫暖。」

我點燃桌上的高蠟燭時，衛士用手肘撐起身子，轉轉肩膀。他熟睡的這幾小時中，一身瘀痕已完全消失。「現在幾點？」他問。

「下午四點。你睡得跟死人一樣。」

「我有稍微醒來，看到妳的字條，寫得真是一針見血。」他說：「我能不能問妳去哪了？」

「七晷區。」

「原來如此。」他停頓。「看來妳回去侍奉傑克森。」

「我別無選擇。」

我們互瞪許久。逃出牛津的這幾星期來，發生了太多事。我們從沒像這樣以平等地位見面。

在殖民地時，隨著時日經過，我習慣了他的樣貌，但我現在逼自己如第一天見面那樣看著他：一雙虹膜宛如彩繪玻璃後方的火焰，瞳孔烏黑得完全沒有反光。他的輪廓既堅硬又柔和，無論是嘴唇的弧線，還是下顎的俐落線條。他一頭凌亂棕髮，長度觸及脊椎頂端，瀏海遮過額頭，看起來跟人類沒兩樣。他完全沒變，只是氣場稍微減弱。

「我猜你是因為碰上什麼危險才來倫敦。」我說。

「的確。我原本打算趕緊警告妳，但是大法官似乎已經公然通緝妳。」他打量我的臉。「倫敦很適合妳。」

「規律飲食能發揮奇蹟般的功效。」我清清喉嚨。「要不要喝些什麼？這裡沒什麼酒，但有美味的自來水。」

「水就夠好了。我那些挾持者在提供物資方面格外吝嗇。」

「我已經洗了你的衣服，晾在浴室裡。」

「謝謝。」

他起身時，我專心倒水。利菲特族在殖民地時總是拘謹，戴著手套，身穿高領衣物，但他似乎對赤身裸體毫不在意。他走出浴室，身穿靈盲商人的樸素黑衣，在我對面的沙發坐下，彼此以桌子相隔，此情此景宛如莫德林重演，只是少了殖民地制服。他的襯衫領口敞開，露出咽喉凹陷處。

「我必須承認，我很佩服妳居然能找到那些地下通道，」他說：「我一直以為不太可能有人找到我。」

「金繩有派上用場。」我朝蠟燭點頭。「蒂拉貝爾想知道你在哪，你可以在這裡進行降靈會。」

「我想先跟妳談談。等不凋之眾知道妳救了我後，我們如果再獨處，就會使他們起疑。」

「『起疑』。」我重複這個字眼。

「別以為戲碼在這裡得以結束，佩姬，我們只是換了另一種舞蹈。不是只有薩加斯害怕利菲特族和人類之間的長期接觸。」

「他們知道我跟你之間有金繩。」

「他們知道妳發動了那場反叛。蒂拉貝爾和伊瑞知道金繩一事，也知道薩加斯大肆宣傳妳我之間並不尋常。」他看著我的眼睛。「他們只在乎這個。」

我的心跳漏了一拍。

「瞭解。」我說。

我把玻璃杯遞給他。就算在這裡，就算遠離殖民地，這種簡單互動感覺還是像禁忌。「謝謝妳。」衛士說。我點個頭，坐回沙發上，把雙腿抱在胸前。

「薩加斯一族正在找你？」

「噢，我相信席圖菈·莫薩提姆此刻就在找我。我是『肉身叛徒』，叛逆分子。」他的口氣跟往常一樣滿不在乎。「整個利菲特族都聽說了我的不忠不義。」

「肉身叛徒將有何下場？」

「永世不得進入冥界，無法成為利菲特族。『血之叛徒』是指背叛了族長，但肉身叛徒是指背叛了整個利菲特族。我犯下了最嚴重的肉身之罪——與一名人類結伴——而遭到如此懲處。」

跟我結伴。「而你早就知道後果。」

「是的。」

說出這麼大的消息，他的態度卻像在討論天氣。

「奈希拉正在對大法官施壓，要求他投入所有資源、逮捕逃犯。現在就有兩名沒能脫身的倖存者被她關在審問室裡。」

「你怎麼知道？」

「阿薩菲是我們的夥伴，他在奈希拉那裡當內應，為我們提供情報。我不知道那些囚犯的名字，但我會想辦法查明。」他臉上掃過一絲陰影。「麥可安全嗎？」

遠在我被送去殖民地前，麥可已經忠心耿耿地侍奉他許久。「我們在倫敦塔走散了，」我說：「搭乘列車逃出來的逃犯大多慘遭太衛殺害。」

他把拳頭捏得喀喀作響。「剩多少人？」

「十二人逃出殖民地，包括我在內，最後有五人活下來。」

「五人。」他有氣無力地輕笑幾聲。「我最好趁早放棄『煽動叛亂』這種事業。」

「拯救靈視者本就不是你的初衷，而是我的。」我打量他許久。我已經忘了他平時是怎麼看我的，他彷彿能看穿我的夢境。「我有太多事情要問你。」

「我們有的是時間。」他說。

「我只能再待幾小時，傑克森將在午夜時開完會回去，如果我又不在家，他會問東問西。」

「那我先問個問題，」衛士打岔：「妳好不容易擺脫奈希拉，為何又回傑克森那裡？」

我一愣。「我沒對任何人臣服，我現在必須依賴他的善意對待。」

「我聽見妳在草原上對他說妳受夠了奴役生涯。他曾威脅妳，如果妳不回去為他賣命，他就要殺了妳。告訴我，為何不是他依賴妳的善意對待？」

「因為我不是第一之四區的幫主。因為我是晳夢者，傑克森・霍爾的門徒。因為如果沒有傑克森・霍爾，我就沒有任何地位，而我需要地位，正如你需要氣場。」我咬牙吐出每個字。「我不能離開傑克森，就是這麼回事。」

「我沒想到妳這麼安於現狀。」

「衛士，我這張臉出現在城裡的每一面螢幕上，我需要有人保護我。」

「如果妳是因為有其必要而待在他身邊，」他說：「我猜妳正在想辦法贏得獨立。」

「我可以去搶賽昂英格蘭銀行，成為倫敦最有錢的女人，但我沒有頂尖武器，也沒有士兵幫我。發動革命可不像發動叛亂一樣簡單。」看他一言不發，我靠向椅背。

「我確實有個想法。闇帝被殺，如果我能贏得大亂鬥，就能成為闇后。」

「闇帝死得還真不是時候。」他把玻璃杯湊到嘴前。「我猜妳不知道凶手是誰。」

「無法肯定。俘虜你的那人或許跟命案有關。你在地牢裡有聽見什麼消息嗎？」

「沒什麼重要情報，但我們知道奈希拉極力想瓦解集團。闇帝怎麼死的？」

「在他的巢窩裡被砍掉腦袋。他的手下被割喉毀容，顯然是開膛手風格。那不是洗劫那麼簡單，」我堅定道：「否則殺手一定會拿走所有值錢的東西。漢克特有個純金打造的懷錶，我發現時還在他身上。」

「看來那起命案是發表聲明。」衛士出自習慣地用指尖敲敲桌面。「斬首是薩加斯王朝在人界最喜歡的處決方式，象徵拔除夢境。凶手很可能是利菲特人，或聽命於薩加斯的某個人類。」

「一個人類不可能對付八人。」我說。

「利菲特人就辦得到。」他說。我沒考慮過這種可能性。擁有衛士這種體形和力量的凶手想殺掉八名喝醉的靈視者，一定易如反掌。「妳似乎對那個命案現場所知甚多。」

「是我發現那些屍體。傑克森派我去跟漢克特和談，漢克特原本想揭露我們的生意機密。」

衛士扣起雙手。「那麼，妳有沒有考慮過命案可能跟傑克森有關？」

「他當時都在七晷區。我不是說他連『間接可能性』都沒有，但這種說法適用在任何人身上。」我揉揉太陽穴。「集團成員都把我視為頭號嫌犯，如果我想贏得靈視者的尊敬，就得洗刷嫌疑。」

「原來如此。」

他眼裡的火光令我緊繃。就算經歷了這麼多事，我還是不禁懷疑他究竟多信任我。他的雙臂尚未痊癒，從肘部以下的傷口黑得發亮。

「你需要什麼？」我對他的胳臂點頭。「血和鹽？」他不想再吸我的血，但是尼克能從賽昂那裡弄到血袋。

「鹽就夠了。我的『半慾』並不強烈。」

角落有一面小型櫥櫃，裡頭裝著方便房客自行煮飯的用具。我把一瓶鹽倒進玻璃杯，遞給他。

「謝謝妳。」衛士把一隻沉重的胳臂放在膝上。

「你還有沒有不凋花液？」

「沒有。除非不凋之眾那裡還有，否則就得從冥界取得。無論如何，」他說：「不凋花液不是拿來治療半慾，而是用來處理靈魂傷痕。」

「謝謝你給我的藥瓶，那東西幫了大忙。」

「我想也是。妳吸引傷口的方式很像花朵吸引蜜蜂。」

「這就是混幫派的代價。」我不加思索地撫摸臉頰上的疤痕。「靈質讓我看到金繩。」

「是的，」他把注意力集中在胳臂上，慢慢淋上鹽水。「靈質能提升妳的第六感，我的靈質更能讓妳看到妳我之間的連結。」

「是啊，」我說：「你我之間的神祕連結。」

他抬頭看我，他胳臂上的壞疽已經消失。痊癒得這麼快，我有點嚇到。

「那些逃犯寫了類似說明書的東西，描述如何對付利菲特族和厄冥族，」我說：「我想賣給葛拉布街的出版社。」

「這座城裡很快就會出現更多利菲特獵人，他們會需要覓食。妳的同胞知道如何對付他們也好。」他放下玻璃杯。「告訴我，妳那本說明書裡如何描述對付利菲特族？」

「用銀蓮花粉，撒向眼睛。」

「賽昂城塞裡，任何人擁有銀蓮花籽都是非法行為。我唯一所知的銀蓮花來源，是種植於第一冥府的玻璃屋。」他在手腕上撒點鹽。「看來倫敦也有人偷偷種植。」

「我們得查明地點。順道一提，我幫你拿來這個。」我把一瓶白蘭地放在床頭櫃上。「來自傑克森・霍爾的非法酒櫃。」

「妳真好心。」他停頓。「等我再恢復一些，我就回變電所去。」

「別去。」

「那我該去哪？」

我衝口答道：「待在這兒。」

衛士看著我，打量我的表情。我有時不禁懷疑，利菲特族是不是很難看懂人類的表情。他們自己的表情實在少得可憐。

聽見敲門聲，我回過神。衛士望向牆壁再回頭看我，接著站起，躲在浴室門後。

搞不好有誰跟蹤到這裡。我輕輕開門。

「尼克？」

他額頭冒汗，身上仍穿著賽昂制服，渾身發抖，蒼白得彷彿生病。

「我不能久留，」他微弱道：**「我不能再這麼做⋯⋯」**（瑞典語）」

「怎麼了？」我引導他走向沙發。「發生什麼事？」

「賽昂研科。」他吐出微弱鼻息。「我不能再為他們工作一天，佩姬，我不能。」

他漸漸平靜下來。我在沙發的扶手坐下，輕輕按著他的肩膀。

「他們逮到骸骨季節其中一名囚犯。艾拉．帕爾森。他們帶她進來後，把我的整個部門叫去旁觀。」

我渾身起雞皮疙瘩。「旁觀什麼？尼克，**什麼？**」

「看他們測試混亂劑十八型。」

「我以為他們還在研究配方。」這是我從父親身上最後一次問到的少許情報。

「他們顯然加快進度，為了讓警戒者在十一月佳節期間使用。」他用手指壓著太陽穴。「我從沒見過那種反應。她吐了血，拚命抓頭髮，還咬手指。兩名資深研究員開始問她問題，關於妳，關於殖民地。」

一批博士圍在輪床邊，在手術觀摩室裡的觀眾身披白袍。我感覺到的憤怒不是失控的那種熾熱，而是如碎玻璃般冰冷。

「尼克，」我問：「艾拉有沒有認出你？」

他低下頭。「她昏厥前向我伸手。他們問我認不認識她，我說我從沒見過她。我們被送回實驗室，但我提早離開。」他的髮際線滲出汗水。「他們絕對猜到了。我再踏進那裡，一定會被逮捕。」

他的肩膀開始顫抖，我摟住他。看來賽昂開始加強攻勢。

「妳認識她嗎？」他哽咽道：「妳是不是認識她，佩姬？」

「我跟她不熟。她一直停留在白衣人的階級。我們得想辦法讓你離開那裡。」

「可是我這麼多年——這麼多努力——」

「你如果被放在水刑板或絞刑臺上，還能幫助誰？」我屏住呼吸。「那——你看到的幻象，出現咕咕鐘的那個，該不會跟這件事有關？」

「不。如果是，我應該老早察覺到。」他抓住我的手。「我得弄到那種藥劑的樣本，我得知道裡頭的成分，做出解藥。」他吸口氣。「還有一件事。他們啟用感測護盾時，不只瞄準大眾運輸，也會用在重要服務上，例如手術、醫院、遊民收容所、銀行……那些設施都會配備掃描器。」

聽見這項消息，我感覺胃袋翻攪，血液沸騰。雖然靈視者本來就不太敢利用遊民收容所，但賽昂這種做法實在惡劣。到了明年，大多數的靈視者根本無法享有基本的醫療服務。既然連銀行都不能去，靈視者只好放棄雙重人生，街上將到處都是流浪兒。我閉上眼。「你怎麼知道這項消息？」

「噢，他們說的。」他發出空虛的笑聲。「他們告知我們，而妳知道我們做了什麼嗎，佩姬？我們居然拍手叫好。」

我的心裡燃起恨意。他們無權這麼做，他們沒有權利奪走**我們的**權利。

尼克察覺到某個氣場，急忙抬頭。衛士站在浴室門口，雖然狀況不佳，但還是令人望之生畏。尼克站起，神情緊繃，把我拉向他。

「我好像還沒介紹你們認識。」我說。

尼克抓緊我。「確實還沒。」

「瞭解。」我清清喉嚨。他們曾在殖民地見過一面，但只是匆匆一瞥。「尼克，這位是奧古雷斯・莫薩提姆，又稱衛士。衛士，這位是尼克・尼加德。」

「尼加德醫師。」衛士點頭。「很抱歉我不是在更好的狀態下見到你。我聽說過你很多事。」

尼克僵硬地點頭，眼眶紅腫，但眼神堅毅。「希望都是好事。」

「非常好的事。」

一陣沉重寂靜。我總覺得尼克如果知道衛士多麼瞭解他——從我心裡偷窺了多少回憶——一定會很不高興。我讓他看過了我最後一個自由意志，那其中揭露了我和尼克的祕密。

「給我一分鐘，」我說：「我得戴上隱形眼鏡。」

尼克點頭，眼睛一直盯著衛士。我進入狹窄的浴室，拉線開燈，把門開著以便旁聽。隱形眼鏡泡在洗手臺上方架子上的液體裡。外頭的沉默持續一會兒後，我聽見尼克開口。

「我就有話直說了，衛士。我知道你終究讓佩姬離開殖民地，但這不表示我得喜歡你或信賴你。你在特拉法加廣場的時候就該放她走。她當時就在我懷裡，但你奪走她。」

起碼他直截了當。我不禁期待衛士的回應，想知道他如何回應這些指控。

「她當時必須留在古城，」他輕聲道：「佩姬是能讓我引發混亂的唯一機會。」

「所以你利用她？」

「是的。人類沒道理響應利菲特領袖發起的叛亂，而佩姬心裡燃燒著反抗之火，我可不會裝作沒看見。」

「但為了她好，你還是可以更早讓她走。你如果真的在乎她，就該更早放了她。」

「那我只能選擇另一個人類代替她，這麼做就更高尚？」

尼克哼笑一聲。「不。但我不認為你們這種人懂得道德倫理。」

「所有道德倫理都在灰色地帶裡，尼加德醫師。考慮到你的工作領域，你應該明白這點。」

「意思是？」

再這樣下去一定會起衝突，況且我也不想成為他們討論的話題。我在衛士答覆前走出浴室，他倆因而住嘴。

「你想不想在這兒待一會兒？」我問尼克。

「不，我該回七晷區。」他瞥向衛士。「妳離開巢窩多久了？」

「大概一小時。」

「那就跟我一起走吧。」

我看著衛士，他看著我。「我總覺得不妥。」我說。

「我會幫妳想個藉口。妳先暫時討好傑克森，否則他會規定我們幾點前必須回去。」他扣好大衣。「我在外面等。」

他離去時，我繃緊下顎。

「去吧，」衛士輕聲道：「我在殖民地的時候也常常丟下妳，不告而別。妳得操弄妳的幫主，佩姬，正如他這輩子操弄了其他人。好好利用他。」

「我在這方面可比不上他，他是操弄人心的大師。」我站起，甩上外套。「尼克在宵禁方面倒是沒說錯。我會盡量找機會回來。」

「我很期待。與此同時，」他說：「我相信我會另外找事情自娛。」

「你可以進行降靈會。」

「也許。又或許我會在戰爭再次開始前享受幾小時的平靜。」

他的眼睛綻放某種光芒，要不是因為他是利菲特人，我會以為那是開玩笑的眼神。我留他獨處時，忍不住微笑。

第十五章 首相之貓

我一走出旅館，就想轉身走回去。我不想把他一個人丟在裡頭，更重要的是，我不想因為怕被傑克森砍薪水而回去巢窩。我的自由——我奮力爭取的自由，人們為之犧牲的自由——似乎也被七封印視為一場戲，就跟賽昂一樣。我只是被傑克森．霍爾拴著的一條狗。

我不能再忍受兩年。我不是演員，不想再隨著他的《骷髏之舞》起舞。大亂鬥是讓我擺脫他的唯一機會。

我跟尼克走過蘇豪區。錯綜複雜的小巷組成第一之四區的真正核心，在傑克森地盤上生活的貧民想辦法在這裡謀生，不成功便成仁。我低著頭，張大眼睛，注意附近有沒有任何陌生的信差。

「佩姬，」尼克壓低嗓門：「我不相信他。」

「我看得出來。」

「我忘不了那晚在橋上的事，妳當時推開他，妳想回家。」他拉住我的胳臂，我因而停步。「也許他有他的理由，也許他真的希望妳能幫他推翻他的族人。但他囚禁了妳半年，把妳當成傀儡。他把妳丟進林子，讓妳應付那種怪物。他看著他們在妳身上**打下烙印**——」

「我知道，我記得。」

「真的嗎？」

「是的，尼克。」

「但妳不恨他。」

他這雙淡綠眼眸能看穿我豎起的任何心靈護盾。「我永遠不會忘記那些事，」我說：「但我想要相信他。既然他不是站在他們那邊，就一定站在我們這邊。」

「那他要吃什麼？氣場吃到飽？焗烤夢行者？要不要我幫他準備菜單，先給他來個賣藝人當開胃菜？」

「您真幽默。」

「這一點也不好笑，佩姬。城裡那個怪物讓我這輩子體驗到身為快餐是什麼感受。」

「他不會吃我們，他也完全沒理由向賽昂舉發我們。賽昂只想殺了他，正如他們超想宰了我。」

「妳想怎樣都行，小可愛，但我不會幫妳想辦法去見他。如果出了什麼差錯，我永遠不會原諒自己。」

我沒吭聲。他似乎不願看著我。

他一臉愧疚。艾拉的遭遇並不是他的錯，但我知道他一定會在夜深人靜時想著他當時是否該想辦法結束她的苦難。不管他幫不幫我，只要我在陪伴衛士時受了傷，他一定會自責。

我如此心想時，莉絲・萊莫爾和賽柏・皮爾斯難得在我的腦海中浮現，他們的遇害再次令我心痛。我一直沒機會為這屆骸骨季節的罹難者哀悼。靈視者不舉行葬禮——我們的文化沒有為軀殼悼念的習俗，但舉行葬禮或許會有幫助，能讓我有機會說「抱歉」和「再見」。

我刻意隱藏情緒。尼克已經夠難過，不需要我跟著難過。

我們經過漆成陰鬱色彩的日晷柱，一名身披長版大衣的靈感者從電話亭後方吹聲口哨。

「晢夢者。」

我停步。那人是傑克森的信差之一，我認得他。「什麼事，紅心？」

「有個口信要給妳，」他走來。「一個自稱『九號』的人。她說東西做好了，就在妳說好的地點等妳。」

九號，奈兒的綽號——她在殖民地的編號。看來恐怖小說寫完了。「就這樣？」

「就這樣。」

他對我咧嘴笑，露出一口爛牙。我翻出空空如也的口袋。尼克噘起嘴脣，從皮夾裡遞出幾枚硬幣。「你什麼時候獲得的訊息？」我問。

「短短十分鐘前，但找上我的那名信差說她花了兩天才送出包裹。所有離開第二之四區的信差都被布娃娃成員檢查口袋。」他說：「她花了一些時間才把信封從當地走私出來。」

紅心舉帽致意，把錢收進大衣，退回一條小巷。我和尼克等候片刻，確認那人的夢境遠去後，我們才繼續前進。

「布娃娃要找的人是妳，」尼克低語：「妳什麼時候聽說過信差被搜身？」

「的確沒有，但我們剛從他們的地盤救走一名利菲特人，他們疑神疑鬼也情有可原。」

「的確。妳不能回去。」

一走進巢窩的紅門，傑克森就把我們叫去他的辦公室。他神情嚴肅，坐在安樂椅上，雙手搭成塔狀，身上是他最喜歡的錦緞睡袍。我在尼克身旁坐下，挑眉以對。

「又出去散步，寶貝？」他簡短問道。

「我派她出去幫我找個賣藝人，」尼克說：「他欠我們錢。」

「我不希望我的夢行者未經我許可就離開巢窩，尼加德醫師。以後你得找別人代勞。」他停頓。「你為何穿著那身討人厭的制服？」

「我從工作崗位直接過來。」他清清喉嚨。「傑克森，我認為賽昂開始懷疑我的身分。」

傑克森在椅子上轉身。「我在聽。」

尼克說明原由時，傑克森拿起一支鋼筆，在指間轉動。

「我雖然討厭你在賽昂那裡打月光工，但我們確實需要你那份收入，尼加德醫師，」他做出結論。「你最好下星期回去工作，繼續佯裝無辜。如果你現在離開，只會讓他們更懷疑你。」

我們不可能那麼缺錢。就算發生黑市那起紛爭，第一之四區的生意也依然正常運作。「傑克森，他有危險，」我說：「如果他們逮捕他怎麼辦？」

「他們不會的，小蜜蜂。」

「你光是從賣藝人那裡收租就賺進一大筆，你不可能還——」

「妳也許是我的繼承人，佩姬，但除非我弄錯了，否則現任幫主還是我。」他懶得看我。「那個靈視者女孩只是看了咱們這位神諭者一眼，定不了什麼罪。」

「所以你為了多拿到幾枚銅板而樂意讓神諭者冒險？」我厲聲道。

他抓住椅子扶手。「麻煩讓我跟我的門徒私下談談，尼加德醫師。你去休息吧。」

尼克猶豫片刻——只有片刻——接著起身離去。他從我身旁走過時，輕輕捏我的肩。

角落傳來《我愛的男孩被掛在畫廊裡》這張唱片的失真旋律。桌上放著一只空的玻璃杯。我在扶手椅坐下，交叉兩腿，希望我的神情在他眼裡顯得無辜天真。

「大亂鬥，」傑克森換上極具威脅性的輕柔嗓音：「不到一個月後就要舉行，而我完全看不出妳正在做準備。」

「我在練習。」

「練習**什麼**，佩姬？」

「我的天賦。我最近……試著夢行時不戴呼吸面罩，」這不算謊話。「我現在能撐幾分鐘。」

「這對妳的天賦來說當然有好處，但妳的體能也一樣重要。他們是刻意讓妳營養不良，親愛的，好讓妳無力反擊。」他把一支小瓶放在桌上，裡頭裝滿綠色液體。「更糟的是，妳沒服用我買給妳的月桂精油。」

我把胳臂抽回胸前。我總覺得不能讓他知道我已經用不凋花液撫平了疤痕，他一定會問我從哪弄到。

「你捆住倫敦怪物後，我的傷口就沒再痛過。」我說。

「那不重要。除非我確認妳有好好照顧自己，」傑克森說：「否則我會一直扣留妳的薪水。」

我收起笑意。「你叫我做什麼，我都有照做，」我壓制口氣裡的苦悶。「一切。我有送信，我有去拍賣會──」

「──而且都是敷衍了事！」他從桌上拿起玻璃杯，連同幾份文件。「我建議妳把時間管理得更妥當點。我會叫尼克給妳進行戰鬥訓練。」

杯中的茴香酒灑在地毯上。我的心臟狂跳。傑克森從酒櫃拿出另一只玻璃杯。

「去睡吧，」他斟些茴香酒。「妳需要休息，寶貝。」

我簡短點頭後離去。

他有多久沒離開巢窩？他有多久沒親眼見過他想統治的那些街道？

伊萊莎站在樓梯轉彎處，茫然地看著牆壁，嘴巴張開。她的胳臂從指尖到手肘布滿油性顏料，一頭油膩膩的長髮垂於背部，散發累積多天的汗臭。

「伊萊莎？」

「佩姬，」她含糊道：「妳跑去哪了？」

「在外頭。」看她眼皮半閉，我抓住她的手肘。「嘿，妳上一次睡覺是什麼時候？」

「我不確定。不重要。妳知不知道傑克森下一次什麼時候進帳？」

我皺眉。「他也沒付妳薪水？」

「他說他要看到我拿出成果，我得拿出更多成績。」

「妳的成果已經夠多了。」

我挽著她的胳臂，扶她上樓，她渾身打顫。「我得繼續工作，」她咕噥：「我別無選擇，佩姬，妳不懂。」

「伊萊莎，我要妳休息八小時。在這段時間裡，我要妳吃些東西，洗個澡，再睡個覺，妳能不能做到？」她傻笑一聲。我把浴巾和睡袍塞在她懷裡，把她推進浴室。

丹妮薩跟平時一樣在她的閣樓房間裡工作。我敲敲她的門，沒等她回應就開門進去。

房裡堆滿她親手撿來或從泰晤士河畔的拾荒者手上買來的垃圾。她坐在沙發床上，俯身靠向充當工作桌的沉重橡木桌。

「丹妮，我需要妳幫忙。」

「我不幫任何人忙。」她回一句。她的一眼戴著厚玻璃，把她的眼睛放大到可笑的程度。

「花不了妳多少力氣，別擔心。」

「這不是重點，而且那個座位不是給人坐的。」她在我坐下時補充一句。

「妳在忙什麼？」我打量散落在地板上的發捲紙張，上頭都寫著整齊的斯拉夫字體。「帕尼奇理論？」

她的假說仍需要實證研究。傑克森想把她的作品收錄在他下一本偉大小冊裡。算法很簡單：選定一個靈視者階級，乘以十，減以一百，剩下的數字就是這一階的靈視者的平均壽命。照這樣算，我會在三十歲時嗝屁，這還真令人愉快。但話說回來，小冊裡如果都是令人愉快的內容，那就根本賣不掉。

「不是。」她拿起螺絲扳手。「手持型感測護盾。」

「傑克森為何要妳忙這個？」

「他從不對我說『為什麼』，只告訴我『做什麼』還有『何時做』。」

我搞不懂傑克森要手持型感測護盾幹麼。「如果妳覺得無聊，」我把手伸進口袋，拿出東西。「能不能幫我改良一下攜帶型氧氣面罩？我需要把它改造得更小一點。」

她用布滿老繭的雙手翻轉面罩。「這已經是最小的程度了，它需要夠大的氣室。」

「起碼能讓我把它隱藏起來？」

「傑克森不會為此付錢給我，他要我做的是手持型感測護盾。」

「面罩是為了大亂鬥。況且，妳去年到現在連一條襪子都沒買。」我說。

「說出來可能會讓妳覺得震驚，但我得付錢給那些拾荒者。他們把東西賣得跟金沙一樣貴。」她把面罩丟在桌上。「如果我答應妳，妳會不會立刻出去？」

「那妳也得確保伊萊莎先吃飽再回去工作。」

「行。」

這已經是她願意配合的最大限度。伊萊莎搖搖晃晃地走回房間時，我從她身旁經過，看著她癱倒在床上。繆思接近她時，我把祂們聚成魂眾，粗魯地拋到閣樓另一頭。

「她需要休息，你們暫時去騷擾別人吧。」

彼得悶哼一聲。新來的繆思喬治在角落裡生悶氣，瑞秋和菲爾難過地飄在房門上方。伊萊莎已經呼呼大睡，胳臂垂於床邊，臉半埋於枕頭。我把一條厚毛毯蓋在她身上。

傑克森不希望我休息。如果他真希望麾下的靈視者休息，伊萊莎就不會一星期都沒換衣服、像個機器人一樣走來走去。

我的幫主在辦公室門口看著我。他歪嘴一笑，揮手要我回房間。我故意甩門給他看。

我蜷縮在床上，用刀尖挑開枕頭套的縫線，裡頭的錢只夠讓衛士在旅館再住一晚，之後他得自己想辦法。我翻身側躺，頭擱在胳臂上，聽著機器發出的白噪音。

一、兩個小時後，傑克森的夢境變得黯淡。我躺在床上，直到巢窩變得安靜，街燈給馬路映上藍光，就連丹妮薩也終於累得睡著。恐怖小說正在蘇豪區等我，衛士正在旅館等我。我握著藏在枕頭下的刀柄，已經很久沒覺得這麼孤單。

午夜時分，有人打開我的房門。我坐起身，心臟狂跳，刀子依然在手。

「噓……是我。」尼克在我床邊蹲下。「妳都拿刀子睡覺？」

「你都拿噴子睡覺。」我把小刀放在床頭櫃上。「怎麼了嗎？」

「去吧。」他朝窗戶點頭。「去旅館見衛士。我會留張字條給傑克森，說我們出門特訓。」

「我以為你說——？」

「我是那麼說過，但我受夠了一切都照傑克森說的做，」他低語：「我不喜歡那樣，佩姬，但我們必須查明布娃娃幫有何打算，而且我相信妳知道自己在做什麼。」他看起來還是不太高興。「務必小心，小可愛。如果妳沒辦法小心——」

「——就必須跑得快。」我吻他的臉頰。「我知道，謝謝你。」

尼克一定很不願意讓我走，但他願意支持我，這讓我感覺很好。就算我跟他都認為去見衛士有風險，也總好過完全沒有利菲特族協助我們。

空氣中有股寒意。我爬出巢窩，身穿外套，以領巾遮面，沿蒙默斯街離去。傑克森的辦公室窗戶一片黑暗，他的夢境正在與酒精共舞。我注意到一隊警戒者在沙夫茨伯里大街上巡邏，因此爬上屋頂，走這裡前往蘇豪區。

街上到處都是居民，大多是靈盲，少數幾個靈視者穿梭其中。人們是為了賽昂容許的小小樂趣而來到這裡：賭場、地下劇場、三愛咖啡館和這裡的音樂表演，演奏者是幾名做著靈盲工作的靈聽師。伊萊莎就是在這裡度過年少時光。

我來到廣場，溜進這裡一個很受歡迎的靈視者設施：首相之貓賭場，專為靈視者開設，這裡嚴格規定哪些階級的人才能下注（神諭者、占卜者和占兆者因為所擁有的天賦而沒有資格）。這裡每個月都會舉行一次抽獎，贏家能拿到傑克森提供的一筆錢。整個第一之四區，只有這裡允許其他幫派的成員們不用經過正式許可就可在此逗留，因為他們的光顧給這裡帶來龐大收益。大多數地區都有少數幾棟「中立建築」，地盤糾紛和恩怨在這裡暫時擱置。

最受歡迎的遊戲是「柯尼古芬」和塔羅牌遊戲。我的手指發癢——我喜歡打塔羅牌，只要贏幾場就能讓我荷包滿滿——但我手上的錢根本不夠參賽。

這裡跟平時一樣擠滿來自城塞各地的人。我在汗臭顧客和圓桌之間穿梭，引來幾人的目光和竊竊私語。這個設施是集團八卦的溫床。芭柏絲正在角落主持一場塔羅牌局，我得等候。

也許我能先去其他地方求助。這裡有很多靈視者販賣情報。

情報很危險。

危險但有用。

一名女性占卜者坐在附近的包廂裡，膚色黝黑，年近三十，頭髮由無數小型螺旋組成，以紫色絲布固定。她用厚重眼皮底下的大眼睛看著我，右眼是深棕色，左眼是綠色，瞳孔周圍是一圈黃色，沒有瞳孔。這是我這輩子第二次見過這種眼睛。

「有沒有時間幫我算命？」

她揉揉寬鼻梁。「只要妳有錢。」

我從口袋掏出稀少的零錢，遞給她。「我只有這麼多。」足夠讓她買幾杯梅克酒。

「好吧，」她說：「有總比沒有好。」

她的低沉嗓音夾雜少許口音。我在包廂坐下，交扣雙手。她拉起固定在滑軌上的天鵝絨簾布，擋住外頭賭徒的視線。

「妳是骰占師。」我說。她的指甲塗成白色，混雜黑點，她的眼睛上方也有白斑。她從袖子裡拿出兩顆小骰子，由動物的蹠骨製成，塗上墨水。

「我說明規則，」她用拇指和食指拿起一顆骰子。「其他骰占師的方式跟我不一樣——他們大多做些很複雜的事，把答案寫在紙上——但我的方式非常簡單。妳問我五個問題，我就給妳五個答案。答案也許聽來曖昧不明，但妳得自己想辦法解讀。把手伸出來。」

我照做，她抓住我的手——彷彿被鐵絲刺到般丟下我的手。

「妳很冰冷。」她懷疑地看我一眼。

我一開始沒聽懂她的意思——我的手應該熱得要命才對——我攤開手心，想起原因。「抱歉。」我攤開手指，讓她看上頭的割傷。「騷靈，大概十年前的事。」

她搖搖頭。「感覺像跟屍體握手。把另一手給我。」

疤痕總是比其他部位冰涼一點，但她是第一個對我的接觸產生這種反應的人。她改抓我的右手，把骰子放在另一手的掌心上。

「行了，」她放鬆身子。「問問題吧。」

我沒浪費時間：「誰殺了闇帝？」

「危險的問題。妳該換個方式問。乙太不會像販賣機那樣吐出名字。」

我思索片刻。「是不是刀嘴殺了闇帝？」

骰子在桌上翻滾，兩顆都是兩點。占卜者把空手移向太陽穴。

「天秤，」她的嗓音異常平板，就像莉絲幫我算命時。「一邊裝滿血，將秤桿往下拉。四人站在秤旁──兩人各站一邊。」

「瞭解。這樣有回答我的問題嗎？」

「我認為這模糊不清。在我的經驗中，天秤通常指向真相。照妳這個來看，妳有兩人站在真相那一邊，而另外兩人不是。」她說：「妳應該明白，乙太對疑問做出的答覆，只有求卜者自己知道。」

我做出決定：如果乙太有性格，一定是個沾沾自喜的混蛋。

「那換下一個問題，」我說：「是不是刀嘴殺了闇帝？」

「妳剛剛才問過。」

「我再問一次。」

「妳在考驗我的能力，越空者？」她看起來沒生氣，只是略帶笑意。

「也許吧，」我說：「我在這裡多次見過假靈視，我哪知道妳給我的答覆是不是彩虹話術？」

她再次擲骰，兩顆都是兩點。我第三次提出相同疑問，又得到同樣答案。占卜者喝幾口梅克酒。

「拜託，夠了，我每次都看到同樣的畫面，而且妳只剩兩個問題。」

我有太多事想問，尤其關於衛士，但我必須小心。「假設我想認識一群人，但我不想說他們是誰。」我開口。

「只要妳知道妳說的是誰就行。妳是求卜者，我只是導體。」

我用指尖敲敲桌面。「住在地底的那人……如何……知道傀儡的幕後主人？」

這聽來笨拙，但不能讓陌生人一聽就懂。從她的表情來看，她聽過更莫名其妙的疑問。骰子滾過桌面，在我手邊停定，兩顆都是一點。

「沒有血肉的手，手指指向天空。手腕周圍的紅絲宛如手銬。這隻手從地上抓起白色羽毛。兩根手指斷裂分離，但這隻手繼續抓起羽毛。」

她搖頭，又喝下一大口酒。

「意思是？」我強忍惱怒。

「我完全不明白這隻手象徵什麼。紅絲應該是血，或是死亡，也可能兩者皆非，」她補充道。難怪占卜者很難賺錢。「白色羽毛……或許從一隻鳥身上抓下來，可能象徵一個整體的各個部分，也可能各自都是一個象徵。」她的額頭中央浮現一條青筋。「最後一個問題。我累了。」

我沉默片刻，心想有什麼線索能把我指向正確方向——直到我想起莉絲，想起她曾幫我算命。

「權杖國王是誰？」

她微笑。「妳見過牌占師，是不是？」

我沒吭聲，描述莉絲只會讓我想起失去她的痛苦。占卜者用拇指彈起兩顆骰子，再用同一隻手接住。兩點和五點。

「七，」她把兩顆骰子砸在桌上。「就這樣。」

我挑眉以對。「沒看到幻象？」

「有時候數字就夠了。數字分配的方式也很重要，」她說：「例如，二加五的意義不同於三加四。一般來說，兩個數字的其中之一特別重要。」她的一手不由自主地顫抖，打翻了手裡的白梅克酒，骰子掉到地上。「就這樣吧。我開始打翻飲料的時候，就是該停手的時候。我知道這讓人起疑，但瘋狂舉動之中也有意義。」

「我相信妳。」我確實相信。莉絲的天賦也令人困惑，但我當時感覺到她算得都對，就算我什麼都看不懂。

「別想太多。未來恐怕是無法改變的。」

「未必吧。」我起身。「謝謝妳。」

「如果妳需要再算一次，妳知道上哪找我。」

「不，謝了。但如果誰感興趣，我會介紹他們來找妳。」

占卜者點頭，用手揉揉眉心。我拉開簾布，走出包廂，感覺五臟六腑成了一窩蛇。

芭柏絲回到酒吧，雀斑臉上滿是喜悅，正在為賭客倒著一瓶看起來比她還老的血色梅克酒。有些人說芭柏絲就是君王的化身：她在閒聊方面是自封的女王。她看到我，對我舉起一手。

「暂夢者，」她驚呼：「很久沒見到妳了。妳好嗎？」

「不算太好，芭柏絲。」我在木凳坐下。「聽說妳有包裹要給我。」

「噢，沒錯，我有。」她在吧檯底下翻找。「妳男朋友要妳幫的忙？」

我搖頭微笑。「妳也知道縛靈師不允許那種事。」

「那傢伙跟墓碑上的死魚一樣冰冷。妳知道他已經取消了抽獎吧？」

「從什麼時候？」

「八月。大夥都很不高興，但我猜他之前願意送獎金已經夠大方了。」

有意思。「妳今晚很忙。」

「噢，就是啊。我們正在忙著受理大亂鬥的賭注。多虧老漢克特死了，不然咱們這兒好久沒生意了。」她說：「警戒者以前會來這裡，後來就少了。賽昂把他們嚇得不敢在下班後溜出兵營。」

「為什麼？」

「他們被毆打懲戒。賽昂對逃犯問題越來越不耐煩，指控警戒者窩藏同類。」她抬頭看我。「說到逃犯，大夥這陣子常常提到妳，他們打賭是妳宰了漢克特。」

他們當然這麼想。「那妳怎麼想？」

她嗤之以鼻。「我認識妳兩年了，親愛的，我無法想像妳砍掉任何人的腦袋。不，我認為是刀嘴幹的。我的意思是，如果不是她，那她為何不出面繼承王位？」

「因為她知道她是嫌犯。」

「那丫頭才不會在乎。漢克特沒拉扯她身上的拴繩時，其實她不算太壞。她以前常帶一個女性朋友來這裡打牌。」芭柏絲微笑，遞給我一個厚重的牛皮紙信封。「拿去，親愛的。我以察覺者之名發誓，我可沒偷看。」

「謝謝妳。」她雖然這麼說，我還是親眼確認封口完整，接著塞進外套。「我的錢有點不夠，芭柏絲，我拿到工資時再付妳。」

「不用付錢，妳幫我打個牌吧。那裡有幾個信差很欠教訓。」

我回頭查看。「在哪？」

「中間那桌。他們幾乎每晚都來。」

「他們來自哪個地區？」

「一之二。他們還算文明，但贏得多了些，如果妳明白我的意思。嘿，還記得妳那幫人狠狠教訓了磁牙那次嗎？」她發笑。「啊，那晚真有意思。看到他吐出他押在自己身上的錢……」

我們每個人那晚都瘋了。現在磁牙死了，那場勝利顯得毫無意義。

女院長的一小群手下坐在芭柏絲所指的那張桌子邊，正在打塔羅牌。他們穿著她的心腹最喜歡的打扮：高級的黑色天鵝絨和緞面衣物，蕾絲衣袖，搭配精美的銀質首飾。我認出曾出席喬蒂錫恩拍賣會的紅髮女孩，她坐在桌邊，看著手中呈扇形的牌。

「改天吧。」我剛說完，突然渾身僵硬。其中一名賭客頂著一頭亮藍頭髮，無袖背心上是布娃娃幫的條紋圖案，一邊手腕戴著用小型骨塊串起的手環。他的右上臂是骷髏之手的小型刺青，底色白如象牙，以黑線勾勒，骷髏手指伸向他的肩膀。

沒有血肉的手，手指指向天空。我回頭瞥向算命包廂，那名占卜者已不知去向。

「那是布娃娃幫。」我輕聲道。

芭柏絲抬頭望去。「嗯？噢，還真的是。夜鶯幫總是跟其他地區的幫派和平打牌，他們跟惡女的手下有長期恩怨。」她給我倒了一杯白梅克酒。「但我得說，我沒想到他們願意屈尊跟布娃娃打牌。為了能跟他們比賽，他一定付了很多錢。縛靈師應該還是不介意其他幫派在這兒逗留吧？如果他不高興，我可以把他們趕出去。」

「不，讓他們待著。」我的心跳還是有點急促。「妳知不知道女院長為什麼痛恨他們的幫主？」

「妳可能對此感到意外，但我從沒聽說過原因。」

我確實感到意外。我依然用領巾遮面，不讓布娃娃看到我的臉。「他胳臂上的那個標誌是什麼？」

「所有布娃娃成員身上都有，看起來很難看，是吧？」

我微笑。「我得走了。謝謝妳請的飲料。」

「好吧。」她俯身越過吧檯，給我一個擁抱。「妳多加小心，夢行者，這年頭街上不太平靜。」

我走過大廳，進入另一個包廂，拿出信封裡的手寫稿，撫平紙面。兩份稿子。奈兒做得很好，這麼快就交給我。

書名是《利菲特族之啟示》，文筆極為簡單，顯然是在手電筒照射下匆忙趕工，但是恐怖小說本來就不是文學名作。書中描述賽昂、利菲特族和厄冥族的病態三角關係，以血腥細節描述殖民地，解釋這兩百年來的走私人口，更重要的是說明如何摧毀利菲特族。他們想出的點子是把刀子沾上銀蓮花的花蜜，或用吹箭把銀蓮花粉吹到利菲特人的眼睛上。

說故事的人名為「一號」，是個可憐的牌占師，從街上被擄走、丟進惡夢。書中素描雖然沒畫出她的臉，但她擁有黑色捲髮，就跟莉絲一樣。我翻到最後幾頁，這個莉絲最後逃出殖民地，號召全倫敦保護靈視者。她做到真正的莉絲沒機會做的事。她活在書裡的真實敘述中。我把信封塞進外套，推開簾布。

布娃娃成員已經離開賭場。我經過來自第一之二區的賭徒時，停下腳步，敲敲他們的桌子。他們嚇一跳，抬頭看我。紅髮女孩按熄翠菊菸，站起身。

「晢夢者。」她沙啞道，臉龐用紋路複雜的蕾絲面具遮掩。「找我們有什麼事嗎？」

我交叉雙臂。「縛靈師在開會時跟妳說過，刀嘴有時會來這裡。妳有沒有追查那條線索？」

「噢，有，」一名男子開口，眼睛盯著手上的牌。「很不幸的，我們沒找到任何有用線索。這裡有些人在這兒見過她，但她一直沒再出現。」

「瞭解。」這些懶鬼。「你們為何跟布娃娃幫的人打牌？」

「他對我們提出挑戰，還侮辱了我們的女士，我們叫他別只會嘴上逞強。」一名女性占兆者開口，朝我吐出紫煙。「妳想挑戰我們，晢夢者？」

紅髮女孩把一張牌甩到她身上。「住口，這兒不是咱們的地盤。」她觸碰我的胳臂。「女院長很感激妳和白縛靈師的體諒，我們希望這件事能順利解決。」

「我們都如此希望。」我轉身走離。

芭柏絲跟另一名賭臺管理員待在吧檯後方，因為對方說了什麼而哈哈大笑。我走出前門，門上鈴鐺發出聲音。

我走得比平時更快。衛士的房租必須明早前付清，我現在就得去見他，否則房東會去敲他的門。

我心跳急促地走過蘇豪區，盡量待在最安靜的巷道裡，感覺頸後發麻。晚上這個時候，居住區的路上空無一人，顯得格外陰森，這裡的靈視者都在繁忙的中心地帶，不是賭博就是交換謠言。

我即將抵達旅館時，兩個夢境迅速逼近。我臉上挨了一拳，我被擊倒在地。

第十六章 花朵與血肉

我的頭被袋子套住，雙臂被拉向兩側。我仰起背部，憤怒得尖叫，拚命把右手伸向腰帶的獵刀。

某個硬物擊中我的腦後，把我打得眼冒金星。有人摀住我的嘴，我感覺自己如手推車般被拖過地面，柏油路刮傷我的膝蓋。

「真的很抱歉這樣對待妳，晢夢者——」一個沙啞的嗓音傳來：「但妳恐怕知道太多祕密。」

他們把我拖過一個轉角。我在嘴裡嘗到血味，血液倒灌，嗆得我咳嗽。我驚慌得停止呼吸。除非他們打算當場殺了我，否則一定正在把我拖去車上。我再次試著尖叫——附近一定有傑克森的員工，如果讓他們相信有獎金可拿，他們一定會願意救我——但是我的嘴脣被頭套壓得更緊。街燈的藍光似乎穿過布料。

「接下來，晢夢者，聽清楚我們的要求。」一把鋸齒小刀扎進我的頸側皮肉。「告訴我們，妳把怪物帶去哪了，否則我們會考慮割開妳的咽喉。」

「什麼怪物？」我厲聲道。

「妳從地坑偷走的那隻，眼睛跟燈籠一樣漂亮。我們是不是該激發一下妳的記憶？」

我又挨了一拳，這次打在我的後背上，我撞到牆壁。我的靈魂似乎為之驚醒，攻向最近的夢境。其中一名襲擊者發出哀號，手裡的刀子掉在我腳邊的地上。我盲目摸索，撿起小刀，指向另外兩個夢境，肌肉顫抖。

「你們找不到他。」我說。

「是嗎？」

占兆者和察覺者。我扯掉頭套。察覺者又高又瘦，占兆者體形嬌小，兩人都穿黑衣，臉上戴著獰笑圖案的面具，手持雕刻刀。

「我猜是布骨人想要我的命。」我後退一步。

「妳真的很聰明，居然有辦法找到他的巢窩。」占兆者把裝有消音器的手槍對準我。「妳是聰明反被聰明誤，暫夢者。」

我衝向她，擒抱她的腰，將她撲倒在地，她的手槍掉在我的右膝附近。我把她的左腕壓在地上，讓槍口遠離我的身體時，她用另一手抓向我。

另一名襲擊者持刀衝來。我一腳踹中他的腹部，他痛得彎腰。女子趁機將我翻轉在地，用雙膝壓住我的雙手，再把槍口壓在我的額頭上，她臉上的面具已歪向一邊。

我的眼窩浮現灼熱壓力，我感覺自己被抽離身軀。我跳出軀殼，骨頭和靈魂彼此分離。我對抗這股力量，但這是我無法控制的衝動。現在不是殺人就是等著被殺。我的靈魂劃開她的心靈，將她的靈魂撞出她的肉身。一秒後，她的屍體癱倒在我身上。戴面具的男子尖叫一個名字，接著揪住我的外套，把我從女子底下拖出，重重壓在牆上。我抓住他的手腕，往後一扭，腕骨應聲斷裂，他的指關節幾乎碰觸前臂。

一把小刀向上刺來，瞄準我的腹部。我及時避開，卻仍被刀尖劃傷側身。他再次出手前，我以膝部撞擊他的襠部。他悶哼一聲，灼熱鼻息拂過我的耳邊。我放開他受傷的手腕，奪走小刀，再狠咬他的胳臂，從牙根感覺到咬合的壓力。他發出刺耳尖叫，但依然緊緊抓住我，直到我的牙齒咬穿皮膚，嘴裡嘗到血味。

我熟悉自己的狀況，沒再擲出靈魂。我頭痛欲裂，視線模糊。他一鬆開左手，我立刻重重踹向他的腿，再一拳攻向他的太陽穴。他受傷的腿終於被體重壓得彎曲。我從他手中抽回肩膀，重獲自由。

男子手裡的小刀如舞者般轉動。我撿起斷氣女子丟下的左輪手槍，壓低身子，維持兩腳靈活。男子揮刀刺來，差點刺中我的臉頰。他剛剛被我擊中身軀，原本已受面具限制的視線應該更受影響。他轉向錯誤方向時，我用槍托重擊他的耳後，再狠踹他的後背，連我自己的膝部都覺得痛。他撲向一旁的箱子，癱倒在地。

我氣喘吁吁，靠向身後的磚牆，感覺天旋地轉。我擦擦雙手，蹲下身子，拉開他們的面具。

女子兩眼茫然。他倆身上都有骨環和條紋，標準的布娃娃打扮。我把手伸進她的外套口袋，摸到冰涼又光滑的布料。我把緋紅絲布攤在掌上。

一條紅手帕，沾染已經發黑的血漬。

我握住手帕，出自本能地知道這條絲布上是漢克特的血。看來這兩人原本打算把手帕塞在我手裡，用我的屍體證明我就是凶手。

男子微微呻吟。他除了太陽穴旁邊有一道小疤，下顎有一片鬍碴，沒有其他特徵。我把手帕塞進口袋，用力一拍他的臉頰。

「你叫什麼名字？」

「我不說。」他睜不開眼。「別殺我，夢行者。」

「所以你願意為你老大殺人，卻不願意為他死，我認為這就是真正的懦夫。你最好轉告他，下次多派兩個打手來。」我舉起手帕。「你原本想拿這東西做什麼？栽贓在我身上？」

「大亂鬥結束後，妳就知道了。」他發笑。「一王倒下，另一王崛起。」

「你瘋了。」我反感地把他推回地上。「你很幸運，我沒因為你擅闖白縛靈師的地盤而殺了你。」

「妳殺了我算了。就算妳不動手，布骨人也會動手，」他說：「可是妳沒有實權，門徒，妳向來只是別人的傀儡。」

今晚我已經殺了一個人，良心已感到不安。重要的是恐怖小說還在我的外套裡，安然無損。我取下腰帶，把男子的雙手綁在鍛鐵柵門上。我用最後一點力氣把男子的靈魂撞進暮光地帶，讓他在夢魘中與女子的空殼獨處。

我抵達旅館時已近凌晨十二點半。我走上吱嘎作響的樓梯，打開門鎖。房裡只燃著一支蠟燭，連同電視的閃光。衛士站在沾染雨珠的骯髒窗前，看著外頭的城塞。看到我腫脹的嘴唇和染血的頭部，他的兩眼竄出光芒。

「發生什麼事？」

「他派人暗殺我。」我鎖好門，掛上門鏈。「布骨人。」

我的心跳依然急促，視線依然模糊。我從他身邊蹣跚走過，進入浴室，從櫃子拿出貧瘠的醫療物品。

我掀開長褲，包紮受傷的膝蓋時，不禁好奇衛士在想什麼。我一定正在浪費寶貴時間，賽昂帝國準備開戰，我卻在巷子裡撿垃圾。開門時，才意識到我的雙手正在發抖。

衛士沒問我狀況如何，因為答案一目了然。他拉起窗簾，給我倒了一杯白蘭地。

我癱在他身旁的沙發上，保持距離，用雙手拿著酒杯。

「我猜妳收拾了殺手。」他說。

「他們在找你。」

他把手上的酒杯湊到脣前啜飲。「放心吧，我沒打算再讓他們成功偷襲。」

他用左手抓著沙發扶手，右手放在大腿上，掌心向上。雙手大而粗糙，指關節布滿傷疤，右拇指底端有個凹痕。

在殖民地時，他常常用某種眼神看我，彷彿我是他無法解開的謎團。此刻，他的目光放在電視上，上頭正在播放賽昂最受歡迎的喜劇，內容是幾個平凡的靈盲者英勇擊敗反常者。我挑起一眉。

「你居然在看情境喜劇？」

「是的。我覺得賽昂的洗腦方式頗有意思。」他轉到新聞臺，正在重播先前報過的新聞。「賽昂剛剛宣布他們成立了精英警戒部門，稱作『懲罰者』，專門追捕異常逃犯，將他們繩之以法。」

「異常？」

「這個新名詞是指犯下最嚴重叛國罪之人，我猜這是奈希拉的提議，讓妳在倫敦的日子更難過。」

「她還真有創意。」我緩緩吸氣。「他們是誰？」

「紅衣人。」

我瞪他。「什麼？」

「阿薩菲跟我們說了，既然現在無須保護殖民地，紅衣人都被送來城塞工作。妳的朋友卡爾想必就是其中之一。」

「他不是我的朋友，他是奈希拉的馬屁精。」我光是想到卡爾・丹普西・布朗就覺得火大。我放下酒杯。「我只能幫你付清今晚的房錢，傑克森扣留了我的工資。」

「我不期望妳幫我付清住宿費，佩姬。」

我關掉新聞，啜飲白蘭地，房裡更為黑暗。他的視線幾乎在牆上燒出一個洞，彷彿只要看我一眼，屋頂就會崩塌。我挪動身子，把頭髮撥到耳後。我的上衣蓋過半邊大腿，我猜他以前見過我更裸露的模樣——他曾幫我從腰間取出尼克的子彈。

衛士先開口：「我猜妳的幫主允許妳在這裡多待一晚。」

「你以為我什麼事都要向他報備？」

「妳需要這麼做嗎？」

「其實不用。他不知道我在哪。」

我倆都是逃犯，都脫離了盟友，都得罪了賽昂。我們比以前有更多共同點，但眼前這個衛士和我在幾小時前見到的不是同一個。我離開的幾小時中，他有所改變，但我救他出來可不是為了讓他成為另一種怪物。我的門前已經有太多禽獸。

「妳有很多疑問。」衛士說。

「我先從詢問你真相開始。」

「很龐大的請求。關於什麼事的真相？」

「你，」我說：「利菲特族。」

「眼光不同，真相看起來也不一樣，歷史本來就由騙子撰寫。我可以對妳描述冥界的諸多大城，還有利菲特族的生活方式——但我猜那些真相可以改天再說。」

我擠出笑容，純粹為了化解緊張氣氛。「好吧，這下你讓我更好奇了。」

「我無法描述冥界之美，任何言語都做不到。」他的虹膜發出光芒，我知道他有這種習性。「如果我現在有迷幻鼠尾草，就能展示給妳看。但現在——」他把空酒杯放在桌上。「我來說說利菲特族和人類之間的歷史。妳想瞭解不凋之眾，想明白我們為何而戰，就得先知道這段歷史。」

雖然頭痛得要命，但我本來就很想聽這個故事。我把雙腿蹺到沙發上。「洗耳恭聽。」

「首先，」他說：「妳得知道，經過數百年的歲月，冥界的口述歷史已被扭曲不少。我只能把我的所見所聞說給妳聽。」

「瞭解。」

衛士靠向沙發椅背，終於把視線放在我身上。他的姿態放鬆，很像人類。我有點想撇開臉，但還是回視他。

「利菲特族是不受時間限制的種族，」他開口：「自古以來，我們就一直在冥界生活，冥界的真正名稱是冥府，也就是殖民地的名稱由來。我們只靠乙太維生，因為冥界寸草不生，沒有果物，沒有血肉，只有乙太和不凋花，還有我們這種薩克斯生物。」

「薩克斯生物？」

「薩克斯是指我們的永生血肉，」他伸展手指。「永不老化，基本上也無法被靈盲武器傷害。」

他說故事時，口吻緩慢柔和。我又啜飲一口白蘭地，側躺在坐墊上。衛士瞥我一眼，繼續說下去。

利菲特族自古以來就存在於冥界。他們不像人類那樣誕生而來，也不是進化而來（起碼就他們所知）；按照衛士的描述，利菲特族就那樣憑空出現，已發展完全。冥界本身就是永恆生命的搖籃、孕育他們的子宮。利菲特族沒有小孩。隨著時日經過，更多利菲特人逐一出現，但相隔的時間很長。

這些永生者曾把自己視為生與死之間的調停者，存在於地球和乙太之間。人類在人界首次出現時，利菲特族決定嚴密監視，確保人類不會對諸世之間的微妙平衡造成傷害。一開始，這種監視的方式是派出靈魂嚮導和引路魂，引導人類的亡魂進入冥界。

但隨著歲月流逝——他告訴我利菲特族還是很難理解「時間」這個概念，這種力量對冥界及其居民沒有影響力——人類變得愈加分散，對彼此充滿仇恨，以難以想像的方式自相殘殺。許多人類在死後逗留人間，拒絕進入死亡的下一個階段。最後，靈界門檻擁擠到危險程度。

當時，利菲特族的領袖是莫薩拉斯家族。星界領主艾達寧．莫薩拉斯做出決定，利菲特族應該進入物質世界，安撫靈界騷動，並鼓勵魂魄進入冥界、平靜地接受死亡。

「所以這就是冥界的功用，」我說：「引導魂魄進入死亡之路，避免祂們在人間逗留。」

「是的。我們的職責就是讓祂們為前往臨終之光的旅途做好準備，讓祂們進入第二個死亡，也是真正的死亡。我們的用意非常純正。」

「這個嘛，你也聽說過人們都說『用意純正』其實就是『居心叵測』。」

「我聽說過。」

他繼續說故事時，我沉默不語。他偶爾說到一半時停頓，稍微瞇眼，嘴角下垂，等選好詞彙後再繼續說下去，但臉上還是有點不滿，彷彿英語這個語言令他不甚滿意。

一個驕傲並備受推崇的學術家族——薩加斯，其職責就是研究靈界門檻——做出決定：如果穿越諸界之間的「帷幕」，這個舉動就是無法想像的褻瀆。他們認為利菲特族不該跟人類互動，永生者的血肉將在地球上敗亡。但隨著靈界門檻越來越擁擠，莫薩拉斯家族拒絕了薩加斯家族的諫言，決定派出一名家族成員成為最早期的「看守者」。

第一任看守者，勇敢的阿札·莫薩拉斯，成功穿過帷幕，在能力範圍內與許多魂魄交談。她安然返回冥界，靈界門檻的擁擠情況也獲得舒緩。薩加斯家族的判斷似乎有誤，穿越帷幕並不會造成傷害。

「那一定讓他們很不爽。」我說。

「非常。」他確認。「只要靈界門檻過於擁擠，看守者就會穿過帷幕，身披盔甲，以免身體遭到腐壞。我們莫薩提姆一族曾負責保護莫薩拉斯家族，我們想護送他們穿過帷幕，但很快發現只有他們得以穿越。」

「為什麼？」

「至今仍是謎團。莫薩拉斯為了保護自己，制定了嚴格律法：他們絕不在人類面前現身，必須隨時保持距離。」

「但有人沒照做。」我猜測。

「正確。我們不知道詳細經過，但薩加斯告訴我們，一名莫薩拉斯未經許可就穿越帷幕。」他的眼神變得黯淡。「在那之後，一切分崩離析。就在那時，靈視能力進入了人界，厄冥族也開始出現，諸界之間的帷幕也變得越來越薄，足以讓我們所有人穿越其中。」

我感到遲疑。「所以，靈視能力不是一開始就存在於人間。」

「正確。利菲特族將那起事故稱作『帷幕弱化』，自此人類才開始與魂魄互動。妳這種能力的人從古代就有，但歷史沒靈盲那麼悠久。」

我一直以為我們的歷史比人類更長，但我知道這只是我的幻想。靈盲才是最原始又自然的人類。我深呼吸，放下這個雜念。

冥界遭戰火蹂躪，利菲特族發生內鬥，而所有利菲特族都與厄冥族為敵。那些怪物如瘟疫般爬出陰影、腐化冥界。利菲特族曾如人類呼吸空氣般吐納乙太，但從此再也無法生存於乙太，數以千計的利菲特人挨餓死去，正如薩加斯家族所預料。最後，薩加斯家族的衛士——普羅賽安，自封為「嫡系族長」，並向莫薩拉斯家族及其支持者宣戰，責怪他們讓死亡進入國土。依然效忠於莫薩拉斯的族人自稱不凋之眾，名稱源自不凋花——唯一生長於冥界的花朵。

「我猜你當時就站在不凋之眾這一邊。」我說。

「是的，我現在也是。」

「可是？」

「妳也知道發生什麼事。薩加斯家族獲勝，莫薩拉斯家族被推翻、滅亡，冥界也無法再維持我們的生活。」

利菲特人的臉龐從不流露悲痛，但我有時候好像在衛士臉上見過這種情緒。他有些小小跡象表現出懊悔，例如眼睛變暗，或是微微歪頭。

我衝動地把手伸向他的手。他注意到我的動作，把手握成拳頭，移到左側。我們的視線只動搖了半秒。感覺頸後發熱，我拿起酒杯，彷彿我本來就打算這麼做。我斜靠在沙發另一側的扶手上。

「說下去。」我催促。

衛士看著我。我一手撐著額頭，盡量無視臉上的高溫。

「為了自保，」他說：「不凋之眾宣布效忠於薩加斯家族。但普羅賽安當時已無力擔任領袖，薩加斯的兩名新成員因而取代他，其中一人就是奈希拉，她宣布將選定其中一名叛徒為配偶，好讓他們知道就連他們的領袖也能屈服於新秩序。很倒楣的，她選了我。」

衛士起身，把雙手撐在骯髒的窗臺上。雨水流過玻璃窗。

我真不該試著安撫他。他是利菲特族，會館那個吻顯然是錯誤。

「奈希拉當時——現在也是——利菲特族中野心最大之人。」他提起她時，目光熾熱。「既然我們已無法再與乙太聯繫，她說我們必須試試在帷幕另一側的生活會不會比較好過。等靈界門檻達到最高點後，一支大型隊伍在一八五九年穿越了帷幕。之後，我們發現我們能把某些人類與乙太之間的連結當成食物，藉此維生。」

我搖頭。「巴麥尊的政府乖乖答應你們？」

「我們原本待在陰影裡也能生存，但是奈希拉認為我們應成為頂尖掠食者，而非寄生蟲。我們在巴麥尊大臣面前現身，告訴他厄冥族是惡魔，而我們是天使。他幾乎毫無質疑地把政府的控制權交給奈希拉。」

一雙翅膀擠開教堂裡的天使，逼祂們讓路給新來的諸神。我想起奈希拉宅邸裡的雕像。戈魅札說得沒錯：是我們乖乖讓他們掌控一切。

「維多利亞女王獲准在表面上繼續掌權，但她對英國的控制權就跟乞丐一樣少。阿爾伯特王子之死也讓她提早離世。他加冕的那一天，他們的兒子愛德華七世被栽贓成謀殺犯，並被指控將反常能力帶來這個世界上。對靈視能力的迫害──還有我們的控制權──就此展開。」他舉起酒杯。「之後的事，都成了歷史。在我們這個故事中，或許不是歷史，而成了現代。」

我們沉默一段時間。衛士喝完酒，沒放下酒杯。想到他的世界從頭到尾都跟這個世界平行存在，只是看不見也摸不著，感覺還真怪。

「好吧，」我開口：「接下來告訴我，不凋之眾想要什麼。告訴我，你跟薩加斯家族哪裡不一樣。」

「最重要的是，我們不想統治人界，而薩加斯家族的首要目的就是統治人界。」

「但是你們已經無法在冥界生存。」

「不凋之眾相信冥界能被重建，但我們不希望冥界再像以前那樣與人類世界隔離。如果靈界門檻能降低到穩定程度，我們希望能在人界有個代表團，」他說：「避免帷幕徹底崩潰。」

我坐得更直。「崩潰會怎樣？」

「目前尚未發生，」他說：「但我和許多利菲特人都認為，一旦發生將是場大浩劫。薩加斯家族想促成帷幕崩潰，不凋之眾想阻止。」

我看著他的臉，想找到一絲情緒和線索。「你同意奈希拉的做法嗎？」我問：「你剛來這裡的時候，也同意人類應該被統治？」

「是也不是。我相信人類很魯莽，遲早會因為成天自相殘殺而導致自我毀滅，乙太也將一併遭殃。我當時以為——或許太過天真——人類或許能從我們的領導中獲益。」

我的笑聲有點酸。「當然。無腦飛蛾，被你們的智慧之火吸引。」

「我的想法跟戈魅札・薩加斯不一樣，」他的兩眼冰冷，不過他平時就是這副模樣。「也跟他那些親戚不同。殖民地那惡劣與悲慘的環境並不讓我開心。」

「是啊，你只是願意配合。」我轉過頭。「聽起來，有些不凋之眾應該乾脆加入薩加斯。我很難相信他們想照顧我們這些無力自保的可憐人類。」

「妳懷疑這個動機，確實懷疑得有理。大多數的利菲特人都無法忍受以退化的形式在這裡生活，許多人因為薩加斯逼他們留下而有所埋怨。」他又坐回我身旁的位子上。「對薩克斯生物來說，地球有時候實在……令人不悅。」

「什麼意思？」

「這裡的一切都奄奄一息，就連你們的燃料也是由腐化物組成。人類把死亡當成維持生命的方式，這對大多數的利菲特人來說都是令人反感的想法，他們認為這就是為什麼人類嗜血又暴力。大多數的不凋之眾如果可以選擇，都想離開這裡。可是冥界也已分崩離析，如厄冥族那樣腐敗，我們只能留在這裡。」

我又打個冷顫。我從水果碗裡拿起一顆熟透的梨子。「所以看在你眼裡，」我說：「這東西已經爛了。」

「我們能在腐爛出現前就看到。」

我把梨子丟回碗裡。「難怪你戴手套，因為你不想被傳染『凡人病』。那你幹麼跟我合作？」**幹麼吻我**，我心想，但就是沒膽說出口。

「我不相信薩加斯那些謊言，」他說：「只要妳還沒斷氣，佩姬，妳就是真正地活著，別聽信他們那些胡言亂語。」衛士沒把視線從我臉上移開。他就在我面前，在嚴肅五官後方。「不同於薩加斯，不凋之眾相信人類是在無意間偷走了我們的生命線——但他們不把人類視為平等。他們大多把自己的苦難怪在人類的暴力和虛榮上。」

「但你幫過我。」

「別把我幻想成道德模範，佩姬，這種想法很危險。」

我不禁發火。「相信我，」我說：「我對你沒有任何幻想。你偷窺了我的私人回憶，奪走了我沒對任何人說過的祕密。你還囚禁了我半年，好讓我為你開戰。現在你表現得像個冷漠的混蛋，就算我從牢裡救出你這個可憐蟲。」

「我確實是個冷漠的混蛋。」他點頭。「妳知道這點，還願意維持我們的盟友關係嗎？」

起碼他沒編藉口。「你想解釋為什麼嗎？」

「我是利菲特人。」

彷彿我忘了這件事。「沒錯，你是利菲特人，」我同意。「你也是不凋之眾，但你說起不凋之眾的口氣，好像你跟他們不是同一夥。所以你到底想怎樣，奧古雷斯・莫薩提姆？」

「我有很多目的，很多慾望，」他說：「我想讓人類和利菲特族達成協議，我想重建冥界。但更重要的是，我想終結奈希拉・薩加斯。」

「那你的動作還真是慢吞吞。」

「我得向妳坦承，佩姬，我們不知道如何推翻薩加斯。跟我們相比，他們的力量來源似乎比我們更深，」我想也是，否則他們應該老早推翻薩加斯。「我們原本的計畫是消滅兩名嫡系族長，擊退他們的支持者，但我們的力量還不夠。既然無法推翻他們的首領，我們就必須侵入他們最大的力量來源：賽昂。」

「那你要我幫什麼忙？」

他靠向椅背。「我們無法靠自己推翻賽昂。妳應該也注意到，我們族沒多少情緒，」他說：「無法在妳的同胞心中激發反抗之意。但人類做得到，熟悉集團與利菲特族的某人，擁有強大天賦並喜歡革命滋味的某人。」看我不發一語，他放輕嗓音。「我不是隨便對妳提出這種請求。」

「但我是唯一人選。」

「妳不是唯一人選。但我如果能在地球上選擇任何人，我還是會選妳，佩姬・馬亨尼。」

「你之前也選我當你的囚犯。」我冷冷道。

「沒錯，以免妳被蘇班或克雷茲・薩加斯那種殘暴人物監管。我選了妳，我也知道這不足以讓我害妳遭到的不公平待遇合理化，」他說：「我知道無論我如何辯解，妳還是無法原諒我在有機會釋放妳的時候沒讓妳走。」

「我也許還是會原諒你，只要你不再命令我，」我說：「我不能遺忘過去的事。」

「身為織夢者，我對回憶有無限敬意，我不期待妳遺忘過去。」

我把頭髮撥到耳後，把泛著雞皮疙瘩的雙臂抱在胸前。「假設我真的成為你的助力，」我說：「除了你的鄙視之外，我還能獲得什麼好處？」

「我對妳沒有鄙視，佩姬。」

「那我還真看不出來。而且，贏得尊敬是一回事，我就算贏得全天下的敬意，還是沒錢買武器、法器或食物。」

「如果妳需要錢，」他說：「妳就更該與不凋之眾結盟。」

我抬頭看他。「你有多少錢？」

「夠多。」他的眼睛發光。「妳以為我們沒錢就想對付薩加斯？」

我的心跳開始加速。「你把錢藏在哪？」

「西敏市執政廳裡有個內應，替不凋之眾工作，把錢存在一個私人銀行帳號。那人是阿薩菲的相識，不願對阿薩菲以外的人公布身分。如果妳能說服蒂拉貝爾相信妳有能力管錢，而且保證會支持她，她就會幫助妳。」

我往後靠，震驚不已。我也許再也不用靠蒐集硬幣過活。

「如果我成為闇后，」我說：「我們或許能集結全倫敦的靈視者。但我得對付這座城裡所有野心勃勃的幫主。」

「我猜他們都跟傑克森・霍爾一樣。」

「那隻嗜血孔雀？幾乎如出一轍。」

「那妳非贏不可。他們不知道他們把自己的屍體當成盛宴，佩姬。如果集團管理妥當，我相信會給大法官和薩加斯造成威脅。但如果集團落在傑克森・霍爾手上，我只能想像流血和狂歡──最後是自我毀滅。」

我想起莉絲最後那張牌。我永遠不知道她在那小團篝火裡看到什麼景象，究竟指向勝利還是敗北。

「我不該讓不凋之眾多等。」他站起。「妳還有蠟燭嗎？」

「在抽屜裡。」

他默默擺設降靈會所用的桌子，接著進行儀式，跪在燭光前，用母語呢喃。靈語沒有特定音節，只是一串流水般的聲響。

兩縷引路魂穿牆而來。我靜止不動。引路魂是很神祕的魂魄，很少在墳場之外出現。衛士的咽喉發出柔和聲響。引路魂穿過燭火，再次離去，在窗戶和鏡子上留下薄霜。

「蒂拉貝爾將在黎明時與我會面。」衛士吹熄蠟燭。「我必須獨自前往。」

「你的降靈會就這樣？」

「是的。引路魂原本的職責是引導魂魄進入冥界，但這項工作如今已不存在，祂們就在這裡盡量協助我們。妳應該也注意到，祂們很少跟人類互動。」

傑克森絕對有注意到這點；他多年來都想跟引路魂打交道，以便完成下一本小冊。

他還沒離開。我們互望一分鐘，沒說話。我想起我的嘴脣曾貼在他的心口上。他曾用布滿繭的雙手撫摸我的身體，緊緊擁抱我，讓那個吻變得深沉又貪婪。現在看著他，我不禁懷疑當時那一幕是不是都出自我的想像。

房裡關了燈，我只聽見自己的輕柔心跳。他如石頭般寂靜。我以為他要走去床邊，但他待在原處。我翻身側躺，頭擱在坐墊上。我想在傑克森的控制範圍外睡覺，就算只是幾小時。

「衛士。」

「嗯？」

「不凋花為何盛開？」

「如果我知道答案，」他只回一句：「我會告訴妳。」

第十七章 賭徒

我回到巢窩，把紅手帕藏在我的枕頭裡。我不能把這種罪證帶在身上，但出於某種原因，我也不願丟掉它。

既然利菲特族已經回到城塞，現在該進行下一步，我該讓人們知道對手是誰。

翌日，我回到葛拉布街。這是我跟亞弗烈德逃跑後第一次回去。

靈魂俱樂部於一九〇八年成立，原本是倫敦唯一的靈視者出版社，但這棟建築實在破舊不堪。它的宗旨是成為靈視者的創意基地，也是「非暴力」靈罪活動的核心地帶。這棟建築外形狹長，擠在一間詩人酒館和一間印刷廠之間，造型模仿都鐸風格的半原木構造和勾狀屋簷，裝有一扇沉重的綠門和骯髒的弓形凸窗。

我再次查看乙太，確認無人跟蹤，接著按下門鈴，聽見建築內部傳來鈴聲。我多按兩下，再敲敲門，一名女子的嗓音從我右手邊的喇叭傳來。

「請回吧，我們現有的詩集足夠塞滿倫敦每個家庭。」

「敏提，是我，晢夢者。」

「噢，居然是妳。書蟲已經夠讓我頭疼了，我不想再應付逃犯。妳該不會想要什麼花樣吧，就為了幫白縛靈師弄到更多我的《哀歌集》？」

「他不知道我在這兒，我在找亞弗烈德，」我說：「靈探。」

「嗯，我知道他是誰。咱們這裡只藏了一個亞弗烈德，我向妳保證。他有邀請妳來嗎？」

「沒有。」我搖晃門把。「外頭冷得要死，敏提。妳能不能先讓我進去？」

「先在玄關等著，把鞋底擦乾淨，啥都別碰。」

門板開啟。我在地墊上擦擦鞋底，在走廊裡等候。

內部裝潢十分古雅，花紋壁紙、燭臺，還有一張小型花梨木桌擺在深紅色的地毯上。靈魂俱樂部的標誌——一個圓圈裡有兩支鋼筆，形成時針和分針——刻在壁爐架上的一面盾牌上。這面標誌印在全城每一本非法小冊和小書的右上角。

「亞弗烈德！」上方某處傳來呼喊聲。「亞弗烈德，快去玄關！」

「知道了，知道了，敏提，稍等一下……」

「快點，亞弗烈德。」

我坐在桌緣等候，緊抓身上的郵差包。

「啊，晢夢者回來葛拉布街了！」亞弗烈德踏著沉重步伐下樓，露齒而笑。看到我的臉時，他的神情變得嚴肅。「噢，天啊，妳怎麼了？」

襲擊者的拳頭在我的右眼底下留下黑圈。「只是特訓，為了大亂鬥。」

他搖搖頭，瞇眼查看我的瘀痕。「妳真該小心點，親愛的。總之，什麼風把妳吹來？」

「我想跟你談幾分鐘。」

「沒問題。」他伸出手，我回握，我倆走上樓梯，我注意到樓梯的地毯是用金桿固定，桿上刻有花紋。「我得說，妳把頭髮弄成這樣，看起來簡直就像傑克森的女兒。妳真聰明，染成這種顏色。」

另一名女子飛快下樓，戴著眼鏡，頭髮散亂，似乎還穿著睡衣。我不認得她，但我非常肯定她不是敏提‧沃弗森。「妳究竟是誰？」她質問，彷彿我居然有膽出現在地球上。

「哎，這位可是白縛靈師的尊貴門徒啊。」亞弗烈德把兩手按在我的雙肩上。「她現在是倫敦的頭號通緝犯，也因此成了我們的貴賓。」

「就我所知，她是該死的問題人物。我希望妳搞清楚這裡是什麼地方，小姐。靈魂俱樂部可是全世界最優秀的靈視者出版社。」

「它是唯一一間靈視者出版社，不是嗎？」我說。

「也因此是最優秀的。我們可是建立在『諷筆俱樂部』留下的根基上。」

「一點也沒錯，那些諷筆人各個都是偉大的諷刺作家，熱衷於幹蠢事。」亞弗烈德引導我走過一扇門。「請送些茶過來，艾瑟兒，我這個可憐的客人渴了。」

我好像看到她氣得裙襬震顫。「我不是服務生，亞弗烈德，我沒時間幫都柏林婊子倒茶送水，我有工作要做——**工作**，亞弗烈德。工作的定義是為了生產或達成某個目的而努力不懈、孜孜不倦——」

她還沒說完，滿身大汗的亞弗烈德已經把門關上。

「我誠摯地為我同事的行為道歉。見識過這個瘋女人，會覺得北方根本天下太平。」

我在他對面的椅子坐下。「你要去北方？」

「是的，幾星期後出發。我聽說曼徹斯特有個天賦異稟的媒書靈感師。」他把一輛餐車推向我，上頭放著餅乾。「我得說，我很慶幸妳在咱們上次見面後安然返回七晷區。那次很驚險吧？我平時賄賂他們都很順利。」

「我是賽昂的頭號通緝犯，光憑一件法器賄賂不了他們。」我朝一張黑白照片點頭，它鑲在精美的黃銅框裡，架在辦公桌後方的高腳櫃上。「那是誰？」

亞弗烈德回頭查看。「啊，那是我的已故妻子，名叫芙洛伊，我的短命初戀。」他撫摸相框。照片上的女子年約三十，一頭濃密直髮披肩，盯著鏡頭、嘴脣微張，彷彿在拍照的瞬間正在說話。「她是個好女人，雖然有點冷漠，但心地善良且才華洋溢。」

「她是靈視者？」

「其實是靈盲，我知道這種組合很怪。很不幸的，她紅顏薄命。我還在乙太之中尋找她，想問她發生什麼事，但她似乎充耳不聞。」

「我很遺憾。」

「噢，親愛的，這沒什麼好遺憾的。」我這才注意到他的手上有一枚樸素的厚重金戒。「那麼，我能如何幫妳？」

我打開背包。「我無意冒犯，」我苦笑道：「但我有件事想找你商量。」

「我得承認，我很好奇。」

「你說過你在找有爭議性的題材。我認識一些人合力寫出一本恐怖小說，不知道你願不願意看看。」

他咧嘴笑。「妳剛剛說『爭議性』的時候就已經讓我上鉤了，親愛的。我看看。」

我把紙張攤在桌上。亞弗烈德帶著困惑的微笑，拿起夾鼻眼鏡，盯著書名。

《利菲特族之啟示》

身為傀儡的真實紀錄

賽昂背後的主人，以及他們對靈視者的獵捕

「老天。」他輕笑道：「難怪妳說『爭議性』。這些想像者是誰？」

「一共有三人，但他們想保持匿名。他們用數字自稱。」我指向紙頁的底端。「這都是故事的一部分。」

「真抽象。」

我讓他閱讀一會兒。他偶爾發出「啊，原來如此」、「很好」和「獨特」之類的評語。我感覺寒意爬過脊椎。如果傑克森發現我這麼做，一定會把我踢出七晷區，任我自生自滅。但話說回來，他現在就看我不順眼。

「總之，佩姬，這部作品雖然需要再雕琢一番，但構想實在驚人。」亞弗烈德把食指壓在第一頁上。「這種公然探討賽昂腐敗的文學作品確實罕見，它挑戰賽昂的權威，暗指他們因意志薄弱而被外界力量掌控。」

「一點也沒錯。」我說。

「傑克森如果發現我跟這部作品有關，一定會大發雷霆，但我向來好賭。」他搓搓雙手。「不是所有作家都由我培育出來。」

「但有個條件，」我說：「這些作者要求這部作品下星期就出版。」

「下星期？天啊，為什麼？」

「他們有他們的理由。」我說。

「無庸置疑，但除了我之外，他們也得說服那些愛吹毛求疵的葛拉布街書商，而那些店家得付一筆錢給『銅板郵站』，那是非常重要的、由三十名信使組成的活動式書店，」亞弗烈德解釋：「葛拉布街這些年來就是透過這種辦法避免激怒賽昂。在同一個地方販賣禁書，太過危險。」

敲門聲傳來，一名正在發抖的瘦弱男子端著托盤進來，他的氣場清楚表達他是媒書靈感師。

「茶送來了，亞弗烈德。」男子開口。

「謝謝你，史夸爾。」

史夸爾放下托盤，蹣跚離去，一路上自言自語。看到我的表情，亞弗烈德搖頭。

「別擔心。那可憐的傢伙只是被多產的小說家史居里女勳爵附身了。」他對著茶杯發笑。「他這個月天天都在寫東西。」

「我們的靈感者有時候連續幾天都在作畫，從不休息。」我說。

「噢，是啊，受難繆思，很可愛的女孩。在這一行，靈感者真的很倒楣，不是嗎？說到這點，我必須問——妳那些朋友是不是媒書靈感師？擅長寫作的靈感者？」

「我不確定。」我攪拌茶水。「這會影響俱樂部的決定嗎？」

「我不能騙妳，親愛的，確實有影響。他們認為除非一個故事是由某人透過乙太寫下，否則就不值得出版。在這方面只有傑克森例外。我個人認為那是無聊的精英思想，但我的意見只有一定程度的影響力。」

「你認為他們需要證據？」

「噢，我相信他們在這方面不會要求太多。」他轉轉菸斗。「我希望敏提能看出這部作品的潛力，但這種文章很可能會讓賽昂找我們麻煩。」

「可是俱樂部有隱瞞《反常能力的價值》的作者身分。」

「也只是暫時，賽昂現在清楚知道答案。警戒者遲早會讓他們知道真相。」他低頭看著紙頁，撫摸尖下巴。「內文足夠編排成一本輕小說，雖然這會更難賣。一般來說，廉價恐怖故事應該是薄薄一本，在販賣地點一口氣看完。我能不能讓敏提詳細閱讀原稿？」

「當然。」

「謝謝妳。她幾小時內就會做出決定，我再打電話給妳。我該如何聯絡妳？」

「打去第一之四區的電話亭。」

「很好。」他用溼潤的眼睛看著我。「告訴我，佩姬——說實話，作品裡有沒有任何事實？」

「沒有，全是虛構，亞弗烈德。」

他打量我一會兒。

「好吧，我會再跟妳聯絡。」亞弗烈德沒站起，直接用溫暖的雙手握住我的手，搖晃幾下。「謝謝妳，佩姬。希望很快再見到妳。」

「我會讓那些作者知道你願意替他們擔保。」

「好的，親愛的。但務必轉告他們，別讓白縛靈師知道這件事，否則咱們都有得受。」他把原稿塞進抽屜。「敏提忙完寫作，我就把這份稿子給她。多注意安全，好嗎？」

「當然。」我撒謊。

太陽燃燒著深色的秋季金光。我的下一站是蘭康提爾街，傑克森聽說這裡有些不屬於集團的扒手專挑靈盲下手（「他們從**我們的**可憐受害者身上行竊，寶貝，我很不高興。」）。其他人都沒空處理這件事。如果我想拿到下一份工資，就得照做。不凋之眾還沒找上我。

亞弗烈德自稱賭徒。或許我也是賭徒，雖然我根本沒從我冒的險裡拿到一毛錢。如果傑克森發現我私下去見衛士——無論形式——一定會氣得跳腳。

我在街上沒發現扒手，但看到幾個集團成員正在工作。若犯案的靈視者就在這裡，現在就是他們下手的最佳時機。在城塞的核心地區，諸多靈盲湧入百貨公司，為十一月佳節選購大批禮物。這在賽昂月曆上是最重要的節慶，為了慶祝賽昂倫敦城塞於一九二九年十一月底成立。紅玻璃燈籠高掛在街上，窗臺掛著比雪花更小的白燈，以完美螺旋狀纏繞街燈柱。歷任大法官的肖像旌旗飄揚於摩天大樓頂端。群眾中夾雜學生族群，正在分發紅白黑三色花束。

父親今年得獨自過節？我想像他在灰暗晨曦中坐在餐桌旁看報紙，而我的臉龐就在頭版上瞪著他。我離開大學的瞬間就辜負了他，但那已是陳年往事。

「我不知道你在說什麼。」我聽見一名女子的哀求。「求求你，指揮官，我只是想回家。」

一輛龐大的黑色裝甲車停在路邊，車上的「日間警戒部」字樣和錨徽反映陽光。我走到一根街燈柱後方，拉低帽簷，想看清楚情況。警戒者很少出動軍用載具，因為他們的軍隊大多部署於海外。他們曾在「茉莉之亂」期間巡邏各個城塞的大街小巷，當時賽昂發布戒嚴，並在中心地區部署「賽昂國際防衛軍」的士兵。

我看到一名年輕女子被捕，雙手被銬在身前。她神情驚慌，顯然知道這下麻煩大了。

「妳宣稱於二〇五八年來到這裡，」警戒者指揮官說道，一名手下拿著資料板站在一旁。「妳能否證明？」

「是的，我有證件，」女子結結巴巴，愛爾蘭口音一聽就知道。她身高跟我差不多，金髮的色澤比我更深，身穿醫護人員的筆挺紅色制服。我看得出她是靈盲，而且懷有幾個月的身孕。「我來自貝爾法斯特，」她在指揮官沉默時說下去：「我是來這裡工作的。北愛爾蘭找不到工作，因為——」

警戒者動手打她。

這股勁道如衝擊波般在人群中擴散。他不只摑她巴掌，還拳打她的下顎，她被打得腦袋搖晃。這令我震驚不已，因為守日者從不濫用暴力。

女子在結冰的地上跌倒，在最後一刻及時轉身，沒讓圓滾滾的肚皮撞到地面。她嘴角滲血，流到手掌上。看到手上的血，她不禁嚇得哀號。指揮官繞過她身旁。「沒人想聽妳撒謊，馬亨尼小姐。」

我的心臟猛然一跳。

「妳把妳的反常能力帶來我的地盤。如果由我作主，」他咆哮：「我們根本不會給北方佬工作，尤其是又骯髒又反常的村姑。」

「我來自賽昂城塞啊！你**看不出**我不是她？你瞎了嗎？」

「孩子的父親是誰？」他把手槍壓在她的肚皮上，旁觀者們驚呼連連。「菲立斯·庫姆斯？朱利安·埃姆斯伯里？」

朱利安。

我本能地抬頭望向最近的公告螢幕。異常逃犯之中多了一張臉：深棕色的眼睛和皮膚，頭髮剃光，下顎緊繃。朱利安·埃姆斯伯里，被控犯下叛國罪、煽動叛亂和縱火。既然他們還沒抓到他，他一定還活著。一定。

「誰？」女子用雙臂保護腹部，用腳跟退後。「求求你，我不知道你在說誰……」

圍觀者們交頭接耳，我能聽見他們的聲音：「不該在這兒動手」、「不該在白天」、「欠缺考慮」。他們想趕走反常者，但不希望是在他們購物的時候。對他們來說，我們只是該被送去掩埋場的垃圾。

女子被指揮官的嘍囉們抓起。她的臉頰已經一片通紅，眼眶泛淚。「你們都瘋了，」她哽咽道：「我不是佩姬・馬亨尼！你們看不出來？」

她哭泣掙扎，卻被一名女性警戒者綁在囚車裡的擔架上。「散場吧，」指揮官咆哮，嚇到圍觀人群，他們以為日間警戒者會對他們更客氣。「你們如果認識哪個北方移民，叫他們準備好接受審問。還有，別以為你們能窩藏他們，否則你們會跟他們一起被送上絞刑臺。」

他爬上另一輛囚車。「這太過分了。」一名年輕的靈盲男子喊道，憤怒得兩眼發亮。「她不是佩姬・馬亨尼。你不能在大庭廣眾之下就這樣拘捕無辜女子——」

一名女性警戒者用短棍攻擊他，擊中他的面門。他倒在人行道上，舉起雙手自保。

群眾震驚無語。看沒人敢再出聲後，女性警戒者返回小隊。男子用手肘撐起身子，流著鼻血，吐出兩顆牙齒，旁觀者們只是匆忙走避。我只能看著囚車和裝甲車離去，感覺天塌在我身上。我很想追上去，或把我的靈魂擲向那名警戒者的夢境，但這麼做又有什麼用？

意識到我的力量多麼單薄，我感覺呼吸困難。趁還沒人發現真正的佩姬・馬亨尼就在附近，我跑進小巷。黑髮、領巾和有色隱形眼鏡的造型無法隱瞞我的身分多久。

我對倫敦有著他們沒有的瞭解。我知道如何隱藏於陰影，如何在光天化日之下成為隱形人，如何遁入黑夜。我對倫敦地圖瞭若指掌，只要我掌握這個優勢，他們就找不到我。

我必須如此相信。

我來到巢窩的門前，試了三次才把鑰匙插進鎖孔。娜汀坐在走廊樓梯上，擦拭小提琴。她抬頭對我皺眉。

「怎麼了？」

「警戒者。」我拉好門鏈。

娜汀起身。「懲罰者？」她瞪著我。「我有在《賽昂之眼》上看到他們。他們要來這裡？」

「不，不是懲罰者。」我吞下苦澀的恐懼感。「其他人都在嗎？」

「不，西結跟尼克在一起，我跟他說過今天最好別出門……」

她快步走向門邊的電話亭。我跑上樓，覺得反胃。

茉莉之亂期間，只要誰有愛爾蘭姓氏，賽昂說誰「看起來像」愛爾蘭人，誰就得接受一連串的檢查和審問。那可憐的女子唯一犯的錯就是出現在錯誤的地方，來自錯誤的國家，她很可能天亮前就會被處死。除非我自首、將其他一切棄之於不顧，否則根本無法救她。

這種罪惡感緊緊纏住我。我坐在床邊，雙手抱膝，躲進思緒。如果奈希拉的傀儡想用蠻力抓出我，就不可能會成功。

我聽見敲牆聲，傑克森・霍爾要求跟我談話。我感覺黑眼圈成了裂縫——他一看就會知道有問題——但我遲早得面對這個野獸。

我的幫主如雕像般躺在靠椅上，眼睛半睜，臉龐被外頭的金色陽光晒得溫熱。茶几上堆滿空酒瓶，每個菸灰缸都堆滿菸灰。我站在門口，又一次心想他上次出門是什麼時候。

「午安。」我說。

「還真的是午安，滿寒冷的下午，是因為凜冬連同大亂鬥即將到來？」他拿著酒瓶灌下一大口茴香酒。「妳去檢查扒手了嗎？」

「他們不在那裡。」

「妳另外兩小時在做什麼？」

「去夜總會收錢，」我說：「我想在大亂鬥前把錢收齊比較好。」

「噢，別『想』，親愛的，思考是個爛習慣。但務必把錢放在我的桌上。」

他一直盯著我。我從口袋掏出寶貴的私房錢，放在他桌上。傑克森拿起數算。

「妳該多收一點，不過這筆錢夠咱們花到月底。拿去。」他做個蹩腳的花俏動作，抽出三分之一的鈔票，塞進信封再遞給我。「當作妳的服務費。」他用充血的眼睛看著我。「妳的臉怎麼搞的？」

「殺手。」

他聞言驚醒。「誰派出的殺手？」他站起，差點撞翻桌上的玻璃杯。「在老子的地盤？」

「布娃娃幫，」我說：「我應付了他們。他們應該還躺在希爾福路，如果你想派人去找。」

「什麼時候發生的？」

「昨晚。」

「妳結束特訓後。」看我點頭，他從桌上拿起一支打火機。「我得跟女院長討論這件事。」他把雪茄咬在嘴裡，試了四次後成功點燃。「妳知不知道布骨人為何找上妳，佩姬？」

「毫無頭緒。」我撒謊，慢慢在沙發上坐下。「傑克森，你對他有多少瞭解？」

「可謂一無所知。」他神情凝重。「我連他是什麼樣的靈視者都不知道，不過他的名號聽來像是籤占師。我成為幫主的這些年，從沒見過他。他過著很陰森的地下生活，拒絕跟任何人類往來，只透過他那些門徒傳話。我猜他是在傑德・畢克福在位時成為幫主。」

「等等，」我問：「他的門徒不只一個？」

「他的地盤規矩如果有任何改變，都會讓反常者議會知道。總之，就我所知，他有三個門徒。我不知道他的第一個門徒叫啥，但第二個名為雅各賓，最新的那個稱作工匠，她是今年二月成為門徒。」

二月，我被抓去殖民地期間。「他為何改變門徒的規定？」

「噢，只有老天知道。也許他的第一個門徒讓他火大。」他把一只玻璃菸灰缸拖過桌面。「告訴我，佩姬——妳有沒有聽說本地那些腹語師的相關消息？」

「誰？」

「利菲特族，親愛的。」

「你感興趣？」

「我懶得知道利菲特族有何打算，我也沒打算對他們的存在採取任何行動，我只是問妳有沒有聽說他們什麼消息。」

我舔舔嘴脣。「沒有，什麼也沒聽說。」

「很好，那咱們就沒有後顧之憂。」

「那得看你所謂的『後顧之憂』是什麼意思，」我尖銳道：「警戒者打算這星期審問所有愛爾蘭移民，他們似乎認為北方佬聯合起來窩藏我。」

「大元帥一定想要其他方式打發時間。接著，來討論更重要的事。跟我去庭院。」

當然。傑克森・霍爾根本不把大規模逮捕和毆打當一回事。他真的在乎賽昂這個問題，還是把它當成背景噪音？

巢窩後方的中庭花園是我在全倫敦最喜歡的地點之一，這片三角形院子祥和寧靜，鋪設平滑白石，兩棵小樹聳立於土壤，娜汀總是確保鍛鐵花槽裡開滿花朵。傑克森在長椅坐下，把熄滅的雪茄丟進花槽。

「妳知道大亂鬥的規則嗎，佩姬？」

「我知道那是肉搏戰。」

「大亂鬥是建立於中世紀的殘忍傳統『大混戰』。參賽者將在所謂的『玫瑰擂臺』上進行一連串決鬥。」他閉上眼，享受陽光。「妳必須提防能把法器當成武器的對手，尤其是斧占師、劍占師和錐占師。另一個重點是，如果使用靈盲戰術結束戰鬥——例如用普通刀械刺傷某人——這被稱作『賤招』，以前禁用，但現在完全合法，只要施展得夠華麗。」

我挑起一眉。「夠『華麗』？集團希望闇帝能使出華麗賤招？」

「妳想追隨平庸之輩嗎，寶貝？更何況，大亂鬥如果不見點血可就太過無聊，而靈盲武器在這方面是首選。」

「槍械呢？」

「噢，對了——不准用槍。如果哪個受歡迎的選手不小心被斃掉，集團會認為這有欠公平。」他用拐杖敲敲地面。「妳我還有更重要的事要討論。比賽時，咱倆隨時可以聯手，只有幫主和門徒可以這麼做。」

「選手大多兩兩一組嗎？」

「幾乎都是，只有想證明實力的獨立參賽者例外。我建議，為了確保我們都能活下來——」

「活下來？」我皺眉。「我以為——」

「別太天真。大會規則確實說明比賽目的是擊暈對手，但是大亂鬥隨時可能死人。我建議，」他說下去：「妳我都該多研究研究對方的天賦，如此一來，在戰鬥時就能預測並看透彼此的舉動。」

我沉默片刻。傑克森根本不知道我的能力突飛猛進。

「好吧。」我靠向花朵盛開的小樹。「那麼，你已經很清楚我的能力。」

「別跟我說妳在殖民地裡什麼都沒學到。」

「我當時是奴隸，傑克森，不是學徒。」

「少來了，我才不相信我的門徒沒試過精進自身天賦。」他的眼神顯得貪婪。「別跟我說妳還沒精通附身術。」

我完全打算在大亂鬥施展附身術，但如果現在不向傑克森展示，他遲早也會知道。

一開始，我在附近找不到宿主。一隻鳥兒終於從上方飛過，一眨眼就消失。我越空而去。

控制鳥兒的軀殼和脆弱夢境很簡單，但問題是我立即發現自己乘風翱翔，沒有任何力量能阻止我摔趴在柏油路上。我的靈魂深處有種震顫——鳥兒的意識——但我集中精神，壓住牠的靈魂。這跟我附身在蝴蝶身上時不一樣；這一次，我將振翅高飛。我把自己塞進新的骨架，彷彿穿上太小的衣服。我把翅膀往下揮，抬起我的輕盈身軀，感到一陣眩暈。

但是天空安詳平靜，不同於暴力又血腥的城塞。天上沒有賽昂。鳥兒拒絕回應錨徽的呼召。我飛過持續逼近的夜空，幾抹色彩仍懸於地平線：橘紅、淡黃和粉紅。其他鳥兒聚在我周圍，翻轉高飛，動作一致得不可思議，如雨珠般返回鳥巢。這些鳥兒之間有種脈搏，彷彿分享同一個夢境，由金繩之網彼此串聯。

我的銀繩拉扯我的靈魂。我脫離鳥群，朝庭院俯衝而去，笨拙地停在傑克森肩上，在他耳畔張開嘴喙，唧啾幾聲。他仍開心地哈哈大笑時，我猛然返回肉身，大口喘氣。這隻椋鳥在長椅上搖晃，彷彿喝醉。我虛弱得倒進傑克森懷裡。

「真神奇！」

我從傑克森懷中後退，擦擦額汗，心跳急促，呼吸困難。

「妳真是不同凡響，親愛的。我就知道我把妳的能力放在比我高兩階的位子上是對的，正如我知道妳會把困境改造成優勢。那個利菲特人一定教了妳不少，我欠他一份人情。妳居然不用戴那麼笨重的氧氣面罩也能附身。」

「大約三十秒。」我視線發黑。

「比妳以前的續航力多了三十秒。妳**進步了**，佩姬，遠超過妳在我底下受訓的成果。如果可以，我真想把其他成員送去磨練。噢，那個地方聽起來像是靈視者專用的訓練營，磨練靈魂的磨刀石。我真想把所有靈視者都送去。」他扶我回長椅坐下。「我看到的唯一問題是，附身術會讓妳的肉身毫無設防。妳最好等到決戰時再用，只剩一、兩個對手的時候。」

我已經覺得眼睛上方出現痛感。他在我面前蹲下，臉頰浮現一絲粉紅。

「還有其他絕招嗎？」

「沒了。」

「噢，別害羞，佩姬。」

「沒了，真的。」我擠出笑容。「輪到你。」

「我的天賦完全不如妳的神奇，寶貝，但我的確說過會讓妳看看。」

傑克森在我身旁坐下。「你如何影響魂魄？」我問。我向來對他的天賦感到好奇。「你之前說過『控制』，那是什麼意思？」

「我的受縛靈能在我設下的範圍內來去自如。祂們大多只是奉命乖乖待在第一之四區，但我需要祂們的時候，就能利用祂們進行魂鬥。」

「就像你控制其他魂魄那樣？」

「不完全一樣。一般靈視者聚起一批魂眾時，通常只是拋向對手，希望一切順利。魂魄把恐怖景象推進敵人的夢境，但很容易被擊退，而我的受縛靈被賦予我的力量。一般的小魂只能造成幻覺，可是受縛靈能操弄靈視者的夢境本質。」

「受縛靈能奪命？」

我盡量讓口氣聽來一派輕鬆。傑克森面無表情地看著椋鳥，迅速挪動嘴脣，乙太挪移，一縷魂魄從室內衝來。魂魄逼近時，鳥兒身子一震。魂魄切開牠的小小夢境，擊碎牠的銀繩，牠劇烈抽搐。

幾秒後，椋鳥死亡。

「我的受縛靈幾乎跟妳一樣強大，親愛的。有些能把弱小靈魂推離夢境。」他推動小小屍體，牠滾落長椅邊緣，掉在庭院的白石地板上。看到牠茫然的眼珠，我感覺反胃。不流血的殺生。「妳瞧？」他說：「生命雖然奇妙，但到頭來實在脆弱。」

脆弱，就像飛蛾。

傑克森俯身過來，輕吻我的臉頰。「我們會贏，」他說：「我們必定凱旋而歸，親愛的，這就是天命。」

城裡到處都是忙著逮捕靈視者的警戒者，但我實在得離開巢窩透透氣。傑克森把自己鎖在辦公室後，我立刻出門，走過蒙默斯街，穿過通往查特林餐廳的隧道。我什麼也沒點，只是在我最喜歡的位置坐下，遠離窗邊，雙手抱頭。

傑克森很可能會在大亂鬥殺了我。到時候一定有人犯規——這在我意料之內——但我從沒想過擂臺上的謀殺可被接受。

角落的電視上是停柩之門的龐大石砌拱門，最近常在週末時出現。看來氮安樂已不再流行。或許靈盲精英不再想讓城塞的反常者接受無痛懲處。我逼自己看著劊子手把兩名囚犯拖上主要屋頂上。

受刑人被套上絞索。我能勉強聽見其中一人求饒，他的聲音被放大，好讓全倫敦聽見他的膽怯。他的衣服骯髒，臉龐腫脹並帶有瘀痕。戴面具的「大行刑者」銬住他們，囚犯的雙手顫抖。另一名男子站著，雙手被綁在身後，等著墜入地板上的缺口。

他倆斷氣前，螢幕切換到喜劇頻道。客人們歡呼。

一面銀質托盤放在我面前。查特交叉雙臂，斷臂擱在肘彎裡。

「那個劊子手真是個怪人，」他喃喃自語。「名叫瑟法·詹姆森，總是把行刑過程拖得很久。」

我揉揉太陽穴。「我有點菜嗎，查特？」

「沒有，親愛的，但妳看起來需要吃點東西。妳臉上那片瘀青還真黑。」他用完好的那隻眼睛看著螢幕。「我搞不懂他們為何展示這種場面，我們又不是不知道他們如何對待我們。」

「我們為何不採取行動？」我氣惱得幾乎屏息。「這種事已經持續了**幾百年**，查特，我們為何不——？」

我用手勢表達，彷彿能抓住答案。

「『漠不關心』就是殺人凶手。一般人看待這種事，都認為只要明哲保身就能保命。」查特斜靠桌邊。「妳知不知道他們以前如何稱呼大英帝國？『日不落帝國』。賽昂帝國就建立在那個帝國上。」他挪動嘴脣幾秒，接著道：「與太陽對抗，誰會贏？」

我沒有答案。

查特回去吧檯，留下托盤。我掀開銀罩，發現底下是一碗栗子湯；拿起湯匙時，在托盤上看到自己的倒影。在黑髮襯托下，我的臉顯得格外蒼白，眼袋浮腫，底下浮現一大片瘀痕。

大門驟然打開，一名信差匆忙跑進，是安耶娜．瑪麗亞的手下，衣服上是靈魂俱樂部的標誌。他看到我，立刻跑來我的桌邊，氣喘吁吁。

「妳是晢夢者？」

我點頭。「怎麼了？」

「給妳的訊息，小姐，來自葛拉布街。」

他遞給我一支拋棄式手機，看來敏提已經給了亞弗烈德答覆。我把手機貼在耳邊，用手擋在嘴邊。「喂？」

「是我，親愛的。我還以為那可憐的信差永遠找不到妳。」

我抓緊手機，手指發白。「他們喜歡稿子嗎？」

「他們愛死了！」亞弗烈德聽來興高采烈。「他們都很欣賞，尤其是書商，前提是作者們願意分攤一點印刷費和趕工費。只要妳付了錢，我們今天就準備活版，明天開始印製，立刻配送。」

「噢，亞弗烈德，這真是——」我把額頭靠在牆上，心跳依然急促。「這真是好消息，謝謝你。」

「我的榮幸，親愛的。接下來，關於費用的這個敏感話題，敏提必須在印製小冊前從作者們那裡收到錢。妳讓信差知道敏提該把帳單送去哪裡。我明天會出一趟遠門，但妳如果有任何疑問，務必跟我聯絡。信差會告訴妳我的號碼。」

「再次謝謝你，亞弗烈德。」

「祝妳好運。」他說。

他掛了電話。我把手機丟給信差。「叫敏提把帳單送來這裡，查特林餐廳。」

他交給我一張紙，我收進口袋。「明白了，小姐。」他轉身離去。

關於費用的這個敏感話題。真的很敏感。我就算醒著的每一分鐘都替傑克森工作，也無力負擔這種天文數字——絕對是天文數字。我別無選擇，只能討好不凋之眾，爭取蒂拉貝爾·夏洛丹的支持。

「查特，」我說：「我覺得我需要喝一杯。」

第十八章 贊助者的傀儡

喝酒雖然讓我一夜好眠，卻沒解決我的問題。不凋之眾如果不再出現，我就無法付錢給靈魂俱樂部。一如所料，出版社要求的金額比傑克森付給我的年薪還高。敏提的規矩很清楚：沒錢就別想出書。我試著打電話給菲立斯——也許那些逃犯能幫忙分攤——但持有那支手機的攤販沒接電話。我拉扯金繩，毫無反應。如果衛士再不回來，我就得去追蹤他。

與此同時，我全心投入工作。無論恐怖輕小說的印製進展如何，我都得為即將到來的大亂鬥做好準備。我和尼克在庭院進行嚴格特訓，包括運用武器或徒手搏鬥。我的四肢肌肉變得更加結實，腰部和髖部恢復理想曲線，舉起重物或攀爬牆壁都臉不紅、氣不喘。我漸漸回到門徒、戰士和生存者該有的顛峰狀態。

接到亞弗烈德那通電話的四天後，我敲敲傑克森的門，沒人回應。我把一面托盤架在腰間，再次敲門。

「傑克森。」

聽見呻吟聲傳來，我走進辦公室。

裡頭一片昏暗，空氣混濁，窗簾遮蔽所有陽光，空氣瀰漫菸蒂和體臭。傑克森四肢攤開，趴在地上，用修長的手指抓著一支塞著軟木塞的小型綠瓶。

「你他媽的怎麼回事，傑克森？」我只說得出這句。

「出去。」

「傑克森。」我放下托盤，抓住他的腋下想扶起他，但他比我想像得更沉重。「傑克森，振作點，你這個懶鬼。」

他動手推我，我撞到桌邊。一支墨水瓶從桌面掉到地毯上，翻滾幾圈，正中他的額頭，他只有微微呻吟。

「好吧，」我撫平上衣，火冒三丈。「那你慢慢躺。」

他咕噥咒罵。出於憐憫，我把一塊坐墊塞到他的頭底下，再把沙發上的斗篷甩到他身上。

「謝謝妳，娜汀。」他的口齒沒平時清晰，但還不算模糊。

「我是佩姬。」我不耐煩地跺腳。「你有沒有跟女院長談過殺手的事？」

他雖然喝醉，但語氣仍有惱意。「她會調查。」他把胳臂彎在坐墊邊緣。「晚安，

佩恩頓。」(註5)

起碼他跟她說了。如果女院長確實如謠傳般痛恨布骨人，一定會樂意展開調查。我把斗篷蓋到他的肩部，轉身離去，輕輕把門帶上。傑克森就是喜歡喝酒，但我從沒見過他醉成這樣。**佩恩頓……**

巢窩裡一片寂靜，只聽見娜汀在一樓用小提琴拉著憂傷旋律。因為傑克森最近實施宵禁，我們都只能待在室內。前門從內部鎖上，沒人知道他把鑰匙藏在哪。我想透透氣，因此來到庭院，躺在小樹底下的長椅上，樹上花朵盛開。

倫敦光害嚴重，很難看到星星，不過我在人工藍光的薄霧之中看到幾顆。倫敦這座瘋狂大都會上方的夜空讓我與乙太相連，我看到由光球組成的網子，有些明亮、有些黯淡，在無盡黑暗中宛如針尖般的光點，而那片黑暗不是充滿知識就是充滿無知。夜空浩瀚得難以看清，難以理解。

金繩用力扯動。

我猛然坐起，發現衛士在柵門後方的陰暗小徑裡等候。

「你離開了一陣子。」我開口，提高警覺。

「我不得不離開。我去見了不凋之眾，討論西敏市執政廳的狀況。」今晚的他兩

註5 傑克森把佩姬的名字說成佩恩頓(Paignton)，英國的一座城市。

眼黯淡，看起來幾乎就像個人類，身上是直身剪裁外套，搭配手套和靴子。「蒂拉貝爾要求見妳。」

「在哪？」

「她說妳會知道。」

音樂廳。我有點想拒絕，但這種念頭十分薄弱，而且我確實需要蒂拉貝爾的幫助。

「稍等我一下。」我說。

「我在日晷柱旁邊等妳。」他轉身離去。

我上樓時避免發出聲響。我進入浴室，戴上帽子，抹上唇膏，再戴上淡褐色隱形眼鏡。不夠，除非我接受整容手術，否則我不可能永遠藏起這張臉。

兩星期後就是大亂鬥。我必須想辦法活到那時候。

我打開浴室門，發現娜汀．阿爾奈特瞪著我。她眼皮浮腫，赤腳上起了水泡。

「妳還好嗎？」我問。我們已經有一陣子沒說話。「妳看起來累壞了。」

「噢，我好得很。我只在街上工作了九小時，只有兩次必須跑給警戒者追。」她把小提琴盒放在地上，指尖布滿又深又紫的凹痕。「妳要出門？」

「古德街，有工作得完成。」

「瞭解。傑克森知道嗎？」

「他不知道。妳要告訴他？」

「說真的，他之所以讓妳當門徒，只是因為妳是夢行者。妳不在倫敦的時候，他跟我這樣說過。他只想要妳的氣場，佩姬，那才是他想要的財產，不是妳。」

「我們的氣場都是他的財產。妳以為傑克森喜歡我們熱情澎湃的桌邊談話？」

「我很忠誠，這就是為什麼他在妳失蹤時選了我，那跟我的氣場無關。」從她的表情判斷，她顯然如此相信。「妳也知道他對察覺者有何看法，但他還是選我當門徒。」

「我只是想把工作做好，娜汀。」我從她推擠而過。「我對競爭沒興趣。」

「妳如果讓出門徒的地位，或許就能完成更多工作。」她似乎咬牙切齒。「我不知道妳在打什麼算盤，馬亨尼，但我知道妳心裡一定有鬼。」

伊萊莎挑這時候打開廚房房門，多香果的氣味隨之飄來。她看著我們。

「怎麼了？」

「沒什麼。」我答道，讓娜汀自己去回答伊萊莎的問題。我從架子上抓起外套和領巾，從臥室窗戶溜出去。

衛士正在慘遭褻瀆的日晷柱旁等我。我走近時，他站直身子。看到他，我覺得背脊發麻。

「我們得走快點，」他說：「附近有警戒者。」

「那裡不遠。」我用領巾遮住口鼻，再三確認綁得夠牢。「我們如果走在一起，只會引來注意。」

「我跟在妳後面。」

我帶他沿日晷街往東走，車輛和人力車從路邊隆隆駛過。我盡量靠向牆邊和店家，把臉藏在衣領裡。我沒看見任何警戒者，但每個氣場都令我提心吊膽。布娃娃很可能派來探子。一架監視器設在一面屋頂上，我用帽子遮住臉孔。我朝街道的另一頭點個頭，揮手要衛士過去。跟他一起出門，這真是瘋狂。這座城塞的每一面牆上都有眼睛。

我們都走過主要道路、遠離街燈照射範圍後，我才鬆一口氣。衛士來到我身旁，他的步伐遠比我的長。

「蒂拉貝爾有什麼目的？」

「想跟妳商談。」他為我放慢腳步。「時機已經成熟，妳可以對她提出金援需求。」

她如果拒絕，一切將就此結束。

我們走向音樂廳的一路上沒再說話。我察覺到附近有個夢境，因而放慢腳步。

一名擁有視靈眼的警戒者站在德魯里巷中央，戴面具的臉龐沒朝向我們。他乍看之下像守夜者，但制服不同：緋紅色的蓬袖襯衫，夾雜少許金邊；黑色的皮背心，用金線繡著賽昂錨徽；搭配長手套和長靴。看起來像是紅衣人制服的升級版。

「那是懲罰者？」我輕聲問。

衛士的視線從我頭上越過。「八九不離十。」

不管那人是誰，確實擋在我們和目的地之間。我抬頭瞥向周圍建築，尋找正確的窗戶。找到後，我吹聲口哨：賽昂國歌一開始的幾個音符。

幾秒後，三名盜賊從最近的夜總會窗戶爬出來。我朝懲罰者點頭。三人隨即用領巾遮臉，慢慢接近目標，其中一名女子從腰間抽出短棍，丟向夥伴，對方跳過一輛車，飛奔離去。懲罰者默默看著他們跑遠，接著回頭一瞥，紅色面甲閃閃發亮。我抓起衛士的肩膀，把他拉進陰暗處。

我原以為那名懲罰者一定會前來調查我們，但他抓著無線電，終究走向盜賊離去的方向。

這不符合警戒者的舉動——看到盜賊拿出短棍，卻不立刻做出反應，只是袖手旁觀。他很快就會回來。

「快走。」我低聲催促。

我們快步繞到音樂廳後方。我能感覺到裡頭有四個利菲特族夢境，由獨特的心靈鎧甲保護。來到通往舞臺的門前，衛士在街燈底下面向我，抓住我的上臂。我感覺手指發麻，但背脊僵硬。我把他救出地坑後，這是他第一次觸碰我。

「我很少要求妳隱瞞真相，」他壓低嗓門：「但我今晚要妳這麼做。」

我沒說話。

「我最近對妳的態度是出於權宜。我們在會館發生的事，利菲特族已人盡皆知。奈希拉花了許多時間對族人說我是『促腐者』和『肉身叛徒』。」他看著我的眼睛。「如有必要，妳必須對不凋之眾一再否認這點。」

這是他第一次坦承我們在會館的互動並非源自我的想像。「我以為蒂拉貝爾和伊瑞知道，」我輕聲道：「你我之間的金繩。」

「金繩不一定指向肉身上的親密關係。」他打量我的臉。「如果妳不願意照我說的做，我也能理解，但我是為了妳著想而如此請求妳，不是為了我自己。」

我考慮片刻後點頭。他放開我的手臂，我在襯衫底下的肌膚泛起雞皮疙瘩。我轉身面向門板。

「如果她問起，」我問：「我該說那天發生了什麼事？」

「說什麼都行，總之別說實話。」

因為真相一定糟糕得讓利菲特族無法接受。

我跟衛士保持距離、一起走進門，穿過沾滿灰塵的舞臺布幕，走下矮階，來到觀眾席前方，褪色的椅子和地毯由幾盞傑克南瓜燈照映。蒂拉貝爾和三名利菲特人站在走道。衛士在走道停步。

「不凋之眾的親友們，」他說：「這位是佩姬・馬亨尼。我是因她而前來此地。」

蒂拉貝爾沒理會這番宣言，而是直接走向衛士，把額頭靠在他的前額上，用靈語呢喃幾句。他們幾乎一樣高。看到這一幕，我感覺肋骨後方為之糾結。

「妳好，蒂拉貝爾。」我開口。

蒂拉貝爾轉頭，仍沒說話。她把手放在衛士肩上，看著我的眼神就像傑克森看著賣藝人。

「我帶佩姬來此，讓她跟妳討論她的計畫，」衛士說下去：「她有事想拜託我們，正如我們對她也有請求。」

伊瑞和普萊歐妮一言不發。蒂拉貝爾站在他們中間，斜眼看我。

「夢行者，這位是露希妲・薩加斯。」她對陌生人做個手勢。「不凋之眾的少數支持者之一。」

我忍不住把手伸向口袋裡的小包。「薩加斯？」

「是的。我聽說了妳不少事蹟，佩姬・馬亨尼。」露希妲的表情比其他夥伴稍微多一些，幾乎接近好奇。「我那些薩加斯親戚跟我說了不少故事。」

她的膚色跟奈希拉一樣——介於金銀之間，比較偏銀色——濃密頭髮披散於肩。這種髮型在殖民地的女性利菲特人之中很少見，但這三人都是這種造型。她也是內雙眼皮，看起來實在很像她那些親戚。

「什麼樣的故事？」我提高警覺。

「他們說妳是倫敦的頂尖殺手，說妳腳下的大地焦黑腐敗。」她瞥向我的腳。「妳腳下看起來倒是很正常。」

有意思。「那他們如何評論妳？」我放開小包。「他們知道妳是不凋之眾的一員？」

「噢，當然。我當年愚蠢得對第一冥府的暴力殖民活動表示反對，結果被我的好堂哥戈魅札列為血之叛徒，我從此成了叛逆分子。」

「不凋之眾的叛逆分子。」蒂拉貝爾從她身旁走過。「我相信妳還記得普萊歐妮・斯拉古尼。」

「印象深刻。」我說。

她是我這輩子第一個見到的利菲特人，現場只有她坐著。我被送去殖民地的第一個晚上，就目睹她吸食某個靈視者的氣場。她現在的頭髮也比以前短，濃密的黑色捲髮披在肩上。

「啊，沒錯。四十號。」她發出充滿威脅感的低沉軟語。「我們有很多事要跟妳商量。」

「我聽說了。」我斜靠椅背。衛士仍站在走道上，他在他們面前的姿態跟平時不一樣，他挺直背脊，動也不動。「順道一提，別再叫我『夢行者』，也別再叫我四十號。叫我佩姬。」

「告訴我，**夢行者**，」蒂拉貝爾無視我的要求。「我們上一次見面後，妳有沒有碰到任何利菲特族獵人？」

我繃緊下巴。「沒有，但他們遲早會出現。」

「那妳好好隱藏行蹤。紅衣人現在躲在警戒者之中。」蒂拉貝爾從我身旁走過。「我們已經來到計畫的關鍵階段。我們幾次試圖推翻薩加斯家族都以失敗收場，現在開始著手打垮他們的第一步，但他們牢牢掌控人界，這種控制力只會隨著他們的帝國擴張而更為強韌。第二冥府的地點已被選定。」

「在哪？」

「我們知道在法國，但不知道確切位置，」衛士說：「阿薩菲一旦查明，就會通知我們。」

「奈希拉和戈魅札就是薩加斯信條的核心。妳也注意到戈魅札在會館時能獨自應付我們四人，」蒂拉貝爾說下去，口氣毫無羞愧。「那不是尋常的力量。我們原本打算悄悄除掉奈希拉，但如今看來良機已失。」她瞟向衛士。「對他們出手前，必須先瓦解他們在人界建立的網路。」

「賽昂。」我說。

「殖民地的宗旨根本不是對抗厄冥族，」衛士說：「而是對人類進行洗腦。紅衣人——大多被成功洗腦——將在薩加斯於世人面前現身時擔任使者。」

「你的意思是，薩加斯家族會讓世人知道他們就在這個世界上？」我來回看著他們每一位，只見各個一臉嚴肅。「他們瘋了。自由世界會對賽昂宣戰。」

「不太可能。如果真的開戰，賽昂也能建立一支龐大軍隊，嚇阻自由世界的任何國家宣戰，而那些國家彼此間本來就不算盟友。」

「根據最新報告，諸國為了維持和平，大多對賽昂的暴政視而不見，」蒂拉貝爾說：「例如羅瑟維爾總統就傾向於採取不干涉的態度。賽昂也成功向自由世界隱瞞了許多惡行。」

我還在賽昂學校就讀時，曾夢想自由世界會恍然大悟，只要有關賽昂罪行的確鑿證據洩漏出去，其他超級強國就會舉旗對抗我的敵人——但事情根本沒這麼簡單。教室的地圖上看不到自由國家，不過透過黑市互動及西結和娜汀的描述，我對美國人的統治制度有些瞭解。羅瑟維爾是備受尊崇的領袖，可是她自己也有煩惱：海平面上升、有毒廢料、國土上的一大堆問題。就目前來說，我們得靠自己。

「我們必須從倫敦開始，」蒂拉貝爾這句話是宣言而非提議。「如果我們能破壞神經中樞，其他城塞很可能隨之瓦解。我們聽奧古雷斯說闇帝遇害。」

「是的。」

「很顯然的，」伊瑞說：「刺客是利菲特人，八成是席圖菈・莫薩提姆，她就喜歡砍頭。」

「看來很有可能。」普萊歐妮表示同意。

露希妲仍盯著我，微微挑眉。「妳覺得呢，夢行者？」

我交叉雙臂，清清喉嚨。「是有這個可能，」我說：「但所有證據都指向名為布骨人的幫主。衛士之前就是落在那人手上。」

「那麼，王位沒有顯而易見的繼承人。」蒂拉貝爾說。

我搖頭表示沒錯。「我們即將舉行一場大賽，選出新的領袖。」

「妳打算參賽？」

「是的。如果我想把真相說出去，就非贏不可。我已經準備好這東西。」我拿出《利菲特族之啟示》的備份，遞給伊瑞，他用看著死老鼠的眼神盯著我的手。「只要這本書流傳出去，城裡每個人都會知道你們是誰。」

「這是什麼？」

「恐怖小說，驚悚故事。」

蒂拉貝爾一把搶走，看著封面，眼神愈加熾熱。「我聽說過這種東西，便宜又低俗的娛樂。妳竟敢拿這種垃圾來羞辱我們的理念？」

「我沒時間寫出史詩，蒂拉貝爾。而且，既然我在缺乏證據的情況下想讓世人知道真相——」

伊瑞居然對我嘶吼，聽起來就像冷水灑在烈火上的聲響。「不許用這種語氣對領主說話。妳無權在未經許可下揭露我們的身分，妳應該先跟我們商量。」

「我當時沒想到得先跟你們商量，利菲特。」我冷冷道。

他用靈語對衛士厲聲幾字，附近一縷遊魂急忙逃離此地。衛士看我一眼，透過金繩傳來輕柔震顫，感覺像是警告。

露希妲從蒂拉貝爾手中拿走稿子。「我倒覺得這個點子還不賴，」她若有所思，翻翻紙頁。「這本書雖然會讓我們更難在城裡走動，但也能讓我們在自揭身分時不用浪費力氣解釋一大堆。」

「城中居民害怕感染反常能力，」衛士說：「他們一點也不想見到關於巨人的幻象，若真親眼目睹，也絕不敢告知政府單位。」

蒂拉貝爾沉默片刻，接著彎下腰，臉湊到我面前，我不確定她這麼做是不是挖苦我比她矮。「如果妳贏得所謂的『大亂鬥』，」她說：「就能一統倫敦集團。我們想知道妳到時候願不願意跟我們聯手。」

「我覺得那應該行不通，」我說：「妳不覺得？」

「解釋。」

「妳看到我就想吐，而且集團亂七八糟，整頓需要時間，」我盯著她的眼睛。「也需要錢。」

隨之而來的沉默中，周遭變得冰冷，彷彿有陣陰風灌進。

「原來如此。」蒂拉貝爾把戴著手套的雙手撐在椅背上。「錢——人類一族的黑暗執念。」

伊瑞抬高下巴。「錢財乃身外之物，他們卻如禿鷹般爭奪。令人作嘔的貪念。」

「毫無意義的貪念。」普萊歐妮附和。

「好啦，夠了。」我火大得舉起一手。「我想聽人說教的話，早就去念大學了。」

「我相信妳。」蒂拉貝爾停頓。「那麼，夢行者，如果我們不給妳**錢**，會有什麼後果？」

「那我就無法整頓集團，就算我成為闇后。首先，我得先給所有幫主一些錢當作獎勵，讓他們願意成為我的副將。」我說：「之後，如果我們能發動叛亂，我就需要更多資金，拿去購買武器、餵飽靈視者，在他們慘遭賽昂反擊後獲得醫療照護——我一輩子都不可能賺到所需經費。如果妳答應給我資金，我就能幫妳。如果妳不答應，妳就該另外找個口袋比我深的合作對象，有錢的罪犯到處都是。」

他們彼此對望。伊瑞轉過身，肌肉發達的背部起伏，彷彿低吼什麼。

我不會讓他們在倫敦再建立一座殖民地。集團的靈視者不會成為他們的紅衣人，正如我不會成為同胞的監督。我必須清楚表明自己跟他們平起平坐，我不是他們的嘍囉。

「妳得記住，我們的資金並非用之不竭，」蒂拉貝爾開口時打量我的臉。「我們在賽昂裡的內應隨時可能被發現，銀行帳號因此被關閉。我們的錢不夠讓闇后過奢華生活，一發現妳恣意揮霍，就會立刻切斷支援。」

「我明白。」我說。

「那我們向妳保證，只要妳贏得大亂鬥，我們就會出資讓妳整頓倫敦集團。而且若情況允許，我們也會提供來自冥界的物資，用於戰事。不凋花精華和厄冥之血就是取自冥界。」

「厄冥之血有什麼用途？」

「它有許多特性，」衛士說：「最有用的就是遮蔽氣場。少許劑量就能消除氣場蹤跡，讓敵人無法判斷持有者的天賦屬性。當然，蒐集厄冥之血危險重重，而且味道非常令人反感。」

聽起來像無價之寶。我在倫敦時幾乎都是因為氣場而自曝身分。「你剛說『遮蔽』，」我問：「是指不讓靈視者看到？」

「是的。」

「感測護盾呢？」

「或許也可以。我們還沒機會測試。」

「而且再過不久，等消息傳到冥界的最後據點，我們也將能提供士兵。」蒂拉貝爾說。

我挑起一眉。「什麼消息？」

「不凋花盛開，」伊瑞露出利菲特族的情緒範圍內所能表達的惱怒。「那是不凋之眾的動員令，也將說服昔日盟友回歸我們的旗下。不然妳以為我們為何一直沒採取行動？我們在等候真正的信號，等候東山再起的機會。」

我聽得腦子一團亂。我把雙手插進口袋，深吸一口氣。

「我們沒時間讓妳慢慢考慮這項提議，」蒂拉貝爾說：「現在就回答我，夢行者：妳願不願意讓我們彼此的軍力結盟？」

「答案不是『願意』或『不願意』那麼簡單。如果我贏得大賽，我會想辦法說服倫敦靈視者，讓他們相信推翻賽昂是個好主意，但說得容易做得難。他們是盜賊和騙子，沒受過任何軍事訓練。金錢應該能說服他們幫助我們，但我無法保證。」

「既然妳無法保證，我們就得逼妳接受我們要求的保證。」她指向最近的兩名不凋者。「為了確保妳贏得大亂鬥，妳得接受我們的訓練。伊瑞、普萊歐妮，你們負責教導夢行者，確保她能達到一定水準。」

伊瑞看我的眼神彷彿蒂拉貝爾叫他舔地板。「我拒絕。」他說。

「我願意。」普萊歐妮的語氣夾雜一絲殺氣。

「讓衛士訓練我會更合理，畢竟我習慣了他的訓練方式。」我盡量裝得一派輕鬆，我一點也不想接受這兩個傢伙的訓練。

蒂拉貝爾繃緊下顎。「奧古雷斯有其他職責，他已不再是妳的監護者。」

「這樣比較省時間，而時間所剩無幾。」

她的目光愈加熾熱。我幾乎能看到她正在評估由偉大的奧古雷斯‧莫薩提姆獨自應付我這個傲慢人類的優缺點。她轉身用靈語對衛士說話，整個人緊繃得就像拉直的繩索。他看著我片刻。

「佩姬說得沒錯，」衛士開口：「這樣能節省寶貴時間。為了不凋之眾，我願意這麼做。」

蒂拉貝爾的五官僵硬。「就這樣吧。」她從口袋裡掏出一枚厚重信封遞給我。「妳該感激我們的贊助，夢行者。記住，只要妳在擂臺上輸掉，我會讓妳後悔來到這個世上。」

她用靈語對另外三人說些什麼，這四人隨即走出演奏廳，不吭一聲，只有衛士留下。我把信封塞進外套內側，確保扒手難以竊取。

「他們還真友善。」我說。

「嗯。妳也是個才華洋溢的外交官。」

「夢行者。」蒂拉貝爾還在舞臺上，從布幕後方看著我。「妳離開前，我要跟妳談談。」

我的脈搏加速。我瞥向衛士，他不發一語。我上前跟在她身後，走上階梯，來到舞臺。她揪住我的胳臂，把我拉到幕後，接著重重把我壓在牆上，我被震得魂魄發顫。

「薩加斯家族在冥界散播某個消息，每隻鳳凰都在高唱奧古雷斯・莫薩提姆與人類相好而自我作踐。」蒂拉貝爾用力抬起我的下巴。「那是真的嗎，丫頭？」

「我不知道妳在說什麼。」

她加強手勁。「妳的舌頭敢再吐出一個謊話，我就讓它連根爛掉。雖然金繩讓妳找到他，但金繩的存在就暗指妳跟他之間有親密關係。我絕不容許妳──」

「利菲特族不與人類通婚。」我試著甩掉她的手臂。「我就算願意也不會選他。」

看來我的舌頭沒爛。「很好，」蒂拉貝爾輕聲道：「我雖然答應贊助妳的革命，雖然在殖民地救過妳，但別忘了妳的立場，佩姬・馬亨尼，否則我會確保妳如鐮刀下的作物般倒下。」

她放開我。我大步走向門口，故作鎮定。她的訓練見鬼去吧，他們都可以去死。

我來到外頭，天空開始下雨。那名懲罰者沒回來。他很幸運，因為我現在火大得很可能會殺了他。

我把雙手插進口袋，握成拳頭，走離音樂廳，慢慢吐氣，讓怒火冷卻。我向來知道利菲特族對人類作何感想，但我沒料到衛士會在乎其他人怎麼看他。我必須跟他們一樣無動於衷，讓這件事彷彿船過水無痕。

「佩姬。」

他的聲音很近，但我繼續行走。「先別說話比較好。」我沒看他。

「我能不能問為什麼？」

「我能想出幾個理由。」

「我有很多時間聽妳的理由，嚴格來說是永恆。」

「好吧。首先，你那些所謂的盟友把我當他們腳下的穢物，我一點也不喜歡這樣。」

「我以為妳沒這麼容易受影響。」

「等我說起你們這些利菲特王八蛋能有多殘酷的時候，再來看看你會不會受影響。」

「妳儘管說，」他說：「利菲特族確實該學學謙卑。」

我在一盞街燈下停步，面向他。雨勢開始增強，我的頭髮貼在臉上——他難得看起來跟我一樣像人類，一起站在這個大雨滂沱的倫敦一角。「我搞不懂他們究竟哪裡有問題、他們對會館那件事知道多少，」我說：「但如果我們要聯手，他們就該放下那件事。如果要合作下去，你就得決定你願意接受蒂拉貝爾的命令到什麼程度。」

「我該怎麼做，由我決定，佩姬．馬亨尼。因為妳，我現在成了我自己的主人。」

「你對我說過，自由是我的權利。」我盯著他的眼睛。「也許你也該用用你的自由。」

他的眼睛發出爐火般的光芒。我這句話聽來像挑釁。

他也是賭徒？既然我跟他都無法獲勝，還值得賭下去嗎？我想起我需要的協助、金錢和支援。我想起傑克森，他正在盯著時鐘、等我結束這場幽會回家去。

「遴選領主命令我訓練妳，」他說：「但她沒說明我該用什麼方式訓練妳。」

「聽起來還真不吉利。」

「妳只能相信我。」他轉身面向音樂廳。「妳相信我嗎？」

第十九章　修琳安卓

回到音樂廳時，裡頭已空無一人，但我還是檢查周圍有沒有任何夢境。衛士在我們身後關上門。我在舞臺邊緣坐下，把一腿曲在胸前。

「你怎麼知道露希妲不是雙面諜？」

他鎖上門。「為何這麼問？」

「她是薩加斯家族的人。」我說。

「妳跟妳父親或堂哥在每件事上看法都一致嗎，佩姬？」

「不，」我說：「但是馬亨尼家族不是專精於洗腦的暴君。」

他的嘴角微微抽搐。「露希妲很久以前已經跟她的親族決裂，她是出於充分理由而挨餓了一百年。」

「其他人呢？」我的呼吸變得更慢更穩。「蒂拉貝爾值得信賴嗎？」

「我相信他們，但盟友關係不容易維持。蒂拉貝爾對人類這個種族向來有諸多批評。」

「出於什麼原因？」

「我讀過許多有關人類歷史的書籍，其中一個心得就是『習俗之中未必找得到理由』。利菲特族也一樣。」

一針見血。

衛士在我身旁坐下，扣起雙手，我們彼此間沒近到伸手可觸。我們抬頭看著雕紋支柱和挑高的天花板。不同於蒂拉貝爾，他認真觀察殘留在這個場地中的暴力象徵，盯著牆上的一排彈孔和破碎焦黑的舞臺布幕。

「我為我在旅館時那樣對待妳向妳道歉，」他說：「我想讓妳為不凋之眾的行為舉止做好準備。他們對人類的容忍度總是起伏不定。」

「而你認為讓我做好準備的最佳方式，就是表現得像個——」

「利菲特。大多數的利菲特人都是那種態度，佩姬。」

我咕噥一聲。

在殖民地時，我倆的關係是建立在恐懼上。我害怕他的控制，他害怕我的背叛。此刻，我意識到：重點是彼此瞭解。

但是「恐懼」與「瞭解」總是形影不離，兩者都意味著失去熟悉的人事物，以及知識帶來的嚴重危險。我不知道我是否瞭解他，但我想這麼做。光是這個念頭就令我震驚。

「我不希望這成為殖民地事件重演。」我輕聲道。

「我們不會允許那種情況發生。」他稍作停頓。「問吧。」

他看都不看我。「『悄悄除掉』奈希拉的那個計畫，」我說：「原本應該由你動手？」

他沉默片刻後才回答：「是的。她選我當配偶時，我才發現這是殺掉她的機會。」

「什麼時候訂下的婚約？」

「我們穿過帷幕、來到這個世界的不久前。」

「兩百年，」我說：「很長一段時間。」

「照我們的標準來看並不長。在我們如無限沙漏的存在中，一百年不過是一粒沙。幸好，」他說：「我和奈希拉未曾正式完婚。她想等兩百週年紀念會結束再舉行婚禮，想先確認我們掌控了殖民地。」

「所以你們未曾——」

「交配？沒有。」

「瞭解。」我感覺頸部發熱，發現他的眼神略帶笑意。**別再談性說愛，別再談性說愛**。「我……注意到你不再戴手套。」

「我或許也該過過叛逆的生活。」

「真大膽。之後呢？脫外套？」

他臉上閃過無聲歡笑，表情變得柔和，眼睛竄出火光。「還沒開始特訓就折磨師父，這麼做真的明智？」

「何必打破維持了一輩子的習慣？」

「嗯。」

我們坐了很長一段時間。緊繃氣氛依然存在，但逐漸消退。

「走吧。」衛士站起，聳立在我身旁。「妳回到倫敦後，有沒有附身在誰身上？」

「一隻鳥，就在傑克森眼前。還有一名警戒者，」我說：「我逼她朝對講機說話。」

「妳有沒有傷害她？」

「她的下場是七孔流血。」

「流血不等於疼痛。別懼怕妳的天賦，佩姬，妳的靈魂渴望漂泊，」他說：「妳能做的不只是撞暈對手，妳對此也心知肚明。」看我沒吭聲，他瞥向身後。「除非妳刻意傷害宿主，否則附身並不算卑鄙——當然，前提是妳有充分理由這麼做。妳越是練習這種能力，就越不容易傷害宿主。」

「我只是想再練練急速跳躍，我到現在想從肉身型態切換到靈魂型態還是不容易。」

「看來妳欠缺練習。」

我脫下外套。「我稱之為『保持低調』。」

「很好。奈希拉這樣就很難追蹤妳。」他從我身旁走過。「妳想施展夢行時，基本上碰到兩個問題。其一：妳的呼吸本能停止。其二：妳的肉身癱倒在地。第一個問題能透過氧氣面罩解決，但第二個……沒這麼容易。」

這是我真正的弱點，將在大亂鬥中成為致命缺陷。我靈魂出竅的瞬間，肉身將毫不設防地癱倒在玫瑰擂臺上。只要誰拿刀刺進我的心臟，我就再也回不去軀殼。「你有何提議？」

「我在草原上訓練妳的時候，妳脫離軀殼的過程實在笨拙，但妳現在已不再是初學者。」沾滿灰塵的老舊鋼琴上放著一架古董唱機，他掀起唱機蓋。「我希望妳的跳躍過程能變得更為流暢，跳進乙太的動作就像回家一樣簡單。我希望妳能在諸多夢境之間飛行。」

他啟動唱機。「你從哪弄到的？」我強忍笑意。

「某處，正如我大半的私人財物。」

這架唱機放在一口木箱裡，機身刻有無數的不凋花，花瓣層層重疊，外觀雖然不如他之前那臺留聲機美麗，但依然精美。「這拿來做什麼用？」

「為妳而準備。」宏亮的中提琴聲傳來。「瑪麗亞・特納瑟，二十世紀的羅馬尼亞演員兼歌手。」他對我行個禮，一直盯著我的臉。「我們來看看夢行者會不會跳舞。」

充滿靈性的厚實嗓音傳來，唱起我不熟悉的語言。我們沒再說話，而是在彼此身邊徘徊。我斜身朝向他，想起在草原訓練時跳的同一支舞。當時的我穿著薄袍發抖，對自己的天賦幾乎一無所知，心裡只有驚恐、憤怒和孤獨。恐懼反應仍殘留在我心中，這是跟肩上烙痕一同留下的本能。

「這首曲子叫什麼？」

「〈修琳安卓〉。」他朝我揮拳，我彎腰閃避。「跳舞時沒人彎腰，佩姬，妳該轉身。」他再次出拳時，我左轉避開。「很好。希望這座城裡還能找到其他唱片，否則我可能會比預期得更快失去理性。」

我這次向右轉。「如果你願意，我可以從柯芬園多弄一些過來。」

「妳真好心。」他模仿我的動作，或者該說是我在模仿他。「我要妳在攻擊我時站穩兩腳。妳靈魂出竅後，肉身就會倒下——但我認為妳能予以控制，妳應該能把少許意識留在自己的夢境裡，足以在忙於附身時讓自己的軀殼站穩。」我臉上一定露出難以置信的表情。「我說過妳有潛力，佩姬，那並非恭維之詞。」

「我不可能靈魂出竅後還能站著，我所有的生命機能都會停止。」

「沒錯，以妳目前的能力來說，但我們能改進這點。」他後退幾步，暫停演練。

「我們來小試一場，妳試著預測我的動作。」

「怎麼做？」

「集中精神，運用妳的能力。」

我想起我這輩子第一次靈魂出竅後，傑克森曾教過我的一個技巧。我想像六支細瓶，分別象徵六個感官，每一支都裝了一點葡萄酒。我想像把其中五支倒進一支標示為「乙太」的瓶子，滿至瓶口時，我睜開眼睛。

世界變得灰暗模糊，但充滿靈能活動。衛士的氣場閃耀之處，其周圍出現一陣波動。

他的身軀移動。不，等等──他的「氣場」移向右方，再來是他的身軀……我勉強及時閃躲，他揮出的空拳擊中我耳邊的空氣。我猛然返回肉身，但他已再次攻來。這一次，他的氣場往左移時，我朝反方向撲去。

「很好，」他說：「這就是為什麼擁有視靈眼之人──包括利菲特族，在物理戰鬥上通常更勝一籌，因為他們能先從氣場動向來判斷對手打算如何移動。妳雖然沒有視靈眼，但能憑感覺得知。」歌聲再次傳來，節奏比之前更快。「妳只要發現機會，就用靈魂攻擊我。脫離軀殼，就像試圖附在我身上那樣。」

他移動的瞬間，我跳出軀殼。

起碼我如此嘗試。靈魂和肉身在縫合處拉扯。我使盡全力，拚命穿過夢境中的不同地帶，飛進乙太。

我沒飛多遠。我的銀繩變得如鐵絲般僵硬，把我的靈魂甩回肉身。

「起來。」衛士開口。

我站起身，已經精疲力竭。「為什麼沒用？」

「妳的情緒不夠強烈。妳已經不再發自內心地怕我，如此一來，妳看到我的時候，妳的生存本能就不再逼妳脫離軀殼。」

「所以我該繼續怕你？」

「也許吧，」他坦承：「但更好的辦法，就是徹底精通妳的天賦。妳屬於妳自己，不屬於恐懼。」

「好吧。」移動，轉身，移動。「我猜你一生下來就完全熟悉你的能力。」

「永遠別亂猜。」他牽起我的手，轉動我的身子，我的頭髮掠過他的襯衫。接著，他把我輕輕推開。「現在，感受乙太，擲出靈魂。」

這一次，我的靈魂激射而出。我躍過隔閡，撞到他的夢境時如子彈般彈開，清醒後感覺像腦袋撞到地板。

「還不夠快。」衛士穩穩站著，雙手扣於身後。

「原來這就是利菲特族的幽默感。」我站起身，覺得天搖地晃。「**幸災樂禍**（德語）」。

「沒這回事。」

「你有沒有偶爾反省過你有時候多討人厭？」

「一、兩次。」他雙眼發光。

我再試一次，將靈魂擲出體外。這一次，我站立幾秒後跪倒在地毯上。

「別依賴憤怒，佩姬。把妳的靈魂想像成迴力鏢，輕輕擲出，速速返回。」他單手拉我站起。「記住我教過妳的。試著在妳的肉身倒地前就接觸我的夢境並返回軀殼，而且同時跳舞。」

「跳舞的**同時**倒地？」

「當然。想想莉絲，」他說：「她演的那場戲，就是得邊跳舞邊倒下。」

她的名字令我心痛，但衛士說得沒錯。我想起莉絲沿著彩色絲帶往上爬，再解開絲帶、墜向舞臺。

「妳的肉身就是妳和大地之間的錨點。妳的心靈越是集中在肉身上，妳就越難脫離錨點，也因此妳受傷時很難施展夢行。」他抬起我的下巴。「站起來。」

我的下巴靠在他的指關節上。他的拇指擦過我的臉頰，他感覺到我的脈搏時，彎曲手指，雖然只有幾秒。他的動作迅速，手指溫暖。

他後退。我甩甩頭，稍微恢復清醒後啟動第六感。我想像穿過乙太，脫離這身骨頭的限制。

世界再次變得黯淡。我的身體重心移向腳跟，腹肌收縮，脊椎拉直，胸腔上揚。

我再次繞著他打轉，我的軀殼彷彿單憑指尖攀住大地。

「現在，」衛士說：「這首曲子邀請妳加速。一，二，三！」

我轉動身子，拋出靈魂。

我迅速又流暢地飛向他的夢境。剛剛還感覺像試圖擲出大鐘，現在輕如硬幣。我窺見他的夢境內部，裡頭原是一大片灰燼，但這次我看到中心地帶閃爍著鮮豔色彩。這幅景象彷彿邀請我：他的身軀引誘我控制他、操控他。但接著，我又被往外拉，返回自己的夢境，靈魂收回軀殼……

我的雙掌接觸水泥牆，衝擊力撼動胳臂，直達肩部。雖然兩腿顫抖，但我依然站立。

我沒倒下。

歌曲突然結束，我雙膝發軟，但我沒感到疼痛，只是哈哈大笑，頭暈目眩。衛士扶我起身，抓住我的雙肘。

「妳的笑聲才是我想聽見的音樂，」他說：「妳已經多久沒笑了？」

「你**這輩子**笑過嗎，衛士？」

「身為奈希拉・薩加斯的配偶，實在讓人笑不出來。」

另一首曲子開始，我幾乎沒聽見。我跟他靠得太近，他依然抓住我的雙肘，把我拉向他。

「利菲特人最脆弱的部位，」他說：「就是離物質世界最近的部位。刺傷利菲特人的腳跟、膝蓋或手，造成的疼痛將超過刺傷頭部或心臟。」

「我會牢記在心。」我說。

他眼裡的光芒變得柔和，彷彿燭光。我用手掌觸碰他的臉頰。

他的手沿我的裸臂往上滑，滑過我的肩頸，輕輕放在我的腦後。

重演會館那一幕應該很簡單。奈希拉不在紅簾後方，傑克森不在隔壁房間。在這一刻，世上沒有任何力量能說服我夢行或逃跑。我所有感官都集中在他帶給我的感受上，在我跟他的嘴脣之間的距離上，彼此的氣場如織布機上的色彩般彼此融合。我把手指貼上他的心口，感受他。他的手指和灼熱鼻息都深入我的頭髮。

「人類把昔日愛人稱作『舊火』。」與**美麗**一詞相比，**寒冷**二字更適合形容他這雙金蘋果般的眼睛，他的臉龐一點也不像來自這個世界。「對利菲特族來說，火焰需要很長一段時間才能引燃，可是一旦引燃，就無法熄滅。」

我很快明白他的意思。

「但我會停止，」我說：「我遲早會停止燃燒，我會熄滅。」

漫長沉默。

「是的，」衛士的嗓音極輕。「妳會熄滅。」

他放開我。彼此的接觸中斷後，夜色迅速湧向我。「別打啞謎。」我的胸腔如保險箱般緊緊封閉。「我知道你在說什麼，我也不知道會館那天為何發生那種事、我當時在想什麼。我那時很害怕，而你善待我。如果你是人類——」

「但我不是人類。」他的灼熱目光盯著我的眼睛。「妳對現狀的接受度一再令我驚訝。」

我盯著他的臉，試著看懂他的表情。

「妳得記住，我是利菲特人，我只能從外人的觀點理解妳的世界。妳得記住，我走的路並不好走，」他輕聲道：「如果有誰發現妳我之間的關係，妳不但會失去不凋之眾的支持，也很可能失去生命。我希望妳承認這點，佩姬。」

愛情並沒有進入我跟他之間的關係，我倆對此心知肚明。奧古雷斯・莫薩提姆屬於帷幕空間，不屬於這個世界，而我是街頭之子。如果不凋之眾發現我們之間的曖昧，脆弱的盟友關係就會破裂。但我能從這裡感覺到他溫暖又堅固的存在——他靈魂中的脈動，他夢境裡撩人的黑暗弧線，裹於煙霧的烈火——我意識到，這一切都無法改變我的心意。我還是想跟他在一起，正如那天搭車重返自由之前。

「我沒選擇輕鬆的人生，而且既然我拿錢就得聽話，」我說：「那我只是成為另一種奴隸。蒂拉貝爾應該因為我想徹底摧毀賽昂而給我錢，而不該是為了控制我。」

衛士看著我，看穿我。他從唱機箱裡拿出手套。我渾身僵硬。

「理由永遠存在。」他說。

他戴上手套，從唱機箱裡拿出一朵花。銀蓮花，擁有完美的緋紅花瓣，他碰觸就會受傷。他把花遞給我。

「為了大亂鬥。我知道他們仍使用維多利亞時期的花語。」

我默默接過。

「佩姬。」他的嗓音宛如灰影。「我並不是不想要妳，而是怕太想要妳，而且希望妳在我身邊陪伴太久。」

某種情緒在我心中翻騰。

「沒有『想要太多』這種事，他們就是用這種方法讓我們閉嘴，」我說：「他們說我們很幸運能待在殖民地，而不是回歸乙太。他們說我們很幸運能死於氮安樂，而不是被吊死。他們說我們很幸運能活著，就算我們不自由。他們說我們該滿足他們願意給的，因為他們拿出的已經超過我們值得擁有的。」我撿起外套。「你已經不再是囚犯，奧古雷斯。」

衛士默默看著我。我留他獨自站在樂聲繚繞的破碎樂廳中。

回到巢窩時，門依然鎖著。其他人想必已經放棄等我完成「工作」回來。通往庭院的柵門依然用鐵鏈固定。傑克森還真的說一不二。

我爬牆來到建築後側，我的臥室窗戶半開。我從痠痛的眼睛拿下隱形眼鏡後，發現一張字條放在床頭櫃，上頭寫著優雅的黑色字體。

我猜妳很享受散步。告訴我，寶貝，妳究竟是夢行者還是散步者，就是喜歡半夜

在鎮上亂跑？妳很幸運，因為我被叫去參加集會，不過我們明早會討論妳的叛逆。我越來越沒耐性。

娜汀一定跟他說了。我把字條扔進垃圾桶。傑克森早該把耐性塞進酒瓶裡。我沒換衣服，直接躺在床上，凝視黑暗。

衛士說得沒錯。我是凡人，他不是。

他是利菲特人，我不是。

我想像尼克聽聞我的感受將如何反應。我知道，我知道他會說什麼。他會說我被囚禁時造成的精神壓力讓我對衛士產生不合理的同理心。他會說我是傻子才會有這種感受。

我想像傑克森會說什麼。**心靈這玩意兒無聊得很，除了拿來戳刺之外毫無用處。**他會說這種感受讓我變得軟弱。他會說再小的感情都會為門徒造成致命弱點。

但是衛士在乎我笑不笑，在乎我是死是活。他見過真正的我，而不是世界眼中的我。

這對我來說有特殊意義。

一定有……吧？

突來的決心穿過我的腦海，我的思緒恢復清晰。我赤腳溜進傑克森的辦公室，裡頭一片昏暗，正在播放《骷髏之舞》。我從櫃子裡拿出一大卷紙和一支蠟燭。黑暗中，我坐在幫主的椅子上，低頭寫下參加大亂鬥的申請書。

日出前，我直接前往柯芬園，走向最大的花販。幾名靈視者聚在攤位前，等店家開始營業，打算購買申請人所需的花束。每一種花上都有標籤，說明花語的含意。

哪些花受歡迎，一看就知道。劍蘭，戰士之花；雪松象徵力量；秋海棠——警告擂臺上將有一場激戰。我從這些花朵旁走過，再三考慮後，拿起一些象徵好運的愛爾蘭風鈴草，最後拿起一朵紫色的歐白英。

標籤上寫著「真相」。

我用黑色緞帶把這些花綁成一束：幸運、真相，以及利菲特族的剋星，能撂倒巨人的花朵。我在日出光輝下走向祕密信箱，把花束和申請書一併放進送件口。

不管接下來發生什麼事，我的晢夢者身分都不會維持多久。

PART III
THE MONARCH DAYS

第三部 君權時代

許多靈視者從沒想過自己與城中其他人有何不同，我想在後記中表示我希望這篇研究帶給了他們一些啓發。這十年雖然艱苦，但透過這本小冊，希望我所期望的一個階級更為明確、組織更為嚴謹的社會或許能成真。想在迫害底下生存，我們就必須以火攻火。

——匿名作者，《反常能力的價值》

插曲

頌讚地下社會

君權早已瓦解，被鮮血和刀劍連根拔起。在黑夜掩護下，新任諸王以面具遮臉，在錨徽的陰影底下滑翔。

小提琴手獨自一人在綴以雨珠的街道上演奏優美的奏鳴曲。死者之聲就在她的弓中。

一名無聲男孩仰望明月，用自己永遠無法理解的語言歌唱。

似雪男子看到世界開始改變，腦海中爆發明日之景。

咕咕鐘在房裡滴答作響。

兩眼如燈的怪物潛伏於城塞骨架，其命運如今與佩姬·馬亨尼及玫瑰擂臺緊緊串聯。

這些日子都以放著紅花的墓碑做為終結。

沒有血肉的手掀起絲布，放在擁有兩副笑臉和一顆破碎之心的女子身上。

城中各處，小小光芒蠢蠢欲動。手指掠過一顆水晶球的光滑表面，翅膀在球中深處震動。地平線上的黑翼熄滅星光。

收件人

哲夢者

第一地區之第四小區的尊貴門徒

第四屆大亂鬥的確切地點，將於兩天後由一名來自第二地區之第四小區的信差親自交給貴幫主。人力車將於十一月一日晚上十點整抵達妳的指定上車處。

以下是二十五名確認參賽的選手，以幫主與門徒的組合方式排列：

第六地區：**狡兔與綠人 ＊ 綠牙珍妮與五月弄臣**

第五地區：**邪風與黑莓荊棘**

第四地區：**紅帽與仙后 ＊ 無面人與天鵝騎士**

第三地區：**絞刑師與傑克・希卡崔弗 ＊ 燈主與倫敦怪人**

第二地區：**血拳與半幣 ＊ 惡女與路匪 ＊ 方舟惡棍與磨刀人**

第一地區：**白縛靈師與哲夢者**

獨立參賽者：**孤獨靈感者＊血心＊黑蛾**

敏提．沃弗森

靈魂俱樂部祕書，大會女司儀
以女院長之名，
第一之二區之女幫主，
賽昂倫敦城塞之臨時闇后

第二十章 印刷錯誤

十月三十日星期四，已經一年半沒有發表任何新作的葛拉布街出版社終於推出第一本匿名虛構小說《利菲特族之啟示》，如煙火般在倫敦街頭流傳。銅板郵站的車輛跑遍全城，配送這本描述利菲特族與厄冥族的恐怖故事，這本小書如剛出爐的香料蛋糕在地下世界的各個角落販賣。

我初次目睹成品時，正在第一之四區的街上。因為其他人都有事要忙，傑克森就派我和尼克去附近跑腿，並吩咐我們不許離開七晷區。我推門進入查特林餐廳，門上鈴鐺發出聲響。

「查特，我來收你下個月的租金，」我把胳臂擱在吧檯上。「抱歉。」

沒人回應。我查看吧檯，發現查特把臉埋在書後。我看到書名時，不禁背脊發麻。

「查特。」我再叫他一聲。

「噢——」他一臉尷尬，放下書，摘下老花眼鏡。「抱歉，妳說啥來著，親愛的？」

「租金，十一月的。」

「瞭解。」他眉頭緊皺。「妳看過這本沒有？」

我接過書本，裝得不感興趣。葛拉布街的書通常都是黑白印刷，但這本跟《反常能力的價值》一樣加入紅色墨水。

「沒，」我把書遞給他。「關於什麼？」

「賽昂。」

他驚訝得啞口無言，走向餐廳後側。我撫摸封面，嘴角微微上揚。**謝謝你，亞弗烈德**。在粗大的書名底下，是一名利菲特和一隻厄冥進行致命格鬥的場面。厄冥族被畫成模樣醜陋、身軀半溶的屍體，肢體彷彿經過一番拉扯，眼珠是白色球體。在牠身旁，雌雄同體的利菲特人畫得實在漂亮，肌肉發達但也模樣駭人，手持巨劍，盾牌上是賽昂錨徽。

「拿去，親愛的。」查特回來時，手裡拿著一卷鈔票。「幫我跟縛靈師問候一聲。」

我把錢收進口袋。「你最近生意好嗎，查特？我可以再等幾天。」

「生意還不錯。」他把書翻回剛剛在看的那一頁。「想像一下，如果書裡寫的都是真的……妳知道，我覺得賽昂幹得出這種事，就算怪物啥的都是胡扯。」

「自由世界裡也有人認為靈視者並不存在。有太多事情是我們不知道的。」我拉起領巾遮臉。「回頭見，查特。」

他悶哼一聲，注意力都放在書上。

我走出餐廳，來到十月的稀薄陽光下。尼克正在外頭等候，坐在長椅上，仰頭享受半熱半冷的陽光。他轉頭看我。

「拿到了嗎？」他問。

我點頭。「咱們回去吧。」

我們並肩走出餐廳前院。昨天下午，一隊警戒者進入七晷區，在幾間商店和咖啡店裡問問題，逼得我們跳進緊急藏身處、逃去蘇豪區。幸好他們沒闖進巢窩。「查特拿到一本新的恐怖小說，」我說：「看來是匿名作者，新手。」

「噢，是嗎？我也需要新的讀物。」尼克微笑，大概因為這種話題還算尋常。「書名叫什麼？」

「《利菲特族之啟示》。」

他瞪著我。「妳居然！」

「我什麼也沒做。」

「佩──夢行者！縛靈師如果發現妳跟他搶小冊生意，一定會大發雷霆。他會立刻猜到是妳。」他的眼睛瞪得跟瓶蓋一樣大。「妳這麼做是為了什麼？」

「那本書能讓大家知道自己面對什麼樣的威脅，我受夠了世人被蒙在鼓裡。」我冷冷道：「奈希拉就是算好利菲特族自揭身分前，不會有人知道這個祕密。我想在街上聽見『利菲特族』這個名詞，我想知道我們揭發了他們的存在、破壞了他們的計畫，就算只是透過流言。」

「傑克森就跟測謊機一樣，他會知道。」他長嘆一聲，從口袋掏出後院柵門的鑰匙。「我們進屋前最好先練練。」

我跟著他。衛士讓我稍微更懂得如何運用我的靈魂，但我還是得強化體能和速度。

衛士。他的名字讓我渾身感到一種古怪的暖意。作白日夢只是浪費時間，但我很想把我跟他在音樂廳的那個話題說完。

來到巢窩的後院，尼克把大衣丟在長椅上，把雙臂拉到頭上伸展，他的光滑金髮在陽光下閃閃發亮。「妳對大亂鬥有何感想？」

「知道自己得在公眾場合對付二十多人，感想能有多好？」我伸展手指。「我的手腕可能會是個問題，在殖民地的時候折斷過。」

「妳到時候可以在手上纏繃帶。」他擺出防禦姿態，露齒而笑。「放馬過來。」

我扮個鬼臉，舉起雙拳。

他逼我在庭院裡待了一小時，練習出拳、閃避、佯攻和彎腰，還要我在花朵盛開的小樹上練習引體向上。他一度從某處召來一縷遊魂，拋向我的臉，害我跌倒。我倆哈哈大笑。他放我走的時候，我腰瘦背痛，但對成果感到滿意。我的胳臂已經不像在殖民地的時候那麼無力。我在長椅坐下，喘口氣。

「還好嗎，小可愛？」

我伸展一手。「還好。」

「妳做得很好。記住，保持動作敏捷，這就是妳的優勢。」他交叉雙臂，幾乎一滴汗也沒流。「而且多吃點東西。我們需要妳為這場比賽回到體力最充沛的狀態。」

「好。」我擦擦上唇。「西結呢？」

「應該在跑腿。」他抬頭望向窗戶。「去吧。妳最好把錢交給傑克森。」

我跑到樓上浴室，脫下被汗水浸溼的衣服，淋浴後換上乾淨衣服。我沒弄乾頭髮，直接跑去敲傑克森的門。

「什麼事？」緊繃嗓音傳來。

我走進，舉起信封。「我拿到查特的租金。」

傑克森躺在沙發上，雙手交疊於胸前。他甩動雙腿，換成坐姿，駝著背，雙手在膝上搭成橋狀。他難得沒喝醉，但身穿睡袍和條紋長褲，看起來矮小瘦弱，完全不像我的幫主。我拿出八百鎊現金，這是查特每個月利潤中很大的一部分，並放在鑲有寶石的錢盒上。

「妳留一半。」他說。

「這裡有八百耶。」

「妳留一半，佩姬。」他點燃一支小雪茄，輕輕叼在嘴裡。

他平時發工資時總是喜歡耍個花俏動作，而且我想不起我上一次拿到這麼多工資是什麼時候。趁他還沒改變主意，我拿走一半的鈔票，收進外套，把剩下的塞進信封。「謝了，傑克森。」

「為了妳，我做什麼都願意，親愛的。」他凝視手中的小雪茄。「妳知道我願意為妳做任何事吧，寶貝？」

我繃緊背脊。

「是的，」我說：「當然。」

「當然。而我拿我的命、我的地盤和所有手下當賭注去救妳時，我沒想到妳會違抗我的命令。」他把蒼白的手伸向讀物。「我今早在尼爾庭園享用早餐時，收到某個東西。」

我假裝感興趣。「噢？」

「噢，是的。噢，天啊。」他拿出恐怖小說，一臉鄙視。「《利菲特族之啟示》，」他朗誦：「**真實記錄賽昂背後的恐怖主人，以及他們對靈視者的獵捕**。」他一甩手腕，把書丟進無火壁爐。「從文筆來看，我還以為出自蒂迪恩哪個手下，但是蒂迪恩．韋特的創造力跟一袋馬鈴薯差不多。這個寫手雖然三流，但想像力確實扯到極限。」

他在三秒內就來到我面前，揪住我的雙臂。「妳什麼時候寫的？」

我毫不退縮。「不是我寫的。」

他的鼻翼顫動。「妳把我當傻瓜，佩姬？」

「是其中一個逃犯，」我說：「她說過想寫一本小冊，我叫她別那麼做，但她一定——」

「——叫妳寫？」

「傑克森，我就算為了保命也不可能寫得出這種東西。你才是職業作家。」

他看著我。「的確。」他從嘴裡吐出雪茄煙。「看來妳還跟那些逃犯保持聯絡。」

「我不知道他們現在在哪。他們不是每個人都有富裕的幫主撐腰，傑克森，」我說：「他們總得想辦法賺錢。」

「當然。」他的怒火熄滅。「好吧，寫了就是寫了，反正也只會被當成天方夜譚，妳看著吧。」

「是的，傑克森。」我清清喉嚨。「我能不能看看？」

傑克森狠狠瞪我一眼。

「我下次搞不好會逮到妳偷看蒂迪恩寫的詩。」他揮手要我出去。「快滾。」

我從壁爐裡拿出小冊，轉身離去。他遲早會發現這件事跟我有關，他大概一有空就會打電話去葛拉布街（他最近似乎隨時都有空）質問作者的身分。我很想相信亞弗烈德，但他早在我出生前就跟傑克森是朋友。祕密遲早會曝光。

我回到臥室，立刻注意到幾個東西在我出門時被動過。魔燈、飾品盒。有人進來亂動我的東西，而且顯然不是外頭的入侵者。我檢查枕頭套，發現縫線依然完整。為了以防萬一，我還是把紅手帕和裝了錢的信封塞進靴子裡。

傑克森真的太過分了。他以為我藏了什麼？我把恐怖小說拿到床上，翻到第十二章，裡頭描述巴麥尊大臣面對極為兩難的抉擇。

巴麥尊早上醒來，來到八角大廳，只見女怪物又站在那裡，一身華服，雖無女王之名但儼然君臨天下。「光明者，」他說：「您的要求恐怕無法成真。雖然我試過說服大臣相信您的善良，但他們認為我的大腦已被鴉片和茴香酒毒害。」

怪物微笑，美麗又怪異。

「我親愛的亨利，」她說：「你必須讓大臣們相信，我無意傷害你們這些看不見靈界之人的人民，我只想解放倫敦的靈視者。」

我渾身起雞皮疙瘩。這跟原稿不一樣，原文是「囚禁」而不是「解放」，我也確定原文不是用美麗一詞形容奈希拉。應該吧？我現在沒有那兩份原稿——分別在亞弗烈德和蒂拉貝爾手上——但我們怎麼可能使用美麗這種字眼？

我繼續讀下去。如果只有這一個錯誤，倒也還好。但是，不，我發現越來越多錯誤，如黴菌般在故事主軸中增生。

女士的影子掃過街道，一名雙手顫抖的男性預言者看著她，她的美貌立刻安撫了他受傷的靈魂。

「跟我來，可憐的失落靈魂，」她說：「我會帶你去沒有絕望的地方。」

預言者站起，欣喜若狂。

這一次，我的心臟強烈震顫。不，這完全錯了，原文裡根本沒描述奈希拉的美貌，也沒說她撫平任何人的受傷靈魂。而且，「欣喜若狂」……這裡明明應該是「驚恐萬分」，我清楚記得原稿的這一段……我抓起拋棄式手機，輸入亞弗烈德給我的電話號碼，感覺心臟狂跳、口乾舌燥。連續幾聲鈴響，卻沒人接電話。

「快接啊。」我嘶吼。

我再試兩次後，另一頭終於傳來喀啦聲。「喂，什麼事？」

「我要找亞弗烈德，跟他說晢夢者找他。」

「稍等。」

我不耐煩地用指尖敲敲床頭櫃。一個熟悉的嗓音終於從線路另一頭傳來：「喂，親愛的！《利菲特族之啟示》如何？」

「內容被改了很多。」我盡量穩住嗓門。「是誰改的？」

「當然是那些作者啊，他們沒跟妳說？」

我感覺胃袋下沉。「那些作者，」我重複這個名詞。「你有聽見他們說話嗎，亞弗烈德？」

「這個嘛，我確實有聽見某人說話，一個很親切的年輕人，名叫菲立斯・庫姆斯。他說他仔細考慮後，覺得書裡除了有壞人，應該也要有好人。既然利菲特族比較沒那麼噁心，所以被選為籠統的『好人』。」

「這是什麼時候發生的事？」

「噢，就在開始印刷前。」停頓。「怎麼了嗎，親愛的？妳發現印刷錯誤？」

我坐回床上，心臟跳得緩慢又無力。

「沒有，」我說：「當我沒說。」

我掛了電話，帶著怒火再次閱讀小冊，瞪著印刷字體。

蒂拉貝爾的錢居然被拿去美化薩加斯。

書中的利菲特族不把人類當成食物，也沒提到銀蓮花。利菲特族居然對抗邪惡的厄冥族，保護軟弱的靈視者。故事成了美麗神話，成了賽昂領袖們相信了兩百年的神話：睿智又全能的利菲特族，降臨人間的天神，幫人類對抗墮落巨人。黑浪在我腦海中起伏打轉。

這不可能是菲立斯自作主張。一定有人聽說了這本小冊，想保護利菲特族，想為他們建立良好形象。

布骨人。一定是他，他知道利菲特族的存在。如果他逮到那些逃犯……把他們交給奈希拉……

我渾身冒冷汗。我用袖子擦擦上唇，但無法停止顫抖。這不是亞弗烈德的錯，他盡力了——更何況，他根本不知道改動原文為何令我難過，畢竟這只是個故事，只是別人寫的故事。

這一切都無所謂，書已經出版了，現在重要的是找到菲立斯他們。我匆忙套上大衣和帽子，推開窗戶。

「佩姬？」門板戛然開啟，伊萊莎走進。「佩姬，我需要——」

看到我蹲在窗臺上、用手抓住窗框，她整個人愣住。「我得出門，」我邊說邊把兩腿伸出窗外。「伊萊莎，妳能不能幫我留意電話亭？跟尼克說我去見其他逃犯。」

她慢慢把門在身後關上。「妳要去哪？」

「康登碼頭。」

「噢，真的？」她露出笑容。「其實我有點想跟妳一起去，傑克森需要白翠菊。」

我愣住。「為什麼？」

「妳別說出去，但我認為他有把白翠菊加進茴香酒裡。我搞不懂他最近怎麼回事，他好像想抽菸酗酒到死。」

不管他想忘掉什麼不愉快的事，顯然不會告訴我們。「我們不是去購物，那個地區都在封鎖狀態，」我稍作停頓。「其實，我需要妳幫忙，如果妳有空。」

「我們要去那裡做什麼？」

「到了再告訴妳。」我朝她招手。「帶把刀，還有槍。」

我叫野雞車夫盡量把車開到馬廄市集附近，讓我們在霍利街北端的寧靜住宅區下車。「布娃娃不許我們更接近市集，」她對我說：「信差、無照計程車……任何來自其他地區的地下世界成員都不能接近市集。搞不懂他們最近怎麼回事。我敢打賭，妳們想進去一定不容易。」她伸出一手。「費用是八鎊四，謝謝。」

「白縛靈師會幫我付錢給妳，」我已經踏出車外。「把帳單送去第一之四區的信箱。」

她開車離去時，我爬上一面鷹架。伊萊莎跟在我身後，看來不太高興。

「佩姬，」她惱火道：「妳想不想說明我們究竟來這兒做什麼？」

「我想看看其他逃犯的狀況，情況不對勁。」

「妳又怎麼知道？」

我如果照實回答，就得一併承認我跟恐怖小說之間的關係。「我就是知道。」

「噢，**少來了**。」她跳到下一面屋頂。「就連靈視者也沒資格說這種屁話，佩姬。」

我助跑跳過扁平屋頂之間。來到街尾的建築後，我在屋頂邊緣蹲下，查看下方。喬克農場路已經人潮洶湧，店家傳出光芒和音樂，人行道擠滿靈盲和靈視者。如果我們能偷偷過街，翻過牆壁，就能進入馬廄市集，離艾葛莎精品店只有幾分鐘路程。

靈視者路過時，我感覺氣場閃爍。一名布娃娃幫的女性成員斜靠在牆邊，一頭藍髮，身上帶著兩把手槍，但她離我太遠，感覺不到我的氣場。伊萊莎跟著我，我沿建築另一側爬下，衝過街道，用手肘撞開一名擋路的靈盲，接著迅速一跳，爬到牆頂。伊萊莎緊跟在後，但她的腿比較短。我抓住她的腋下，把她拖到牆壁另一頭。

「妳瘋了？」她生氣地對我輕聲說：「妳也聽見那個車夫怎麼說的！」

「我有聽見。」我邊走邊說：「而且我想知道布娃娃究竟想對外人隱瞞什麼。」

「誰在乎其他幫派在想什麼？妳的肩膀可沒寬到能扛起倫敦所有問題，佩姬……」

「也許吧，」我說：「但如果傑克森想成為闇帝，他的肩膀就得再寬一點。」我握著刀柄。「說起來，傑克森也有偷翻妳的東西？還是只有溜進我的房間？」

她瞥我一眼。「我的確注意到幾個東西被動過。妳認為是傑克森？」

「一定是。」

市集在下午這時候非常繁忙，現在是賽昂規定的下班時間。愈加黯淡的陽光在一排排珠寶上反射。我穿過市集的迴廊，經過諸多攤位，走過吊燈底下，隨時留意附近有沒有布娃娃的人，附近任何人都可能是那個幫派的夥伴。我一發現靈視者，就拉著伊萊莎找地方躲藏，等靈視者走遠。我抵達目的地時，一路上已經見過布娃娃幫的兩群成員和許多靈視者，後者想必聽從布娃娃的使喚。

艾葛莎精品店的門鎖著，門上掛著「整修中，暫時休業」的告示牌，櫥窗裡的珠寶都已不見蹤影。門外由一小群武裝幫派分子看守，其中一人是個靈感者，一臉鬍鬚，頭髮染成淡綠色；他蹲在地上，膝上放著一個餐盒。其他人警覺地看著附近忙著擺攤的商人。

「伊萊莎，」我開口，她靠向我，「妳能不能轉移他們的注意力？」

「妳不能進去，」她嘶吼：「想像一下，如果有誰想溜進我們掌管的建築，一定會被傑克森——」

「——打得半死，我知道。」這些人不會只是把我打得半死，而是會直接殺了我。

「妳只要能讓他們離開店鋪五分鐘就好，我會在一、兩小時後回巢窩跟妳會合。」

「妳最好為這件事付錢給我，佩姬。妳欠我兩星期的工資，兩**年**的工資。」

我只是看著她。她低聲咒罵幾字，從桌底下爬出去。「把妳的帽子給我，」她伸出一手。我脫下帽子丟給她。

既然他們派六人看守店面，裡頭一定藏了很重要的東西。菲立斯他們也許還在地窖裡，就像衛士在地坑那樣被銬著。

我靜心等候，盯著店面。伊萊莎比我更早加入七封印，而且從小就被訓練成竊賊，在聲東擊西和迅速逃離這兩方面是大師，就算傑克森聘用她後很少給她街頭工作。

她消失一分鐘後，我察覺到她出現，她從我的右手邊接近，走出一間商店，戴著偷來的灰色眼鏡，捲髮塞進我提供的帽子裡，看起來明顯鬼鬼祟祟。布娃娃幫一注意到她便提高警覺，其中一名女子站起。

「喂。」

伊萊莎加快腳步，低著頭，走向最近的市集迴廊。一名紫髮女子作勢拔槍。

「妳，站住，」她說：「我覺得她有問題。」

其他人也站起。男子看著膝上的餐盒片刻，翻白眼。「反正裡頭又沒有什麼東西好偷。」

「如果有，而且遺失，那你就得去跟席芳解釋。她最近心情不太好。」

伊萊莎開始小跑，布娃娃們立刻追去。他們離去後，我走過剩下那名守衛身旁，對方看都沒看我一眼。我繞到店鋪後側，想起地下室的窗戶就在這一處。我搜索一分鐘後，找到窗戶，出腳一踢，碎玻璃掉在地板上。雖然窗口很小，但我勉強鑽進。

藏身處裡沒人。看在外人眼裡，這裡只是無人店鋪的地窖。

我在這裡逗留片刻，蹲在碎玻璃之中，稀疏陽光滲進地下室。我一開始猜想逃犯們被抓去康登地坑，但那個藏匿處已經曝光。這裡一定有什麼線索……眼睛適應昏暗環境後，我用指尖撫摸地板上一條已經凝固的血跡，它伸進一面用光滑的深色木材製成的空書櫃底下。

艾葛莎說過這間商店就是第二之四區的「緊急藏身處」。這種空間不只用來躲藏，也為了前往其他地區。我們的藏身處能從七晷區前往蘇豪廣場，漢克特的藏身處則是從圍籬底下通往周圍的貧民窟。如果布娃娃想偷偷帶走逃犯，地下路線就很合理。

這個地窖入口藏在一樓店面的黑檀木櫃內側，避開警戒者偵查，我敢打賭眼前這面書櫃就是第二個祕密入口。我把指尖插進書櫃後方，拚命拉扯，雙臂灼熱，額頭冒汗。空心的喀啷聲傳來，書櫃終於轉動，鉸鏈顯然保養妥當，幾乎沒發出任何聲響。書櫃後方是一條狹窄的石砌地道，極為低矮，我無法站直。帶有霉味的冰涼空氣飄來，擾動我的頭髮。

我的理智面叫我等到有幫手的時候再進去，但我每次聽從理智總是沒取得什麼成果。我打開手電筒，走進地道，沒闔上書櫃。

這條路十分漫長。地道一開始狹窄又樸素，我幾乎沒有空間擺動手肘，但通道逐漸變寬，我吸進潮溼空氣時終於不用再嘶喘。我必須低頭駝背，避免撞到看起來用水泥砌成的低矮天花板。

不久後，我發現一道通風口，能從這裡看到康登地坑。這裡太黑，我看不清楚細節，但我知道我正對著衛士的牢房。

我開始覺得艾薇不該信任昔日的訓童師。艾葛莎就是布骨人的巢窩守門人——而且恐怕不只如此。地道朝另一個方向延伸而去，我深吸一口氣，繼續前進。

又走了十分鐘後，我的手電筒閃爍熄滅，我周圍伸手不見五指。**媽的**。我敲敲手錶，裡頭的真空管綻放微弱藍光。我後悔沒帶伊萊莎一起來，就算只是能有個說話的對象。我只希望她成功擺脫布娃娃幫，否則就會輪到她人間蒸發。當然，我可能比她更早失蹤。我唯一的寄託，就是如果在這底下迷路，衛士會感應到我在哪。

我用雙手摸索找路，繼續前進，每走幾步路就撞到頭，直到我進入一條地道。看到倫敦地鐵獨特的圓形天花板，我立刻後退，想抽出手槍，但是地道無人。這裡看起來又是一座廢棄已久的車站，就像倫敦塔底下那座。

停在軌道上的列車很特別，因為它的高度只到我的腰，比較像小型貨車而非一般車廂。列車兩端漆成紅色，中央區塊鏽成黑色，車廂兩側用金色字體寫著「英格蘭共和國郵政」。我依稀記得曾在學校學過這件事：二十世紀初，電腦尚未普及前，有一條郵政軌道負責在城塞裡傳送新共和國的祕密訊息。電子郵件出現後，郵政軌道就被棄置，顯然被丟在這裡腐爛。

我的心臟如拳頭般壓著胸腔狂跳。我最害怕的下場就是爬上列車，前往未知目的地，但逃犯們顯然就是這樣被送走。

列車末端是一個鮮橘色的拉桿，上頭有些凝固的血跡，列車兩側有一些沾染鐵鏽的指紋，看起來是幾天前留下。我爬進其中一個小型車廂，低聲咒罵，用雙手拉動操縱桿。我越來越討厭列車。

列車發出低沉隆隆聲，沿鐵軌滑動，穿過漆黑地道，我只看得見手錶發出的光芒。等我回去以後，尼克一定會殺了我。

幾分鐘經過。黑暗壓迫而來，逼得我的血液湧入頭部。我不斷告訴自己，這輛車不會前往殖民地——它太小，速度太慢——但我還是覺得心跳急促。我把手腕貼在胸前，盯著手錶，這是唯一的光源。

半小時後，列車進入一條明亮地道，慢慢停下。我爬出車廂，跳到月臺上，這裡跟上一座月臺一樣狹窄而簡單。我雙眼灼痛，一道光在我上方閃爍。我慢慢走向另一條地道，看起來是直直的上坡，地上有更多血跡。我現在離康登至少有好幾哩，但列車只開了半小時——考慮到倫敦有多大，我可能還在中央地區。我爬上一條矮梯，進入一條地道，低矮得我必須彎著腰走。我終於看到光——溫暖的室內燈光。

附近有夢境，十五個。我認出艾薇的夢境，黯淡、安靜又破碎。逃犯一定都在這裡，被守衛包圍。我用雙手和膝蓋爬行，避免靴子發出聲響。我來到地道盡頭，發現這裡是一面格柵，很像衣櫃那種。我透過格柵看到一張椅子的背部，有人用雙手抓住椅子的兩側，一頭綠色短髮。

艾葛莎。

她直直坐著，背對我。我動也不動。

在這個由火光照映的房間裡，擺著一張龐大的天篷床，上頭鋪著絲被、白色床單、印有字母圖案的枕頭，和光滑的鮮紅色靠枕。厚重簾布垂於床邊，布面繡有精美金紋。一面光滑的床頭櫃上放著一只玻璃花瓶，裡頭插著粉紅色的翠菊花。壁爐旁放著幾張高背天鵝絨扶手椅、一張花梨木茶几和一面全身鏡，都擺在一面薄荷綠地毯上。

門板吱嘎開啟時，艾葛莎立刻扭頭望去。我躲進陰影。

「妳可終於來了，」她沙啞道：「我等了很久。」

對方沉默片刻後才回話：「我能不能問問妳來做什麼，艾葛莎？」

我感覺內臟糾結。我認得低沉又沙啞的嗓音，透過格柵窺視時，渾身發涼。是女院長。

第二十一章
共生

他們與乙太連結的方式，是透過他們自己、求卜者，或受害者的肉身。因為他們大多聲稱在工作時使用身體穢物，因此成了我們靈視者社會的賤民。大批墮落占兆者在雅各島形成龐大社群，也就是第二地區的大貧民窟。我強烈建議讀者避開城塞的這一區，以免淪為那種低級靈視活動的受害者。

——匿名作者，《反常能力的價值》

「我來收錢。」艾葛莎的嘴脣依然抹成綠色。「他們答應給妳的，我要一半。」

「我清楚記得咱們之間的約定。」從格柵滲進的光芒為之挪動。「我猜這跟那間店有關。妳應該明白我們為何必須關掉那間店吧？」

這裡想必就是她的夜總會。「地道入口藏在兩道門後，」艾葛莎沙啞道：「我靠那間店賺了不少錢。」

「這是必要的安全措施，吾友。暂夢者有個壞習慣，就是喜歡鑽進祕密地點。」

妳說得可真是一點也沒錯，我心想。

女院長拋開外套，身上穿著高腰裙和皺褶襯衫。她接著解開固定在頭上的高帽，濃密有光澤的頭髮垂於背部，髮梢微微捲起。在火光包圍下，她在艾葛莎對面的扶手椅坐下，就在我的視線中。

「雅各賓醒了沒有？」

「她醒了。」女院長邊說邊倒兩杯玫瑰紅酒。「我們拿到了想要的情報，花了一番工夫……說服她。」

艾葛莎悶哼一聲。「她活該，誰叫她敢離開我。是我從水溝裡撿她回家，她報答我的方式居然是跑去替妳的主子工作。」

「妳別搞錯，我可沒有主子。」女院長冷冷回話。

「那麼，告訴我，**闇后**，他為何從不現身？他為何躲起來，讓那些小人物幫他幹骯髒差事？」

「那些『小人物』，艾葛莎——」女院長舉起酒杯。「都是這個集團的首領，也是妳的首領。我和他有很多朋友。等時機到來，我們會有更多朋友。」

冰冷輕笑。「應該是更多卒子吧。總之，我不會成為卒子。我雖然失去發言權，但我可不是傻瓜。既然妳的小計謀能讓妳賺大錢、繼續穿那種衣服，那妳現在就可以放些錢在我的口袋裡。」

她伸出手。女院長又啜飲一口酒，全程盯著艾葛莎。

都是這個集團的首領。**計謀**。我牢記這些關鍵字，體內充滿腎上腺素。**骯髒差事**。**雅各賓**。無論真相為何，都比我想像得更複雜。另一個夢境接近這個房間，從下方樓層而來。

「我在這些逃犯身上花了不少錢，給他們吃穿。」艾葛莎的嗓子啞得更厲害。「不過，我得除掉其中兩個，他們在睡夢中尖叫，哭著說林子裡有怪物。我一看就知道他們的夢境已經破碎、成了廢人。我趁其他四個睡覺時雇了幾個雜役處理那兩人的屍體，妳不知道那花了我多少錢。」

另外那兩個逃犯，一男一女。我氣得渾身顫抖。我居然把他們從原先的地獄送進另一個地獄。

「我們很快就會處理妳的不滿，吾友。啊，」女院長微笑道：「轉過身來，艾葛莎，妳的錢就在這兒。」

「很好。」椅子被往後推，在木質地板上吱嘎作響。「你可終於來了，小子，我等了——」

一聲槍響。

聲響來得太過突然，而且離我太近，我差點尖叫出聲。我急忙撲倒在衣櫃裡的地板上，把拳頭塞在嘴裡。透過格柵，我能看到那兩張椅子。艾葛莎翻倒在地，明顯斷氣。

一道影子遮住火光。「她太多嘴。」低沉的男性嗓音。

「她扮演了她的角色。」一隻赤腳踢開屍體。「一切都準備好了？」

「就在樓下。」

「很好。」她揉揉頸側。「把我的行李箱拿去車上，我得……做準備。」

男子從我的藏身處外頭走過，跨過地毯上的屍體，雙手扣於身後。從兜帽來判斷，這人應該就是她的門徒高僧。「需不需要鋰鹽？」

「不。」他的女幫主閉上眼，胸腔擴張。「不用鋰鹽。我們的共生關係已遠比以前強韌。」

「妳的身體並沒有變得更強壯，上一次令妳體力耗盡，」門徒粗啞道：「他們一定能另外找到擁有妳這種天賦的人。冒這麼多險，為了什麼？為了**他**？」

「你也很清楚為了什麼。因為他們知道我的臉，但不知道他長什麼模樣。因為我犯了錯。」她抓緊玻璃杯。「上一次是八名武裝惡棍——就算喝醉還是很強壯。這次是一名門徒。今晚結束後，刀嘴將不再是個威脅。」她站起，把剩下的紅酒倒在艾葛莎身上。「我要多一倍的布娃娃成員在艾葛莎的店鋪外站崗。拿到酬勞之前，店鋪必須牢牢封閉。」

高僧沉默片刻後說聲：「遵命。」

我盡量無聲呼吸。

「我需要一點時間……面對他。敲門三下，等我下令後再進來。」

他們離去，光芒再次挪移。我躲回地道，直到其夢境遠去，我才用手肘往前爬，推動衣櫃門，發現門板從外側鎖起。我使盡所有力氣，但門鎖依然牢固。我拚命搖晃，最後沮喪地癱靠在地道上。

如果我破門而出，她就會知道有人來過，並把逃犯們移往別處。他們就在這裡，在這棟建築的某處。

她要殺掉刀嘴。

這些真相令我難以消化。臨時闇后居然……可是這沒道理。她和漢克特是朋友……我必須查明怎麼回事。**共生**。**鋰鹽**。我甩甩頭，咬緊牙關。**仔細想想，佩姬！**女院長是物理靈感師。**共生**……我再次咒罵自己為何不帶伊萊莎一起來，她會知道這是什麼意思。

動動腦子。我分析破碎的線索和言語，試圖拼湊，只覺得大腦過熱。

我能比女院長更快抵達刀嘴的藏身處。艾薇說過她跟刀嘴一起長大——在同一個社區——究竟在哪？艾葛莎是在康登街頭撿到艾薇。艾薇不是被拋棄就是逃離……

等等。我心跳加速。她倆之間有個共同點——都是墮落占兆者：刀嘴是血相師，艾薇是手相師。

《反常能力的價值》出版後，所有墮落占兆者都被關在哪？他們如果在街上被集團成員看到，會被抓去哪？他們的後代在哪出生？

告訴我，艾薇・雅各躲在哪。

我擦掉上脣的汗水，凝視黑暗。她們只可能在某個地方一起長大，能讓她避開外界，能讓她逃離殺掉她幫主的那些人。我循原路返回康登。

刀嘴在雅各島。

我搭乘郵政列車，花了十五分鐘才回到城塞；我把操縱桿撥到高速檔，再花十分鐘狂奔，跑過地道，回到店裡的藏身處。我鑽過地下室的窗口後，如喝水般狂吸新鮮空氣，渾身打顫。我沒時間停下，甚至沒時間呼吸。我跑過市集，回到霍利街，衝到一輛野雞車前方，雙手砸在引擎蓋上。車夫從窗口探頭出來，氣得滿臉通紅。

「喂！」

「伯蒙德。」我跳上車，滿身大汗。「拜託，我得趕去伯蒙德，越快越好。」

「妳知不知道妳這樣橫衝直撞有多危險，丫頭？」

我咬緊牙關，只想用靈魂衝撞這傢伙，我的鼻孔因此流下一滴鼻血。「如果你有什麼不滿，」我喘道：「去找白縛靈師，他會為你的匆忙付錢給你。」

他終於開車。我用拇指輸入第一之四區的電話亭號碼。響了兩聲後，熟悉的嗓音傳來。

「一之四。」

「繆思？」很好，她平安回家。「繆思，聽著，我得去別的地方，不過——」

「夢行者，妳得冷靜下來，說清楚到底怎麼回事。妳失蹤了一小時。妳現在在哪？」

「去第三之六區的路上。」我把溼髮往後撥。「妳能不能跟我在伯蒙德會合？」

線路劈啪作響。「現在不行，別忘了縛靈師的宵禁。聽著，我會盡量想辦法，但恐怕得等到他派我們出門才行。」

「好吧。」我感覺咽喉緊縮。「我有事要告訴妳。」

我這下又得靠自己。我掛了電話，癱靠在車門上，讓車子帶我拐過一個個轉角。

雅各島，位於河彎的一片街區，是賽昂倫敦中最糟的貧民窟，長度不到一哩，在君權時代就被視為無可救藥的垃圾坑。傑克森小時候就發現這個地方，他一定認為這裡是最適合墮落占兆者——靈視者社會的賤民——的監獄。只有手相師例外，這門技藝雖然不算下流，但他們也不算受歡迎，畢竟聽說他們有些人利用內臟占卜。

《反常能力的價值》出版後，四十三名墮落占兆者遭到殺害，剩下的都被關在這裡。我對貧民窟內部所知不多，但我知道這裡的居民一輩子都不許離開此地。他們被囚禁於此後一定有生兒育女，而那些後代只能一輩子看著伯蒙德的這一角。在這裡出生的人，都姓「雅各」。

公告螢幕上的艾薇沒有姓氏。如果她是在雅各島出生，就不可能被登記在賽昂的戶口資料上。但她和刀嘴是怎麼離開這裡？

如果我判斷錯誤，就無法及時救她。

我跳下野雞車，叫車夫把帳單送去信箱（我必須在傑克森發現前清空信箱），我接著跑向大門，靴子在泥濘斜坡上打滑。我來到斜坡底端，一名看來悶得發慌、年紀輕輕的集團成員站在雅各島的東門上，一支步槍斜靠在他身旁的木箱上。三十六縷強大的魂魄包圍這一區，每一縷都分別來自城中的某個小區。大門由金屬桿組成，兩旁是鐵絲網，一面古老的賽昂銘板釘在鐵絲網上。

第二地區，第六小區

第十分區

警告：四級限行區

四級限行區是指小型工地，危險而不可進入。這面告示牌看來是在他們決定放棄重建貧民窟之前釘上；在那之後，傑克森的小冊逼墮落占兆者待在這裡，遠離賽昂的視線。守衛一看到我，立刻聚起一團魂眾。

「立刻後退。」

「我需要去島上，」我說：「現在。」

「妳耳朵聾了，丫頭？除非是為了臨時闇后辦事，否則任何人都不能進去。」

「我不是臨時闇后，但我是皙夢者，白縛靈師的繼承人，」我咬牙道：「就是因為他的小冊，才有這座貧民窟。你想怎麼跟惡女和女院長說都行，」我已經從他身旁推擠而過。「但讓我進去。」

他用力推我，我差點跌在泥漿上。「我不聽第一之四區指揮，妳也別想從圍籬的哪個破洞鑽進去，這些魂魄會毀了妳的心靈。」

「而我猜你這種盡責的守衛一定能趕走祂們。」我從靴子裡掏出信封——裡頭裝有查特的租金——丟給男子。「這夠不夠讓你放我進去，而且幫我保密？」

守衛遲疑不決，但看來終究被信封的厚度說服。他從脖子拿下一個用金鏈串著的布料香袋，丟給我。「務必還給我。」

守門人打開生鏽的大門時，我抓著刀柄。我把香袋掛在衣領之間，聞到淡淡的鼠尾草芬芳。

「妳進去以後只能靠自己，」守衛警告：「我不會進去救妳。」

「嗯，」我說：「我知道你不會。」

我甩動靈魂，將他撞暈，他仰躺在一灘泥水之中，我沒感到一絲頭疼。我從他手裡拿回信封，塞回內側口袋。

我獨自走進倫敦最惡名昭彰的貧民窟。在香袋的驅散下，諸多魂魄如舞臺布幕般分開。

大門後方是一條狹窄通道。我滿臉是汗，臉頰灼熱。

傑克森對墮落占兆者的描述在我腦子裡迴響。獸臟師用動物的內臟進行占卜。籤占師對骨頭予以燃燒或加工。嗜血的血相師。用人類淚水來卜算吉凶的淚相師。痴迷於眼球的眼相師——不管眼珠是不是還在頭顱裡。傑克森說的另一個故事曾把伊萊莎嚇得半死：「摧花者」，傳奇的人臟師，曾潛伏於這裡的下水道，專挑年輕女子下手，剝皮肢解後再用她們的內臟來預知下一個受害者的身分。

只是個故事，我心想，**只是個故事……**在巷子和轉角流傳的故事，只是都市傳說。

但有些傳說不就是事實？

附近一座殘留的篝火坑飄出濃煙，空氣刺鼻。這裡的臭味令我反胃：硫磺、黴菌和下水道的惡臭，混雜焦肉味。相較之下，殖民地的貧民窟堪稱天堂。破門周圍堆滿垃圾，條條積水流過街上，到處都有嘔吐物。我走過布滿透明魚骨和下水道老鼠屍體的路，周遭一片死寂，只聽見屋頂上一隻渡鴉嘎叫幾聲。

這個地方彷彿一團糾結的毛線。我來到下一條路的盡頭，看到一臺古老的抽水機滴著泥水，滿溢的下水道就在幾呎外。一扇門敞開，我停下腳步。一名女子從中走出，體形瘦弱，膚色蒼白如骨。我躲在圍籬後方，試著牢記她的氣場。我在集團待了三年，卻從沒見過這種占兆者。她用虛弱的手拉動幫浦，卻只擠出少許黑色黏液。她默默跪在一灘泥水旁，盡量用手掌把髒水舀進木桶。她舔掉手指上的水珠，蹣跚走上矮階，回到屋內。

街道狹窄，由缺乏屋頂的高聳建築包圍，房屋似乎一扇窗也沒有。我的鞋底踩過浮著白沫的髒水，我用袖子遮住鼻孔。賽昂一百年前就該燒掉這個地方。

屋子裡有些夢境，但都沉默不語。刀嘴一定在某處，一定焦躁又害怕，容易辨識。紅太陽下沉時，我走出一條巷道，進入我目前見過最寬的一條街。

我的肩部突然傳來劇痛。

我發出驚叫聲，本能地抓住疼痛部位。某個弧形的金屬物體插進我的皮肉，扭動一下，我因而摔進泥濘。

匆促步伐踏水而來。我拋出靈魂，擊退其中一人，但已經有六雙手抓住我，拉我站起。一名體形瘦削、五官分明的男子從最近的一間小屋走來，我身上的釣魚線另一端就纏在他手上，他的另一手拿著某種手槍，雖然是舊式設計，不過看來經過一番改裝。

「看看咱們抓到什麼，居然是個**入侵者**，」他用粗大的手指撫摸手槍，晒黑的臉頰布滿雀斑。「告訴我，妳對這傢伙做了什麼？」

他指向跪在地上、雙手抱頭的男子。我想拔出槍，但頭目用力一拉釣魚線，釣鉤破出皮膚，劃開一大片皮肉。我吞下已到嘴邊的咒罵，激怒他們不會有好下場。傷口湧出的鮮血滲進襯衫布料。

「我們該把她送去船上吧？」某人開口：「他們有繩索。」

繩索？

頭目似乎考慮片刻，接著點頭。「他們確實應該有。麻煩哪位拿走她的武器。」

他們一一拿走我身上看得見的武器，接著押我走過狹窄通道。

默默走了一分鐘後，頭目推開一條掛滿衣物的晒衣繩，來到一條較寬的街道。我被推向一排木柵欄。

「這怎麼回事？」

另一名陌生人站在一棟建築的門前，看起來像舊時代的酒館，以木製圍籬環繞。男子虎背熊腰，頭頂如湯匙般光禿，蒼白臉龐有點半透明，讓我聯想到蛙卵。一面格格不入的美麗看板掛在他頭上的三角牆上，上頭用銀漆寫著粗體字：擱淺之船。看我沒說話，他用上衣擦擦雙手。

「看來你們逮到一個竊賊？」

他操著愛爾蘭口音，跟我的差不多，他絕對來自南愛爾蘭。「我們發現她在抽水機附近鬼鬼祟祟。」頭目把我推倒在地。「看看這種氣場。」

鮮血沿我的背部流過，滲進襯衫。我一直用手壓住傷口，感覺傷得不深，但痛得要命。禿頭男子走下腐爛木階，在我面前蹲下。

「妳看起來不像本地人，丫頭。」

平時只要說出白縛靈師的大名，應該就能讓我擺脫這種困境，但在這種地方卻成了自判死刑。「我不是本地人，」我答話：「我在找你們之中的某人。」

「看來妳不是女幫主的手下，否則妳不會像隻老鼠一樣在這裡亂跑。守門人知道妳在這兒？還是妳宰了他？」

「他知道。」

「我們應該用她勒索贖金，」一名挾持者開口，引來其他人高聲贊同。「反常者議會或許會願意放走我們幾個被抓走的夥伴。」

「那是誰？」

這個嗓音輕柔高亢。一名身穿無袖連身裙的年輕女子走出酒館，提著一桶泥水。

「回屋裡去，洛馨。」禿頭男子粗啞道。

我不禁打冷顫。女子的蒼白左臉上有一團粗疤，從太陽穴延伸到下巴。在茉莉之亂的末期，賽昂國際防衛軍——賽昂的軍事部門——為了驅散暴民而使用一種實驗性質的神經毒氣，造成嚴重後果。我不知道神經毒氣的正式名稱，但愛爾蘭人稱它為「安拉姆格姆」，意思是「藍手」，因為倖存者身上會留下手指般的靛藍色燒痕。

酒館窗戶出現另外幾張臉，他們瞪大眼睛，隔著骯髒玻璃觀望。周圍房屋的門板和百葉窗戛然打開。幾人踩過淺水，有些人從小屋和門廊現身，慢慢走來，圍在我身邊，我嚇得呼吸困難。我還來不及反應，已經被三十幾名墮落占兆者包圍。我在耳裡聽見沉重心跳。

他們衣衫襤褸，渾身髒汙，大多不是打赤腳就是用瓦楞紙保護腳底。年紀較輕的幾人瞪著我，彷彿我是從河裡跳出來的新奇怪物。較老的居民則謹慎地待在房門口。我看著他們時，感覺像看著殖民地貧民窟那些躲在破屋裡的表演者。我彷彿看到莉絲·萊莫爾待在充當大門的簾布後方，守護仍屬於她的幾個破銅爛鐵。

愛爾蘭男子用拳頭敲敲酒館門板。十秒寂靜後，一名女子打開門，來到寒冷空氣中，用抹布擦擦雙手。她看起來年近四十，一雙看似西班牙裔的黑眸，一身光滑棕膚布滿雀斑，濃密黑髮綁成鬆散的魚骨辮。

「怎麼回事？」她詢問男子，對方朝我點個頭。

「逮到一個入侵者。」

「是嗎？」她交叉雙臂，打量我。「妳還真聰明，居然有辦法進來這兒，丫頭。可惜想出去沒那麼簡單。」

她顯然來自都柏林，我已經很久沒聽過她這麼濃厚的口音。「妳是這裡的頭目？」

我故作鎮定。

「這是個家族，不是妳說的那種幫派，」她回話：「我是烏恩・雅各，島上的醫者。妳是誰？」

「艾薇的朋友。」我只希望有人知道艾薇是誰，希望我沒白跑一趟。「我來找你們之中的某人，她從小在這裡長大，在集團裡的名號是刀嘴。」

「她說的是我的雀兒喜，」某間小屋裡的老婦喊道：「叫這丫頭離咱們遠一點！惡女讓我們失去的還不夠多？」

「閉上妳的嘴，回去工作。」烏恩回頭看我。「我們都熟悉艾薇和雀兒喜，她們倆後來離開我們。艾薇就是由我親手帶大。拜託妳告訴我，她惹上什麼麻煩？」

「她剛剛那句話什麼意思？」我說：「惡女讓你們失去什麼？」

「什麼都別跟她說，」一名占兆者厲聲道：「只要她不姓雅各，就不是咱們的人。」

「且慢。」洛馨拿起薄薄一張報紙，紙張又溼又皺，我搞不懂她如何閱讀。她拿著頭版，瞪著我。「妳就是賽昂要抓的人。」

報紙上是我的臉，雖然扭曲，但依然好認。墮落占兆者默不作聲，來回看著我和照片，比對五官。

一名男子揪住我的衣袖，他一口黑牙，鼻孔流著鼻涕。「她的頭髮顏色不一樣，」他說：「但長相一樣。沒錯，洛馨，妳應該沒看錯。」

「我們可以賣掉她！」一名女子揪住我的頸後。「我相信賽昂會付大錢。這丫頭是『異常者』。」

黑髮愛爾蘭女子一言不發。我的靈魂只想掙脫束縛，但我如果傷害任何人，這些人一定會殺了我。我強忍跳躍的衝動，因而眼冒金星。

「雀兒喜說過他們會為她而來。」矮階上的洛馨神情驚恐。「拜託別傷害她。他們說過他們會保護她。」

最近的一名占兆者流出鼻血。

「我沒傷害任何人，也沒打算傷人。」我感覺掌心發麻，接著問道：「妳什麼時候碰到藍手毒氣？」

她雙眼為之一亮，顯然明白我的意思。她觸碰臉頰，答道：「我當時十歲。」

「都柏林？」

「布瑞。」茉莉之亂期間最嚴重的敗北之一，就是布瑞淪陷。她瞥向烏恩，再好奇地看著我。「妳也親眼目睹暴動？」

「Éire go brách（愛爾蘭萬歲）。」我衝口說出母語。

烏恩依然沉默，但來回看著我們。

「你們兩個，放開她。」她終於下令，占兆者放開我的雙臂。「弗恩，帶她去賽佛利碼頭。動作快，趁守門人還沒來找她。」

我右手邊的女子怒斥：「妳居然要讓她去見雀兒喜？」

「只是暫時，而且弗恩會看著她，」烏恩說：「她跑來這兒，是因為反常者議會的人派她來。我可不想激怒集團，否則他們會把這個地方連同我們一併燒成灰。」

「我想拿回我的武器。」我說。

「妳離開這裡時能拿回去。」

禿頭男子以銳利眼神看群眾一眼，隨即拉住我的胳臂，帶我走離擱淺之船。「沒錯，弗恩，快把那個垃圾丟出去，」門廊上的男子吼道：「別再回來，集團丫頭！」

弗恩大步走動，沒看我。我們前進時，垃圾的臭味逐漸被汗水、臭雞蛋和磷酸味取代。小屋前的一名男子用昏花老眼看著我，他一身髒衣，看起來簡直全身都黑，他的指尖沾染血跡，微微發亮。我們一拐過轉角，我立刻抽回胳臂。

「除非見到刀嘴，否則我不走。」

「我要帶妳去沙德泰晤士街，就在賽佛利碼頭北端，她待在那兒。但我得盯著妳。」他粗啞道：「那麼，妳認識去見她的那個人？」

我轉頭看他。「什麼？誰？」

「有人去找她談話，還確保她參加大亂鬥之前會受到妥善保護。那人戴了面具，我們無從判斷身分。」他說：「這是惡女屈尊來探望我們後第一次有人以議會代表的身分前來拜訪，惡女那次帶走——」

我已經沿巷道飛奔。

「喂！」弗恩匆忙追來。「妳又不知道路！」

「多久前的事？」我喊道。

「大概十五分鐘。」

她已經來了。女院長。我跑過街道，鑽過晒衣繩底下，翻過破爛圍籬。我來到下一條街，看到「賽佛利碼頭」這幾個字寫在一堵骯髒磚牆上。這裡的貧民窟伸向一片橄欖綠的水面，一排破漁船在水面上搖晃。這是我曾在刀嘴的夢境裡看到的景象。一群拾荒者走過岸邊淺水，撿拾潮溼的塑膠袋。他們一看到我，立即如受驚鳥群般四散。

「妳，」我朝其中一人喊道：「刀嘴在哪間屋子裡？」

她指向一間幾層樓高的藍門破屋，木門上只剩少許油漆。我沒敲門，畢竟鉸鏈已經斷了一半。

新的氣味侵入我的鼻腔。我踏進深及小腿的積水，到處都是空瓶和河川的漂流物，看來河水常常淹到這裡。我感覺腳下地板早已腐爛。

「刀嘴。」我涉水走向一條破爛階梯。「刀嘴！」

無人回應。

我感覺脊椎僵硬。這棟建築裡有個夢境，閃爍微弱。我從靴子裡抽出蝴蝶刀，甩出刀刃，接著沿梯而上。我跨出第二步時，腳底踏穿腐爛的木板，整個人摔趴在坑洞邊緣，發現底下的深淵是地下室。我身後的臺階也隨之崩塌。

我咬著牙，爬出坑洞，繼續往上走。我被鈞鉤劃傷的肩部感覺灼痛。水從上方滴到我的臉上。我來到階梯頂端，查看走廊，壓住蠢蠢欲動的靈魂。這棟建築實在破舊不堪，只要走錯一步，地板就很可能崩塌。弗恩在階梯底端咒罵。

「我會找到她。」我喊道。

「妳別亂來，另外有路可以上去。」他說：「我繞到前門進去。」

他跑回街上。我步步為營，雙手撐在牆上。

走廊盡頭的一扇門半開。我推門而入，感應到夢境。房裡一片黑暗，腐爛的木製百葉窗遮住窗戶。兩支紅色的長型蠟燭豎立在一面破舊抽屜櫃上，正在燃燒。刀嘴滿身是血，倒在地板上。

我跪倒在地，把理應成為闇后的女子抱進懷中。她的衣物吸了很多血，但她一息尚存。跟那天的命案現場一樣，她的眼皮和臉頰也被刻上同樣的V形傷口。她的右手放在大腿處，握著一條紅手帕。

「夢——夢行者。」她勉強開口：「他們剛走。妳還能——追——追上他們——」

我體內充滿想逃跑的原始本能。我能感覺貧民窟邊緣有個夢境正在迅速移動。理智叫我追上去，但我知道那人可能是誰。我低頭看著這張慘遭破壞、充滿恐懼、沾滿鮮血和淚水的臉，我不能丟下她。

「不，」我輕聲道：「我知道凶手是誰。」

刀嘴的肌膚已經發涼，彷彿死神就在她面前。她朝我伸出抽搐的手，我回握。她的靈魂在夢境中閃爍，表達困惑和悲痛。她的腹部全是血，身上仍是那天晚上在市集出現時的打扮——漢克特遇害的那晚。

腳步聲來到樓梯轉彎處，沉重得我以為地板將應聲崩塌。弗恩幾乎用撲倒的方式進來。

「雀兒喜！」

他抓住門框，憤怒得臉龐扭曲。刀嘴轉眼望向他，但仍抓著我的手。「凶手不是她。」她解釋。弗恩緊抿嘴唇，一臉蒼白。「夢行者，他們——他們殺了漢克特。轉——轉告艾薇，說我沒有——我很抱歉他們抓走她。我不該相信他。她是——我的一切。她必須——贖罪——」

一滴淚珠滑過她的臉頰，暈開血跡。「他們為何殺掉漢克特？」我盡量溫柔道：「他知道什麼祕密？」

「關於布娃娃……關於他們……」她把我的手抓得更緊，我的指骨彷彿即將斷裂。「我太貪心。我跟他說了，我跟他說了。」

淚水湧過她的臉，她用染血手指緊抓我的手。她跟我一樣，同樣的地位、年齡和窘境。我在殖民地的時候大概就是像這樣無能為力地看著莉絲斷氣。

「我做了太多錯事。」她低語。

「別擔心，」我用指背撫摸她的頭髮。「乙太接受我們每個人，不管我們做過什麼。」我看著她茫然的眼睛。「告訴我，他們有何企圖。告訴我如何阻止他們，雀兒喜。」

她喘氣。「灰──灰──」她的胸腔最後一次上揚。「灰市。布娃娃幫和……女院長，**聯手**……把我們賣給──」她的銀繩分崩離析，乙太為之震顫。「那幅刺青，我見過一次，她的手臂……」

之後，她靜止不動。她的銀繩輕輕斷裂，靈魂脫離肉身，軀殼癱倒在我的懷中。

弗恩在她身邊蹲下，把手放在她的手腕上檢查脈搏。我待在原處，跪在血泊中，這一小時得知的諸多真相令我震驚地無法思考。

「我猜妳認為這是我們活該，她活該。」

「什麼？」我沙啞問道。

「他是怎麼說我們的？『低級靈視活動』？『原始又笨拙』？最厲害的是那句…『在這個年代應該已經滅絕』。」弗恩咬牙，眼眶泛淚。「你們為何這麼恨我們？」

我想不出任何理由。

「妳以為我們這個地方真的有殺人狂？妳相信縛靈師那些謊話嗎，丫頭？」他咆哮：「妳以為他有資格把他的連篇鬼話說成『研究』？」他俯身靠向刀嘴，牽起她的一隻手。「如果集團得知她在這裡遇害，這將是我們的末日。」

「縛靈師不會知道。」我說。

「噢，他遲早會知道。」

門板敞開，烏恩走進，在遺體旁跪下，撫摸刀嘴的黯淡頭髮。

「我們做什麼都不夠？」她喃喃自語。

「她來自這裡，」我用袖子擦拭臉上的汗。「你們應該埋葬她。」

「我們會埋葬她，雖然我們只能把她送進掩埋場或河裡。」弗恩拿走刀嘴手裡的手帕，蓋住她血淋淋的臉。「妳滾吧。」

他的口氣令我驚心，但我沒表現出來。我輕輕把她的遺體放在弗恩懷裡，轉身背對，任我的第六感掌控全身。乙太之中的一切輕柔嗚唱。

「雀兒喜・奈弗斯——」烏恩結手印。「回歸乙太。恩恩怨怨已了，債務一筆勾消，汝已無需逗留人間。」

她的魂魄從房間裡蒸發，被送往遠方黑暗。弗恩一手掩面。我最後一次查看刀嘴的遺體，如打下烙印般牢記所有細節；接著，回到樓梯轉彎處，斜靠牆邊，抓著頭髮，氣得渾身顫抖。

現在只剩艾薇可能知道這件事為何發生，但她就在女院長手上。我無力挽回，就連「抱歉」二字也很無力。刀嘴生前是個殘酷的霸凌者，我不是也一樣？我不就是用拳頭和天賦侍奉傑克森？我不是對他唯命是從？我和刀嘴都在彼此身上看到自己。

門在我身後關上。烏恩用一塊布擦拭雙手上的血，她臉上沒有憤怒，只有疲倦。「她不是壞人。」她的口吻有點嚴厲，眼神如灰燼般冷漠。「她沒冠上我們的姓氏，畢竟她不是在這裡出生。妳那個集團把她從街頭撿走，在她還是個孩子的時候把她從她母親身邊奪走。」她停頓。「妳見過茉莉之亂？」

我點頭。「我的堂哥在賽昂入侵時罹難。」

「我當時是聖三一學院的圖書館員。」她拉開衣領，頸部和胸口之間有道槍傷留下的疤痕，很像用手指把黏土壓在上頭。「妳堂哥叫什麼名字？」

「芬恩・麥卡錫。」

她不禁輕笑。「噢，我記得芬恩・麥卡錫，那個搗蛋鬼，他只在想惡作劇的時候才跑進我的圖書館。我……猜他跟其他人被送去卡里克弗格斯。」

「是的。」我想多問問關於芬恩的事，想知道她印象中的他——他搞過什麼惡作劇、闖過什麼禍？但現在不是時候。「妳有沒有看到誰殺了雀兒喜？」

「隔了一段距離，看不清楚——長版大衣、高帽，還有某種面具。我來這裡時問過守門人，他說有人是為臨時闇后辦事而來，我如果還想留著舌頭就別多問。」

我握起拳頭。「刀嘴……雀兒喜在這裡的時候有沒有跟妳說過什麼？像是她在惡魔領地看到什麼？」

「漢克特被埋葬不久後，她來到這裡，但沒對任何人開口。她把自己鎖在這棟屋子裡，無論如何嘗試，她就是不出來。艾薇還好嗎？」她問。

「她有麻煩，」我說：「而且我知道妳沒理由幫我，烏恩。」

「但妳需要我幫忙。」

我點頭。「如果女院長贏得大亂鬥，就會在集團中掌握至高無上的權力。但如果別人獲勝，就能要求追查漢克特與雀兒喜之死。」

「如果妳的意思是希望我提供證據，」烏恩說：「我可以告訴妳，反常者議會絕不會接受墮落占兆者的口供。白縛靈師就絕對不會允許。」

「新的闇帝就能要求他們接受，或是闇后。那些規則可以改。」

「如果是這樣，或許所有規則都能改，也許雅各島的墮落占兆者不再需要待在伯蒙德的這個小小一角。如果此事成真，晢夢者，誰推翻了白縛靈師訂下的規矩，我們就一定樂意協助誰。」她脫下大衣，遞給我。「穿上。妳渾身是血。」

我的長褲從膝部以下都是泥濘，更別提靴子有多髒，雙手和胸口都沾染血跡。

「如果妳願意收下這東西，我就收下妳的大衣。」我從脖子取下金鏈，把絲質香袋裡的一小撮鼠尾草倒在手掌上，再把小袋放在她手上。「大亂鬥將於十一月一日的午夜舉行。鼠尾草能讓妳擺脫受縛於雅各島的魂魄。」

「啊。守門人的鼠尾草。」她在指尖揉搓。「這點分量只夠讓一、兩人通過結界。」

「我只需要一、兩人協助。」

「那麼，我很高興受到邀請。」烏恩微微一笑，交出我的左輪手槍和幾把小刀，接著挽住我的手，引導我走向樓梯。

「希望很快能再見到妳，」她說：「佩姬・馬亨尼。現在，妳快走吧。這座貧民窟的居民不希望外人出現在葬禮上。還有，拜託妳想辦法救出艾薇，不管她在哪。這個消息會讓她心碎。」

第二十二章 灰市

倫敦之血彷彿含有劇毒。刀嘴臨終時雖然困惑又害怕，但遺言精準無誤。

對女院長的發現令我怒不可遏。她在眾人面前裝得像漢克特的摯友……在大亂鬥結束前，她的權力比倫敦任何靈視者都高。

事到如今，漢克特及其門徒顯然都死在女院長手上，而且如果刀嘴沒說錯，女院長身上有布娃娃刺青——但就我所知，她從沒在公眾場合展示過。她很可能原本是布娃娃成員，後來離開了幫主，自立門戶。或許她就是傑克森說過的不知名門徒，脫離幫派後跟布娃娃之間產生競爭關係。

也可能沒有。我唯一確知的，就是刺青店能幫人去除紋身，又快又便宜。她沒理由還留著她不想要的刺青。

沒有血肉的手，手指指向天空。手腕周圍的紅絲宛如手銬。

這就是訊息？紅絲手帕就是布骨人的安排？

這起命案將成為他的末日？

我揉揉太陽穴，拼湊線索。布骨人想必是為了舉行大亂鬥而除掉漢克特和刀嘴。他透過某種方式拉攏了女院長，讓她願意為他殺人。他下達命令，她負責動手。看來他倆在世人眼前的仇恨只是一場戲，以隱瞞其盟友關係。

若布骨人想成為闇帝，這個解釋就很合理。想舉行大亂鬥，他就得先剷除現任闇帝，連同有資格繼位的門徒。但我不懂的是，布骨人和女院長都沒申請參賽，兩人的名號沒出現在參賽名單上。為何不好好利用命案造成的權力真空？

我的推論說不通。我得跟艾薇談談，現在恐怕只有她是最後一個線索，只有她知道其中祕密。那天早上在露臺型屋頂時，她坦承認識刀嘴，我當時就該問清楚一切。現在，她被關在一條廢棄地道盡頭的一棟不知名建築。想救她出來，一定會被女院長發現。我可以找不凋之眾攻進去，但我們撂倒地道守衛時，他們必定已經通知女院長，並將逃犯們移往別處——或乾脆滅口。

大雨打在柏油路上。我待在原處，穿著烏恩提供的長版大衣，渾身麻木地等候野雞車。幾分鐘後，一輛生鏽的黑車在我面前停定，尼克從後座下車，用胳臂擋住雨水。

「佩姬！」

他幫我拉著門。我爬進車裡，渾身溼透。

「聽伊萊莎說妳跑來伯蒙德，我們擔心得要命。」尼克關上車門，摟住我的肩膀。我靠向他，打著哆嗦。「這是誰的大衣？我們開車四處找妳，妳跑哪去了？」

「雅各島。」

他倒抽一口氣。「為什麼？」

我說不出口。負責駕車的西結擔心地看我一眼，接著發動引擎。他身旁的伊萊莎把一幅用玻璃紙覆蓋的畫作放在大腿上，頭髮精心捲過，嘴唇抹了亮紅唇膏。她從座椅之間伸手過來，摸摸我的肩膀。

「我們現在要去舊斯皮塔佛德市集，」她輕聲道：「傑克森要我們去那裡賣畫。妳的事能不能稍微等等？」

「不能太久。」我說。

「我們不會很久。安耶娜．瑪麗亞很好應付。」西結打開古老的收音機，在我們聽見新聞前已經轉到一個音樂頻道。車子駛離第二之六區，返回中央地區，雅各島的入口逐漸遠去。

今晚，我救不了艾薇和其他人。想救她出來，我得先精心安排時機。我把頭靠在車窗上，看著街燈從旁掠過。

車子經過幾隊守夜者，西結鎖好車門。守夜者似乎正在審問路人，其中一人把槍對準一名靈盲的腦袋，對方身旁的男子流著眼淚，想推開警戒者的胳臂。我轉頭，隔著黑窗查看外頭。車子拐過轉角時，我看到那名警戒者舉起的短棍，兩名男子蹲在人行道上，用手抱頭。

西結在商店街停車，我們一同走向由頂棚遮蓋的市集拱廊。舊斯皮塔佛德市集遠比柯芬園明亮，頂棚由鑄鐵和玻璃組成，商人大多是靈盲。廉價衣物、鞋子和首飾掛在展示架上，連同賣給有錢人的時髦腰鏈。安耶娜·瑪麗亞的攤位位於迷宮的中心地帶，販賣藏在陶瓷狗和香醋盒裡的法器。我們在攤販和買家組成的人群中擠過，同時留意那名女幫主。西結在一個小攤位前停步，這裡販賣來自自由世界的飾品。

「你們先去，我隨後就到。」他對尼克說，後者點頭。

我跟著另外兩人。「希望她會喜歡這幅畫。」伊萊莎喃喃自語。在刺眼照明下，她的臉龐顯得滄桑。「妳認識安耶娜·瑪麗亞吧，夢行者？」

「還滿熟的。」

「就是她想挖角咱們這個夢行者，」尼克輕笑道：「既然她的身分證寫著她住在第一之五區，她就是第一之五區的居民。瑪麗亞和傑克森在這件事上有很嚴重的分歧。」

我們一看就知道哪些攤位販賣違禁品，那類商人一副作賊心虛的模樣，而且攤位通常都擺在市集最陰暗的角落，離出口最近。我走在最後頭，心不在焉地瀏覽商品。

灰市。

我回過神，來到目的地時，伊萊莎、尼克和安耶娜·瑪麗亞正忙著談話。「……

筆法真精緻，」瑪麗亞說著：「顏料也顯然經過細心挑選——上色恰到好處。妳跟妳那些繆思魂魄之間的共生狀態一定很好，才能畫出這種作品，受難繆思。這種工作會不會影響妳的生理機能？」

又是那個名詞。**共生**。「有點，尤其是繆思心情不好的時候，但我能應付。」伊萊莎說。

「了不起。我這裡應該還有空間——」她注意到我。「啊，晢夢者，我正打算邀請第一之四區的代表們來舊斯皮塔佛德市集擺攤。妳意下如何？」

「我們一定會讓妳滿意。」我擠出笑容。「我很樂意跟受難繆思一起擺攤，如果妳不介意逃犯在妳的地盤上工作。」

「噢，我很榮幸跟妳合作。」瑪麗亞分別跟我們三人握手。「回去的時候留意警戒者，他們返回公會時有時候會經過這裡。」

「謝謝妳，瑪麗亞。」尼克拉低帽簷。「晚安。」

「我等會兒就跟你們會合。」我說。

他微微點頭，挽起伊萊莎的胳臂，回頭走向市集入口。安耶娜・瑪麗亞把畫作放在一張桌子底下，避開旁人目光。

「瑪麗亞，」我問：「妳不是打算調查漢克特身上那條紅手帕？」

「沒錯，我也調查過了。那些手帕絕對是在這兒買的——製造者在上頭留下商標——但她每個月都賣出很多條。」她嘆氣。「我猜我們永遠不會知道答案。」

我瞥向身後，確認沒人旁觀後，我從靴子裡抽出殺手留下的紅手帕，遞給她。

「這也是一樣的手帕嗎？」

她翻轉查看，用拇指找到其中一角的細緻縫線。「沒錯。」她壓低嗓門。「妳從哪弄到的，皙夢者？」

「有個布娃娃成員跑去第一之四區殺我。」

「殺**妳**？」看我點頭，瑪麗亞緊抿嘴唇，把紅絲巾還給我。「妳最好燒掉它。我對布骨人不熟悉，但我知道妳絕不會希望他追殺妳。妳有告知反常者議會這些事嗎？」

「沒有。」我把手帕塞進靴子。「我……不確定女院長值不值得信賴。」

「我也是。」她把手肘撐在桌上，勾轉拇指上的織布戒指。「妳還記得她那天想跟我說話吧？拍賣會那天？我那天晚上去第一之二區的一棟中立建築見她，她要我至少交出五名靈視者，但不是為了擔任靈妓。她只說如果我允許她們打月光工，她會付我很多錢。」

我感覺胸腔緊繃。「妳有答應嗎？」

「沒有。打月光工並不符合集團規矩。如果我的靈視者私下這麼做，我會裝作沒看見，但我不能公然允許。」瑪麗亞挺直背脊。「我們不是每個人都丟掉了道德標準。」

「看來妳沒打算角逐王位，」我說：「妳想都沒想過？」

「我沒這種膽子，親愛的。我沒想到居然有二十五人參賽。」

「怎麼說？」

「雖然我不認為漢克特該死在他的巢窩裡，」她說：「但他對集團造成的破壞遠超過世上任何一位闇帝。等賽昂啟用感測護盾，任何一個議會成員都不會想主持大局，我們所有地區都將擠滿流浪兒、乞丐和警戒者。沒人想在沉船之際負責掌舵。」

「那我們就需要一位不會讓船沉沒的領袖。」

她發笑。「例如誰？妳說說看，哪個幫主能扭轉局勢？」

「我說不出來。」我的身子彷彿被針扎過。「我有時候很希望自己也能參賽，但我聽說門徒沒資格。」

就算只是對她如此暗示，也可能給我帶來極大危險。她一向表現得像個好人，而且她很討厭傑克森，但誰知道她會不會向他通報這件事。儘管如此，我必須看看議會成員對「叛逆門徒成為闇后」這種可能性如何反應。

安耶娜．瑪麗亞沒如我預料的那般反應，但她確實抬眼看我。「沒有哪條規則禁止這點，」她說：「起碼就我所知，而我已經當了十年的幫主。」

「可是大家會不高興。」

「說真的，晢夢者，我不認為有誰會在乎。有些門徒遠比幫主強大，」她說：「看看傑克・希卡崔弗和天鵝騎士，他們都是傑出的靈視者，做事有條有理而且還算老實，但他們每天忙些什麼？對懶惰又腐敗的頭目鞠躬哈腰，就算那些傢伙八成是靠暴力和騙術才當上幫主。如果他倆其中之一想角逐王位，我一定會歡呼其名。」

我挑眉以對。「妳覺得所有議會成員都這麼想嗎？」

「噢，當然不。我認為他們大多都會罵妳是忘恩負義的叛徒，但那只是因為他們怕妳。」她把手放在我手上。「真希望今年能換個有能力的人當老大。」

「我們只能如此希望。」我說。

「這座城裡的希望所剩無幾。」她收起笑意，對一旁的門徒彈個響指。「**動作快**（保加利亞語）。我付妳錢不是為了讓妳在那兒擺好看的。」那名女子翻白眼。

我離開攤位，車子正在外頭等候，奪目的車頭燈光劃過雨幕。我爬到後座，跟伊萊莎坐在一起。「妳打不打算說明究竟發生什麼事？」她開口。

「等等，」西結發動引擎。「這裡不適合談話，瑪麗亞說這裡到處都有警戒者。櫻草花山那裡比較安全，不是嗎？」

我們都看著尼克，他兩眼陰暗。

「只能談半小時。」他說：「我不想這麼晚還待在外頭。該不該讓傑克森知道這件事，佩姬？」

「我不確定，」我說：「我出門前沒徵求他的許可，別讓他知道可能比較好。」

車子駛過馬路時，我的心思飄到黑暗地帶。如果安耶娜・瑪麗亞**真的**把那些消息轉告給傑克森？在大亂鬥開幕前另外找個地方躲起來，也許比較安全，但如果現在離開他，只會讓他火大。若我跟他不再是幫主與門徒的關係，我搞不好根本不能參賽。

櫻草花山位於第一之四區和第二之四區之間，是一片地勢緩和的碧綠山坡。為了紀念梅菲爾德大法官——他不僅享受園藝，也喜歡拿絞刑、火刑和斬首對付叛徒——賽昂在這裡種植了許多橡樹和數以千計的櫻草。現在將近十一月，花期早已結束。我們四人把車子停在路邊，爬上山坡，遠離街燈和任何路人，來到山頂。我抬頭望向樹葉之間勉強能看見的夜空。

衛士正在某處，跟我保持距離。我把精神集中在金繩上，想像繁星形成的紋路。如果他知道上哪找我，今晚就能跟我見面。在那之前，我得向夥伴們宣布一些消息。

我們在一棵樹下停步，彼此對望。「說吧。」尼克催促。

「女院長殺了漢克特那幫人，」我輕聲開口：「她也殺了刀嘴。」

他們沒說話，但都瞪著我。我壓低嗓門，說明我跟伊萊莎分開後的經歷：我搭乘郵政列車，發現那棟祕密建築；我親眼目睹艾葛莎被殺；找到刀嘴時只來得及聆聽她的遺言。

「刺青，」伊萊莎重複這個字眼。「她是指布娃娃的幫徽？骷髏手印？」

「那叫做骷髏手印？」

「是啊。他們入幫時都得刺上那個幫徽。」她拍拍右上臂。「如果誰想脫離幫派，就得讓布骨人燒掉刺青，別想找刺青店代勞。」

「所以，如果她身上還有幫徽，就表示她仍侍奉他？」西結挑眉。「侍奉她聲稱她恨的人？」

「她一定還替他賣命。」我說：「高僧開槍擊斃艾葛莎後，有問女院長需不需要鋰鹽，她說不需要，因為『共生』關係夠強韌。」我看著伊萊莎。「那個字眼是什麼意思？」

「共生？」她皺眉。「是靈感者和附於其身的魂魄這兩者之間的關係。如果共生良好，就表示合作愉快。我和瑞秋合作了幾年，彼此間的共生關係就不錯，」她說：「但我得花些時間適應新的繆思，所以剛被附身的那幾次之後生了病。共生一旦成立，彼此間就建立了……默契，雖然這種說法很怪。」

尼克一臉緊繃。「女院長是物理靈感師，難道她能用魂魄殺掉漢克特？」

伊萊莎猶豫幾秒後答道：「她很可能在下手前先讓自己被附身，如此一來，除了她自己的情緒，她也能獲得魂魄的情緒。那種狀態很可能也讓她變得格外敏捷，但她得先撂倒七人才能殺掉漢克特，再砍下他的腦袋。而且附身靈無法賜予額外蠻力，女院長看起來也不像能一個打八個。」

「等等，等等。」西結舉起一手。「如果女院長真的殺了漢克特，那她為何不參加大亂鬥？」

「我也搞不懂這點。」我說。

他的眼神滿是同情。「妳找到刀嘴。在哪？她有說什麼嗎？」

「我後來猜到她會在雅各島。我花了一點時間應付守門人，島民們逮到我，然後——」我深吸一口氣。「我動作不夠快。我趕到現場時，她已經被刺傷，她斷氣前叫我去『灰市』。」

「那是啥？」

「我不知道，」我說：「既然『黑市』是指非法市集，那我猜『灰市』應該是……未經正式許可，或獲得容忍。」

「傑克森必須知道這件事，」伊萊莎說。

「他知道了又能怎樣？難不成把女院長的陰謀**舉發**給女院長知道？」我反問，她嘆氣。「她是臨時闇后。如果他讓女院長發現他知道真相，女院長也會殺了他。」

大夥沉默片刻。尼克轉身望向城塞，眼睛反映萬家燈火。「大亂鬥會決定接下來如何發展。我們已經知道布骨人對利菲特族有所瞭解，」他說：「他曾拘禁衛士。所以我們能推論，所謂的灰市應該和——」

「哇啊，你說什麼？」西結打岔，瞪著尼克。

「抱歉，**衛士**回來了？也就是佩姬以前那位監護者？」伊萊莎氣得冷笑。「妳原本打算何時才公布這個驚天動地的消息？」

「噓……」我回頭查看，總覺得第六感出現波動。「他回來一陣子了。他的盟友們出現在我們家門口時，我試著告訴傑克森，但他根本不想——」我停頓。「等等，有人來了。」

我只察覺到某個夢境，從樹後的某處悄悄逼近。我才剛說完，一名瘦削男子走出大樹後方，赤足、一身破衣。我後退一大步，用頭髮遮臉。

「晚上好，先生女士們，晚上好。」他脫帽行禮。「能否賞點錢給我這個賣藝人？」

尼克已經把手伸進大衣，握住手槍。「這種地方對賣藝人來說有點偏僻吧？」

「噢，不，先生。」他的白牙反映我們的手電筒光芒。「任何地方對我來說都不遠。」

「你應該先賣藝再討錢吧。」伊萊莎緊張地笑道，同時往左跨一步，避免男子看到我。「表演得不錯，我就給你十鎊。你是做什麼的？」

「我只是個卑微的杖占師，女士。我不做預言，不做承諾，不唱悅耳的歌曲。」他從耳後變出一枚銀幣。「但我能協助您找到寶藏，精確得就像我能摸到自己的鼻子。在尋寶這方面，咱們杖占師就像羅盤。跟我走一趟，您就能分得財寶，女士。」

「別去。」我警告時幾乎沒動嘴脣。

「他可能已經聽到我們剛剛的談話。」她低語：「我的袋子裡有些白翠菊，我們可以確認他有沒有說謊。」

我的手臂汗毛倒豎。男子剛剛的距離近得能偷聽我們說話。尼克也顯得不安，卻並未爭論。杖占師挽住伊萊莎的胳臂，帶我們沿坡而下，一路上說著笑話。西結跑步跟上，對尼克投以擔憂的眼神。我依然用領巾遮臉，心想是否該往反方向逃跑。

杖占師走向山坡下的樹林。我保持充分距離。他帶我們走向一片茂密樹叢時，我換上英國腔，對他喊道：「你該不會要帶我們進去林子裡吧？」

「快到了，女士，我保證。」

「他很可能會殺了我們。」我對尼克低吼。

「同意，我也覺得不妥。」他把雙手湊在嘴邊。「繆思！鑽石！等一下！」

但是伊萊莎已經跟著賣藝人走進林中，男子的話語被風帶走。

尼克打開手電筒，繼續跟上，同時抓住我的胳臂。我的心臟沉重跳動，靴子踩過枯葉喀啦作響——也可能是踩到骷髏頭……腎上腺素湧過我體內每一根血管。我突然覺得自己回到殖民地，裹在粉紅外袍底下，瞪著無人地帶的樹林，等著怪物現身。我緊抓尼克的胳臂。

「妳還好嗎？」

我點頭，試著穩住呼吸。

杖占師帶大夥深入林中。樹葉上掛著淚珠形的冰柱，冰霜覆蓋樹枝，吱嘎作響。樹上一面蜘蛛網結凍得彷彿銀色蕾絲網，網子的主人吊在一條細線上，靜止不動。尼克把手電筒對準夥伴們留下的腳印，發現腳印正在結凍。我的鼻息凝結成大團白霧。

「妳有沒有感覺到任何魂魄？」尼克低語。

「沒有。」

我們加快腳步。西結蹲在一條結冰的小溪旁，伊萊莎也跪在一旁。我驟然停步。藍霧浮於離地幾吋處。在他倆身後，賣藝人搭配生動手勢說著：「……多年了，先生，我一直說底下有寶藏。接下來，麻煩您試著用這東西敲破冰層。」

「這塊冰看起來像完美的圓形。」西結撫摸冰層邊緣。「這機率能有多高？」

那塊冰不只看起來像，而是真的是完美的圓形。

「鑽石，妳還好嗎？」尼克問。

「我沒事。你看到這個沒有？真不可思議……」

西結從杖占師手中接過硬幣，敲擊冰層。「再敲兩下，先生。」杖占師回頭一瞥。「再敲兩下。」

我的第六感如鈴鐺般叮噹作響。我以前也做過這種事，跟衛士一起，在殖民地的樹林中，當時天寒地凍，孤魂野鬼全數逃離。西結第二次用硬幣敲擊冰塊時，乙太出現強烈波動。我意識到怎麼回事時，不禁窒息。

他正在敲擊不該打開的門。

「快退後。」我跑向他們。「鑽石，住手！」

伊萊莎嚇一跳。「這只是冰塊，夢行者，別緊張。」

「這是『冷源』。」我厲聲道：「通往冥界的傳送門。」

尼克急忙抓住她的腋下，拖她站起，遠離冰塊。西結也咒罵著後退，卻被杖占師一拳狠狠擊中下顎，搖搖欲墜。硬幣從他手中掉落，滾向冰層。我沒猶豫，直接拔出小刀，擲向杖占師的腦袋，但偏了一吋。他抓起硬幣，把它拿在胸前，跑向冷源。

「他們要來了，」他兩眼茫然，嘴角上揚。「他們要給我寶藏。」

「住手！」我已經用雙手握著手槍。「別這麼做，裡頭沒有任何財寶。」

「妳死定了。」說完，他舉起硬幣，往下一敲。

這一次，冰層終於碎裂，冷源炸開，無數冰晶從地底爆發，令我眼前一片盲目。一聲尖嘯傳來，響遍第二之四區——一隻巴吱怪爬出傳送門，進入倫敦。

怪物以不可思議的速度衝來，撲向杖占師，一口咬住他的頭，硬生生扯斷。無頭男子癱倒在地，如觸電般渾身抽搐，斷頸噴出黑血，灑向冷源。

巴吱怪正在看著我。這頭怪物能自行產生暗影——我的視線中浮現一團黑影——但這是我第一次勉強能看到墮落巨人的真身。牠渾身肌肉，樣貌猙獰，頭部略呈方形，微微發亮的皮膚顯得浮腫。牠身上每個部位，無論是四肢還是頸部，看起來都像經過刻意拉扯。牠的雙眼是純白的球體，如月亮般微微發光，脊骨如刀尖般穿皮而出。

蒼蠅聲在空中迴響。我嚇得直冒冷汗。這隻怪物遠比我在殖民地樹林中見過的那隻更大。

我想起長褲口袋裡有一袋鹽，我悄悄掏出小袋，把袋子的金繩纏在兩根指頭上，向怪物展示。我不知道牠看得懂多少，但牠也許能察覺到袋子裡有什麼。

巴吱怪轉動頸部，發出一種溼黏的喀啦聲，接著迅速甩頭，快得形成殘像。牠把粗大的手指插進地面——凍結這一處——再朝我們爬來。

我盡量把注意力集中在三名夥伴的氣場上，彷彿看著雷達幕上訊號不良的斑點。巴吱怪正在把乙太凝結成一團高密度物質，魂魄無法遊走其中。乙太在怪物周身凝結成塊，宛如水中浮油。尼克試著聚集魂眾，但諸多魂魄激烈反抗，他只能放祂們走。

我的雙腿不剩一絲力氣，眼前發黑。如果再不想辦法，我們都會被打得靈魂休克。我等怪物再靠近幾呎後，把鹽倒在手上，朝牠撒去。鹽巴接觸巴吱怪時冒出滾燙濃煙，發出鞭炮般的聲響。

怪物張嘴，露出深淵般的咽喉，發出駭人尖叫。不是「一聲」尖叫，而是無數哀號、呻吟和啜泣，全塞在同一張嘴裡。這聲尖叫令我汗毛倒豎、血液失溫。

「快逃！」我喊道。

我們穿過林間，想逃回停在坡地底端的車上。樹枝刮過我的臉，纏住我的頭髮，踩過地面冰霜時差點滑倒。我拚命拉扯金繩，眨眼想讓視線恢復清晰。衛士恐怕是我們唯一的生機。地面似乎抓向我的腳踝，把我的四肢和眼皮往下拉。**我好累**。我繼續前進。**乾脆停下來吧**。我繼續前進。來到另一片空地時，西結兩腳一軟，彷彿失去骨頭般摔倒在地。

尼克也跟著倒下。我蹣跚停步，抓住他的肩膀，想拉他起身，卻感覺雙臂無力，我也在他身邊癱倒，渾身顫抖，氣場收縮。為了逃離怪物，我和乙太之間的連結也因此縮短。我突然感覺不到離我最遠的西結。轉眼間，他已經從我的感官中消失。

住手快住手我感覺快死了我不能呼吸不能呼吸快住手。

我的氣場彷彿被握在拳頭裡的重要器官，機能受限。我拚命想保持清醒，兩眼因而泛淚。靈魂休克的狀態離我越來越近。我的指尖變灰，指甲出現不正常的白色。我還能呼吸，但我在溺水。我還能視物，但其實已失明。

我無法集中精神無法思考快住手快住手。

伊萊莎在我們前方，離尼克只有幾呎。她用手臂撐起身子，抽氣咒罵，但手掌在冰霜上打滑，她似乎無力站起。我感覺不到她的夢境或氣場。我在半盲狀態下再次打開鹽袋。

「鹽圈。」我對尼克嘶喘。

怪物再次咆哮，無數受難靈魂在牠那張臭嘴裡尖叫。尼克咬牙，透過腎上腺素賜予的體力把伊萊莎拖向自己。

「把鹽袋給我！」

我把小袋塞進他手裡。巴吱怪大步走來，輪廓在黑影遮蔽下模糊一片，我只看見牠的白色眼球，只感覺到牠的強烈怒火。牠的動作實在太快。尼克雙手打顫。

「西結！」他沙啞吼道：「**西結！**」

怪物持續逼近直打哆嗦的西結。我擲出靈魂，脫離軀殼，飛過空地。

我撞上牠的夢境時，感覺就像在第一冥府那次：撞擊點無比灼熱，激起的火花穿過我的靈魂。某種力量在這團夢境中潰爛，藏於怪物的心靈深處。我使盡渾身解數，劃開牠的第一道防線，侵入牠的超深淵地帶。

我感受到天崩地裂般的劇痛。

我的靈魂彷彿墜入泥沼，被火舌從裡到外燃燒。這裡不是夢境。

而是夢魘。

這隻怪物的超深淵地帶黑暗得令我難以忍受，但我勉強看見我的夢型態站在一團腐爛的死肉上，冒泡的血液從半溶的皮肉中滲出。爛肉抓住我的腳踝，不斷把我往下拉，淹及腰部。一隻骷髏手揪住我的頸窩，逼我朝它彎腰。我把重心往後移，想逃離此地，想返回軀殼，但為時已晚。數層腐肉掩過我的頭部。

沒有空氣，沒有思緒，沒有疼痛，沒有腦子。

消散瓦解。

無盡虛空，循環重複。

虛空中，只剩最後一點思緒：這裡是地獄。乙太不存在，一切都不存在。這就是我們靈視者所害怕的。我們怕的不是死亡，而是「不存在」——靈魂與自我的徹底毀滅。諸多臉龐逐漸消失。這裡沒有尼克、衛士、伊萊莎、傑克森、莉絲……一切都在消失，佩姬也在消失……

我的銀繩繃緊如韁繩，把我的夢型態從腐肉中抽回。我回到恐怖夢境的表面，大口吸進根本不存在的空氣，捶打抓著我的無數手爪。無數嗓音用我聽不懂的語言尖叫，牠們不想放我走，我會死在這裡，死在巴吱怪的夢境中，而不是死於溺水窒息。

我把一隻惡臭胳臂折成兩段。銀繩最後一次拉動，把我甩過乙太，拋回我的肉身。

我睜開眼睛，吸進一口氣。

鹽圈已鋪設完成。尼克丟下空袋，如中槍般側身倒下。

乙太出現波動，在我們周圍形成某種靈氣屏障，就像殖民地那片柵欄般牢固。怪物立即後退，彷彿鹽圈成了熔岩。牠散發出更多怪異雜訊。難道雜訊原本是氣場，經過嚴重腐化？牠發出最後一聲致命號叫，接著後退，留下的黑霧如濃煙般滯留於乙太。

我們四人躺在枝葉結凍的樹下。「西結。」尼克窒息道，搖晃西結的身子。

我連轉頭都沒力氣。伊莱莎最靠近我，她嚇得雙眼茫然，嘴唇幾乎跟我的一樣黑。

有那麼一段時間，我只是躺在地上，渾身抽搐。我的脈搏無力，聽力模糊。很長一段黑暗和沉默後，腳步聲從林間傳來。一個人影站在我們身旁，就在鹽圈外側。我聽見一個低沉的女性嗓音：「夢行者，傾聽吾語。」

接著是一個我聽不懂的詞彙，以靈語說出。另外某種力量正在把我喚回。金繩一拉──這是我目前感受過最強勁的一次──我立即睜眼。

「妳有沒有受傷？」說話的是普萊歐妮・斯拉古尼。「告訴我，否則我幫不了妳。」

「氣場。」我開口，連我自己也覺得有氣無力。普萊歐妮還是聽見我說的話，她蹲下身，用戴著手套的手拿出一瓶不凋花液，在我的鼻孔下方滴了一滴。我把芬芳氣息吸進肺臟深處，氣場開始復原。我翻身嘔吐，感覺痛楚在前顱形成，向外擴散。

普萊歐妮站起。她一身倫敦居民的打扮，又黑又長的捲髮撥到脖子一邊。「那隻厄冥跑了，但遲早會回來。奈希拉砸了重金懸賞妳這條命，夢行者。」

我不停顫抖。「她就是不打算露面？」

「她不想弄髒手。」她用一塊布擦擦小刀，似乎在刀子上抹了油。「起來。」

我的視線邊緣依然模糊，但我逼自己站起。我痛恨這些薩克斯生物讓我變得這麼沒用，我多年來的街頭本領在他們面前毫無用處。這讓我意識到，我其實只是個小混混，不算真正的戰士。在空地邊緣，伊萊莎蜷縮在一棵樹旁，雙手掩耳。我走向她。

「佩姬！」

聽見尼克的驚慌語氣，我心跳加速，跑到他身旁，他蹲在另一棵樹的根部。西結躺在他的大腿上，昏迷不醒。

「怎麼回事？」我跪在他身旁，眼窩又感到一波痛楚。

「我不知道，我不知道。」尼克平時穩健的雙手如今抖個不停。「我們該怎麼辦？佩姬，拜託——妳一定知道怎麼救他……」

「噓……別擔心，殖民地裡有許多靈視者成天不是被毆打就是受傷，」我說，但他還是不停發抖。「利菲特族能幫我們，你不知道如何處理——」

「我們必須現在就救他，佩姬！」

他哽咽咆哮。我緊抓他的肩膀。「普萊歐妮，」我朝空地另一頭喊道：「伊瑞！」

伊瑞沒理我，但普萊歐妮轉身朝我們走來，在西結身旁跪下，一手按住他的額頭，另一手放在他的臉頰上。「動作快，夢行者，」她說：「妳必須把他送去比這裡更安全的地方。」

尼克一臉悲痛，捧著西結的臉，對他念念有詞。

伊萊莎原本瀕臨昏迷邊緣，但抬頭看到普萊歐妮蹲在一旁時，彷彿看到自己的死期般放聲尖叫。我跑到她身旁，摀住她的嘴。

「妳這下還以為我說的那些經歷都是混亂劑造成的幻覺？」

她搖頭。

再次感覺到衛士時，我起身，拉伊萊莎一起站起。他穿過樹叢而來，眼睛如手電筒般明亮。他查看一切：鹽圈，和受傷的人類。

「沒有其他威脅。」他走過空地。「妳在這裡做什麼，佩姬？」

伊萊莎緊張得嚥口水。「我們剛剛在談話。」我答道。談話這麼普通的事，居然能聽起來愚蠢又大意。

「原來如此。」他從我們身旁走過。「冷源旁邊有一具無頭屍。」

「那人是個杖占師，」我的側身傳來劇痛，我難以說話，也呼吸困難。「八成從市集跟過來的。」

「薩加斯家族的奴隸，」普萊歐妮對衛士說：「或許拿了錢想確保她無法參加大亂鬥。」

「我不這麼認為。薩加斯家族不太可能熟悉集團的規矩，而且從其他方面來看，他們似乎想確保佩姬活下去。」他停頓。「冷源必須封起，否則會出現更多敵人。離這裡最近的避難所在哪，佩姬？」

我瞥向伊萊莎。「有任何提議嗎？」

「有個地方。」她顫抖地擦擦上脣。「誰能把車開過來？」

「妳去吧，靈感者。」普萊歐妮朝樹林點頭。「動作快。」

伊萊莎面無血色。「如果有更多怪物出現怎麼辦？」

「那就拚命跑，盡量別死得太早。」

她一臉蒼白。我把手槍塞在她手裡，連同輕盈許多的鹽袋。她呻吟吸氣，跑進林中。

我身後的衛士觀察四周。鹽圈裡的尼克扶西結躺在自己的大腿上，撫摸他的頭髮，用瑞典語對他說話。普萊歐妮和伊瑞在空地兩旁站崗。

我們等候。

伊萊莎終於把車開來時，尼克已經失去耐性。我們駕車返回第一之四區，利菲特族留在原處看守冷源。下車後，我們沿一條鵝卵石巷道飛奔，巷內由煤氣街燈提供照明，兩旁都是店面櫥窗。

我瞥向伊萊莎。她在口袋裡摸索東西，不斷喘氣。

「古德溫庭園？」

「我們要去里昂那裡。」她咬牙道。

「誰？」

「里昂・瓦克斯，製證師。妳認識他。」

我對他有點印象，就像集團成員們大多「聽說過」彼此。里昂・瓦克斯是傑克森的好友，專門為靈視者製作假證件，包括護照、出生證明、與賽昂有關的證件……應有盡有，能讓持有者盡量避開政府的銳眼。就是他幫西結和娜汀製作了假證件，使其在路上被攔檢時證明自己是合法移民。跟許多與集團有關的靈盲商人一樣，他也住在這條小巷的破屋裡。

這間小店面漆成黑色，窗內的架子上擺滿各式各樣的東西，沾滿灰塵，包括滅燭罩、整人蠟燭、火柴盒、用白銀和黃銅製成的燭臺，甚至一個古老的金屬蠟燭鐘。店面用銀色字體寫著「蠟與燭」，這是里昂表面上的工作。凸窗看起來已經幾星期沒擦過。

伊萊莎從口袋掏出一把鑰匙，打開門。我搞不懂她為什麼有里昂・瓦克斯這間蠟燭店的鑰匙。尼克抱著西結走下矮階，進入狹窄的客廳。我們幫忙把西結放在沙發上，用軟墊支撐他的腦袋。我按下一個電燈開關，沒反應。

「伊萊莎？」

「里昂討厭電燈。」伊萊莎從一面壁龕裡抓起一盒火柴。「妳往壁爐裡添些煤塊。」為了尼克，我沒跟她吵。我脫下烏恩提供的厚重大衣，丟到欄杆上，露出一身血漬和穢物。伊萊莎瞪著我。

「佩姬——」

「不是我的血。」我接過火柴。「是刀嘴。」

等候救援的時間實在難熬。尼克拒絕離開西結身邊，每隔幾分鐘就試著在他嘴裡灌些水。我跑去樓上臥室拿毛毯，伊萊莎點亮屋裡每一根蠟燭。

我捧著毛毯下樓時，衛士剛好走進門口。我沒說話，直接帶他進入客廳。壁爐裡燃著炭火，給西結的皮膚映上尚未滲進體內的暖意。尼克按著西結的手腕，測量脈搏。

角落裡的伊萊莎看到體形高大、眼如燈泡的陌生人，嚇得後退。衛士沒理她。

「咬痕在哪？」

「左側。」我說。

西結的襯衫沾滿黑血。尼克緊抿嘴脣，掀開傷口處的衣物。衛士觀察了一段時間。看到傷口擴散程度——從西結的上胸延伸到下腰——我的胃袋雖然堅強，還是不禁反轉。穿刺傷看來很深，周圍皮膚呈現混濁的灰色，但血已經凝固。

「他不會有事，」衛士做出結論：「不需要治療。」

「什麼？」尼克聽來呼吸困難。「看看他這副模樣！」

「除非他的血液遭到改變，否則他會復原。他平時喝不喝酒？有沒有嗑藥？」

「沒有。」

「那他免疫。」衛士瞪著尼克。「他的狀況雖然看似嚴重，尼加德醫師，但他的身體和夢境能對抗汙染。用鹽水清洗傷口後縫合，讓他好好休息，他只需要這樣處理。」

尼克無力地呻吟一聲，癱坐在一張扶手椅上，雙手掩面。我們都看著西結，他的呼吸短淺，臉色發灰，指尖看起來彷彿沾滿煤灰，但看起來沒惡化。

「真不公平。」尼克聽來疲憊。「他需要像樣的醫院。」

「是啊，我們都知道醫院會開什麼處方給他，」我說：「氮氣窒息。」

「佩姬！」伊萊莎責備。

「他不需要醫院，」衛士說：「他會自行復原——而且賽昂沒有任何一間醫院能看懂他的症狀。你們要做的，就是幫他保暖並補充水分。」

現場沉默許久，只聽見壁爐裡劈啪作響。「我們該不該通知娜汀？」我問大夥。

「不，她一定會發瘋。」伊萊莎終於從椅子站起。「我幫你們拿些乾淨衣服來，今晚就睡在這兒吧，里昂明天才回來。」她清清喉嚨，抬頭看著高大的衛士。「你……也想待在這兒？」

「我一會兒就走。」衛士說。

「如果你願意，可以睡閣樓。」

「謝謝妳，我會考慮。」

伊萊莎離去後，這個空間感覺更小。我瞥衛士一眼，走進走廊。

我來到洗衣間，啟動鍋爐，從一面沾滿灰塵的櫥櫃裡拿出一個空的玻璃罐，把裡頭裝滿水和鹽，感覺兩腳發軟。我真的今早才看到查特閱讀《利菲特族之啟示》？感覺像是幾星期前的事。

我攪拌鹽水時，試著控制呼吸。雖然西結這次得以保住一命，但殖民地已不復存在，遲早會有更多厄冥在城中出現。

我推開這個念頭。尼克現在需要我。我從櫥櫃裡找出幾卷紗布和一套手術縫合用具，返回客廳，看到西結已被搬到壁爐旁的腳凳上。尼克扣著西結的手。我在西結身旁跪下，雙手抱膝。爐火的暖意雖然無法深及我體內，卻足以暖和我的手指。

「我有沒有跟妳說過我妹妹的事？」他沙啞道。

「你有提過。」

只有一次。凱洛琳娜．尼加德，靈視者，她的天賦未曾有機會展現。

「我常常想起她當時的模樣，」他平淡道：「當我在森林裡找到他們的時候。」

「別。」我轉動他的臉，逼他看我。「西結不會死。我保證。衛士不是隨口說說。」

我不該做這種承諾，畢竟我沒能救賽柏和莉絲。

「我不能再讓賽昂奪走我身邊任何人。今天這件事就是他們的錯，」他喃喃自語：「他們懦弱膽小，該全力擊退利菲特族的時候卻乾脆投降。也許他們從一開始就在害怕。而現在，他們靠著自己建立的體制過著好日子。如果妳成為闇后，」他說：「我就要離開賽昂。我要帶走我能帶走的一切，拿來摧毀他們。」

「如果我無法成為闇后？」

「我還是會對付賽昂。我不想再讓傑克森拿我的血汗錢去買雪茄。」尼克的表情很少這麼冰冷。「我加入賽昂，只是因為我想瞭解敵人的一切。我學得夠多了，佩姬，我看得夠多了，我現在只想毀了他們。」

「那麼，你我看法一致。」爐火劈啪作響。「傑克森現在一定納悶我們在哪。」

「伊萊莎已經回巢窩去了，她會跟傑克森說我們在第一之六區進行訓練。」他微微一笑，從我手裡接過玻璃罐，但面無血色。「妳睡一會兒吧，小可愛，妳今天夠累了。」

他用穩健的手指打開縫合用具。我起身開門，但某個變化令我停步。西結慢慢睜眼，看到尼克時露出笑容，咕噥一聲「嘿」。尼克俯身吻他，先在額頭，再在脣上。我微笑以對，感覺心裡喀嚓一聲，彷彿剪斷一條線，某個心結不復存在。

我輕輕在身後關上門。

閣樓算在內，這間蠟燭店有三層樓。這是很窄的建築，擁有幾個小房間。浴室的寬度大概跟我的身高差不多，瓷磚龜裂。我點燃洗手臺上的短蠟燭，照了鏡子，發現自己看起來果然跟拾荒者沒兩樣。黑血把我的衣服黏在身子上，嘴脣周圍的肌膚沾染灰色穢物。

我感到一陣深至骨髓的寒意。如果現在能泡個熱水澡，要我做什麼都願意。我脫下衣服，堆在角落裡，再轉動老舊的水龍頭，蓮蓬頭灑出半熱不冷的水。我在蓮蓬頭底下站了幾分鐘，洗去厄冥留下的鹽味。我靠向鏡子，摘下隱形眼鏡，發現一邊瞳孔放大，將虹膜占據大半。我眨眨眼，看著蠟燭，但是我的左瞳孔就是沒做出該有的反應。

這層樓有個空房間，裡頭有兩張床，伊萊莎在其中一張放了一套乾淨的睡衣。我扣起上衣，嗅聞它淡淡的花香。我累得隨時可能倒下，但我在這個房間裡睡不了多久。如果有暖床器，或許就能驅逐這裡的寒意。

我整理一下溼髮，走向樓梯轉彎處，刻意無視側身的痠痛。我走向樓梯時，衛士上樓，他看到我的時候停步。

「佩姬。」

我的雙臂仍布滿雞皮疙瘩。我有點想走向他，但某種本能警告我保持距離。

「衛士。」我開口，聲音輕得樓下的人聽不見。

「妳當時想附在厄冥身上。」

我挑眉以對。「你又偷窺了我的記憶？」

「這一次我可是無辜的。」衛士打量牆上的畫。那是伊萊莎最喜歡的一幅，她在沒有魂魄協助下畫了一年。「妳的兩邊瞳孔大小不一樣，這表示妳的銀繩受到打擊。那怪物如果成功困住妳，就能吞噬妳的靈魂。」

「你如果早點讓我知道這件事，」我說：「我大概就不會嘗試進入牠的夢境。」

「我也是事後才想起這點。」他把雙手放在欄杆上。「我猜你們跑去那座山上是為了私下討論事情。」

我雖然嗓子沙啞，仍逼自己把故事再說一次。他聆聽時，表情沒變。

「『灰市』，」他重複這個字眼。「我沒聽過這種詞彙。」

「我也是。」

「如此看來，有太多事情都取決於妳能否贏得大亂鬥。」他的明亮雙眸驅逐周圍黑暗。「引誘妳去冷源的那人，可能跟這件事有關。」

我不禁懷疑究竟有多少人跟這件事有關。多少人願意為了保護女院長和布骨人而殺人或送死。「厄冥族會繼續出現？」

「噢，當然。」他抓緊欄杆。「既然殖民地已被拋棄，厄冥族就不再被當地的靈能活動吸引。那座殖民地雖然代價高昂，但確實是個很強大的乙太燈塔。但現在，厄冥族將被倫敦的豐富靈能吸引而來。通往牠們國度的冷源雖然可以被關閉，但需要高明技巧。」

「牠們的國度？」

「冥界已被厄冥族占領大半。妳大概也注意到冷源驅逐了——而非吸引——當地遊魂，因為就連魂魄也害怕厄冥族。」

安耶娜·瑪麗亞幾星期前也說過，她地盤上的魂魄悉數消失。

「我們不能讓牠們來到這裡。」我說。

我倆靜止許久。我多次試圖開口，但欲言又止。他看著我，就像那天在會館一樣表情莫測難辨。他看著我的時候，就是沒表現出他有何感受——如果他有任何感受。冷源事件加上其他發生的一切令我心痛不已，我在一天之內目睹了太多事。我稍微靠向他，把頭靠在他的手臂上。暖意從他體內擴散而來，彷彿他的胸腔裡堆滿滾燙煤炭。他抓住我兩側的欄杆，離我的腰部還有點距離。他發出低沉聲響，在我的腹部引發震顫。

我抬起下巴，他的鼻尖碰到我的鼻尖。我用手指撫摸他的堅毅下顎和耳朵，聆聽他的呼吸和心跳。對他來說，呼吸和心跳只是節奏，對我來說卻象徵生命結束的倒數計時。我的夢境裡出現灼熱感，就像在會館那次。

我不知道該如何描述他給我的感受，我不清楚這算什麼感覺，只知道深至體內，彷彿某種遺忘已久的本能。我只知道我想被這種本能掌控。

「我有考慮過妳說過的話，」他說：「在音樂廳的時候。」

我等候。他用指尖撫摸我的手掌側緣和拇指，來到手腕上方。

「妳說得沒錯，他們就是用那種方式讓我們閉嘴。我絕不閉嘴，佩姬，但我也不會對妳說謊。妳我的生命線，只有在乙太覺得適當時才得以相聚，這未必會常常發生，也不可能永遠交會。」

我扣住他的手。

「我知道。」我只回一句。

第二十三章 臨界點

我走進閣樓，一把門關上，衛士就用粗糙的手掌捧起我的臉。我只聽見自己的呼吸和心跳。我摸到鑰匙，把門鎖上，讓自己跟一名利菲特人在黑暗中獨處。他是行走於靈界帷幕的生物，此刻沒有任何一處與人類相似。我的手滑過他的肩膀和頸部，我的心臟急促跳動時，他的嘴蓋上我的唇。

在黑暗中，我整個人彷彿不復存在，只剩感受。他的手指撩過我的頭髮，滑過我的脊椎。我把他抱得更緊，一手勾住他的脖子，勾轉他的粗糙頭髮。他嘗起來像紅酒，還另外帶有一種味道，感覺來自大地，氣味濃郁，略帶苦澀。

他粗糙的手掌停在我的腹部，我的呼吸變得又淺又急。在這一刻之前，我不知道其實我多麼希望他擁抱我、撫摸我。我和他的世界都容不下親密關係。

衛士將我整個人舉起，一手撫摸我的臉頰，我倆的呼吸聲打破周圍寂靜。他將我拉近，彼此額頭互觸，彷彿他想叫我別擔心，想告訴我這種互動並不是謊言。我用嘴唇蓋住他的下巴，細細品嘗他的體溫，聆聽在他的咽喉中震顫的低頻靈語。

他的夢境釋放火舌，掃過我的心靈花田。我吻他、對著他的嘴脣呢喃他的名字時，腦海中又出現那句話。**住手，佩姬，住手**。來自本能的警告。不凋之眾隨時可能進來發現這一幕，就像奈希拉那樣。但這首夜曲正在演奏，實在容不下理智之聲。衛士說得沒錯，這種關係不可能永遠維持下去，他不可能永遠在我的人生裡。但只是「曾經擁有」又何妨？

我們在某處躺下——感覺像是一張布沙發——我的雙腿纏住他，他用手臂摟住我的腰。我的手指來到他的背疤上，是他的叛變所留下的證明。某個人類叛徒向奈希拉告密後，衛士換來這些傷疤。

衛士靜止不動。我看著他的眼睛，手沿著疤痕撫過他的背脊和肋部，再滑上他的腹肌。疤痕的質感很像蠟，跟我手上的疤一樣冰涼。

這是騷靈留下的傷痕。衛士看著我的臉，我撫摸他胸腔上的一道猙獰疤痕。

「這是誰的靈魂造成的？」

「她的墮天使之一，騷靈。」他用手指撫摸我的下巴。「當然，祂的名字是機密，或許已被時間遺忘。」

在我所能想像的範圍中，控制他的最佳方式，就是按時給他一點不凋花液止痛。奈希拉．薩加斯的想像力顯然超乎我的預期。

我倆待在黑暗的閣樓中，躺臥在月光下，腎上腺素湧過我的血管。樓下的夥伴應該感覺不到我們的夢境——除非上樓來。

「我遲早還是會死。」

「妳這個看法，」他說：「很自私，但無法影響我的選擇。」

「這不只是個看法，而是太陽底下再理性不過的結論。」

「的確。」他撫摸我腰上的一道月光。「那麼，幸好我們現在不在太陽底下。」

我對著他的肩膀微笑。樓下有人彈起鋼琴，不是靈聽者，沒有任何魂魄對節奏做出反應。我看著衛士。

「塞西莉・夏米娜德的〈悲歌〉。」

「你的腦袋裡藏了點唱機？」

「嗯……」他撥開我眼前的一綹捲髮。「我的夢境倒是用得著點唱機這種擺設。」

我的體內浮現一種緊張的顫意，我如果在黑市發現罕見的飾品或器具就會出現這種感覺，彷彿深怕拿起商品時會不小心把它掉在地上，它還來不及重見天日就會被摔碎。我把一手貼在他的腹肌上，感覺他呼吸時平穩起伏。

「如果妳想跟我在一起，」他的嗓音極輕。「就算這段關係無法天長地久，也不能讓不凋之眾知道。」

否則他們會毀了我，毀了他，毀了盟友關係，就因為我和他想隨時隨地親熱。這是種純然又魯莽的感受，傑克森嗤之以鼻的那種。

衛士的目光在我臉上游移。我打算用謊言回答他——**我無所謂**——但這幾個字卡在喉嚨裡。他知道這有所謂，而且他本來就不是徵詢我的看法，而是說明事實。我翻身仰躺在他的胸膛上，看著窗戶。

「我真盲目，」我說：「一直對集團抱有幻想……」

「我很難相信妳這句話。」

「我早就知道集團很腐敗，卻沒想到這麼嚴重。女院長和布骨人正在聯手進行某種惡劣陰謀，跟利菲特族有關。我猜不透答案，但我總覺得答案就在眼前。」我撫摸他拳頭上的傷疤。「第一次叛亂事件中的叛徒……你有見過他們的臉嗎？」

「我就算見過也不知道對方是誰。我不曾被告知是哪幾個人類背叛了我們。」

他連自己被誰陷害也不知道，這一定折磨了他多年。他說話時肌肉緊繃。

我把手從他的腹部上移開。「我得在大亂鬥時進入傑克森的夢境。我已經有一段時間沒進入任何人的心靈。」

他打量我幾秒。「妳打算殺了傑克森？」

這句疑問令我不自在。「我不想殺他，」我說：「如果我能盡量控制他，逼他投降，應該就能獲勝。」

「很高貴的選擇，」他評論：「我相信比白縛靈師到時候會採取的任何行動都高貴。」

「他冒險把我從冥府救出來，他不會殺了我。」

「安全起見，我們最好猜想他會試著殺了妳。」

「你不是對我說過『永遠別亂猜』？」

「有時候得破例。」衛士躺回坐墊上。「妳現在想進入我的夢境很容易，但妳面對傑克森的時候，一定處於疲憊且負傷的狀態，想成功跳躍就得耗盡所有體力。」

「那麼，讓我試試，我現在也沒有呼吸面罩。」

讓我再次進入他的心靈，這對他來說並非小事，但他沒抗議。我把手伸向他的頸窩，把他按在原處，深呼吸幾次。我本來就開始覺得昏昏欲睡，想脫離軀殼並不困難。

踏進他的夢境時，我發現自己在他的超深淵地帶，這裡的寂靜如牆壁般朝我推擠。紅色天鵝絨簾布從上方垂下，消失在篝火的濃煙裡。我的步伐傳來回音，彷彿我走過一間大教堂，但這個夢境依然是個漂於乙太的小島，沒有明顯的形體，只是**存在著**。也許冥界就像這樣，是個沒有任何生命的荒涼國度。我推開天鵝絨布幕，穿過他的意識中的每一環，來到奧古雷斯．莫薩提姆的心靈深處。他的夢型態站在這裡，雙手置於身後，看起來像個空心的褪色形體。

「歡迎回來，佩姬。」

布幕包圍我們。「看來你換了一個極簡主義的造型。」

「我本來就不喜歡心靈雜物。」

但他這部分的心靈有所改變。沙地長出一朵花，花瓣是一種言語難以形容的溫暖色澤，這朵花如標本般封在玻璃罩底下。「不凋花。」我蹲下，觸摸玻璃。「它怎麼在這兒？」

「我可不知道夢境如何選擇自己的形式，」他繞著玻璃罩走動。「但看來我已經不再是妳所說的『空殼』。」

「你的夢境有任何防禦嗎？」

「只有與生俱來的那些。傑克森的心靈護牆雖然一定不如我的牢固，但他可能擁有回憶的化身。」

「『心魔』。」我想起。我在傑克森所寫的《遊魂的企圖》初稿中看過關於心魔的介紹，我窺視其他人的夢境時也親眼見過。心魔沉默不語，外形細長，潛伏於超深淵地帶。一般人至少擁有一個心魔；有些人，例如娜汀，夢境裡被大批心魔占據。「心魔是回憶？」

「可以這麼說。祂們是我們的遺憾或焦慮的投影。如果有什麼事情『在心頭揮之不去』，就是心魔在搞鬼。」

我站起。「你有任何心魔嗎？」

他轉頭望向布幕。十二個心魔聚在暮光地帶的邊緣，被夢境核心的光芒排拒在外。祂們沒有具體臉孔，但模樣大致像人。祂們介於固體與氣體之間，皮膚彷彿交錯於煙霧。

「祂們無法傷害妳的夢型態，」他說：「但可能試圖攔阻去路。妳不能在此逗留太久，也不能被祂們抓住。」

我打量他這些心魔。「你看得出祂們代表哪些回憶嗎？」

「是的，」衛士看著祂們。「我看得出來。」

在他的夢境中，他的輪廓更為銳利，臉上不見任何柔和。

我從沒接觸過別人的夢型態。進入夢境已經是侵犯隱私，我總覺得這樣觸碰別人心中的自我印象是很不體貼的舉動。如果在別人的自我印象上留下指紋，很可能造成難以挽回的傷害，像是戳破過度膨脹的自尊心，或打碎最後一小塊希望。但我的流浪癖充滿慾望和好奇。我渴望知識，無論多麼危險。因此，衛士用餘燼般的雙眸看著我時，我把手貼上他的臉頰。

我的手指感覺到涼意，我的夢型態出現震顫。他眼中的我直接接觸他眼中的自己。我必須記住這不是我的手指，雖然看起來一模一樣。這是我在衛士眼裡的手。我把手停在他臉上很長一段時間，撫摸他稜角分明的嘴唇和下巴。

「記住，夢行者，」他把手放在我的手上。「自畫像就跟鏡子一樣脆弱。」

他的共鳴嗓音撼動我的核心，令我驚醒。我返回肉身後，雙腿晃到沙發邊緣，胸腔起伏。不靠呼吸面罩的夢行還是很困難，我得教導我的身體如何在缺乏基本生命機能時撐下去。我打起精神之前，衛士一直看著我。

「你——」我屏息道，一手貼在胸前。「你的自我印象為什麼是那副模樣？」

「我看不見我自己的夢型態。我得承認，我也很想看看。」

「它看起來像雕像，但滿身傷疤，彷彿有人拿鑿子挖過它……挖過你。」我皺眉。「你是那樣看待你自己？」

「某方面來說，是的。多年來扛著奈希拉・薩加斯配偶的身分，就算沒造成其他傷害，也確實侵蝕了我的理性。」他用拇指撫摸我的顴骨。「大亂鬥中，妳不需要完全脫離軀殼。記住我教過你的：把一部分的靈魂留在體內，好讓生命機能維持下去。」

我雖然聽出他沒回答我的問題，但我已經侵犯了他的隱私，不該再追問。「我不知道該怎麼做，」我把頭靠在他肩上。「我沒辦法把我的靈魂分別放在兩個身體裡。」

「妳在音樂廳時就有做到。別把那想成『分開』妳的靈魂，」他說：「而是留個影子在原處。」

我們在月光下對視許久。我們其中一人該離開這裡，卻沒人起身。他的手指從我的太陽穴滑到頸部，繼續南下，來到露出乳溝的敞開領口。某種情緒沿金繩脈動，複雜得難以分析。

「妳看起來很累。」這幾個字從他的胸腔隆隆傳來。

「今天特別漫長。」我看著他的眼睛。「衛士，我需要你答應我一件事。」

他只是看著我。我以前只有拜託過他一次，是在我即將被他的未婚妻殺掉的時候。

如果她殺了我，你必須讓其他人知道如何逃脫。你得領導他們。

他當時的答覆是：**我不會需要領導他們**。

「如果我輸掉大亂鬥，」我說：「你務必終結灰市，不管它究竟是什麼。」

他沉默片刻後做出答覆。「我會盡我所能，佩姬。我總是盡我所能。」

我別無所求。他的手來到我肩部的烙印上，那六個號碼曾是我的名字。

「妳曾是奴隸，」他說：「別成為恐懼的奴隸，佩姬・馬亨尼。掌握妳自己的天賦。」

我在這個晚上開了先例。我以前從沒睡在別人身旁、讓對方的氣場如第二層肌膚般裹住我。我的第六感花了一段時間才適應他的接觸。我的心靈屏障再三豎起，被他的夢境弄得忐忑不安。我猜想這就是在船上睡覺的感覺，漂在不停挪移的表面上。我多次迷惘地醒來，在耳邊聽見別人的心跳，比自己一個人睡時更溫暖。

我在第一次這樣醒來時驚慌失措，他的眼睛讓我想到冥府，我因此翻身離開沙發，想抓起小刀。衛士只是默默看著，等我回過神。之後，他讓我把背部靠著他的胸膛，沒做出制住我的舉動。

我徹底清醒時，剛過凌晨四點，衛士還在睡。他一手摟著我的腰，身上仍殘留著灼熱金屬的味道。

我打個冷顫。其他人一定好奇我整晚跑去哪。

這一次，他沒跟我一起醒來。我從沒見過他這麼像人類的模樣。他看起來比平時柔和，彷彿夢境卸下所有沉重回憶。

我打開門鎖，悄悄走出閣樓，來到樓梯轉彎處。我背靠欄杆，把雙臂緊緊抱在胸前。信任衛士是一回事，但接觸了他的夢型態就等於把這種關係轉化成另一種程度，非常危險的程度。

按照傑克森的規矩，我只能跟衛士睡一晚。我想更瞭解他。

我也知道這種關係不可能維持下去。不管這算是什麼關係，風險都太大。那我為何還參與其中？無論我願不願意，我在接下來的日子都需要不凋之眾的支持。如果他們稍微起疑……

我用雙手抓住欄杆，聆聽樓下的腳步聲；加入傑克森的陣容後，我就一直想辦法避開賽昂的雷達。十年間，我向父親隱瞞了我的大半人生。衛士在「隱藏意圖」這方面是個行家——他曾背著未婚妻策劃了兩次叛變。

我想停止逃亡，哪怕就這麼一次。衛士雖然陰沉又冰冷，仍有溫暖的一面，讓我覺得精神抖擻、鬥志旺盛。那種感覺跟尼克給我的完全不同──也不可能一樣。我單戀尼克的時候，感覺像奄奄一息，我總是在騙自己「他可能想跟我在一起」，我抓住那種想法太久。但衛士讓我感受到兩個心跳，而不是「一個半」。

我輕輕地赤腳走下樓梯，打開廚房門。尼克正在餐桌旁閱讀《後裔日報》，拿著外帶回來的一籃熱麵包。

「早安。」

「現在還不算早上。」我在桌邊坐下。「昨晚是你彈鋼琴？」

「是啊，我唯一學過的曲子，」他說：「我覺得那或許能讓西結睡得更好。他在成為隱夢者之前是個靈聽者。」

「他狀況如何？」

他放下報紙，揉揉兩眼。「我會再讓他休息一會兒，但我們再過幾小時就得離開。里昂很快就會回來。」

「你該叫他們讓他在這裡多待一陣子。」我拿起報紙。「回去被傑克森看到，只會惹來一大堆疑問。」

「他本來就會問東問西。」

他的目光遠比昨天銳利。我沒多想，只是瀏覽報紙。賽昂鼓勵居民多留意佩姬・

馬亨尼及其黨羽的行蹤，並強調逃犯很可能已經易容。居民該留意其他線索，像是口音、染髮、面具，或非法整容手術留下的疤痕。報紙上還刊登這類手術的照片：紅腫皮膚上的青紫縫合疤痕，通常都在臉頰上，靠近髮際線或在耳後。

「我得讓其他人知道我為大亂鬥的打算。」我幫彼此倒了咖啡。「並查清楚我如果獲勝，他們會站在誰那邊。」

「妳打算讓他們知道衛士的事嗎？」

水槽上方一面擺鐘滴答作響。我放下咖啡杯。「什麼？」

「佩姬，我認識妳十年了，我看得出來妳有什麼變化。」

「什麼都沒變。」我看著他的臉，用手指撐著太陽穴。「一切都變了。」

「我知道這不關我事。」

我攪拌咖啡。

「我不會對妳說教，也不會挖苦妳，」他低語：「但我希望妳記得他做過什麼。就算他改變了，就算他把妳關在殖民地的時候未曾傷害妳，就算妳一開始不是被他抓走，妳還是得記得他利用過妳。答應我，小可愛。」

「尼克，我不想忘掉他做過什麼。他接納我的第一天就可以放我走，這我知道，但這不表示我能丟下這種感覺。我也知道你認為我開始同情他，」我看著他的眼睛。「我沒同情他。我不同情他對我做過的事——我對那一切毫無同情——但我能明白他為何那麼做。這種解釋合理嗎？」

他沉默片刻。「是的，」他終於開口：「合理。但他很冷漠，佩姬。他讓妳開心嗎？」

「我還不知道。」我啜飲一大口咖啡，感到暖意。「我只知道他看到真正的我。」

他嘆氣。

「怎麼了？」我把聲調放得更輕。

「我不希望妳成為闇后。看看漢克特和刀嘴的下場。」

「那不會發生在我身上。」我雖然嘴上這麼說，卻仍感到一陣寒意。就算傑克森有記得向女院長告知殺手一事，我現在也知道她會置之不理。「你最近還有看到更多幻象？」

「有，」他揉揉太陽穴。「最近每隔幾天就會出現，畫面非常複雜，我無法解釋……」

「別想了。」我握住他的手，他回握後，我輕輕抽手。「我必須參賽，尼克。總得有人試試。」

「不需要是**妳**。我有一種不祥預感。」

「我們是靈視者，本來就會有不祥預感。」

他冷冷看我一眼。廚房門敞開，伊萊莎來到我們對面坐下。

「嗨。」她開口。

尼克皺眉。「妳不是回巢窩去了？」

「傑克森叫我回來找你們，他要大家一小時後回到七晷區。」她給自己倒了一杯咖啡。「我們昨晚就該直接回去。」

「因為咱們昨晚都沒料到山上有怪物，」尼克說：「但妳為何帶我們來里昂·瓦克斯這間蠟燭店？」

「因為他就像我的家人。」

我們很少用「家人」這種字眼。傑克森假裝這種觀念根本不存在，彷彿我們都是從彩蛋裡蹦出來。尼克把報紙放在一邊。「就像家人？」

「我還是嬰兒的時候，就被丟在某個門廊上，由一群商人養大。他們很討厭我，逼我一個人去兩哩外的蘇豪區拿包裹再送回齊普賽街，一路上避開警戒者和幫派分子。我從學會走路開始，天天都得走四哩路。十七歲那年，終於在小劇場找到工作，我就是在那時候認識貝雅·希瑟。她是卡特街上最棒的演員，也是我這輩子見過第一個沒對我吐口水的靈視者。」

我和尼克默默聆聽。她的嘴角繃緊。

「貝雅是物理靈感師，常在表演時讓各式各樣的魂魄附在她身上，例如脫逃大師、柔體術師和舞者。二十年來的附身讓她的夢境嚴重受損。」她語帶哽咽：「貝雅和里昂是我在幫派外頭最好的朋友。我當年去傑克森那裡應徵，其中一個原因就是我想分攤她的醫藥費。」

我不太敢相信。伊萊莎對傑克森的忠誠和付出總是顯得無懈可擊。

「妳用什麼治療她？」尼克輕聲問。

「紫翠菊。里昂這幾天帶她去鄉下，想試試新的草藥。」

「難怪妳在擺攤那天，」我說：「常常不見蹤影。」

「她那天狀況特別糟，我們差點失去她。」她用袖口輕拭紅腫眼眶。「這間屋子也讓有需要的乞丐有個棲身之處，能讓他們吃些東西、恢復體力。但如今經費不足，這裡很難維持下去。」她垂下肩膀。「抱歉，這幾個月的壓力比較大。」

「妳早該讓我們知道。」尼克咕噥。

「我不能說，我怕你們會告訴傑克森。」

「妳在開玩笑吧。」他摟住她，她破涕為笑。「幫裡一開始只有我們這兩個『封印』時，妳對我無所不談。妳有什麼需要，我們一定幫妳。」

大夥沉默許久，只是吃著麵包配蜂蜜。我感覺到樓上有動靜：衛士醒來，他的夢境為之扭動。

「我原本昨天就想告訴妳，」我對她說：「我決定在大亂鬥中對抗傑克森。」

伊萊莎瞪大眼睛，看向尼克，彷彿他能讓我拋下這個瘋狂念頭，但他只是嘆氣。

「不行。」看我沒笑，她搖頭道：「佩姬，別亂來，妳不能這麼做，傑克森會——」

「——殺了我。」我把咖啡喝完。「他可以盡力一試。」

「傑克森的年齡比妳大一倍，也是全城裡對靈視能力最有研究的專家。如果妳跟他打，萬事休矣，我們這個幫派將就此結束。」

這點無法否認。不管我喜不喜歡，但他確實是讓我們聚在一起的黏著劑。「如果我不對付他，」我說：「幫派以外的一切將就此結束。妳也知道我們面對什麼大敵。如果女院長就是這一切的幕後主使，那我們就不能指望集團會對此做出任何行動。我們只能在集團瓦解前親手處理這件事。」

她沒再說話。

「妳不能告訴娜汀，妳也知道她會直接去向傑克森告密。丹妮也許願意幫我，但我們不能告訴西結，我們不知道他會站在哪一邊。」我看著尼克，他扣起雙手。「不是嗎？」

他沉默片刻後才回話。「的確。」他終於說：「他想對抗利菲特族，他也知道我永遠站在妳這邊，但他很愛他的姊姊。我不知道他會選誰。」

伊萊莎默默坐著，擔心得緊抿嘴唇。

「佩姬，」她開口：「傑克森……真的說過他不想對付利菲特族？」

「他只在乎集團。」我說。

「親眼見過利菲特族後，我實在搞不懂傑克森在想什麼。」她捏捏眉心。「我知道妳這麼做是對的，我知道我們必須趕走那些怪物。但傑克森在我一無所有時收留了我，就算我的階級比較低。我知道他很……難相處，但我跟他共處了很久，而且我的狀況跟娜汀一樣，我需要錢。」

「妳會拿到錢，我向妳保證，伊萊莎，妳會拿到錢。」我輕聲道：「這件事由妳決定。但如果我贏了，我希望妳願意支持我。」

伊萊莎抬頭看我。「真的？」

「真的。」

我說話時，金繩震顫。他的夢境在廚房門外。我放下報紙。

「稍等我一下。」我說。尼克目送我離去。

我來到走廊，看到衛士從門邊衣架拿起大衣。他看到我的時候，兩眼明亮。

「早安，佩姬。」

「嗨。」我清清喉嚨。「你如果想吃早餐，歡迎你留下，但你可能需要拿把大菜刀劈開裡頭的緊張氣氛。」

我的口氣聽來太過活潑。我到底該用什麼口氣跟一夜同床的對象說話？我在這方面沒多少經驗。

「雖然聽來很吸引人，」衛士說：「但不凋之眾正在外頭等我。他們會想在大亂鬥舉行前跟妳談談。」他打量我的臉。「說到這點，妳必須努力熬過這次考驗，佩姬・馬亨尼，為了大家。」

「我完全有這個打算。」

他雖然嘴角沒動，但我能從他溫暖又柔和的目光中看到笑意。我撫摸他的背，感受他呼吸時的緩慢節奏。我的肋骨後方散發暖意，沿手臂來到指尖。

我感到一種怪異的歸屬感，不是塵世的那種——我歸傑克森所有，正如我曾歸利菲特族所有——而是另一種，同類就該跟同類在一起的那種。

我以前從沒有過這種感覺，這嚇得我不知所措。

「妳睡得好嗎？」他問。

「還好，除了小刀事件。」我從門上衣架拿起尼克的外套。「不凋之眾會知道嗎？」

「他們或許會起疑，但也只是起疑。」

他打開門，寒風灌入時，我們的氣場持續分開。我套上靴子，跟他走出蠟燭店，來到寒冷晨霧中。不凋之眾正在古德溫庭園的另一頭等候，聚在那裡唯一一座街燈底下。聽見我們的腳步聲，他們一同轉身看來，普萊歐妮開口：「那名人類狀況如何？」

「他很好，」我挑起一眉。「謝謝妳的關心。」

「我不是關心妳，是關心那小子。」

利菲特人居然詢問負傷人類是否安好，我真沒想到會有這麼一天。「西結沒事，」我說：「衛士有照料他。」

蒂拉貝爾．夏洛丹的顴骨在藍光下格外醒目，顴骨底下形成陰影。我在口袋裡握緊拳頭。

「希望，」她說：「妳有睡好。我們要讓妳知道，有人在城中這一區看到席圖菈．莫薩提姆——奈希拉的傭兵。我相信妳還記得她。」我清楚記得席圖菈，她是衛士的親戚，兩者之間的唯一相似處只有外表。「我們必須前往位於倫敦東區的藏身處，等妳贏得大亂鬥。」

「關於大亂鬥，」我說：「我需要妳幫個忙。」

「解釋。」蒂拉貝爾說。

「骸骨季節的最後四名倖存者，現在落在曾經拘禁衛士的那名幫主手上，其中一人擁有我需要的重要情報，她名叫艾薇．雅各。」

「蘇班的玩物。」

玩物這種字眼令我反胃。「他曾是她的監護者，」我說：「她如果不能安然脫身，很多靈視者就會懷疑我到底有沒有能力掌管集團。那四名逃犯被關在第一之二區某處的某間夜總會。我不知道確切地點，但我知道怎麼進去——」

「妳**竟敢**拐彎抹角地要我們幫妳把他們撿回來，」伊瑞冷笑道：「我們可不是聽妳使喚的奴隸。」

「你嚇不了我，利菲特。你以為我在殖民地的時候被打得還不夠？」我拉下襯衫肩處，展示烙印。「你以為我不記得這個？」

「我認為妳沒牢記在心。」

「伊瑞，冷靜點。」他右手邊的露希妲舉起一手。「奧古雷斯，由我們去救出倖存者，這麼做是否符合邏輯？」

衛士的眼睛彷彿烈火。「我認為符合，」他說：「那個布骨人輕而易舉地就逮到我，他殘忍無情，而且非常熟悉利菲特族。他的『灰市』必須被阻止，否則他會繼續在暗處嘲笑我們。」

「『灰市』是什麼意思，夢行者？」蒂拉貝爾的口氣聽來越來越不耐煩。

「我不知道，」我說：「但是艾薇會知道。」

「那麼，妳確知那個艾薇被關在夜總會？」

「我當時沒親眼見到她，但有感覺到她的夢境，我知道她就在那兒。」

「妳要我們去冒生命危險，」普萊歐妮說：「就因為妳有個『感覺』。」

「是的，普萊歐妮，就像我當初冒生命危險幫衛士進行妳發動的第二次叛變，就算你們的第一次以失敗收場。」我冷冷道，儘管一說完就後悔，但衛士沒反應。「大亂鬥那天晚上，每個人的注意力都會被轉移。無論我是贏是輸，我都需要艾薇提供情報。」

蒂拉貝爾神情嚴肅。「不凋之眾很少插手這種事。莫薩拉斯的信念是我們永遠不該介入人界的事件走向，」她說：「如果他們的死亡由乙太註定，我們絕不能阻止。」

「簡直荒唐，」我目瞪口呆。「沒有任何人的死期是『命中註定』。」

「隨妳怎麼說。」

「他們努力生存，為了逃出你們的殖民地而奮鬥到底。如果妳要我幫妳弄到軍隊，妳就得幫我救出艾薇。」

他們沉默片刻。我瞪著他們，氣得發抖。蒂拉貝爾看我最後一眼，接著帶夥伴沿巷道離去。

「他們這是答應了？」我問衛士。

「我覺得看起來不像拒絕。總之，我會說服他們。」

「衛士——」我抓住他的手臂。「我很抱歉說那種話，我不該那樣說第一次叛變。」

「妳不需要為說實話道歉。」他眼裡的光芒減弱成脈動小火。「祝妳好運。」

他的灼熱目光令我渾身發麻，也因為我們靜止不動。看我沒動，他用嘴脣輕觸我的頭髮。

「我不是占卜者，也不是神諭者，」衛士的低沉嗓音隆隆作響。「但我對妳充滿信心。」

「你瘋了。」我對他的頸邊說道。

「瘋狂與否只是觀點不同，小夢行者。」

他轉身離去，我看著他的背影消失在霧中。城中某處傳來鐘聲。

我們回到巢窩時，傑克森・霍爾還把自己關在辦公室裡，大聲播放《骷髏之舞》，我們在樓下走廊也聽得見。和伊萊莎在樓梯轉彎處分開後，我躡腳走向寢室。我以為牆上會傳來敲擊聲，但傑克森沒打算找我。

我盡量避免發出太多噪音，為大亂鬥做準備。我洗了熱水澡，放鬆肌肉，再一一排列伊萊莎幫我製做的衣服。之後，我坐在床上，練習附在一隻蜘蛛身上，牠在窗戶上結了一面閃閃發亮的網子。應付過兩名人類、一隻鳥和一頭鹿後，蜘蛛這麼小的生物很好控制。我在牠的夢境裡看到一座由蜘蛛絲組成的複雜迷宮。

嘗試五次後，我不用完全脫離肉身就能控制蜘蛛。我在自己的夢境裡保留少許感知，最低限度的意識，足以讓身體直立幾秒，讓我控制著蜘蛛爬過窗臺，直到我的身體終於傾斜，腦袋撞到一旁的牆上。我罵著髒話，把氧氣面罩壓在嘴上，顫抖地吸氣。

如果我在大亂鬥時做不到這點，就毫無勝算。我每次靈魂出竅，身體將破綻百出，我會在一開始的幾分鐘內被殺掉。我在櫻草花山受的傷並不嚴重，但想讓夢境復原，我就得好好睡一晚。我關掉檯燈，蜷縮在床上，聽著傑克森的唱片。《籠中鳥》的旋律穿牆而來，帶有雜音。

我不知道後天的我會在什麼地方，但一定不在七晷區的這個小房間裡。我可能流落街頭，成為賤民和叛徒。我可能成為闇后，統治集團。

我可能回歸乙太。

我感覺到窗外有個夢境。我拉開窗簾，查看庭院，看到傑克森．霍爾一個人坐在紅色天空下。他穿著睡袍、長褲和光亮皮鞋，拐杖放在身旁的長椅上。

我們四目交會。他彎曲一指，要我過去。

我下樓來到庭院，在他身旁坐下。他看著巢窩上空的星星，他的虹膜反映燦爛星光，彷彿繁星知道別人不知道的笑話。

「哈囉，親愛的，」他開口。

「嗨。」我斜眼看他。「我以為你要召見我們？」

「是的，很快。」他扣起雙手。「妳那套新衣服還合身嗎？」

「它們真美。」

「的確。我的靈感者足以匹敵全倫敦一半的裁縫師。」傑克森的兩眼滿是星光。

「妳知不知道今天是我封妳為門徒的紀念日？」

還真的是。十月三十一日。我完全忘了這件事。

「那是我第一次讓妳去街頭執行任務，不是嗎？在那天之前，妳只是送茶小妹，卑微的研究人員。我猜妳當時也受夠了那種工作。」

「非常。」我忍不住微笑。「我從沒見過有誰那麼愛喝茶。」

「我那是為了考驗妳的耐性啊！沒錯，那些討人厭的騷靈就是那時候在第一之四區流竄，莎菈．梅特雅德和她的女兒，兩個犯下謀殺案的女帽商人，」他回想。「妳和尼加德醫師一整個上午都在追蹤那兩個魂魄。寶貝，妳帶著戰利品回來要我捆縛時，我是怎麼對妳說的？我帶妳去日晷柱，指著面向蒙默斯街這一邊的日晷，我對妳說——」

「『妳看到這一切沒有，親愛的？這一切都是妳的。這條街，這條路，都歸妳所有。』」我說完。

那是我這輩子最美好的一天。贏得傑克森．霍爾的讚賞，加上有資格自稱他的得意門生，讓我心中充滿喜悅，我無法想像一個沒有他的世界。

「一點也沒錯，完全正確。」他停頓。「我向來不算是個賭徒，我不相信運氣，寶貝。我知道妳我有些歧見，但我們是七封印。在乙太的神祕安排下，我們遠渡重洋、橫越斷層，在此聚首。這不是運氣，而是命運。我們將給倫敦帶來清算之日。」

傑克森想像那種畫面，閉眼微笑。我仰頭觀星，吸進夜晚的冰涼空氣。我聞到烤栗子、咖啡香和熄滅的篝火，那是火焰、生命與新生的氣息，灰燼、死亡與終結的氣味。

「的確。」我說。**或是改變之日。**

第二十四章　玫瑰擂臺

二〇五九年十一月一日

倫敦各個鐘樓紛紛敲擊十一下。第二之四區的交易所建築中，燈光已悉數熄滅。在這間磚砌倉庫的地底，在迷宮般的康登地坑中，倫敦聯合集團史上第四屆大亂鬥即將展開。

我和傑克森搭乘野雞車，在倉庫前院下車。依據傳統，參賽者應該穿著與自身氣場同色的衣物，而門徒應該配合幫主的顏色，但是我和傑克森刻意一身非黑即白（「親愛的，我寧可被人發現跟蒂迪恩·韋特跳華爾滋，也不想從頭到腳一身橘。」）。

我的頭髮別著一頂用天鵝羽毛和緞帶編織成的頭飾。伊萊莎用精湛手藝把我的嘴脣塗黑，眼睛畫上眼線。傑克森頭髮抹了油，跟我一樣戴著白色隱形眼鏡，頭上的高帽纏著一條白色絲帶。大亂鬥中，相同的打扮將表明我倆是幫主與門徒的組合，允許我們聯手行動。

「好了，」傑克森撫平翻領。「看來見真章的時刻已經來臨。」

七封印的其他成員驅車到來，都是黑白造型。二十名來自第一之四區的精選靈視者正在這裡等候，都支持白縛靈師登上王位。他們跟我們保持充分距離，正在交頭接耳。

「我們支持你，傑克森。」娜汀說。

「完全支持，」她的弟弟雖然額頭冒汗，但依然面露微笑。「全心全意。」

「你們真好心，親愛的。」傑克森一拍雙手。「我們已經多次討論過今晚的大賽。那麼，現在是上場的時候。願乙太對第一之四區綻放微笑。」

我們一起走下階梯，來到康登地坑的門前。看門狗不知去向，但隱夢守門人就在這裡，一身黑衣。

「這一定會是場好戲，」傑克森在我耳邊說：「今天的大賽將在世人口中流傳數十載，寶貝，我向妳保證。」

他的鼻息害我的頸部起雞皮疙瘩。守門人打量我們，點點頭，大夥分成兩人一組，並肩走進。

走下蜿蜒梯道時，我感覺胸腔收縮。我盡量回頭望去，但已看不見出口。我一點也不想回到布骨人的巢窩，這裡的牆上仍掛著鐐銬和鐵鏈，彷彿能把人一口吞下、從此消失。如果布骨人能為所欲為，我就別想活著走出這裡。我深吸幾口氣，但無法深入肺臟。傑克森拍拍我的手。

「別緊張，我的佩姬，我完全打算贏得今晚的比賽。」

「我知道。」

進入康登地坑後，我發現諸多地道已不像上次那樣雜亂。所有垃圾和瓦礫已被清除，破燈泡被一串彩色玻璃燈籠取代，每一盞都象徵一種氣場的顏色。

主坑也跟我上次看到的完全不同。每一面牆都掛著大型緋紅布幕，把這個寬敞空間改造成競技場。一幅愛德華七世的肖像俯視會場，畫中的他手持國王權杖。一排靈聽者正在演奏音樂：渾厚但陰沉的音場，在乙太中引發各式各樣的激盪。

兩百張軟墊椅擺在入口附近，有些朝向圓桌，每張桌子上都鋪著深紅色桌布，放著標示地盤編號的名牌、盛有紅酒的金碗及裝著熱騰騰美食的餐盤：淋上濃稠醬汁的各式肉餡餅、搭配熟成乳酪與核桃的三明治、用洋蔥和香料燉煮的牛腩、輕飄飄的海綿蛋糕，還抹上層層鮮奶油和草莓果醬——看來某人麾下有個餐廳服務生。大家紛紛就座，忙著把梅子布丁、蛋奶布丁和白蘭地脆餅塞進嘴裡。

「這真令人噁心，」我們走向所屬餐桌時，尼克開口：「外頭有賣藝人挨餓，我們卻把錢浪費在派對上。」

「謝了，尼克。」丹妮薩咕噥。

「怎麼？」

「我一直在找一個比我更會殺風景的人，我真高興終於找到你。」

我們在飲料桌旁停步。夥伴大多選擇葡萄酒，我給自己舀了一杯血色梅克酒。真正的酒精今晚會害死我。我啜飲香料果汁，打量這間地下大廳。

一條很寬的粉筆線劃出觀眾席和比賽區之間的界線。玫瑰擂臺就在那裡，反常能力的古老象徵。諸多深紅玫瑰整齊地排成一圈，花朵間相隔三十呎，每一朵都象徵一名參賽者。擂臺灑了沙塵，用來吸收參賽者流下的血。我們雖然不用整場比賽都待在花圈裡，但一開始必須待在玫瑰擂臺內部，讓每個人都有機會做出致命的第一擊。

伊萊莎來到我身邊站著，拿著一杯酒。「妳準備好了嗎？」她輕聲問。

「沒。」

「妳有沒有考慮過如果妳——？」

「到時候再說吧。」

這裡到處都是靈視者，主力幫派和小型團體齊聚一堂。有些人身旁跟著守護天使和小魂，我甚至看到一縷引路魂在大廳的角落悶悶不樂。傑克森回來我身旁，在我耳邊低語：「妳看到那個魂魄沒有？」他用拐杖指去。「引路魂，實在罕見。祂從第一屆大亂鬥起就出席了每一次大賽。」

「祂從哪來的？」

「沒人知道。最後一回合決鬥結束後，祂會護送喪命參賽者的靈魂前往臨終之光。這是集團給死者的最後一抹慈悲。很美妙吧？」

我看著引路魂飄浮之處，好奇祂有沒有侍奉過利菲特族。祂怎麼現在選擇侍奉集團？

「蒂迪恩就在那兒。」傑克森的眼神如雄獅打量獵物。「我失陪一下。」

他一吻我的手，大步離去。在大批人群和魂魄包圍下，我的第六感被不斷推擠。衛士的情緒沿金繩傳來，感覺相對平靜，他那一頭顯然沒有任何變化。我跟夥伴們在第一之四區的專屬餐桌旁就座後，丹妮薩拍拍我的肩，俯身向我。

「我把面罩做好了。」她從口袋裡掏出一個薄包，從中拉出一條捲起的管子，纖細得難以察覺。她用拇指攤開管線，接著在我的手腕上套上一個大型手環。「氧氣瓶就藏在手環裡，但這東西也能監控妳的脈搏。把管子從袖子伸進去，掛在耳後，以便靠近嘴邊。妳脫離軀殼的瞬間，心臟會停止跳動，而這東西就會立即啟動。」

「丹妮薩，」我說：「妳是天才。」

「妳能不能說些我不知道的事？」她靠向椅背，交叉雙臂。「氧氣瓶很小，省著點用。」

我把管子伸進袖口，掛在右耳後方，再用袖子遮住手環。就算有誰注意到這條管子，八成也以為這只是造型奇特的耳機。

一段時間後，全員終於到齊：賽昂倫敦城塞的所有男女幫主、門徒和匪徒。這些人沒什麼守時觀念。

彷彿經過幾個小時，座位終於坐滿，非法酒精四處流動。一名身形嬌小的女性媒書靈感師走進擂臺中央，白色衣領和黝黑膚色形成強烈對比，一頭烏黑捲髮用一支鋼筆固定。

「各位幫主、門徒和匪徒，晚上好。」她在喧囂聲中喊道：「我是敏提・沃弗森，今晚的司儀。」她行三指觸額之禮。「歡迎來到康登地坑。特別感謝布骨人讓我們利用這個場地。」

她指向右手邊一個身穿大衣、沉默不語的人影。人們小心翼翼地鼓掌，歡迎第二之四區的幫主。他用黃布面具遮臉，面具的眼部開了小縫，頭上戴著棕色扁帽。女院長刻意轉過頭，彷彿看到他就覺得反胃。

我感覺到他隔著面具看著我。我盯著他，舉起酒杯。

我很快就會找你算帳，你這不敢用真面目示人的膽小鬼。

他回頭看著敏提。我這才意識到他為何令我血液發涼：我看不見他的夢境。

我不禁心生驚慌。我瞥向最近的一名靈視者，立刻看出對方的身分：占卜者，嚴格來說是個杯占師。但是布骨人……我能感覺到他的夢境——夢境周圍戒備森嚴——但我對他的氣場的唯一瞭解是……他有氣場。

他不是利菲特。他散發的空虛感讓我聯想到巴吱怪，但他也不可能是那種怪物。

除此之外，我對他的天賦一無所知。

敏提輕輕咳嗽一聲。「本人身為葛拉布街的多年客戶，在此報告一個好消息：各位今晚散場時能免費拿取幾本小冊——包括大受歡迎、嚇死人不償命的最新恐怖小說《利菲特族之啟示》。如果有誰還沒讀過，利菲特族與厄冥族的故事包您愛不釋手。」現場一片歡呼。「我們也有幸得以窺見白縛靈師的新作《遊魂的企圖》的開頭幾頁，我們都迫不及待拜讀。」

如雷掌聲響起，幾名靈視者拍拍傑克森的背。他對我眨個眼，我擠出笑臉。

「接下來交給女院長，這段動盪時期的臨時闇后。」

敏提恭敬退場。女院長登場，在舞臺布幕襯托下顯得氣勢宏偉，一身縐織衣物，搭配白袖和高筒靴，以面紗遮臉。我這才意識到她和敏提都是喪服打扮。

「大家晚安，」女院長的微笑在面紗後方勉強可見。「我的摯友漢克特死後，我很榮幸能以闇后的身分服務各位。三天前，我們收到令人悲痛的消息：他的門徒刀嘴遇害，被發現在雅各島的一間破屋裡，喉嚨被徹底割斷。」

群眾議論紛紛。

「目前看來，她是死在賽佛利碼頭那些墮落占兆者的手上。我們為她深深哀悼，她是個能力優秀、智力過人的年輕人，原本應該接下闇后大位。我們也一致譴責殺害她的那些凶手。」

真會演戲。這女人跟絲嘉蕾・班尼許有得比。

「我現在朗讀所有自願參加大亂鬥的選手名單。唸到您的名字時，請上前進入玫瑰擂臺。請其他與會者肅靜。」她攤開卷軸。「第六地區：六之二的狡兔，以及他的尊貴門徒綠人。」

傑克森咯咯輕笑，看著他倆上前。其中一人戴著可笑的兔子面具，連兔耳朵都有；另一人把自己從頭到腳抹成綠色。「你笑什麼？」伊萊莎臉上帶著緊張微笑。

「她從中央地區外圍的幫主名單唸起，親愛的，來自郊區的二流貨色。」

布骨人離開了群眾。我站起。傑克森挑眉看著我。

「妳要去哪，夢行者？」

娜汀拿著酒杯看著我。「別離開太久，一分鐘後妳就得上臺。」

「幸好我只離開一分鐘。」

我跟蹤戴面罩的男子進入走廊，留夥伴慢慢欣賞選手上臺。典禮和儀式會花些時間，我應該來得及找他談談。

地底迷宮的入口已被鐵絲網封住，而且都有一名布娃娃成員看守。我經過一面充當廁所的惡臭壁龕時，一隻戴手套的手揪住我的胳臂，把我壓在牆上。

我渾身肌肉為之僵硬。布骨人聳立在我面前，面具隨著吐息而飄動。這塊布遮到他的上胸，把臉孔和頸部一併蓋住。

「回去吧，暂夢者。」

他的大衣混雜汗味和血味，嗓音聽來怪異，格外低沉，彷彿出自變聲器。「你究竟是誰？」我輕聲問，耳邊傳來模糊的咚一聲。「你打不打算承認就是你派人殺了漢克特和刀嘴，還是你想栽贓給別人？」

「別多管閒事，小心我像殺豬那樣切開妳的喉嚨。」

「你親自下手，還是由你的傀儡代勞？」

「我們都是錨徽陰影下的傀儡。」

他放開我的手腕，轉身背對我。「我會阻止你，」他走向昏暗地道時，我說：「還有你的灰市。你也許以為你已經贏了，布骨人，但戴上冠冕的人不會是你。」我試圖跟上時，兩名布娃娃攔住去路，其中一人把我推開。

「試都別試。」

「他在裡頭藏了什麼？」

「妳想挨揍，北方佬？」

「行，只要妳不介意我還手。」

她拔出一把手槍對準我的額頭。「妳吃了子彈應該就沒辦法還手吧？」

我轉身離去前，讓她流了一堆鼻血。

我回到桌位時，快輪到我們起立。傑克森全然平靜，抽著菸，握著沉重的黑檀木拐杖，實心的銀質杖首的造型是一顆面目全非、傷痕累累的腦袋。丹妮薩改造了這支拐杖，杖中細劍能透過彈簧迅速刺出再完全縮回。

「第二地區：二之六的惡女，以及她的尊貴門徒路匪。」

一陣歡呼，惡女是賭徒們的偶像。她不以為然地揮個手，走到其中一朵玫瑰後方。

「記住，佩姬，」傑克森說：「這是一場表演。我知道妳能秒殺他們，但別這麼做。妳必須**上演一齣好戲**。妳就是貴婦，而今晚是妳初次進入社交界的第一場舞會。讓他們看看夢行者的所有本領。」

女院長接著喊我們上臺：「來自第一地區的明星組合：一之四的白縛靈師，以及他的尊貴門徒暫夢者。」

第一地區所屬的諸多餐桌，甚至包括其他一些地盤，傳來如雷的掌聲和跺腳聲。尼克觸摸我的背部。我起身，跟傑克森走向擂臺，雙腿關節彷彿成了機械。我站在傑克森的左手邊，兩腳踩在玫瑰兩側。

「最後，」女院長說：「三名獨立參賽者。首先，孤獨靈感者。再來，血心。」這兩人站到所屬位置，贏得零星掌聲。「最後一位，但絕非最不重要的一位，黑蛾。」

現場一片寂靜。女院長轉向人群。

「黑蛾，請上前。」

依然寂靜。擂臺上只剩一朵玫瑰。

「哎呀，看來飛蛾飛走了。」觀眾席的某人戲謔道。一名葛拉布街的雜役急忙上前，拿走最後一朵玫瑰。「既然二十四名參賽者們已經到齊，我正式宣布倫敦集團史上第四屆大亂鬥就此展開。」她舉起一座沉重的金色沙漏，上下翻轉。「沙漏漏完後，我會呼喊『開始』。聽見這聲命令前，請勿輕舉妄動。」

現場每一雙眼睛都盯著沙漏。

我正對面就是霸凌魯克，奈兒的昔日幫主；他戴著簡陋的塑膠面具，兩眼和口鼻的位置開了幾個洞。我自動擺出衛士教過我的戰鬥姿態，想像自己的靈魂被搭在弓弦上，擺脫所有束縛，即將飛出這身軀殼。但我的身體令我分神：心跳急促，耳朵嗡鳴，每一吋肌膚都被恐懼奪走體溫。

布骨人和女院長希望哪個參賽者獲勝？

選手大多是占卜者和占兆者，端看使用哪種法器，應該不難對付。但其中六人，包括傑克森，會帶來真正的挑戰。

還剩五秒。我再次想像代表六個感官的六支細瓶，其中五支倒進乙太之瓶。乙太掌控我時，我的視線變得模糊。

三秒。

一秒。

「開始。」女院長咆哮。

最後一粒沙流過沙漏後，我立刻衝向霸凌魯克。幾名參賽者交起手來時，觀眾大聲叫好。男女幫主終於走出各自的巢窩，在賽昂帝國的中央地帶大打出手。我的靈魂彷彿成了籠中怒獸，但我必須控制它。如果下一任闇后擲出靈魂就秒殺所有對手，這看在觀眾眼裡既不高貴也不令人佩服，更毫無娛樂性。

霸凌魯克身高至少六呎，肌肉發達，一身蠻力。他唯一攜帶的武器，是一條銀鏈。我朝他的咽喉揮出一記直拳，但他單手接住，彷彿跟我跳起華爾滋，順勢轉動我的身子。他抬起穿著厚重靴子的腳，猛踢我的背部，我被踹倒在地。我翻身站起，再次面對他，舉起雙拳。觀眾的注意力不在我一個人身上，可離我最近的一些靈視者對我做出嘲諷。

這種開場不算順利。跟其中一些參賽者相比，我的體形根本弱不禁風。我滿腦子只想用靈魂將他們一口氣全數撂倒，但我必須向觀眾展示我的體能一點也不差。

我的心靈雷達追蹤其他夢境的行蹤，察覺到某人就在身後時，我及時閃避。磨刀人沒能命中目標，嘴裡念念有詞。他手中的巨型開山刀閃閃發亮，一刀就能砍下我的腦袋。**劍占師**。刀械就是他的法器，讓他變得致命的關鍵因素。

他歪著頭，銀面具反映光芒。他恢復平衡後，從袖子裡甩出兩把短劍，以單手擲向我。雙劍從我的右耳邊一一掠過，擦過我的臉。他再次舉起開山刀衝來，對我又刺又砍，想讓我疲於招架。我抬起一手護身，他的刀尖擦過我的四根指頭，留下淺淺傷痕。我控制勁道，擲出靈魂，把他撞得頭暈目眩，我接著助跑前滾，翻身時順勢踹向他的腹部，他和孤獨靈感者撞個滿懷。

我還來不及換氣，已被某人擒住。兩條胳臂纏住我的腰，把我的雙肘制於兩側。聞到丁香和橘子的味道，我知道這人是半幣，血拳的門徒，一流嗅靈師。他常常在手腕抹上精油，避免魂魄的臭味侵入鼻腔。我不斷用手刀劈砍他的襠部，直到他終於放手，我旋即用後腦衝撞他的面門，接著扭腰出拳，擊中他的眉心，打斷他的鼻梁。衝擊力沿我的拳頭傳到手肘，而他已經暈眩倒地。

我接下來面對獨立參賽者之一的血心，只見他滿臉青筋。感覺他的氣場往右移時，我像衛士教導的那樣俐落轉圈，避開他揮來的拳頭。血心拋來一團用小魂組成的魂眾，毫無威力可言，我搞不懂他幹麼這樣浪費力氣，這幾縷魂魄連我的夢境都碰不到。我自己也聚起六縷魂魄——從大廳最遠的角落召來，比血心的更強——朝他擲去。他不吭一聲，只是像條無骨之魚般倒在擂臺沙地上。他絕對在裝死，他怕得不敢再打下去，加上擂臺上一大堆殺手，我不怪他。

一條肌肉賁張的胳臂勒住我的胸口。我一聲低吼，揪住霸凌魯克的手肘，往上一推，想掙脫他的束縛。接著，我的靈魂如煙火般射進他的夢境。他放開我的瞬間，我用右肘攻擊他的太陽穴，盡可能拉開他的胳臂，再捶打他的關節後側。骨裂聲傳來，他踉蹌後退。

「乘勝追擊，夢行者。」伊萊莎鼓掌叫好。

我的拳頭隱隱作痛，但腎上腺素迅速移除痛楚。這場大賽無關蠻力，速度與技巧能戰勝肌肉。我腳跟一轉，擋下磨刀人投來的魂眾，將它拋回他的夢境，他被震倒在地。血拳跨過他的身子，朝我擲來幾團魂眾，每一團都由幾種魂魄組成。我從血拳的胳臂底下翻滾而過，用雙腿夾住正想起身的磨刀人的腳踝。我提高夢境中的張力，彈開魂眾，最靠近我的十名選手隨即鼻孔出血。傑克・希卡崔弗衝鋒而來，朝磨刀人的頸窩做出迅速一擊，害得他沒能擊中任何敵手就已徹底倒下。傑克對我露齒而笑，緊接著與血拳交手。

我腳邊的半幣再次站起。我用靈魂進攻，把他推進他夢境中的午夜地帶。我覺得頭痛，但控制得住。一些觀眾想必注意到我的靈魂在乙太中引發的閃光，他們高喊「晳夢者！」，哥布林吉米還丟給我一朵玫瑰。我撿起花朵，屈膝行禮，歡呼聲更加激烈。安耶娜・瑪麗亞和第一之四區的盜賊們拋來更多玫瑰。

我的光榮時刻突然中斷——綠牙珍妮揪住我的肩部，用牙齒咬穿這一處的肌膚，我發出呼吸困難的尖叫聲。在此同時，狡兔抓住我的腳踝。兩人把我拉往不同方向，難道想把我撕成兩半？觀眾現在為珍妮歡呼。第一之四區鼎鼎大名的門徒也難逃她的尖牙——哪個觀眾不會對這種戰術嘆為觀止？我咬牙呻吟，踹向狡兔，鞋尖碰到他的下巴，他被踢得腦袋仰起，我瞥見他那副面具底下的咽喉。他想抓住我的膝部時，我用腳跟頂向他的胸口，綠牙珍妮連帶往後撲倒。我翻身掙脫她的胳臂，再朝狡兔擲出匕首。他一手接住，朝我蹣跚走來，隔著面具上的隙縫對我咒罵威脅。

我還來不及反應，已被他揪住領口。他把刀對準我的臉時，一道刀光從他身後揮來，向下劃過，切肉斷骨。半條蒼白胳臂掉在地上。

狡兔跪倒在地，痛苦哀號，瞪著自己的斷肢，肘部的平整切面湧出鮮血。我身後的幾人發出驚呼。

「縛靈師，你——你**居然**——？」

「閉嘴，臭兔子。」傑克森冷笑，一劍刺進狡兔面具上的眼孔。

狡兔往前撲倒時，我忍不住發出作嘔聲。狡兔的眼孔出血，在腦袋周圍聚成血泊。他的靈魂匆忙逃離此地，沒等候超渡咒語。

傑克森轉動拐杖，哈哈大笑。第六地區桌位的代表們對他倒喝采，但被中央地區的成員們發出的歡呼淹沒。這場大賽終於出現真正的第一滴血，而且沾滿我的兩腳。前排座位的娜汀跟柯芬園的幾個賣藝人一同起立，扯開喉嚨為傑克森加油。現在輪到傑克森鞠躬。

我沒時間繼續看下去。綠牙珍妮再次攻來，亮出染血白牙，抓向我的兩腿。她是水占師，但這裡沒有水源能讓她用作武器，她只能依賴一般攻擊。我徒手擋住她，咬牙切齒地使盡全力，但她寸寸逼近。第六地區的觀眾尖叫著要她咬爛我的咽喉，他們最討厭我這種來自中央地區的成員。珍妮對我拚命罵髒話，唾沫如肥皂水般在齒間起泡，從裂唇之間竄出。我滿身大汗，光靠胳臂將她持續往後推，再趁機用腳跟踹向她的胸口。

我可不能再被傑克森出手相救。一次還勉強可以，算是幫主和門徒之間的忠誠之舉，但再來一次就會讓我成為眾人眼中的廢物。我踢向綠牙珍妮的腹部，她被踹得呼吸困難。她倒地的瞬間，我立刻飛離軀殼。

我這次出竅的速度沒剛剛快。我在她的陽光地帶攻擊她的夢型態，這裡的呈現方式是霧中沼澤，如流沙般擒住我的腳踝。我終於把她的夢型態趕進心靈的黑暗地帶後，返回自身，發現自己正在倒向擂臺沙地。我及時伸出雙掌，手環裡的氧氣瓶嘶聲啟動。我腳下的珍妮渾身抽搐。

我的靈魂跳躍雖然收尾得不算漂亮，但觀眾依然買單。這是他們初次目睹白縛靈師麾下的夢行者進行實戰。他最重大的祕密、最強大的武器，她將是闇帝冠冕上最明亮的寶石。一群賣藝人開始吟誦。

晢夢者，越空者，看她縱身一躍！
夢行者之怒令人驚悚痛哭！
可憐的珍妮和半幣都成了她的手下敗將！
睜大眼睛，霸凌魯克，下一個輪到你！

這串頌詞以震耳欲聾的歡呼聲收尾。又有幾朵玫瑰朝我飛來。這一次，我大方行禮。不配合他們的規矩，就無法融入他們。尼克跟著他們拍手，臉上帶著不自在的微笑。他身後的伊萊莎揮舞拳頭，吶喊「晢夢者！」，引來所有第一地區成員們的響應。我站直身子時，忍不住回以微笑，深受這種氣氛鼓舞。靈視者被階級制度和幫派拚鬥分裂多年，今晚**團結一致**——出於他們對集團的愛、對神奇乙太的熱情——也因為嗜血慾。

我稍微喘口氣後，打量大廳。還有不少參賽者仍在交手。紅帽，最年輕的女幫主，站在附近，她的氣場蠢蠢欲動、反覆無常，一看就知道是復仇者，她那頂緋紅扁帽底下的雙眼被陰影遮蔽。她的對手是天鵝騎士，那名女性門徒一頭明亮白髮，一身黑衣，罩著紫色斗篷。

「別以為我不會宰了妳，屁孩。」

「儘管，」紅帽回嘴：「試試。」

天鵝騎士舉劍。紅帽深吸一口氣，塞滿肺臟後放聲尖叫。

這聲尖叫極其反常，桌上許多玻璃杯和酒瓶應聲爆裂。紅帽發動狂攻，拚命抓向對手的臉龐。她自己滿臉通紅、五官扭曲，嘴裡吐出駭人尖叫。諸多魂魄在她周身打轉，抬動她的四肢，動作快得超乎想像的。天鵝騎士毫無勝算。

對手一倒地，紅帽立刻衝向下一個目標，看起來似乎完全沒打算放慢速度。「冷靜下來。」擂臺邊的某人對她喊道：「自制，紅帽，**自制！**」但她繼續前進，又打又抓，咆哮連連，臉頰漲紅，眼球往上翻。半數的參賽者暫停動作，看著她用拳頭和牙齒與傑克・希卡崔弗交戰——但她已醉於乙太，失控得腳步蹣跚。她一拳打在傑克的膝上，把對方打得失去平衡。他舉起雙臂，保護臉部，面具上緣的兩眼緊閉。

紅帽突然倒地，腦袋砸在擂臺上，四肢劇烈抽搐。傑克・希卡崔弗急忙拉開距離。一名盜賊快步來到紅帽身旁，用大手固定住她的頭部。她停止抽搐後，被盜賊抬出擂臺。

噓聲和歡呼聲彼此較勁。紅帽一開始的攻勢確實凌厲，但後繼無力。我從沒見過用這種方式呈現出來的靈視能力，看來她把自己的力量逼到超出極限。我沒這種能耐，也沒這種意願。

紅帽的表現稍微暫停了比賽，但還有兩位幫主在幾呎外交手。勝負很快揭曉：兩人咒罵吆喝，拿魂眾互丟片刻後，倫敦怪人揮出砂鍋大的拳頭，擊倒對手。觀眾呻吟抱怨，發出噓聲，批評這兩人的決鬥**無聊得要死**。

「小心妳後面，親愛的。」傑克森對我呼喊，隨即轉身應付紅帽的門徒。

惡女離我最近，而且沒人對她出手。我抽出一支飛刀，捏著刀身。她注意到我，咧嘴一笑，伸展雙臂。這個舉動令我遲疑，但我還是在幾秒後朝她的前臂擲出飛刀。這不會造成致命傷，我只想給她造成疼痛、趁機用靈魂將她擊暈。

某個影子快速來到我和惡女之間。我的下一個對手是黑莓荊棘，這名女性斧師在一頭金髮上插著幾朵玫瑰。我擲出的刀子插在她的肩上，她痛得尖叫，接著拔出小刀，丟向觀眾，一名信差接住。我還來不及反應，她已經把雙臂往後揮，以驚人蠻力揮舞一柄闊斧。我急忙向右閃躲再往後翻滾，整個人縮成球狀。歡呼聲傳來。我停定時，發現自己跟無面人面對面。她一身夕陽色彩般的絲質衣物，用陶瓷面具遮住五官，面具上沒有眼孔，甚至沒有用於呼吸的氣孔。

黑莓荊棘從我的右手邊持斧逼近，血拳在我的左手邊，霸凌魯克也再次朝我衝來。我換上防禦姿態，咽喉如拳頭般緊縮。

他們想圍攻我。我迅速拔出另一支飛刀，擲向惡女。血拳揮動胳臂，將飛刀從半空擊落。

他們居然保護她？

傑克森大氣不喘地用拐杖對付一名門徒時，我得應付一名女幫主、兩名男幫主和一名門徒。傑克森看到這些人包圍我時，瞪大蒼白的雙眼。他們一旦殺了我，接下來大概就會輪到他。

我轉頭查看身後。布骨人正在大廳角落觀望。

他想看著我死，情緒激動的觀眾將拍手叫好，沒人會想多加調查我的死亡。

身為召靈師的無面人呢喃幾個名字，開始召喚魂魄。她的雙掌往內翻轉，形成杯狀。我靜止不動，等她釋放雙手間的魂眾。她是活生生的天然磁石，能召喚城中各處的魂魄，聚在雙掌間的乙太口袋。霸凌魯克如揮動擺錘般甩動染血鐵鏈。黑莓荊棘高舉闊斧。血拳舉起戴著手指虎的雙拳，每一邊都有著致命尖刺。

這四人同時出擊。無面人對我拋出魂眾，其中一縷是個破壞靈，我很難判斷是大天使還是騷靈。我脖子上的護符將魂眾猛然彈回她身上，後座力令我踉蹌一步。她被震得飛進觀眾席，宛如橘絲飛影。她擲來的其中兩縷魂魄雖然進入我的夢境，但立刻被我驅逐，我的心靈防禦遠比以前強韌。我彎腰避開來自血拳的一記重拳，旋即用我的靈魂鞭笞他的夢境。

之後，我眨眼排除幻象，衝向黑莓荊棘；從她的胳臂底下鑽過時，她的表情從殺氣騰騰轉為震驚不已，但她的闊斧已經往下揮，沉重得無法半路收回。斧頭擊中霸凌魯克，斧鋒陷進他的胸口，發出溼黏的咚一聲。我一聽見這個聲響，立刻搶走他手中的鐵鏈，纏住黑莓荊棘的頸部，把她扯向地板。她放開斧頭，瞪大眼睛，抓向咽喉。

霸凌魯克跪倒在地，握住斧柄，張嘴無聲尖叫，但衣服已沾滿鮮血。他無論如何扭擰，就是拔不出斧頭。觀眾瘋狂歡呼，就像靈盲在電視機前的反應——看著我的堂哥在卡里克弗格斯被吊死時的反應。

我們從什麼時候開始把殺人當成好戲？

「賤招，丫頭。」黑莓荊棘怒罵。

「接下來這招不是。」我在她的耳邊說道。我把她的意識推進暮光地帶，她昏迷倒地。

霸凌魯克撐不了多久。血拳在地上掙扎，抱著腦袋。孤獨靈感者輕快走來，一刀刺進他的頭顱。

我甩甩頭，讓模糊視線恢復清晰。已經有十五名參賽者不是斷氣就是退賽，只剩八名選手——包括我和傑克森。傑克森用劍剖開倫敦怪人的腹部，引來觀眾喝采，也引來前排座位一名女子的淒厲尖叫。他朝我招手，我跑向他。

「咱們背對背，親愛的。」

我轉身面對觀眾，把染血小刀舉起身前。「狀況如何？」

「只剩五人。冠冕手到擒來！也許我們該殺掉這可憐的弱智。」

看到他指的是誰時，我不禁愣住。燈主蟄步而行，把一名門徒拖過沙地。「他為什麼那樣走路？」在武器互擊和觀眾尖叫的干擾下，我提高嗓門。

「他是物理靈感師，親愛的，他能操控附在他身上的某種厲鬼。」他用拐杖指去。「我能用我的受縛靈擋下他拋來的入侵靈，妳驅逐它。」

燈主已捏碎對手的氣管，如今用茫然的眼睛瞪著我們。他張著嘴，如風箱般氣喘吁吁。「快醒醒，你這老混蛋。」詩人湯姆對他咆哮。我想起伊萊莎被附身時的模樣。

「我們不需要殺了他。」我對傑克森說。

「需要，否則他遲早會找我們麻煩。在擂臺上多留一個活口，就是多一個人阻礙我們拿到王冠。」

燈主嘴帶唾沫，附在他身上的魂魄準備出擊。傑克森一聲冷笑，用左手召喚某個受縛靈。他把手指彎成爪狀，熱血流過胳臂上的血管，他接著蠕動嘴脣，做出指示。燈主屈膝跪地，雙手掩耳。傑克森掙扎片刻後——咬緊牙關，眼中一條微血管破裂——抓住我的手腕，把我推向他的受害者。

「現在！」

我把我的靈魂擲向燈主。

入侵靈和傑克森的受縛靈已經來到燈主的夢境邊緣，在我飛入時立即退散，我猜燈主的肉身應該正在倒下。我的夢型態一口氣飛過他的夢境，伸出一手，抓住燈主的靈魂，把他輕輕丟進暮光地帶。我飛出他的身體，返回自己的軀殼。

觀眾鴉雀無聲。擂臺上現在只剩我、傑克森、惡女和邪風。邪風的模樣還真是名副其實地嚇人，她的一指被砍斷大半，僅剩皮膚相連；她雖然眼眶泛淚，卻沒逃跑。

「妳對付邪風。」傑克森咕噥。

「不，」我說：「我對付惡女。」

沒戴面具的惡女原本盯著傑克森，可是現在把注意力放在我身上。傑克森轉動拐杖，逼近邪風。我繞著對手走動，這女人掌管最窮困的貧民窟，讓那些人永遠生活在貧窮和痛苦之中。她用手背擦拭上唇。

「妳好啊，晢夢者，」她開口：「我們什麼時候結下了梁子？」

我繞著圈逼近她，正如傑克森接近邪風的方式。她們的門徒不是昏迷就是死在沙地上，擂臺上只剩我和傑克森這個幫主與門徒的組合。觀眾開始吶喊自己欣賞或押注的對象之名，「白縛靈師」的名號最為響亮。

「沒有，」我說：「但我不介意現在結下。」

我跟她靠近聚光燈所在，觀眾聽不見我們說話。惡女舉起彎刀。「出於什麼理由？」她問：「還是妳就是跟他們想像的一樣嗜殺？」

「妳讓妳半數的靈視者在貧民窟等死。」

「墮落占兆者？他們不值一提。而且妳又好到哪去？賽昂說妳是殺人狂兼瘋婆子。」

「賽昂說的妳也信？」

「如果他們說的是事實。」

她揮刀劈來，我後退閃避。

「妳知道，其實刀嘴死了也好，她的出身根本配不上那種地位。闇帝身邊的雅各島賤民……我早該在她踏進我的地盤前除掉她。」我用小刀攻擊她，但她輕鬆避開。「至於自稱『雅各賓』的那女人也活不了多久。他因為遭她背叛而趕走她——他說那是因果報應——但這一次，他會割開她的咽喉，一勞永逸。」

「因果報應？妳究竟在說什麼？」

「妳好歹也**猜過**吧，皙夢者，還是妳高貴得連想都沒想過？」

她也跟他們一夥，不管他們是誰。女院長正在高臺上看著我們，面帶微笑。我一腳踹中惡女的肋骨，她痛得彎腰。

「其實，我們原本差點邀請妳加入我們，直到妳開始給我們找麻煩。」她嘶喘發笑。「殺掉妳確實有點可惜，親愛的，但我得奉命行事。」

她迅速衝來，揮動彎刀，瞄準我的咽喉。她的動作太快，我只來得及歪頭避開。刀鋒劃過我的耳垂和下巴之間，差點命中頸部。灼熱痛楚令我難以視物。我本能地按住傷口，指尖又竄出劇烈疼痛。

沿臉龐滑過的淚水感覺沉重。我搖搖欲墜時，發洩夢境中的壓力。雖然太陽穴傳來悸痛，但我持續推擠她的夢境，直到她的兩眼和鼻孔出血。我從她鬆開的手中奪走彎刀，丟出擂臺，彎刀喀啦滑過地板，轉動幾圈後在最近的一張桌子底下停定。一名信差撿起，興奮歡呼。

我的指尖全是血。布骨人把雙臂攤在椅背上，跟女院長一樣正在等候。惡女轉頭看他，笑意加深，我看見她嘴裡的一顆銀質犬齒。又是一個有錢的女幫主。

我恍然大悟。

布骨人和女院長之所以沒參賽，是因為他們打算把別人送上王位——他們將從幕後操控這個傀儡，把所有骯髒勾當都算在那人頭上。擂臺上有多少人都是協助惡女獲勝的同謀？多少死者都是卒子？

獲勝對我來說不只是重要而已，而是「別無選擇」。而且我必須相信自己能贏，我不只是晢夢者、白縛靈師的門徒、叛變奴隸和夢行者。

我必須相信自己能跳出他們的棋盤。

我和惡女彼此對峙，四目交會。傑克森把靈視者分成不同階級的做法固然殘酷，但其中一件事倒是沒說錯：最低的三階的能力都算是被動天賦。惡女是個占兆者，沒了法器就無法在戰鬥時運用天賦——起碼我原本以為占兆者是這樣，直到她拋出一團魂眾，不是對準我，而是瞄準吊在天花板上的大型燭臺。

魂眾「起火燃燒」。

五縷著火魂魄彷彿由易燃氣體形成，如流星般朝我飛來，拖著藍火尾焰。我沒料到魂眾會起火，因此幾乎沒做出規避動作。我在最後一秒翻滾避開，但其中兩縷魂魄掃過我的上臂，燒毀衣袖，我痛得放聲尖叫。在我上方，魂眾如煙火般四散，留下陰影，五縷魂魄自行熄滅。觀眾對惡女的喝采加強一倍。

我的手臂灼痛難耐，紅腫肌膚已經起水泡。惡女一定是火占師。我一直以為這種職業只存在於假設，但如今無庸置疑：她的法器就是火。

「該放棄了吧？」她在長褲上擦拭兩手的血。「如果妳裝死，我或許會放妳一條生路。」

「想得美。」我咬牙道。

我脫離軀殼，身體歪斜倒下。她訝異的瞬間，我已經穿過她心靈中的垃圾場，把她的靈魂撞進乙太。她的銀繩斷裂，彷彿被我拿剪刀輕易剪斷。我殺了她，為了弗恩、烏恩、刀嘴和艾薇。她的空殼站立幾秒，臉上有些震驚，接著癱倒在沙地上，髮絲如花環般散落在頭上。

彷彿經過彩排，傑克森同時用一縷受縛靈擊中邪風。她的腦袋歪向一邊，癱倒在地。

就這樣，我和傑克森・霍爾贏得了倫敦史上第四屆大亂鬥。

觀眾一同起立，爆發如雷掌聲，撼動諸多圓桌。「白縛靈師，」他們呼喊：「**白縛靈師**、**白縛靈師**。」他們用力跺腳，我深怕地面上的倉庫會被震得崩塌，賽昂將發現藏在這裡的地坑巢窩。他們一再呼喊我和傑克森的名字。無數玫瑰傾瀉而下，落在沙塵和對手的血泊之中。傑克森笑出聲，高高舉起我的手，他沉醉於第一次真正甜美的勝利喜悅。

曾被稱為流浪兒的男孩，如今成了全城之王。

他攤開雙臂，擁抱掌聲，如高舉權杖般舉起拐杖，上頭沾滿血跡。我連笑都笑不出來，我的手腕在他手中無力下垂。

在我們上方，肖像中的血腥國王愛德華七世冷眼俯視這一切，鬍鬚底下的嘴角似乎微微上揚。

但如果集團落在傑克森．霍爾手上，我只能想像流血和狂歡——最後是自我毀滅。

他就是權杖國王，正如莉絲在塔羅牌上所預見。

他是倫敦之主，而且必須被阻止。

兩名媒書靈感師從布幕後方跑來。其中一人拿著一本厚重的書，另一人拿著用深紫色天鵝絨製成的小型軟墊，上頭的物品象徵闇帝的力量。另外幾名靈視者從布幕後方出現，抬走擂臺上的屍體。

愛德華七世的王冠出現在我們眼前。據說某個忠僕在君權瓦解時從倫敦塔偷走這頂王冠，上頭的寶石被悉數移除，換上各式各樣的占卜法器，例如鑰匙、尖針、水晶碎片、鏡子、獸骨、骰子和塔羅牌圖案的陶瓷模型，用鐵絲編織成冠冕，各個角度都反映光芒。在這特殊場合，王冠上綁著易腐爛的占兆法器，包括花朵、槲寄生，甚至小冰塊。敏提·沃弗森從軟墊上拿起王冠，走向我們。

「在下深感榮幸，能在此宣布白縛靈師贏得大亂鬥——而且他的門徒哲夢者依然站在他身邊。按照集團傳統，在下將為他加冕，他將成為賽昂倫敦城塞的闇帝。」她面向觀眾。「有沒有人想提出此人不該獲得這項地位、有生之年都不該統治集團的任何原因？」

「其實，」我開口：「我想。」

傑克森轉身看著我，抓緊拐杖。觀眾沉默下來，紛紛皺眉。

「我是黑蛾。」我帶著沉重的心情退後幾步。「我挑戰你，白縛靈師。」

周圍沒人敢吭一聲。

幾呎外的敏提把王冠交給一名雜役。現場安靜得能聽見他們的手指擦過天鵝絨。擂臺另一頭的女院長從座椅站起，動作雖然還算優雅，但臉頰通紅。她嘴脣微張，走向擂臺，鞋跟在石地上喀啦作響。

「什麼？」傑克森嗓音極輕。

我沒再說一次，他已經聽得很清楚。他驟然揪住我的手腕，把我拉近。

「如果我沒聽錯，」他低語：「妳剛剛公然『挑戰』我。」他瞪著我的眼睛。「是我讓妳脫離奴役生涯，是我動員七封印把妳從殖民地救出來。他們當時如果被賽昂發現，我二十年的心血就會毀於一旦——但我還是冒了險。現在就給我住手，佩姬，我會忘掉妳的忘恩負義。」

「你確實救了我的命，我也會永遠感激，傑克森。」我回瞪他。「但這不表示我的命歸你所有。」

「噢，但我依然知道妳的祕密。」他的指尖掐進我的前臂。「妳忘了嗎，親愛的？」

我微笑。「祕密，傑克森？」

傑克森瞪著我，鼻翼顫動。我讓他一窺袖子底下的肌膚，讓他知道倫敦怪物的臨別之禮早已消失。

看著傑克森・霍爾恍然大悟的表情，真是值回票價。他的表情越來越難看，他知道自己再也無法逼我聽話，他這次無法靠文字脫身。他的眼睛變得如玻璃般冰冷，這是他這輩子第一次必須遵守別人的遊戲規則。

他慢慢後退。我也後退，從他手中抽手。

「瞧見沒有，」他輕聲開口，接著大聲叫嚷：「親愛的朋友們，瞧見沒有？我早就料到這個背叛。妳也親眼看到了，女司儀，妳收到我的花語時，我不是把附子花放在正中央——象徵背叛和警告之花？但妳有料到我的門徒會背叛我嗎？我猜沒有，我猜這讓你們每個人都很震驚。」

群眾竊竊私語。

「她的要求是否符合規定？」女院長詢問敏提，嘴角微微上揚。「她不可能現在還用另一個身分宣布參賽吧？」

「沒有規則說不可以，」敏提看著我。「就我所知。」

「她是『通緝犯』，」傑克森咬牙道：「告訴我，既然賽昂知道她的模樣和名字，我們豈能讓她領導所有人？而且妳真的想允許這個叛徒參賽，沃弗森女士？既然她連自己的幫主都敢挑戰，她對臣民還有什麼事做不出來？」

「懦夫。」我說。

傑克森轉頭面對我。觀眾中幾人嘲諷，但其他人都默不作聲。「麻煩再說一次，小叛徒。」他把一手湊在耳後。「我沒聽清楚。」

觀眾就是渴望這種戲碼。我能在他們的夢境、氣場和臉上看出這點。這是集團史上頭一遭只能以死亡收場的復仇悲劇，幫主與門徒的決鬥。我走過沙地和血泊。

「我說你是懦夫。」我舉起小刀，反映燭光。「證明我說錯了，白縛靈師，否則我今晚就把你送進乙太。」

我看到了——潛伏於傑克森・霍爾心中的野獸。冰霜在他眼中擴散，我以前見過這種神情：他用拐杖毆打一名向他哀求的乞丐；他對伊萊莎說他要開除她，讓她失去至關重要的工作；他說我是他的東西，我是財產，是財物，是奴隸。他歪起嘴唇，向我鞠躬。

「我樂意奉陪，」他說：「我最親愛的叛徒。」

第二十五章 骷髏之舞

傑克森・霍爾一向喜歡今日事、今日畢，而且今天顯然沒喝茴香酒。他的杖劍朝我揮來，化為銀光與黑木糊影，快得令我幾乎無法閃避，但我在他出手前早已做好準備。他做出動作的半秒前，我已經察覺到他的氣場往右方移動。

他在我眼裡就跟書占師眼中的書一樣一目了然，這是我這輩子第一次能預測幫主的意圖。我迅速轉圈兩次，避開他的刺擊後驟然停定，宛如發條音樂盒中的機械舞者。

傑克森瞪大兩眼，揮動杖首攻來，攻擊落空，打中石板，發出敲鑼般的沉重聲響。他立即追擊，金屬杖首擊中我的肩膀前側，我被打得退後幾步，但我立刻把被震開的雙手放回身前。

在傑克森的攻勢下，我退向觀眾所在。我能感覺他們的氣場就在身後，彷彿一堵高溫牆壁。我從傑克森身邊翻滾而過，回到擂臺中央。第一之四區的支持者小心翼翼地送來零星掌聲。傑克森轉頭望向鼓掌的幾人；如果他贏得這場戰鬥，那些人將為這種背叛舉動付出代價。

他站在原處背對我，邀請我進攻。一般選手必定難以抗拒他這種舉動，但我太熟悉他的個性，不會上這種當。

「賤招，傑克森，」我開口：「如果我沒記錯，根本沒有靈視者拿拐杖當法器。」

「但妳似乎就是能以舞步避開，親愛的。」他把杖劍拖過石板，銳利得刮出火花。「我要不是因為太熟悉妳，還以為妳在怕我呢。那麼，告訴我——妳在哪學會這麼漂亮的芭蕾舞？」

「朋友教我的。」

「噢，我完全相信。他應該是個很高大的傢伙吧？」他的步伐呼應我的心跳節奏。「眼睛顏色會變的那種？」

他沒動手揮劍，而是用拐杖裡的彈簧裝置朝我刺來，速度遠比我預料得更快，我被迫用笨拙的動作後退。「說到這點，」我沒理會觀眾的嘲笑聲。「你背著我偷偷見他？」

「我對妳那些朋友的瞭解超乎妳的想像，雖然我一點也不想瞭解他們，親愛的叛徒。」

這番對話聽在觀眾耳中像在鬥嘴——他們本來就期待這場前所未有的決戰精采萬分——但傑克森的嘲諷暗藏玄機。他對衛士略知一二，但他另外還知道什麼？在臂上腺素賜予的清晰目光下，我看著傑克森，只看到一副眼神空洞的面具，如假人般無靈無魂。

「當然，這是場決鬥，」傑克森說：「就像君權時代的那些決鬥，用鮮血和鋼鐵解決名譽上的紛爭。我不禁好奇，咱們今天是要解決誰的名譽紛爭？」他揮舞拐杖，轉個身。「妳清楚知道這些先生女士絕不會接受妳的統治。就算妳贏得這場決鬥，在他們眼裡也永遠是謀害自己幫主的闇后。而且，聽說上一任闇帝就是死在妳手上。」他再次揮劍，在石地上激起火花。「妳冷酷無情、忘恩負義，反咬我這個讓妳吃飽穿暖、對妳傾囊相授的恩人。我們目前為止似乎還沒有什麼字眼專門形容妳這種人。」

「你想怎麼叫我都行，」我說：「重要的是倫敦，還有全城的人民。」

不少觀眾發出歡呼，足以激發我的自信。

「妳根本不在乎人民。」他的嗓音輕得讓觀眾聽不見。「他們對妳視若無睹，佩姬，倫敦也不會忘記誰是叛徒。倫敦會吞噬妳，寶貝，把妳吞進地道和病坑，吞進它的黑暗核心，所有叛徒的屍體都在那裡腐爛。」

他這次高舉拐杖，砸在我右腳前方一吋處。如果被擊中，我的五根腳趾一定會全數斷裂。他用雙手轉動拐杖，後退一步。

「我覺得咱們都證明了自己在大混戰這門古典技藝上是行家，」他說：「這下或許該讓世人看看我們在這身簡單打扮下藏了什麼樣的天賦。第一幕就交給妳表演吧，畢竟只有我最熟悉妳的能力，妳該有個表現的機會。」

如果我沒辦法用穩固的心靈屏障擋住他，他一定會趁機殺了我。我把我的靈魂推到我的夢境邊緣。

傑克森的太陽穴浮現青筋。他雖然試圖隱藏這種反應，仍在夢境遭受龐大壓力時咬牙切齒。我感覺眼窩痠痛，依然持續施壓，直到我感覺他的心靈某處斷裂。他流出鼻血，在蠟白皮膚上顯得怵目驚心。他伸手觸摸鼻血，弄髒白絲手套。

「血，」他說：「血！所謂的夢行者跟血相師是同樣貨色？」

觀眾的笑聲聽來遙遠。我被第六感掌控全身，聽覺關閉。傑克森以為我的軀殼會在靈魂出竅時倒下，而他這種判斷確實可能發生。我到現在都沒辦法確保在脫離肉身時站穩腳步，我真該跟衛士多練練。

我像個傻子一樣讓自己被傑克森轉移注意力。我的意識返回肉身空間時，他再次舉起拐杖殺來，以致命準度又揮又刺。他朝我的側身狠狠劈來，拐杖颼颼作響，我舉刀相迎，用鋼鐵撥開這一擊，讓我的肋骨免於被打碎。

我用步伐避開下一擊，感覺心中湧出笑聲。我用刀子招架一部分的攻勢，用閃躲動作避開剩下的追擊。我似乎聽見傑克森氣惱得低吼。方言師們為這場你來我往的好戲即席改編一首小曲：

玫瑰擂臺上的縛靈師品嘗鼻血。

快擊敗她，擊敗夢行者！但她就是屹立不搖！

「還真貼切，」傑克森對方言師們呼喊：「有些人說這首曲子跟黑死病有關。我現在要請一位摯友做出第一擊，他就是在一三四九年死於腺鼠疫。」

我很快明白他的意思。由他掌控的一縷受縛靈從角落衝來，直闖我的夢境。一串駭人景象立即從我眼前掃過。我看到發黑的手指，感覺淋巴腺腫大，一觸即破。大多數的魂眾都很容易趕走，但這一縷是在傑克森的控制下，攻擊時夾帶他的意志力。我搖搖欲墜，想看清楚擂臺，卻被恐怖幻象蒙蔽視野：亂葬坑、用紅木板交叉釘上的門板、吸飽血的肥胖水蛭……這一切都占據我的銀蓮花田。傑克森能透過受縛靈操弄我的夢境外觀。我及時驅逐這縷魂魄，避開傑克森的進攻。

不夠快。我抬起胳臂時，杖劍已掠過我的左側，從腋下到髖部劃出一條淺傷。我的尾椎重重撞到石地，我感覺每一條神經都遭到撼動。我翻滾避開第二道斬擊，小刀掉在幾呎外。

把妳的靈魂想像成迴力鏢，輕輕擲出，速速返回。

我需要幾秒時間拿回小刀。我拋出靈魂，鞭笞他的夢境。傑克森後退，憤怒咆哮。我命中目標後立刻返回身軀，滿身大汗地爬向小刀。傑克森在我身後盲目地揮舞拐杖，他的鼻孔又湧出一些血，流過嘴脣和下巴。

「靈魂出竅，」傑克森指著我。「各位朋友，你們瞧——夢行者能脫離自己的肉身，她在七階裡的地位最高。」我衝向他，他用雙手抓住拐杖的兩端，擋下我的攻擊。「但她太過自大，她忘了沒有肉身就無法與大地和自主權相連。」

他突然一推，再用拐杖掃向我的下盤，我被擊倒在地，背部著地。我的左身沾滿鮮血，白絲衣料已被染紅。我能感覺鮮血從破裂的領口沿胸口流向腹部。

「接下來，」他說：「輪到我了。來跟我另一個朋友打聲招呼吧。」

汗水沿我的脖子流過。我打起精神，豎起層層防禦，想像自己的夢境由護牆包圍，就跟隱夢者的心靈護牆一樣厚。

一縷魂魄擊中我。

我咽喉裡的氧氣彷彿被點燃。

夢境中，幾根木樁把我的衣物釘在地上。我周圍的花朵如紙張般迅速皺縮。這縷受縛靈以暗影型態出現在我的超深淵地帶，從遠方傳來笑聲。我認得這個笑聲。

倫敦怪物，回來找我報仇。

新生花朵從我的心靈土壤中綻放，並甩掉花瓣上的血。這些是人造花，用鐵絲綁成花束，光滑花瓣之間伸出尖刺。在肉身空間，我用雙手撐在玫瑰擂臺上，胸前護符無比熾熱，試圖驅逐怪物在心靈中造成的景象，但傑克森極力穩住魂魄攻勢，同時舉起拐杖出擊。他只要往我頭上敲一下，萬事休矣。

不。

懸於一線的不只是我的命。我如果不擊敗這個敵人，集團將落入他手中，到時候全盤皆輸。莉絲和賽柏的死、朱利安的犧牲、衛士的傷疤——那一切都將徒勞無功。我扭頭避開傑克森的拐杖，動用所有意志力試圖逼退倫敦怪物，直到我的夢型態在這種努力下尖叫出聲。我腳下的土地發顫，一陣波動掃過，人造花紛紛轉頭，將尖刺埋進土中。我的銀蓮花在倫敦怪物周圍綻放，他發出淒厲尖嘯。我的心靈防禦全力重啟，將他拋進乙太。

我的視線恢復清晰時，只見傑克森全然平靜、雙手交疊於杖首，一綹頭髮垂落油頭，他為了自制而呼吸沉重。儘管如此，他的嘴角還是略帶笑意。

「很好。」他說。

他一手握著我的小刀，另一手抓著拐杖。怒火從我心中最黑暗的角落擴散開來。我從一名受驚的香占師手中搶走燭臺，用這東西撥擋拐杖。他用小刀出擊時，被我用燭臺打落、奪回手裡。我一握住刀柄，立刻將手腕往上甩。傑克森的眉毛上方出現一條血痕，彷彿黑色畫布上的一條色彩。

「啊，更多血。」他的白手套幾乎成了紅手套。「我的血管裡還有一大堆呢，寶貝。」

「一大堆血還是茴香酒？」我用雙手抓住他刺來的拐杖，感覺左半身灼痛難耐。

「無所謂，」我輕聲道：「反正我會讓你流得一滴不剩。」

「我恐怕不能讓妳如願。」他回嘴。我的雙手溼滑，很難抓緊拐杖的黑檀木材質。「其實，我需要更多血，我在表演落幕前還有一招。」

我用靴子側緣踢出一腳，擊中他的膝蓋。傑克森鬆手。我還沒反應過來，已經用拐杖壓住他的咽喉。

我倆靜止不動。他的瞳孔傳達強烈恨意。

「動手吧。」他低語。

杖劍抵住他的頸部，就在頸靜脈上方。我的雙手顫抖。**動手，佩姬，快動手**。但他挽救過我的性命和理智。**如果妳不下手，他會一輩子找妳麻煩**。但他就像我的父親，教了我很多事，讓我有個遮風避雨的地方，讓我得以過著瞭解自身天賦的人生。**妳只是他的財產，所以他才救了妳。他不在乎，他從沒在乎過**。他讓我在七晷區擁有一片天地。**他在重要事情上根本不聽妳的意見**。

我為我的遲疑付出代價。他揮出右拳，擊中我的下巴底端——被惡女拿刀劃傷之處。我踉蹌後退，痛得差點嘔吐，緊接著被他用同一隻拳頭重擊肋骨。骨碎聲沿著我全身迴響，我哀號一聲，屈膝跪地。觀眾高聲呼喊，有人歡呼，有人發出噓聲。傑克森吹著口哨，從拐杖中拔出整支細劍。

看來我的死期已到。他打算砍下我的腦袋，一了百了。

但是傑克森沒把劍鋒對準我，而是捲起袖子，開始做準備。他的右臂內側布滿條條白疤。看到他開始刻下什麼字母時，我感覺心臟跳進咽喉。

佩姬

我瞪著他，渾身僵住。他的眼睛散發我曾十分欣賞的欣喜光采。

他一旦把名字刻完，我如果動用天賦就會讓自己遭到嚴重危險。

只要我的靈魂進入乙太，就會遭到傑克森的束縛。他想把我綁多久就綁多久。傑克森不愧是傑克森，總是滿腦子算盤……打算用我的能力對付我自己……

他拿小刀劃開皮膚，刻下第二個字母。我集中最後一點力氣，脫離軀體，跳進他的夢境，瞄準心靈。

傑克森的心靈防禦固若金湯，雖然不如利菲特族或隱夢者，卻比我見過的其他人都強韌。我立刻被驅逐出境，彷彿撞上了牆，我的身體再次歪斜倒下，側身沾滿鮮血，血水和汗水彼此混合，使得肌膚閃閃發亮。大廳每個角落都傳來嘲笑聲。

「看看那個小夢行者！她**累了**！」

「收拾她，縛靈師！」

但有些人為我吶喊。我聽不出他們是誰，但我清楚聽見一聲「加油，夢行者！」。我的雙腿疲軟如草葉，現在想從水溝裡撿錢都沒力氣，更別提再次擲出靈魂。

「夢行者！夢行者！」

「加油啊！給他顏色瞧瞧！」

流血不等於疼痛。

「起來，ㄚ頭，」一名女幫主咆哮：「快起來！」

我用手壓住傷口，手指沾染鮮血。我能撐下去，我能對付傑克森．霍爾。

我用兩掌撐身站起，快步撿起燭臺，朝他衝去，無視肩膀劇痛。傑克森放聲大笑。我連番出手，但都被他輕鬆擋下——更糟的是，他只用單手揮動拐杖，另一手置於身後。他遠比我強壯，應付我的時候不費吹灰之力。**別依賴憤怒**，衛士從我的回憶中呼喚。**跳舞的同時倒地**。

但憤怒已經存在，從我壓制的每個心靈角落湧來：對傑克森的憤怒，對奈希拉的憤怒，對女院長的憤怒，對布骨人的憤怒，連同任何一個令集團腐敗之人。集團雖然問題一籮筐，我仍然深愛它。我第八次對他出手，半秒後，他一拳打在我的肚子上。我痛得彎下腰，橫隔膜抽搐，呼吸困難。

「抱歉，親愛的。」他又把小刀壓在胳臂上。「妳不能來打擾，這可是細活。」

我的每一條腹肌都對這一拳做出反應，但我只有短暫機會能阻止他。我拚命試著吸進氧氣，但氧氣瓶已經空空如也。

他用杖首捶打我的前臂。我沒尖叫，因為我的肺臟裡不剩一點空氣。我雖然筋疲力竭，仍努力奮戰。我抓起一張椅子丟出，傑克森氣惱得咆哮一聲，被砸得丟下拐杖。我試圖撿起滾動的拐杖，但他已搶回手裡，另一手揮動小刀，我低頭避開。我倆現在如野獸般吆喝低吼，早已拋下決鬥該有的形式。拐杖再次揮來，擊中我的手肘，撞擊點爆發劇痛，我的指尖發麻。

我沒時間了。我集中力量，擺脫傷痕累累的肉身，躍過乙太，直達他的夢境。我的夢型態的雙腳落在冰霜和草地上，傑克森的午夜地帶。

在肉身空間，機會之窗已經牢牢闔上。在他的夢境外頭，乙太顫抖。我跳回軀殼。

無法呼吸。

我立刻把手指移向頸部，驚慌地發出窒息聲。這種情況以前只發生過兩、三次，尼克說這是「喉痙攣」，喉頭在我靈魂出竅時突然緊縮。這種情況總是會在半分鐘內消失，但我在跳躍後亟需氧氣。我泛著淚水，抬頭看著傑克森。

太遲了。

姓名雕刻完畢。

氧氣瓶耗盡，幫不了我。我在無水環境中溺水時，傑克森低頭對我微笑，他受傷的眉頭滲血。他在我的姓氏最後一個字母加了一條弧形收尾，純粹為了美觀，但姓名確實已經刻下。他在我處於靈魂型態時把我的名字刻完，他的影響力已經擒住我的四肢，我的膝蓋鎖住，頭部僵硬地往上仰，汗水滴進眼睛。他伸出胳臂，向全場展示，每個字母都在燭光下微微閃爍。

佩姬．伊娃．馬亨尼

我只聽見自己的短淺呼吸，空氣嘶嘶穿過聲帶中的小小空間。

「站起來，佩姬。」他說。

我起身。

「來我這裡。」

我走向他。

諸多男女幫主咯咯發笑。這是史上頭一遭，沒有哪個縛靈師能擒獲一個活人的魂魄。夢行者現在成了夢遊者，被她自己的尊嚴打敗，比低她兩階的對手打敗。傑克森揪住我的胳臂，逼我面對觀眾。我渾身柔軟無力，成了傀儡。

「哎呀呀，我認為這已經算是失去意識的狀態，女司儀。」他撥弄我的頭髮。「妳說呢，我的受縛靈？」

我用手指觸摸他的胳臂，微微張嘴，彷彿茫然又好奇。

「是的，寶貝，那就是**妳的**名字。」

哄堂大笑。

我不發一語，只是再次跳脫軀殼，向天上每顆星星表達感激——幸好我父親早已幫我改名。

在虛榮心和過早的勝利感影響下，傑克森的心靈防禦變弱。他豎起護牆時，遲了半秒。

我在他的夢境裡踩過糾纏雜草和扭曲樹根，撥開擋路的樹枝，每條樹枝上都掛著血紅樹葉。我飛奔時，注意到周圍是蓋著地衣的石板，從中心處往外擴散，深入他的超深淵地帶，石板上刻有數字，在我經過時化為糊影。傑克森的夢境是一座龐大墓園，大概就是南海德墓園，他第一次掌握自身天賦的地點。

我沒停下腳步。他如果不介意把胳臂弄得鮮血淋漓，現在要改掉我的中間名也來得及，想猜到「伊娃」在愛爾蘭語中的對應字並不難。我奔向他的夢境核心時，張大夢型態之眼，想看清楚墓碑上的名字，但上頭沒有任何文字。

諸多心魔從他的超深淵地帶迅速趕來，體形高大而透明，生於回憶的怪物。祂們的手指伸向我。

「回去。」我咆哮。

我的嗓音在傑克森的心靈中無盡迴響。其中一個心魔用雙臂抓住我的夢型態，這是我這輩子第一次看著一個心魔的眼睛。兩個大坑瞪著我，坑中烈火滿溢。

宿主的夢境會決定我的夢型態是什麼模樣——但前提是宿主集中精神。就像當初對付奈希拉那般，我想像自己變大，大得讓心魔無法擒抱。祂的胳臂四分五裂，我翻滾掙脫。我的夢型態墜入傑克森的暮光地帶，這裡的草地茂密青綠，空中瀰漫百合花香。諸多心魔追來，但我動作更快。我跳過另一座墳，跑向光明。

傑克森的陽光地帶中央是一尊雕像，天使造型，如哀悼般俯瞰一座墓穴。我靠得夠近時，天使伸出一手，掀開墓穴的蓋子。傑克森的夢型態就在裡頭，他睜開眼睛，從中爬出。

「妳來了。」他開口：「妳喜歡我的天使嗎，小蜜蜂？」

他把雙手置於身後。這個夢型態的臉孔不太像傑克森，比較柔和，更為年長，幾乎不怎麼起眼，一雙冰冷黑眸帶著恨意瞪著我。他的捲髮顯得黯淡，頭髮分線竄出幾根白髮。

「你看起來不一樣。」我說。

「妳也是。但妳永遠不會知道**我眼裡的**佩姬是什麼模樣。」他抬頭。「應該吧？」

一道十字形影子在我頭上游移。我試圖挪動手腕時，才意識到被銬住，腳踝也是。

「可憐的傀儡，」他說：「妳對一切都一無所知，是吧？」

「你也一樣。」我把手腕往下拉，細線立即消失。「幸好我從沒讓你知道我的真名，否則剛剛那招八成沒用。」

他的嘴角綻放笑意。「看來妳能在我的夢境裡改變妳的夢型態，妳的能力總是令我驚嘆。」

我繞著他踱步。他的夢型態站在原處，雙手扣背，用黑眼看著我。

「妳現在打算怎樣？讓我在擂臺上跳舞？讓我哀求嗚咽，就為了炫耀妳有多厲害？或許妳打算逐出我的靈魂，雖然我猜妳現在沒有這種力氣。」

「我不會殺了你，傑克森。」我說。

「殺了我，就能讓這場比賽盛大收場。這是一場多麼精采的表演，」他說：「妳該證明他們是對的，證明妳是毀滅者，親愛的。」

「我不是你的親愛的，不是你的寶貝，不是你的小蜜蜂，但我不會殺了你。我要拿走你的冠冕。」

我在這時奔跑。

他動作遲緩。心魔無法進入他的陽光地帶，他也因為負傷而減弱了在自身夢型態上的專注力。我跳進墓穴，蓋子在我上頭重重砸下。

我的視線融入傑克森的視靈眼，周圍爆發各種色彩，每一道都像電光風暴。乙太中的神經系統向外伸展，感知任何靈能活動。觀眾的臉孔模糊旋轉。我的視線——傑克森的視線——時而清晰，時而朦朧。一切都感覺異樣輕盈，彷彿我的附身沒完全成功，彷彿他的身體太過鬆散，彷彿我沒能徹底占據他的身體。

然後我明白為什麼。我看到我自己的身體仍站在那裡，挺直背脊，鼻孔帶有少許血跡，眼睛茫然，但整個人依然挺立。銀繩把我牽在兩個夢境裡。

我還是做得到。

傑克森的身體屈膝跪地。我伸出他的手，看到白絲手套。「以乙太之名，」我用他的嗓子開口，這次口齒清晰。

等等。他的夢型態發出的聲音在我耳邊呢喃。**住手**。

「──我，白縛靈師，第一地區之第四小區的幫主──」

住手。不，不，滾出去，滾出去！

「──承認輸給──」

住手！閉上我的嘴！傑克森被壓制的靈魂試圖反抗我，掙扎尖叫，捶打墓穴的蓋子。與此同時，他的肉身之手拍打擂臺地板。**妳這王八蛋！我給妳吃！我給妳穿！我收容妳！沒有我，妳早就死了。沒有我，妳一文不值。妳聽見沒有，佩姬．馬亨尼？既然妳不屬於我，妳就會成為他們的──**

「──我的門徒，」我吐出最後幾字。「哲夢者。」

僵硬的手指抓住我的意識。我的視線瞬間回到傑克森的夢境，天使雕像緊緊抓住我。傑克森的夢型態屈膝跪地，憤怒號叫。古老石塊傳來碎裂聲，夢境中的傑克森把我丟進黑暗。我飛回乙太，返回自身，剛好聽見傑克森恢復自主權。我舉起雙臂，但他的拐杖已被另一人的雙手攔住。伊萊莎擋在我身前，想推開傑克森，但他用雙手掐住我的咽喉。

「住手，傑克森，住手！」

「大亂鬥就此結束。」敏提·沃弗森走進擂臺。「放開她，白縛靈師！」

他的雙手被扭開。我癱軟跪地。有人摟住我的腰，扶我站起。尼克。我用蒼白的手指抓住他的前臂，大口喘氣。

「妳做到了，」他在我耳邊呢喃：「妳做到了，佩姬。」

另外六人上場才制住傑克森。他鼻孔大張，兩眼殺氣騰騰，血沿下巴滴下。第一之四區的諸多賓客反應不一，有人喝倒采，但被掌聲、跺腳聲和「黑蛾！黑蛾！」的呼聲淹沒。

但觀眾的交頭接耳還是令我緊繃。我讓尼克和丹妮薩從兩側攙扶我，帶我走向擂臺另一頭。另外兩名夥伴跑去拉住傑克森。伊萊莎從旁邊趕來，幫我的身側敷藥。

我的兩耳嗡嗡作響，我無法思考。很難想像我擊敗了傑克森·霍爾。

「肅靜，」敏提喊道：「肅靜！」

她一拍雙手，但觀眾過了很久才安靜下來。傑克森跟娜汀站在一起，娜汀遞給他一條手帕讓他擦拭鼻血。西結站在他姊身旁，喉頭起伏，看著尼克。尼克不發一語，只是把一罐纖維蛋白凝膠塞在我手上。我在肋處抹了不少，但我的前襟早已被鮮血浸溼。照這樣看來，他們在天亮前就會叫我血腥女王。

伊萊莎拿著腎上腺素藥品回來。我跟一段距離外的娜汀對視，她面無笑意，只是抓著傑克森的肩膀穩住他。

「把冠冕拿上來，」敏提在震耳欲聾的歡呼聲中下令：「勝負已分！」

「等等。」女院長踏過沙與血走來。「這怎麼回事？」

「白縛靈師已向他的門徒認輸。」

「幫主從不向門徒認輸。」

「那麼，今天開了先例。」

「很明顯的，」女院長瞪著我。「第一之四區的偉大幫主不是自願投降。這丫頭作弊。」

「她是夢行者。大亂鬥本來就允許參賽者**自由運用**本身的靈視能力。既然乙太賜予晢夢者某種能力，她就有權運用。」

「她明目張膽的背叛怎麼交代？她的幫主擁有的權威、給她的愛，又該怎麼辦？」

「在門徒的忠誠方面，確實有條不成文規定，但關於戰鬥方式則沒有任何明文規定。如果妳看過這個集團及其歷史的任何一本相關書籍，就會知道這點。而且我們如果在乎道德標準，我不認為妳有資格當上幫主，女院長。」

「妳好大的膽子。妳跟這個叛徒是一夥的吧？」女院長冷笑。「妳這個傴傭文人。」

「我是司儀。我的決定不容更改。」

女院長在金色面紗後方的臉龐沒有任何情緒。她現在已經失去了臨時闇后的大權——從漢克特和刀嘴那裡搶來的權力。她轉頭打量大廳，顯然在尋找同謀，但布骨人已不知去向。她把戴著蕾絲手套握成拳頭，貼在心口上。

玫瑰擂臺另一側爆發騷動。傑克森一聲低吼，推開一名幫他處理傷勢的雜役。「退後，」他咆哮：「我也許從葛拉布街的腐敗標準來看不是闇帝，但我一定會討回這筆債。滾出我的視線。」

雜役匆忙避開他的拐杖，連連致歉。觀眾安靜下來，等著落敗幫主做出該有的演講。

「七封印就此破裂。」他只說這句，嗓音極輕，但我有聽見。聽得很清楚。

傑克森．霍爾生性驕傲，不可能願意看著昔日門徒加冕為后，但他也不會默默離去。他走向觀眾，拐杖在地板上輕輕喀啷作響。

「妳知道嗎，我的佩姬……其實我發現我還滿替妳感到驕傲。我原本真的以為妳在玫瑰擂臺上根本不打算出手，妳想帶著『沒傷害任何人』的良心走出擂臺，就像妳剛開始侍奉我時那副可憐樣。」他來到我面前，臉離我只有幾吋。「但我錯了，親愛的，妳已經學會變得跟我一模一樣。」他抓起我的手腕，輕輕捏著，我感覺到自己的脈搏。他在我耳邊低語：「我會找到其他盟友。我警告妳：妳還沒見識到我的真本領。」

我沒答話。我不會再陪他玩他的遊戲。傑克森帶著微笑後退。

「這位女王將為自由而戰，而她的臣民將為生存而戰。但到頭來，我的佩姬，尋求自由之人，永遠只能在乙太之中找到自由。」他用杖劍的劍脊輕觸我流血的臉頰。「塵埃落定前，享受妳的自由吧。戰爭大戲今晚揭幕。」

「我很期待。」我說。

他的笑意加深。

人群為他讓路。他離去時，就連最愚蠢的匪徒也不敢嘲笑他。他可是白縛靈師，第一之四區的幫主，差點成為闇帝之人。我欠了他許多恩情，他曾是我的良師益友，他原本能成為我們的領袖，只要他願意睜開眼睛看著潛伏於陰影的威脅。我沒想到自己就算身體一堆傷，也比不上心裡的痛楚。娜汀從他的座位抓起他的大衣，快步追去。

傑克森在門口停步。我意識到，他正在等候。他等著看七封印之中哪幾個要跟他走。

丹妮薩坐在椅子上，交叉雙臂。我朝她挑眉時，她只是聳肩。她要留下。

我身旁的尼克一臉嚴肅。伊萊莎眼眶泛淚，顫抖地吸口氣，沒走向傑克森。

他們都要留下。

但是西結踏出一步，再一步。他用力嚥口水，閉上眼睛，接著面無表情地抓起外套穿上。尼克朝西結伸手，他回握一下後放開，難過地看我一眼，隨即走出大廳，跟上他姊和傑克森。娜汀挽住他的胳臂，三人拐彎離去。第一之四區幾名最忠誠的盜賊和賣藝人也跟上。

腎上腺素消退後，各種疼痛湧入我體內。尼克的表情令我心碎，但今晚還沒結束，還早得很。

尼克溫柔地推我上前。我走進玫瑰擂臺中央，敏提從天鵝絨軟墊上拿起王冠。

「準備好了嗎？」她問。

我的咽喉痠痛不已，我說不出任何該說的話。敏提小心翼翼地把王冠放在我頭上。

「以本集團創辦人湯瑪士．伊本．梅利特之名，我在此為您，黑蛾，加冕，賽昂倫敦城塞之闇后，眾幫主之主，第一地區與惡魔領地的第一居民。願您統治長久。」

全場持續沉默。我昂首而立，抬起下巴。

「謝謝妳，敏提。」我的嗓音太輕。

「妳的門徒是誰？」

「我有兩個。赤眼，」我說：「和受難繆思。」

伊萊莎看著我，一臉震驚。我抬起染血的雙手，拿下王冠，丟到沙地上。群眾困惑得交頭接耳。敏提似乎想說什麼，但牢牢閉嘴。

「如各位所見——」我指向一身血衣。「我現在的狀況不太適合長篇大論。但我必須向各位解釋，我為何背叛幫主、違反集團的這條不成文規定，為何冒一切風險，就為了這個能暢所欲言的機會。我這麼做不是為了王冠，不是為了王位，只是為了能發言。」

我盯著尼克的臉，他點頭。

「本集團——賽昂倫敦集團，」我提高嗓門：「面臨外患，而我們已忽視太久。我們都知道乾草漢克特對那些問題置之不理。一個月後，賽昂將在全城啟用感測護盾，到時候，我們再也無法如隱形人般走過大街小巷。如果再不反擊，」我說下去：「都將被錨徽輾壓。我們已經被逼進地下世界，我們被仇視，被唾棄，連呼吸也惹人厭——但這種局面要是再持續下去，要是賽昂再踏出一步，等新的十年到來，這個集團將不復存在。」

「感測護盾是賽昂捏造的謊話，執政廳的鬼扯。這個闇后不僅愛撒謊又愛作弊，」女院長咆哮：「更是上一任闇帝之死的頭號嫌犯。我的燈侍親眼看到，她離開惡魔領地時手上沾著漢克特·格林斯雷的血！」

群眾陷入混亂。有些人已經起身嚷著要我死，有些人要求確鑿證據，要求燈侍出面作證。

「妳沒有相關證據，女院長，」珠后以嚴厲口吻喊道：「既然缺乏證據，靈盲的片面之詞根本不可信。而且，既然妳知道是晢夢者殺掉漢克特，妳之前為何一直幫她說話？」

「我相信我員工的證詞。」

「我再問一次。上一次的議會中，妳明明有機會定她的罪，但妳為何為她辯解？」

「白縛靈師說服我相信她只是在錯誤的時刻出現在錯誤的地方，」她吐出一字一句，平時的虛假溫和正在瓦解。「如今看來，連他也看走眼。她是叛徒，是殺人犯。我現在明白了，既然她連自己的幫主也不放過，既然她根本不把本集團的悠久傳統放在眼裡，那她**絕對**是殺害漢克特的凶手。我居然視而不見，真令人難過。」

「妳相信妳員工的說詞，女院長，」我打斷她的話：「但我相信我親眼所見。我看到的是建立在謊言上的暴政，這個謊言說靈視者是反常分子、危險人物，說我們應該自我厭惡到願意默默滅絕。他們要我們乖乖被折磨處決，居然還說這是仁慈之舉！」我對群眾咆哮，轉身面對他們。「但賽昂才是歷史上最大的謊言，持續兩百年的假象，為了隱藏英國真正的政府，隱藏真正打壓靈視能力的諸多大法官。」

「您指的是誰，闇后？」異教賢者問道。

「她指的是我們。」

人人轉頭望向大廳入口，吶喊與驚呼接踵而來。奧古雷斯・莫薩提姆出現在門口，身後跟著一些盟友。

「利菲特族。」安耶娜・瑪麗亞喃喃自語。

勇氣迅速湧回我心中。

「不，」我說：「他們是不凋之眾。」

第二十六章 魔術師

他們來了八人，其中幾個我以前沒見過，各個身穿由黑絲、天鵝絨和皮革製成的厚重衣物，氣勢莊嚴宏偉。蒂拉貝爾也在其中，其他人也散發金屬般的光澤，眼眸都是黃綠色。在昏暗又密閉的大廳裡，他們顯得極為龐大，而且深具威脅性。群眾急忙退離播臺。

「那**就是**利菲特族。」某人開口。

「就跟小冊上寫的一樣……」

「他們是來救我們……」

起碼人們一看就知道他們是誰。衛士與蒂拉貝爾上前，其他夥伴在他倆身旁圍成半圓形。

「你們透過一本恐怖小說，」衛士的視線掃過一排排靈視者。「聽聞了我們的故事，但我們不是虛構人物。兩百年來，我們掌控賽昂，在喜歡的諸多城市拋下錨徽，並將這座城塞改造成養殖場。倫敦的靈視者，你們的世界不單單屬於你們。」

「這是怎麼回事，闇后？」一名雜役喊道：「惡作劇？」

「很顯然的，」蒂迪恩雖然故作鎮定，但兩眼瞪大。「他們身上都是戲服，這是一場精心製作的惡作劇。」

「你生下來就是精心製作的惡作劇，蒂迪恩。」哥布林吉米挖苦。

「你們看到的並不是戲劇。」我說。

利菲特團隊走向高臺，靈視者紛紛讓路。艾薇就在隊伍之中，跟在普萊歐妮身後，手腕和腳踝殘留著鐐銬造成的水泡。另外三名逃犯跟露希妲和伊瑞走在最後面。我鬆一口氣。他們四人雖然看來有些驚魂未定，但安然無恙。我走下高臺，上前迎接衛士。他打量我的傷勢。

「正如妳所料，他們被關在夜總會裡，」他低語：「艾薇堅持立刻來這裡跟反常者議會的成員談話。」他注意到玫瑰擂臺上的屍體和斷肢時，挑眉道：「或者該說剩下的議會成員。」

我點頭。衛士轉身面向群眾，其他幾名不凋者站在他兩側。在接下來的漫長沉默中，我走回高臺。

不管小冊被如何改編，到頭來還是幫了我一些忙。周圍的人雖然害怕不凋之眾，卻也夾雜好奇——甚至帶有敬意，而非敵意。

「這些人就是利菲特族，」我說：「起碼該說其中一個支派。他們這個種族才是賽昂真正的大法官。這兩百年來，他們控制我們的政府，指揮威弗及其黨羽迫害我們。他們這一小群人——」我指向這八人。「願意協助我們生存下去，他們尊重我們的天賦和自主權。」這不完全是事實。「但是，執政廳裡那些利菲特人一點也不在乎人類。如果再不反抗，他們遲早會奴役所有靈視者。」

「卑鄙下流，」女院長盡量裝得失望透頂。「妳把我們全當成傻子？」

「霍坦希雅，」艾薇怒罵，氣得臉龐扭曲。「現場如果有誰卑鄙下流，絕對是妳。妳滿嘴謊話，利用了我們。」

女院長默不作聲。

在賽昂倫敦城塞每一名靈視者的注視下，艾薇走向高臺。她一身髒衣，打著赤腳，站在聚光燈前，歪頭避開強光。她的黑髮雖然比以前長一些，但頭皮輪廓依然清晰可見。

「請妳自我介紹，孩子。」珠后說。

「迪艾薇・雅各。艾薇。」她垂下黑眼。「你們以前大多沒見過我，但我的昔日名號是雅各賓。今年一月之前，我還是布骨人的門徒。」

第二之四區的一些靈視者震驚不已，另一些流露敵意。艾薇用左手抓著右臂。

「我十七歲那年逃出雅各島，替一個名叫艾葛莎的訓童師工作了三年。那段時間，布骨人一直在觀察我。我二十歲時，他收我為門徒，要我加入他所謂的……『事業』。他說他的同胞都在受苦——像我這種人——他想改善這種狀況。」

我默默聆聽。艾薇靜止不動，纖細雙臂抱於胸前。

「他一直在把靈視者販賣給賽昂。」她說。

現場一陣騷動。

「讓她說下去。」我起身喊道。

群眾稍微安靜後，艾薇繼續發言。我聆聽時渾身冰冷。

不可能。在我所有的猜測中，只有她說的情節最合理，但這個集團不可能**這麼**腐敗。沒錯，反常者議會懶散又冷血，但不可能做得出……

「他把那稱作灰市，他說我們的職責只是把他們招募進布娃娃幫。」她用力吸氣，激動地環顧周圍。「但我交給他的那些人……我再也沒見到他們。我去找刀嘴，漢克特的門徒，對她說明這件事。她帶著一隊保鑣去見他，要求查看地坑，結果發現有人被關在裡頭。」她抓緊胳臂，彷彿穩住自身。「她說她必須告知漢克特，他不能被蒙在鼓裡。」

珠后抓緊拐杖。「他有想辦法阻止嗎？他就是因此被殺？」

「不，他沒阻止，而是成了合夥人。」

這一次，騷動持續整整一分鐘後才稍微平息，讓艾薇得以說下去。我現在才明白刀嘴的意思。**販賣我們**。賽昂把我們賣給利菲特族，而我們自己的首領把我們賣給賽昂。

「我和刀嘴都不清楚究竟怎麼回事，只知道許多靈視者失蹤，而我們賺了大錢。我怕他怕得要命，」她說：「唯一讓我稍微好受的，就是我們得以選擇販賣哪些靈視者。」

「妳怎麼選？」我輕聲問。

艾薇搖頭。「妳是指——？」

「妳如何**選擇**販賣哪些靈視者，艾薇？」

她倒是沒發抖，這令我有點佩服。「輪到我和刀嘴挑選時，我們專挑殺人犯和訓童師、心狠手辣的強盜和打手，為了樂趣或金錢而傷害他人的那一類。」

「女院長呢？」我朝女院長點頭。「妳有沒有見過這女人跟他們合作？」

「有，她經常登門造訪。她的夜總會只是個幌子，」艾薇瞪著她。「她把獵物騙進巢窩，用粉紅翠菊和葡萄酒弄昏他們，再把他們**賣給**——」

「鬼扯！」女院長在群眾怒罵聲中吼道。

「但布骨人想報復我，」艾薇也扯開嗓門，膚色通紅。「某天晚上，他把我叫來這座地坑，強行在我頸部注射了混亂劑。我醒來時，發現被關在倫敦塔。他一定猜到是我把他的事說出去。」她苦笑。「因果報應。」

我的視線開始發黑。這女孩在殖民地時被毆打折磨，卻也害許多囚犯被關進同一個地方。

「所以闇帝喪生時，妳在倫敦。」安耶娜．瑪麗亞眉頭緊蹙。「妳熟悉任何細節嗎？」

「不。漢克特被殺的幾天後，我找到刀嘴，她告訴我是女院長下的手。刀嘴在惡魔領地看到她用屠刀劃爛磁牙的臉。」

現場一片驚呼。「妳以為我有辦法獨自殺掉八人？」女院長冷笑。「雅各賓這番說詞的唯一證人已經死了，還真方便。」

艾薇震驚地抬頭。「什麼？」

「是的，雅各賓，跟妳同樣身為墮落占兆者的刀嘴死了。」

艾薇一臉悲痛，雙臂緊抱於胸前，指尖掐得肌膚浮現瘀痕。

「她的名字是雀兒喜．奈弗斯，」艾薇說：「沒有她，我就無法證明我的說詞。」

「也許我能。」

如果觀眾已被利菲特族的出現嚇得膽顫心驚，此刻恐怕魂飛魄散。人群急忙退向牆邊，因為來自雅各島的烏恩和弗恩走進大廳，烏恩脖子上掛著鼠尾草香袋。艾薇輕輕呻吟一聲，上前摟住弗恩，對方默默把她抱在胸前。

烏恩繼續前進，在擂臺中央停步，低下頭，鄙視地看著惡女，踢開這具遺體的胳臂。

「如果闇后容許另一名墮落占兆者的口供，」她對我點頭。「我願意作證。」

「又一個墮落占兆者？雅各島的居民沒資格在反常者議會面前作證，」蒂迪恩結巴道：「只有手相師例外。這違反規矩，闇后！」

「請說，烏恩。」我對她招手。「把妳知道的都說出來。」

「雀兒喜遇害的那天早上，一名戴面具的刺客出現在賽佛利碼頭——也就是雀兒喜為了避開集團而選擇的藏身處。守衛告訴我，那人自稱奉臨時闇后之命前去辦事。很顯然的，」她在叫罵聲中提高嗓門：「她交代的差事，就是將雀兒喜割喉毀容！」

「這些指控一派胡言。漢克特是我的摯友，我雖然對這所謂的背叛**一無所知**，但我絕不可能殺害他的門徒。失陪了，各位倫敦居民，我要回我的夜總會去靜心哀悼。」女院長轉身要走，兩名靈視者手下跟上。「我受夠了這個假女王的胡言亂語。」

「不，女院長，」我輕聲開口：「妳接下來還有得受。」現場一片寂靜，只聽見我走下高臺時發出的回音。不凋之眾站開，讓我站在他們之間。「依據本集團的第一條法規，我在此控告妳謀殺漢克特・格林斯雷、雀兒喜・奈弗斯及其七名部下：磁牙、扁鼻、腫臉、滑指、圓頭、地府之手和送行者。」我再走幾步。「我也控告妳誘拐並販賣靈視者、派殺手進入敵對地區，連同謀反。妳將被軟禁於妳的夜總會，等候反常者議會進行審判。」

群眾無不震驚。

女院長的笑聲打破沉默。「妳有什麼資格控告我？我們是倫敦的法外之徒，妳要把我丟進哪間大牢？還是妳現在就殺了我，把我的屍體丟在迪恩街上？如此一來，妳算哪門子闇后？」

「我希望成為公正的闇后。」我說。

「公正？正義在哪？妳的『證據』在哪，短腿女王？」

「妳，女院長，就是證據。你，」我轉頭對一名信差開口，他急忙立正站好。「你能不能檢查惡女的右臂？」

「遵命，闇后。」

他顫抖地在遺體身旁跪下，解開惡女右手的袖釦，拉起袖管。在我的注視下，女院長面無血色，只是抓住自己的胳臂。惡女的肩部露出時，我嚴肅一笑。

肩部刺青是一隻骷髏手，簡單的黑白構圖。信差緊張得嚥口水。安耶娜・瑪麗亞上前，蹲俯查看。

「這是布娃娃的幫徽。」她做出結論。

「沒錯，」我說：「同一幅刺青也在她身上，還有他——」我指向黑莓荊棘和絞刑師的屍體。「連同在擂臺上協助她的每一名幫主和門徒，因為他們都替布骨人賣命。他們都參與……灰市。」我抬頭看著女院長，她臉色蒼白得跟骷髏有得比。「讓我們看看妳的胳臂，女院長。」

她咬緊牙關，後退一步，想逃離群眾和擂臺上的證據。周圍的人臉色陰沉，眼神嚴厲。

「逮捕她。」我說。

他們聽命。哥布林吉米、傑克·希卡崔弗和安耶娜·瑪麗亞立刻做出反應，連同來自第一之四區的剩餘信差，盜賊和雜役。

女院長瞪著他們，再回頭一瞥。現場不剩任何布娃娃成員，就連她自己的手下也不知去向。布骨人拋棄了她。

女院長過了幾秒才意識到自己孤立無援。在突來的怪異清晰感中，我彷彿透過顯微鏡看到她臉上的細微變化。她張嘴，幾綹髮絲掠過面前，臉龐在火山般的怒氣襯托下顯得格外脆弱。

她腳邊的地板竄出怪物。

是我沒見過也不想認識的騷靈。我才剛想到這點，就遭到祂的攻擊。

「這，」女院長咆哮：「才是殺害漢克特的『真凶』。」

乙太發生爆炸，我整個人被震飛，落在高臺上。我肺中缺氧，渾身冰冷，吐息成煙。我被無形之手壓在舞臺布幕上。

我驚慌得喉嚨緊縮，四肢抽搐。我又成了花田中的小女孩。這個騷靈的隔空取物沒有可見型態，只是如重物般壓在我身上。

騷靈繞著大廳飄一圈，彷彿仔細觀察人群。祂掠過吊燈，蠟燭與燈籠悉數熄滅，桌椅震顫，諸多遊魂和守護天使嚇得畏縮。高臺下方，幾名不凋者動彈不得，發出哀號，聽得我泛起雞皮疙瘩。衛士也是其中之一。他們面具般的五官傳達連我也感覺到的痛楚。女院長站在原處，一手對準我，因控制騷靈而臉龐緊繃。

接著，彷彿某條鋼絲斷裂，她癱軟倒下，用手穩住身子。騷靈遁入上方的天花板。壓迫感減輕，我無力地沿牆邊滑落，蹲在高臺上。

聚光燈閃爍。我在忽明忽滅的燈光下慢慢站起，脖子上的護符如餘燼般閃爍，它底下出現一片黯淡銀痕，如葉脈般向外擴散。

我能在骨髓裡感覺金繩突然劇烈震動。衛士抓住自己的肩部，不斷伸展又握起右手。我光看他的表情就知道他很痛苦。另外四名不凋者也是同樣狀態，包括蒂拉貝爾。

我起身站直。

女院長瞪著我，我看到她用脣形說出「不可能」。她一聲低吼，從外套內側抽出一把手槍，瞄準我的心臟。

我的視線縮小，反應遲鈍，我只能稍微舉起雙手。一聲槍響。子彈從我身旁掠過，只有毫釐之差。

女院長後退時接連開槍，但不凋之眾用身子保護我。衛士連續中了三槍，往後倒向高臺，一手按著胸口。女院長如困獸般匆忙轉身，用魂眾驅散十五名靈視者，再開了兩槍，紅布從天花板的布幕滑軌脫落，掉在最近幾名靈視者的頭上。

一顆子彈擊中艾薇，她應聲倒地。我聽見自己咆哮。女院長發笑。

我聽見另一道槍聲，卻不是來自她的手槍。

子彈擊中她的胸腔底端。詩人湯姆和安耶娜・瑪麗亞接著各開一槍，分別擊中她的頭部和心臟。女院長倒在天鵝絨紅布上，氣絕身亡。

我大口吸氣。女院長太陽穴上的彈孔不斷滲血。尼克握緊手槍，指關節發白。

這三聲槍響令我兩耳嗡鳴。我身旁的尼克似乎回過神，他揪住我的胳臂，扶我站起。「佩姬。」他用蒼白的兩手捧住我的頭。「佩姬，那縷騷靈……我從沒見識過那種……」

「我也搞不懂怎麼回事。」我搖搖頭，渾身虛脫。「拜託，總之……先幫艾薇、衛士和其他人治療。」

他捏捏我的手肘，走向正在撐身爬起的衛士。剩餘的議會成員、門徒及匪徒都看著我，想弄明白這場混亂，我卻無言以對。傑克森應該會懂得如何解釋，但我本來就不太會說故事，而這個故事太過離奇。

這些人是倫敦的精英。數百人，甚至數千人向這些領袖效忠。

「那麼，闇后，」安耶娜・瑪麗亞終於開口：「事情終於成真，看來妳贏得了大賽，也洗清了罪嫌。」

「您打算如何處理這一位？」一名戴面具的商人詢問我，朝艾薇點頭，她連頭都沒抬。

「未經審判，絕不懲處。我們需要進行詳細調查，先從女院長的夜總會開始搜起。」我說：「有人自願嗎？」

「我會帶我的手下去處理。」安耶娜·瑪麗亞說：「我知道那地方在哪。」她對幾個雜役吹口哨，他們跟著她離開大廳。「闇后，」一名盜賊對我脫帽致敬。「那本恐怖小說對這種生物讚譽有加，但我們到底該畏懼還是崇拜他們？」

「畏懼。」伊瑞隆隆道。

露希妲歪起腦袋。「崇拜也行。我們不會拒絕貢品。」

「畏懼，」我開口時瞪她一眼。「絕非崇拜。」我的視線又開始發黑。「賽昂可以留著他們的自然秩序，白縛靈師可以留著他的七階靈視能力。賽昂對我們的訴求必定充耳不聞，卻無法對我們驚天動地的行動視而不見……我們的組織從此將稱作『冥寂之軍』。」

說完，我眼前一片黑。

我不知道後來發生什麼事。

我不再是晳夢者，不再是第一之四區的門徒，不再是傑克森關在鍍金牢籠裡的鳴禽。如今我是闇后「黑蛾」，依然是賽昂的頭號通緝犯。我安然地待在自己的夢境裡，蜷縮於銀蓮花田，沉浸於溫暖的重生之血。

我的夢境這次遭到的損害並不嚴重，心靈護甲只有幾道缺口，肉身承受的傷害遠比夢境多。

我脫離陰影後，發現自己躺在一塊厚毯上，腦袋枕在一團大衣上，身上的血衣已被脫除。一盞煤油燈擺在我的右手邊，它散發的暖意讓我免於發抖，但身上的瘀傷依然疼痛。

我咳嗽。

劇痛貫穿我的肋骨，鑽進腦後。其他部位傳來痛楚：拳頭、兩腿和頸窩。我想尖叫，卻只發出微弱呻吟。疼痛平息後，我不敢再亂動。

傑克森醒來時不會這麼痛，頂多輕微頭疼，一、兩處瘀傷。他現在一定正在計畫如何從我手中奪走集團。

他儘管試試。

我贏得大賽的後果必定正在倫敦散播。我感覺得出來，布骨人不會乖乖接受失敗，他現在一定正在安排復仇。

他們一定希望讓自己人領導集團，人選應該就是惡女，畢竟她似乎知道最多祕密。布骨人之前安排了幾名布娃娃成員和女幫主除掉我，確保惡女獲勝，而她只是他的卒子。結果死的是惡女而不是我，他們的計畫因此遭到重創。布骨人一定會想報復。他對自己的嘍囉都能見死不救，更何況是我。

不知道經過一小時還是幾分鐘後，一個影子從舞臺布幕之間出現。我繃緊身子，想拿出根本不存在的小刀，只看見衛士走進煤油燈的光芒。

「晚安，闇后。」他兩眼如火。

我躺回大衣上。「我一點也不覺得自己像個女王。」

我剛說完，就覺得臉頰發熱。

「我得承認，」衛士說：「妳現在確實狼狽，但妳依然是冥寂之軍的闇后。」他在我身邊坐下，扣起雙手。「冥寂之軍，這個名稱很有意思。」

「現在幾點？」我觸摸臉頰。「你狀況如何？」

「子彈無法對利菲特族造成永久傷害。大亂鬥結束後，已經過了兩小時，」他說：「妳現在就醒來，尼加德醫師一定會不高興。」

「那咱們就別讓他知道。」我費勁地接過他遞來的金屬水壺喝下，嘗來像血。「拜託告訴我你有不凋花液。」

「很不幸沒有。尼加德醫師已經回去七晷區收拾妳的私人物品，他說『趁還沒被傑克森賣掉』。他們打算去跟安耶娜．瑪麗亞會合，一同在女院長的夜總會尋找布骨人的相關證據。」

尼克判斷正確，不愧是神諭者。「他們什麼也不會找到，」我說：「女院長只是供他的騷靈使用的媒介，他遲早會回來。」

「妳到時候會做好準備。」

我抬頭看他。「就是**那個**騷靈，是不是？」

「是的。」他的雙手扣得稍微更緊。「某個宿敵。」

「女院長怎麼有辦法控制祂？」

「那怪物只聽奈希拉使喚。她顯然命令祂聽從另一人的指揮。」

我慢慢聽懂這番暗示。灰市恐怕不是存在於集團和賽昂之間，而是直接由利菲特族掌控。我突然覺得天旋地轉，因此閉眼排除腦袋裡的痛楚，等腦袋恢復清晰後再想這件事。如果現在就想，一定會精神崩潰。

我偷偷瞥向斜放在牆邊的金框古董鏡。我的臉好慘——傷痕累累，嘴唇腫脹——但最糟的是下巴的傷口，又紅又腫，遠比傑克森造成的任何傷口都嚴重。

「傷口很乾淨，」衛士說：「可能不會留疤。」

我發現自己根本不在乎。如果局勢演變成大戰，我身上添多少疤都不意外。走道的一段距離外，三人睡在毛毯底下。奈兒、菲立斯和小喬彼此依偎，就像在殖民地貧民窟時為了禦寒。「他們被消除了部分記憶，」衛士說：「完全不記得在夜總會發生的事。」

「意思就是，我們不可能知道布骨人如何逼他們修改小說內容。」我望向他們後方。艾薇坐在舞臺上，仰頭瞪著天花板，纖細雙臂赤裸。「她還好嗎？」

衛士也看著她。「子彈已取出。尼加德醫師說她真正的傷痛在心裡。」

「刀嘴。」我嘆氣時肋骨生疼。「我知道她經歷過地獄，但我不確定我願不願意原諒她做過什麼。」

「妳不該因為她在恐懼下做出的行為而嚴厲責備她。」

的確。艾薇或許害了許多人被送去殖民地，但就算讓她感到更愧疚也無法改變她做過的事。我拿起金屬水壺再啜飲一口。「不凋之眾在哪？」

「他們回去老尼科爾區附近的藏身處，明天就會四處宣布妳獲勝的消息。」他停頓。「幾個靈視者私下說妳是……魔術師，因為他們無法理解那縷騷靈為何殺不了妳。」

傑克森常常開玩笑說我是魔術師。有些靈視者崇拜所謂的「時代之魂」──據說就是這種靈體創造了乙太──也私下使用「魔術師」這種字眼。時代之魂的虔誠信徒不輕易使用這種名詞。魔術師是指受時代之魂親自接觸之人，比誰都更掌控乙太的祕密。

「因為他們不知道這東西的存在。」我拉開領口。護符冰涼，但它底下的部位依然是擴散狀的葉脈紋路。「這才是魔術師。」

「它跟妳真配。」

「我不想被他們當成某種奇蹟大師，衛士。我唯一的成就就是戴著這條項鏈。」

「妳可以日後糾正他們。但現在，讓他們到處去說吧，這對妳並無損失。妳現在該做的就是養傷。」

我們靜坐片刻，燈籠放在彼此之間。不過短短幾星期，我們卻有了這麼多進展。

「如果妳允許，」衛士說：「我有事想問妳。」

我再喝口水。「只要不會讓我頭痛。」

「嗯。」他停頓。「傑克森雇用妳時，妳似乎要求多少薪水他都願意付，但妳顯然沒我想像得有錢，否則妳根本不需要爭取不凋之眾的金援。妳把工資都花去哪了？」

我早就在想他什麼時候會問這個。

「根本沒錢。傑克森連銀行帳號都沒有，」我說：「他的錢都是我們賺來的，他把錢放在他辦公室的一個小型珠寶盒裡，分給我們其中一部分，那就是我們的薪水。除此之外，我不知道他還把錢放在什麼地方。」

「那麼，妳為何一直替他工作？」他看著我。「他騙了妳。」

我發出無力的笑聲。「因為我就是天真到願意效忠傑克森・霍爾。」

「那不是天真，佩姬。妳對傑克森還算在乎，才會一直為他工作，妳也明白他對妳的生存來說是個必要角色。」他用戴手套的手抬起我的下巴。「妳不會永遠需要蒂拉貝爾的錢。到最後，忠誠會比貪婪更重要——當他們擁有希望的時候。」

「『希望』不也是一種天真想法？」

「希望是革命的生命之血。沒有希望，我們只是灰燼，等著隨風而逝。」

我真希望我能相信這句話。我必須相信光靠希望就能讓我們熬過這一切，但是單憑希望無法掌控集團，無法推翻已經聳立了兩百年的西敏市執政廳，無法消滅執政廳裡那些已經監控世界不只兩百年的怪物。

衛士把煤油燈轉暗。「妳該休息，」他說：「妳有漫長的統治等著妳，黑蛾。」

艾薇仍靜靜坐在舞臺上。「我得先跟她談談。」我說。

「我去拿尼克的醫藥箱過來，他另外留了一劑嗎啡給妳。」

他正要起身時，我觸摸他的胳臂，要他留下。我無聲地靠向他，額頭靠在他的額頭上，我的夢境裡竄出溫柔藍火，綻放光芒。我們兩個，利菲特人和人類，就這樣默默坐著。我很想這樣待個幾小時，只是嗅聞他的氣味。

「衛士，」我的聲音極輕，他俯身靠來才聽得見。「我不——我不知道我是否……」

他的眼睛散發火光。「妳完全沒義務今晚就做決定。」幾秒後，他的嘴唇擦過我的額頭。「去吧。」

看他如此體貼，我感覺肩膀卸下重擔。大亂鬥結束後，我像成了不一樣的人，依然處於蛻變階段，不確定自己明天會變成什麼模樣。但我感覺得出來，無論我如何決定，他還是會陪著我。我情不自禁地吻他的臉頰。他把我抱在胸前，雙臂緊緊摟住我的背。

「去吧。」他重複，嗓音更輕。

我讓他去尋找尼克的醫藥箱，我則走到舞臺上，藥劑幫我壓抑了部分痛楚。我在艾薇身旁坐下時，她沒動。

「妳說出了真相，那很勇敢。」

她用雙手抓住舞臺邊緣。為了去除昔日刺青，她的右上臂留下一團亂疤，粉紅色和緋紅色的疤痕穿插於完好肌膚。

「勇敢，」她重複，彷彿這是沒聽過的字眼。「我是黃衣人。」只有熬過那場夢魘的倖存者才聽得懂這個暗語。她的指甲掐進燒焦的皮肉。

「其實，我以前常哀求蘇班殺了我。」她搖頭。「我聽說妳打算逃出殖民地時，我有想過不要上車。我做了這麼多壞事，我沒資格上車，而且我當時確信雀兒喜背叛了我。」

「妳以為她對布骨人說是妳把他的祕密說出去？」

「我找到她之前就是這麼想。聽妳說她在找我後，我賄賂了雅各島的守門人，進去後找到她。她告訴我，她把我的報告交給漢克特時，不小心說出那是我寫的，而漢克特後來告知布骨人。」她的嗓音裡只有悲痛。「她總是試著看出漢克特最好的一面，總是相信他，到頭來卻害死她。我們從小在貧民窟長大，一直想要更好的生活。那天見了面後，我離開她，回去艾葛莎那裡，以為她會很安全……」

她哽咽得說不出話。「妳那天上了車，艾薇，」我說：「妳一定希望妳還能擁有那種人生。」

「我上了車，是因為我怕死。」她嘴脣顫抖，露出微笑。「很怪吧？我們雖然是靈視者，雖然知道人死並非如燈滅，但我們還是怕死。」

我搖頭。「我們不知道什麼世界在臨終之光等著我們，就連夢行者也不知道。」

艾薇咬著拳頭，依然撫摸傷疤。「等反常者議會振作後，妳會由陪審團公正審判。我向妳保證：布骨人會被起訴。」

她的臉龐抽搐。「我也只能要求這麼多。正義。」她終於看著我的眼睛。「我想看看他的臉，佩姬，在我死前。」

「我自己也想看看他究竟什麼模樣。」我撐身站起，每條肌肉都痛。「雀兒喜死在我懷裡。妳想不想知道她要我轉告妳什麼？」她在我身後沉默不語。「她說妳是她的一切，而且妳必須贖罪。」我走離。「所以，贖罪吧。」

艾薇還是沒動，也沒說話。我回到煤油燈所在，在大衣上躺下，手放在王冠上——集團的象徵，讓我扳倒賽昂的武器。

衛士把針筒放在我手裡。我把針尖刺進髖部，按下注射器。

在嗎啡和衛士的氣場安撫下，我沉沉睡去，可惜沒睡多久。第一道晨光滲進大廳時，一隻冰涼的手把我搖醒。

「抱歉，甜心。」尼克一臉悲痛。「妳得去看看。現在。」

第二十七章　共同的好友

丹妮薩的賽昂製筆記型電腦——透明玻璃螢幕，搭配精緻的銀色鍵盤——放在我面前的地板上。我用手肘撐身，搖搖晃晃。嗎啡藥效尚未完全退去。

「怎麼了？」

沒人答話。我揉揉太陽穴，試著集中精神。尼克、伊萊莎和丹妮薩都在我身邊，周圍放著許多行囊和行李箱，看來他們三人剛從七晷區回來。衛士在我後面俯身查看螢幕，兩眼在昏暗光線下格外明亮。

「大概半小時前開始的，」伊萊莎說：「之後就一直重播，全城都看得見。」

我盯著螢幕。

畫面無聲，沒聽見《賽昂之眼》做出報導，但新聞臺的標誌在螢幕角落旋轉。一排小字說明攝影機的所在現場是第一地區之第五小區的柩門山丘，畫面上是舊聖保羅大教堂的內院，處死反常者的場所。受刑人並排站在一座長型鷹架上，彼此間有一臂之遙，赤腳牢牢踩在血紅色的活板門上。他們的臉龐沒被遮起。

我感覺咽喉打結，我認出中間那名女子——蘿特，跟我們一起逃出殖民地的倖存者之一，穿著被定罪的反常者的黑衣制服。她的額頭上有一道很深的割傷，打結的頭髮垂於頸側，脖子跟前臂都布滿鮮明瘀痕。我伸出手指，在螢幕上放大他們的身影。她右手邊是遍體鱗傷的查爾斯——當時就是他引導其他靈視者上車——左手邊是滿身嘔吐物的艾拉。

「佩姬。」我聽見衛士開口，但我無法從螢幕上移開視線，他的嗓音彷彿離我有十萬八千里。「妳絕不能聽從他們的傳喚令。這是他們給妳一個人的訊息，為了逼妳公開露面。」

彷彿證明這點，畫面切換成白色背景，錨徽仍在角落轉動，彷彿對我譏諷。

佩姬·伊娃·馬亨尼，立刻向執政廳自首。限期一小時。

幾秒後，畫面回到轉播現場，涵蓋整個庭院。我問道：「妳說這在半小時前開始的？」

伊萊莎跟尼克對視一眼後點頭。「我們盡快趕來了。」

我的夢境釋出壓力，透過乙太接觸其他人。伊萊莎的鼻孔滲出一滴血，尼克的吶喊聲勉強傳進我轟然作響的腦袋裡。我拚命自制，壓制念力，直到我自己也開始流鼻血，血湧進嘴裡，我嘗到鐵鏽味。

一定有人讓賽昂知道我是闇后、我終於成了他們的心腹大患。難怪他們最近沒什麼動作，難怪奈希拉沒在我逃出殖民地後立刻對第一之四區做出激烈報復。她想先讓我以為希望尚存，讓我相信自己能建立一支軍隊，然後再打垮我。

只要我走進西敏市執政廳，就永遠走不出來。如果我不去，畫面上的靈視者就都會死，而倫敦每個靈視者都會相信我對他們見死不救。

「佩姬，」小喬說：「我們不能眼睜睜看著他們死。」

「噓……」奈兒把他抱進懷裡。「不會有人死，佩姬不會讓他們死。她救了我們，不是嗎？」

「妳要佩姬去自首？」伊萊莎搖頭。「那就是他們的目的。」

「他們不會傷害她。她是夢行者。」

「這，」衛士說：「就是他們一定會傷害她的鐵證。」

「你少多管閒事，利菲特，」她咬牙道：「我們的『同胞』危在旦夕，如果你認為他們沒你的族人重要，你可以去吃——」

「他說得沒錯，」尼克輕聲道：「如果我們失去佩姬，就完全無法控制集團，等於未戰先敗。」

奈兒氣惱得尖叫。小喬眼眶泛淚，緊抓她的衣服，彷彿突然變成個孩子。

我兩耳充血，顱內轟鳴。某人搖晃我的胳臂。「佩姬，」伊萊莎的口氣比平時嚴肅。「妳不能去。妳是闇后。」她把我抓得更緊。「我離開傑克森，是因為我相信妳做得到。別讓我後悔。」

「妳得想辦法試試，佩姬，」奈兒說：「為了那些夥伴。」

「不。」小喬噙淚道：「蘿特不會希望佩姬死。」

「蘿特自己也不會想死！」奈兒的口氣令小喬一愣。她把帶著淚光的眼睛對準我，憤怒得臉頰發紅。「聽著，我在殖民地的時候跟蘿特是朋友。妳沒淪落成戲子，而且妳的監護者對妳很好。別像他們那樣把我們當成砲灰。」

他們等著闇后做決定。我凝視螢幕，三名死囚的嘴巴都用皮膚黏著劑封住。

我開口：「我去執政廳。」

「佩姬，**不行**。」尼克急忙勸阻。伊萊莎附和：「妳也知道他們一定不會讓妳活著離開。」

「奈希拉就是算準妳心軟。」衛士輕聲說：「如果妳前往執政廳，就徹底上了她的當。」

「我說我會去，」我說：「我沒說我會親自出現。」

大夥沉默片刻。奈兒和小喬面面相覷，但封印成員們恍然大悟。

「太遠了，」尼克咕噥：「超過一哩。妳在大亂鬥時元氣大傷，如果現在再勉強——」

「你可以開車載我去執政廳附近，讓我的軀體坐在後座。」

尼克打量我許久，終於閉眼。「我看不出其他選擇。」他深吸一口氣。「丹妮薩、衛士，你們倆也一起來。伊萊莎，妳留在這兒，照顧其他人。」

「可是佩姬受了傷。」小喬說。

「她沒事，」奈兒只是看著我。「她知道自己在做什麼。」我撐身爬起，痛得咬牙。顱內爆發重拳般的劇痛，沿側身擴散至胸腔，嗎啡藥效全失。

丹妮薩沒抱怨，只是拿起塞滿裝備的背包，甩到肩上。尼克攙扶我，用手支撐我的頭部，跟著丹妮薩走向停在音樂廳外的汽車，衛士走在最後面。我坐上後座，衛士在我左手邊坐下。丹妮薩坐在我另一邊，拿出我的氧氣面罩，進行調整。尼克鎖門後發動引擎。

賽昂這麼做是為了耀武揚威，讓世人看見他們會傾全國之力剷除我的靈視者同胞。就算我現在想逃，戰爭的齒輪也會持續轉動。

這輛破車奔向第一之一區，引擎喀啷作響。路上到處都是警戒者，但尼克順利避開，高速駛過小路。我的傷口隱隱作痛，頭痛得像有人在我的眉心裡打鼓。

「我會在亨格福德橋下停車，靠近水上餐廳。」尼克說：「妳得動作快，佩姬。」

我得盡力試試。為了曾在殖民地幫過我的蘿特和查爾斯。為了在逃亡途中喪命的每個靈視者。為了史上每一屆骸骨季節。

戰爭大戲今晚就揭幕。我現在是闇后，有集團之力做為後盾，正如我那天在舞臺上時對奈希拉承諾。奈希拉那幫人控制這座城塞時從內部腐化了集團，任其腐爛。

一定有比這更好的生活，一定有什麼事物值得我們付出代價，而不只是這些永無止境的審判，這些痛苦時日。乞丐在水溝裡攀爬，向充耳不聞的世界求饒，在錨徽陰影下膽顫心驚，在短暫人生的每分每秒裡都想辦法在陰影中求生。

我們已經身處某種地獄。想離開它，就得走過另一層地獄。

來到橋下，尼克猛踩煞車，在柏油路上停定，一艘酒館駁船就在附近，船上掛滿藍色燈籠，擠滿把酒言歡的靈盲。他們後方是一面無人理會的螢幕，畫面上的死囚們站在鷹架上，等著我。

丹妮薩幫我綁上面罩。「妳只有十分鐘的氧氣，」她說：「我到時候會搖晃妳的身子，但妳飄得太遠，可能叫不醒妳。留意大鐘上的時間。」

附近沒有警戒者。我看著靜靜坐在一旁的衛士。我踏入敵境前，他是我的眼睛和心靈看到的最後一人。他微微點頭，為了給我打氣，其他人沒注意到他這個舉動。

面罩啟動，氧氣灌進我體內。我自主地最後一次呼吸後，靈魂脫離束縛，飄進夜空。

在我最純然的靈魂型態下，視野不再侷限於肉眼，我看到倫敦自成一個浩瀚宇宙，由無數光點組成的龐大銀河系，每道光都散發獨特色彩。數百萬個心靈維繫於同一道能量之流，串聯於一面由思緒、情緒、知識和情報組成的網路。每個靈魂都是在夢境玻璃球中的燈籠。這是「生物發光」的最高型態，超越了色彩的物理層面，化為肉眼看不見的光譜。

在乙太中辨識建築物並不容易，但我還是一眼認出西敏市執政廳，它散發死亡和恐懼的氣息，廳內擠滿數百個夢境。我經過我看到的第一人。睜眼時，已經鑽進另一人的肉身。

我能感覺到身體方面的差異。這人的腿比較短，腰比較粗，右肘痠疼。雖然透過這雙由警戒者面甲遮掩的眼睛視物，我依然保有自己的意識。

周圍只見光滑牆壁、潔淨地板，還有讓我有點刺眼的燈光。這名陌生人的心臟沉重跳動。我雖然迷失方向、提心吊膽，但這種感覺還是令我振奮，彷彿我脫下一身破衣、換上華服。

我費勁地移動這名女子的兩腿，感覺像在操控傀儡。我經過一面金框鏡子，看到這名女子走路確實就像傀儡，如喝醉般笨拙，毫無美感。這幅景象令我著迷——我是我自己，卻也不是我自己。鏡中女子年約三十，鼻孔滲出一滴血。她成了我的盔甲。

我準備好了。

西敏市執政廳聳立在我面前，用黑色花崗岩和鍛鐵組成的宮殿。時鐘呈紅色。

我占據的這名警戒者負責指揮整個小隊。我轉身時，他們舉槍致意。這些人如船隻尾流般走在我周圍，有六……十二……二十人。我不確定聽見的是自己的心跳，還是護衛們的腳步聲。

我踏上八角大廳的紅色大理石地板，執政廳的大廳。螺旋狀支柱撐起星形天花板，鍍金表面反映美麗吊燈的光芒。

我要推翻暴政。

這裡就是賽昂政權的核心，賽昂據點的樞紐。周圍的巨大拱牆上是一八五九年以來的歷任領袖雕像，它們從高處俯瞰，滿臉陰影和論斷。雕像上方是八座三角楣飾，繪有出自想像的賽昂歷史場面。

我站在光芒中，感覺像站了一輩子，彷彿我是天花板和地板這兩顆八角星之間的一粒沙。

我會斬斷傀儡身上的細線。

上方的鐘樓顯示現在是六點整。

我踏上樓梯，走過一條長長的走廊，花崗岩半身像的眼睛從兩旁瞪來，諸多畫作在我眼裡融成黑油和金色波浪。

「等等。」我開口。

我的護衛在門口停步。我獨自從拱門底下走過。

我要拔除倫敦心臟的錨徽。

四人站在寬敞畫廊的盡頭。最左邊就是絲嘉蕾・班尼許，頭髮跟地毯一樣紅，紅脣的嘴角上揚。不是鮮血那種紅色，她的紅脣太亮也太假，就像演戲用的假血。最右邊是戈魅札・薩加斯，眼神貪婪，一身高領長袍，肩上掛著由黃金和黃寶石編成的鏈條。在幾秒的瘋狂思緒中，我很想恭喜他終能跟人類一樣表現出充滿惡意的表情。

他身旁是法蘭克・威弗，如屍體般僵硬憔悴。彷彿這兩人交換了種族。然後我看到她。奈希拉・薩加斯，嫡系族長兼屠夫，一頭白髮，容貌美麗，個性貪婪又恐怖。她站在人類之間，彼此看似平起平坐——彷彿他們這些無腦傀儡都是她的朋友。

「沒人把妳叫來，警戒者，」她說：「我希望妳已經逮到逃犯，否則我會叫人挖出妳的眼睛。」

她的嗓音勾起我的黑暗回憶。

「妳好，奈希拉，」我用不屬於我的嗓子出聲：「別來無恙。」

她倒是一點也不驚訝，沒表現出一絲好奇。

「妳真聰明，用別人的身體進來，四十號，」她說：「但我們用不著附在別人身上的遊魂。」

「我們願意從輕發落。」絲嘉蕾・班尼許的模樣就跟電視上一模一樣，簡直就像用光滑塑膠製成，但她本人的語氣比電視上冰冷。「只要妳親自向執政廳投降，我們很樂意把他們全放了。」

我靜靜站著，望向四張座椅後方的巨大賽昂錨徽。「妳撒的謊還不夠多，絲嘉蕾？」

她默不作聲。

高臺上的大法官法蘭克・威弗不發一語，畢竟他只是傀儡。奈希拉走下矮階，黑色長袍飄於身後。

「或許我看錯妳了。」她用戴著手套的手指觸摸我的宿主的臉頰。「妳沒勇氣拿妳的命換他們的命，闇后？」

她果然知道我成了闇后。

「妳會放了他們，」我說：「否則我會奪走他的命。」

我迅速拔出警戒者的手槍，對準法蘭克・威弗的心臟。他微微一愣，但被瞄準器的紅光雷射對準胸口時不吭一聲。絲嘉蕾・班尼許想移向他，但我在兩人之間開了一槍。她僵在原地。「為了避免倫敦又淪落人類掌控，」威弗如機器人般說：「我願意放下我的凡人生命。」

戈魅札放聲大笑，聽來很像金屬摩擦聲。「看來妳猜錯了，奈希拉。四十號願意為了滿足私人目的而殺掉同胞。」

「我確實願意，」我說：「因為他用你們的名義殺掉太多人類。」

薩加斯成員懶得保護大法官。「就算妳當場斃了這顆卒子，也無法扭轉局勢，」

戈魅札說：「除非妳有毀天滅地的力量，除非妳想跟我們同歸於盡。我們的影響力早已在人界扎根，如船錨般讓我們在這個世界上屹立不搖。」

「我是夢行者，戈魅札，」我說：「我可沒看到任何船錨插在大地上。」

但我輸了。他們不在乎我射殺法蘭克．威弗，反正隨時有人替補。

我沒有籌碼。

「如果這麼說能讓妳的罪惡感輕一點——」戈魅札面無表情地看著螢幕。「我們本來就打算行刑，不管妳會不會出現。我們要拿這幾個人來血祭妳在殖民地害死的族人，就算這麼做還是不夠補償我們失去的嫡系繼承人。」

克雷茲．薩加斯。我用一顆子彈和一朵花殺掉的利菲特人。絲嘉蕾．班尼許觸摸耳機。

「降下錨徽。」她說。

螢幕上，大行刑者走向殺害太多靈視者同胞的某個開關。他伸出戴著手套的手，蘿特這時掙脫了手上的繩索——看來有人偷偷給了她小刀——再拿刀割開嘴上的繩索。她的嘴流血，但眼睛流露瘋狂的勝利姿態。

「**黑蛾主宰倫敦，**」她朝攝影機尖叫：「**諸位靈視者，你們聽見沒有？黑蛾主**

宰——」

轉播中斷。我感覺某個渺小但重要的東西粉碎。我成了點燃的引信，即將炸成超新星的星體。我的靈魂在夢境裡蓄勢待發，準備迎接心靈中醞釀的風暴。我的視野周圍出現虹彩，如陽光般令我盲目。

「這就是他們每個人的下場。」奈希拉露出招牌般的諷刺冷笑，看著我。「只要妳現在回去，這一切就能在明天結束。」

我的宿主的咽喉發出空洞的聲響，類似笑聲。

諸位靈視者，你們聽見沒有？

「這一切會結束，」我說：「等我們這個世界上不剩任何利菲特，等你們跟你們的世界一同腐爛的時候。飛蛾已傾巢而出，奈希拉。我們明天開戰。」

「戰爭」是集團的靈視者從不使用的字眼，就連「幫派戰爭」一詞也不如「戰爭」單獨二字震撼。

諸位靈視者，你們聽見沒有？

「戰爭。」奈希拉面無表情。「妳以前也拿妳那些竊賊和打手威脅我們，但我們到現在還沒看到妳做出任何成績。妳只會出一張嘴。」她從我身旁無聲走過，來到俯視西敏橋的窗前。「要不是反常者議會多年來送了一堆靈視者給我們，我原本還以為妳所謂的集團根本不存在。」

諸位靈視者，你們聽見沒有？

「灰市本就不該存在，」這個敵人接著道：「但我承認，它確實有用。我們透過這個管道獲得的靈視者遠比賽昂從街上抓來的強大。布骨人是我們多年的盟友，還有女院長、乾草漢克特和惡女。」

「其中三個都死了。」我的視線晃動。「看來妳得再認識一些新朋友。」

「噢，可是我有個老朋友。」奈希拉沒笑。「老交情的盟友。別離二十年後，他今早凌晨兩點回到我面前，他可不承認妳這個闇后，就算妳獲得……那個組織。」她轉身望向窗外。「班尼許女士，把他叫來。四十號該親自見見我們共同的朋友。」

絲嘉蕾·班尼許如同在攝影棚那般輕快走過，打開雙扇門。外頭的走廊傳來金屬敲擊大理石發出的喀啷回音。

他出現時，我認得他的臉。

沒錯，我非常熟悉。

文字，我的夢行者……文字就是一切。就算遭到踐踏、破碎得無以復加之人，也能透過文字獲得飛翼……

沒有文字。沒有飛翼。

跳舞的同時倒地。

就像傀儡。跳了這麼多年的舞。

門板敞開。我抬頭，知道自己犯了錯，知道自己多麼愚蠢，居然相信他、在乎他、饒他一命。

「你。」我低語。

「是的。」他的雙手戴著絲質手套。「是我，寶貝。」

作者鳴謝

這是我寫給倫敦市的情歌。

我首先要感謝的，是看完這本書的讀者，這大概也表示你們有看過《靈魂收割》。謝謝你們再次欣賞這個世界和這些角色。

感謝大衛·戈德溫以及「大衛·戈德代理商」所有員工對我的寫作深具信心，而且總是隨時提供協助。

感謝亞歷克薩·馮·赫希堡，你真的是我見過最有耐心也最熱情的編輯。致亞歷山德拉·普林格，貝德福德廣場的強悍女幫主，謝謝妳給我的強力支持與鼓勵。

感謝賈斯汀·泰勒和林德斯·瓦希幫我在原稿中抓錯。

感謝布魯姆斯伯里出版社的每一位，尤其是艾曼達·席普、安娜·包恩、安奴里瑪·洛伊、布蘭登·福德里克、凱絲·馬斯登、克莉絲提娜·吉伯特、大衛·佛伊、迪亞·卡爾·哈茲拉、喬治·吉普森、伊恩斯·卡克斯威爾默特、伊莎貝爾·布雷克、珍妮佛·克拉赫、裘德·德雷克、凱特·庫比特、凱特琳·法拉爾、蘿菈·奇夫、瑪德琳・菲尼、瑪莉・庫爾曼、南西・米勒、奧利弗・霍登瑞亞、瑞裘・曼海姆、莎菈・莫克利歐和特朗安・多安。對作者來說，你們是最值得託付作品的對象。

也感謝已經離職的安娜・霍金，凱特琳・英厄姆，貝西亞・湯瑪士和凱蒂・龐德，我真的很榮幸曾與你們合作。

致「思考果醬」的哈提・亞當史密斯和艾莉諾・威爾——感謝你們對《靈魂收割》的無比熱忱。

感謝艾蜜莉・法希尼為《冥寂之軍》繪製的精美地圖，也感謝總是技術高超的大衛・曼恩設計的封面，謝謝你們兩位讓這本書如此精美。

感謝益美智電影工作室的神奇成員——威爾・譚能、克洛伊・賽澤、安迪・塞奇斯、強納森・卡文迪斯和凱瑟琳・史勒特——謝謝你們對《骸骨季節》系列持續的熱情，尤其感謝威爾和克洛伊細心閱讀並提供寶貴意見。

感謝我的出版社、編輯和世界各處的譯者們，讓《靈魂收割》和《冥寂之軍》能接觸更多讀者。特別感謝位於庫爾泰亞的伊歐娜・史奇奧和米露娜・梅洛蘇介紹我認識瑪麗亞・特納瑟的歌曲。

感謝雅蘭娜・科爾在有聲書中為佩姬配音。

我非常感謝莎菈・伯格馬克・艾弗格蘭、希朗・考林斯和瑪麗亞・奈德諾華讓我詢問一堆關於語言的問題，也感謝梅麗莎・哈里遜在棘手部分的協助。

致我的朋友們，感謝你們體諒我長期閉關——尤其伊拉娜・費南德斯拉斯曼、維多利亞・莫里希、雷安娜・利亞圖圖弗以及克蕾兒・唐納利這些年給我的支持。我真的很幸運有你們這些朋友。

最後，感謝我的家人給我的愛、支持和歡笑。沒有你們，我不可能踏上這趟旅程。

國家圖書館出版品預行編目資料

冥寂之軍（骸骨季節系列二）/ 莎曼珊・夏儂
(Samantha Shannon) 作 ; 甘鎮隴譯. -- 1版.
-- 臺北市 : 尖端出版, 2018. 07
冊 ;　公分
譯自 :THE MIME ORDER

ISBN 978-957-10-8189-2 (第2冊 : 平裝)

874.57　　106020880

奇炫館
冥寂之軍（骸骨季節系列二）
（原名：The Mime Order）

著　　者／莎曼珊・夏儂（Samantha Shannon）
譯　　者／甘鎮隴
發 行 人／黃鎮隆
副總經理／陳君平
總 編 輯／洪琇菁
執行編輯／許凮翎
美術編輯／李政儀
企劃宣傳／邱小祐、劉宜蓉
國際版權／黃令歡
文字校對／施亞蒨
內文排版／謝青秀

出　　版／城邦文化事業股份有限公司 尖端出版
台北市中山區民生東路二段一四一號十樓
電話：（〇二）二五〇〇－七六〇〇
傳真：（〇二）二五〇〇－二六八三
E-mail：7novels@mail2.spp.com.tw
發　　行／英屬蓋曼群島商家庭傳媒股份有限公司城邦分公司 尖端出版
台北市中山區民生東路二段一四一號十樓
電話：（〇二）二五〇〇－七六〇〇（代表號）
傳真：（〇二）二五〇〇－一九七九
中彰投以北經銷／楨彥有限公司
（含宜花東）電話：（〇二）八九一九－三三六九
傳真：（〇二）八九一四－五五二四
雲嘉經銷／威信圖書有限公司 嘉義公司
電話：（〇五）二三三－三八五二
傳真：（〇五）二三三－三八六三
南部經銷／威信圖書有限公司 高雄公司
客服專線：〇八〇〇－〇二八－〇二八
電話：（〇七）三七三－〇〇七九
傳真：（〇七）三七三－〇〇八七
香港經銷／城邦（香港）出版集團有限公司
香港灣仔駱克道一九三號東超商業中心1樓
電話：（八五二）二五〇八－六二三一
傳真：（八五二）二五七八－九三三七
E-mail：hkcite@biznetvigator.com
新馬經銷／城邦（馬新）出版集團Cite（M）Sdn. Bhd.
E-mail：cite@cite.com.my
法律顧問／王子文律師　元禾法律事務所
台北市羅斯福路三段三十七號十五樓

二〇一八年七月一版一刷